AF218368

El
secreto
del
mundo

Narrativa MN

El secreto del mundo

Emilio Trigueros

editorial
MUNDO NEGRO

A Javier Sánchez Salcedo
y Pablo Santamaría,
con inmensa gratitud.

EMILIO TRIGUEROS es licenciado en Química Industrial por la Universidad Complutense de Madrid y en Química Aplicada por la Universidad de Strathclyde (Escocia), y especialista en Dirección de Proyectos por la Universidad Politécnica de Madrid.

Ha desarrollado su carrera profesional dentro de la industria de la energía, en proyectos de desarrollo en Latinoamérica y Europa y mercados globales de materias primas. Desde 2011 colabora en El País y en El Periódico de Catalunya, con artículos sobre economía, cambio climático y Unión Europea. Químico y escritor, ha publicado las novelas *Al otro lado de las estrellas* (2018) y *Ritmo y temblor* (2022), y el ensayo *La revolución de vivir* (2023). *El secreto del mundo* es su tercera novela.

© Editorial Mundo Negro, 2025
   C/ Arturo Soria, 101. 28043 Madrid
   Tel.: 91 415 24 12
   E-mail: edimune@combonianos.com
   www.edimune.com

© Emilio Trigueros, 2025

Fotografía portada: *Javier Sánchez Salcedo*

Diseño y maquetación: *José Luis Silván*

ISBN: 978-84-7295-301-7
Depósito legal: M-14897-2025
Imprime: Gráficas Dehon
Impreso en España - Printed in Spain

Índice

En mi pueblo, a menudo escuché de la boca de los ancianos que el conocimiento es un don, pues no tenemos sino las palabras para curar el dolor del alma y reparar el error del espíritu. Aquel que, de niño, aprendió a recibir debe, a su tiempo, aprender a dar. La vida es siempre un aprendizaje en los senderos de la belleza y el asombro.

Gabriel Mwênê Okoundji

África no es una mina que explotar ni una tierra que saquear. Que África sea protagonista de su propio destino.

Papa Francisco

Las personas, antes que los oleoductos. No podemos beber petróleo.

Vanessa Nakate

I

Yo, Malik, vivo

Río Paraíso, 20 de diciembre de 2019

La circunstancia de que existiese una relación especial entre Magdalena Krámer y yo, un reguero de atracción que discurría subterráneo y apenas delatado por descuidos triviales, tales como un mínimo temblor en el pulso al acercar un plato durante una cena entre amigos, por ejemplo, o un feliz golpe de entendimiento en una discusión, ese hecho, nuestra complicidad natural, resultaba manifiesto para los dos, del mismo modo que ambos sabíamos que carecía de importancia práctica. Magdalena era el retrato perfecto de la mujer que demandan nuestros convulsos tiempos aunque ese aspecto, con franqueza, no fuese lo que más me atraía de ella: sí, sus ojos esmeralda, que no rehuían mis miradas, interrogantes al menos una décima de segundo; sí, la nariz pequeña, los pómulos marcados, los labios más bien finos; sí, su cuerpo en adecuada madurez de esquiva dulzura; y también me gustaba su aura de mujer tan segura de sí misma como para mostrarse vulnerable, de mujer inquieta a la que le interesaban los restaurantes de lujo y las plantas por igual, de mujer, en resumidas cuentas, dueña de los secretos del poder y de la ternura, que conocía y entendía a los hombres mucho mejor de lo que ningún hombre conoce o entiende a las mujeres.

Un obstáculo a nuestra relación era que yo abomino de dejarme tentar por mujeres con cuyos maridos mantengo trato habitual, lo cual no responde a ninguna clase de escrúpulo en sí, o a una dificultad para mentir o disimular de la que no carezco y que, a mayores, añade diversión al juego de las incertidumbres pues el secreto es un detonador sentimental de alta carga. Lo que me incomoda en determinadas situaciones proviene de acceder a confidencias, o a inferencias, sobre el comportamiento sexual de esos maridos con los que luego antes o después uno ha de volver a compartir una copa de vino, una palmada calurosa en la espalda, o una compraventa.

Por otra parte, para mi gusto las mujeres casadas se acostumbran en exceso a llevar las riendas e imponer sus costumbres. Nada que objetar al respecto, excepto que ese mismo hábito lleva a que apenas se dejen sorprender por lo impensable y a que, en realidad, no suceda nada que no hayan calculado. Pueden perder, por supuesto, la cabeza, pero en cuanto se enciende la lámpara de la mesa de noche vuelven, con un clic, a su composición de lugar sobre qué han de hacer luego y en qué punto retomarán sus preocupaciones prácticas, y sobre en qué punto exacto de ebullición y latencia dejan el compromiso fugaz de los resuellos en la oscuridad; no menos fugaz por más apasionado y entregado, delicado o exaltante que haya sido. Nunca me he considerado un seductor y, de haberlo sido, desde luego no pertenezco a esa clase de los que combinan a su antojo conquista y manipulación. Si nunca prometí nada a una mujer se debe a que las circunstancias de mi vida no me han permitido hacer promesas, pero eso no significa que no haya deseado ferviente y verdaderamente, al menos en unos pocos momentos, hacerlas y cumplirlas. Con Magdalena Krámer, además, confluían demasiados intereses en nuestro juego, las espadas del corazón se habrían alzado demasiado en alto como para entrechocar sin provocar fenómenos y réplicas inconvenientes, en potencia muy graves.

Ayer se cumplió un año exacto de mi desaparición y llegada a la Argentina. He cogido gusto a los paseos largos por el campo, distinguiendo el transcurso de los días por las labores en las fincas y parcelas que envuelven la mía, una de las de menor extensión, aunque con la ventaja de su ubicación próxima al cauce del río Paraíso, cuyo caudal va a parar unos kilómetros aguas abajo del río Blanco, donde tienen sus predios los terratenientes regionales y alguna bodega internacional de renombre. En este año no habré pisado la ciudad de Mendoza en más de media docena de ocasiones, las justas para comprar algo de ropa y calzado, surtirme de libros, cambiar de moneda, abastecerme de utensilios prácticos en ferreterías y hasta entablar cierta amistad con el dependiente de un colmado en el que le pueden encontrar a uno en veinticuatro horas cualquier producto agrícola, herramienta o recambio que necesite.

Esta mañana, Jorge Alfredo, el aparcero que cuida de las viñas, me ha contado que terminará la siembra la próxima semana; mantener sus servicios cuando adquirí la propiedad de la finca fue una gran decisión y también la única posible, dada mi ignorancia sobre maquinaria del campo o abono. Benilde, su mujer, adecenta la casa, cultiva un huerto que da cebollas y tomates en abundancia, y algunos pepinos y coliflores, y se encarga asimismo de abastecerme de carne proveniente de un matadero cercano, que almaceno por piezas enteras en un arcón junto al cobertizo de las herramientas. Sobre lo que cobraban con el anterior dueño de la finca, les subí el sueldo un diez por ciento nada más contratarlos, en un signo de confianza que estimaba que me garantizaría su lealtad, y a la cual también ha ayudado el que yo sea bastante indiferente al orden doméstico y a la producción cosechada, y más en general un completo lego sobre asuntos vinícolas; o lo era, al menos, cuando llegué aquí, a pesar de que la familia de mi madre tenía tierras en la vega de Orán y la de mi padre en la Kabila; constituye un cierto amable giro del destino que yo haya terminado dedicándome, a los cincuenta y siete años, a la misma ocupación que mis antepasados. Con todo, me ha resultado interesante el informarme sobre las bases del negocio en la zona; aquí, como en cualquier otra parte del globo, el dinero ayuda a que las cosas funcionen en el momento y de la forma en que hace falta que lo hagan. Al pagarle yo directamente en dólares, lo que le encaja a la perfección, Jorge Alfredo ejerce funciones de pequeño prestamista a los temporeros y trabajadores locales que contratamos para la recogida de la cosecha. Por añadidura, él me sirve de intermediario perfecto para no figurar yo en ninguna parte y dejarme ver lo menos posible. Cerré en persona, eso sí, la venta de las cerca de diez mil toneladas de uva recogidas, pero hice figurar a Jorge Alfredo en la firma de los papeles, por otra parte irrelevantes, ya que los distribuidores que agregan la producción de la zona son los primeros interesados en ejecutar los pagos al margen de los contratos.

En la finca duermo como jamás había dormido. Las costumbres se me acompasan de un modo natural con el recorrido del sol y la caída de la noche. El que la propiedad carezca de conexión al tendido eléctrico y se abastezca de un pozo de agua propio, características que me hicieron dudar al elegirla, se han revelado una bendición impensada, el bálsamo adecuado a este cambio vital, y vitalicio, al que me he visto abocado, o al que, mejor dicho, elegí hace muchos años no resistir cuando llegara el día. Las salidas se van cerrando en el juego en la existencia, y dadas las mil trampas de las ilusiones es mejor renunciar lo más pronto posible a creerse dueño, en ninguna medida, de fijarle las reglas a la vida. Si marcharse no es lo mismo que huir (lo cual resulta una distinción muy discutible), entonces me cabe el consuelo de que sí, fui yo el que elegí marcharme; a pesar de que lo demás —el momento, la forma, el servicio postrero— lo eligieran otros.

Río Paraíso, 29 de diciembre de 2019

Aquí, en la finca, me he convertido en un hombre de rutinas. Despierto, apenas raya el alba, a menudo tras emerger de un sueño intenso, preso de una súbita lucidez que sé que no me permitirá ya volver a cerrar los ojos; opto por prepararme una infusión y salgo al porche a contemplar el amanecer. Me fascina el completo silencio con que la luz se adueña del mundo y el modo en que la neblina danza sobre los prados, en el lienzo invisible del cielo, descubriendo azules lentos, diluyendo las pinceladas púrpuras y grises. Apenas desayuno y luego dedico un tiempo a hacer gimnasia, por lo general en el patio interior, donde aún da la sombra a esa hora. Paso días enteros sin hablar o cruzando apenas unas pocas palabras sobre el orden doméstico con Benilde o en encuentros casuales por los caminos próximos, aunque estos se prolongan en ocasiones de forma extensa, pues, según he descubierto, a la gente del campo le gusta hablar. Terminada la gimnasia, salgo a recorrer los alrededores al volante de un viejo *quad* que me legó el anterior dueño; he ido conociendo el terreno a fuerza de recorrerlo sin mapa, como siempre me gustó, extraviándome entre los mares de viñedos y las lomas que jalonan el horizonte en todas direcciones. Me oriento con algún árbol singular que grabo en la memoria, o por caserones medio derruidos; de cualquier manera, como cuento con la jornada entera por delante, no me preocupa aventurarme más allá de los límites que alcanzo a recordar de una vez para otra. Sé que antes o después divisaré un tractor cuyo ocupante tendrá a bien hacer una pausa en su labor para orientarme; aunque noto que mi aspecto de extranjero resulta evidente por los ojos guiñados con que me escrutan los jornaleros, eso no me hace sentir incómodo. Percibo que hay algo en mis rasgos o mi tono de piel que les desconcierta; acaso eso influya en su disposición a alargar la conversación, por dialogar y averiguar. Todos los campesinos hablan de una misma manera, entrecortando el hilo con grandes pausas, durante las cuales uno no está seguro de si debe, o bien intervenir, o bien respetar escrupulosamente el desmayado afluir de las palabras a la perorata. Por lo demás me gusta la gente de aquí porque habla de las cosas concretas y, a la que uno se descuida, lo han puesto al día sobre la coyuntura en la que se halla tal o cual bodega, sobre dónde tienen estudiando o trabajando a los hijos, sobre si va a ser buena o mala cosecha. Ninguno habla jamás de política y hasta se dudaría de que conozcan el nombre del alcalde de Mendoza o el del gobernador de la provincia; su desconfianza de la gente de la capital despide una especie de fatalismo irónico, pues ellos, al contrario que los habitantes de las grandes ciudades, no esperan que nada cambie en sus vidas. Tal vez eso sea lo que les mantiene de un humor apacible, sin los cortantes filos de las frustraciones y la ansiedad que las urbes generan. No se les escapa una crítica acerba hacia nadie. Para ellos, lo bueno y lo malo que les acontece invariablemente viene del campo, las lluvias bienhechoras, la porosidad de los suelos de las distintas fincas, la frecuencia de las heladas, que glosan con lenta cachaza filosófica. Entonces uno ha de estar preparado para aceptar que las indicaciones para el regreso que solicito a un poblano se vayan demorando más y más. Con todo, a la tercera ocasión en que me atrevo a recordar que me he desorientado, y una vez que menciono la finca en que invirtió un conocido actor argentino y que en un tramo de su extenso perímetro colinda con la mía, suele resultar que me hallo más cerca de lo que creía. Si las explicaciones sobre cómo volver se demoran de nuevo, no me molesta, pues tampoco yo tengo prisa por volver.

Tras almorzar escucho la radio, sobre todo programas musicales. Se me pasan las horas junto al transistor que encontré en el cobertizo bajo una capa de polvo con solera, y que se ha convertido en mi medio de mantenerme vinculado con el mundo, ahora que por seguridad tengo prohibido usar un teléfono móvil o una conexión a internet. En alguna de mis visitas a Mendoza he entrado a un cibercafé y lo he encontrado francamente aburrido. Será que ya no entiendo la confusión del mundo, pero las cosas que pasan ni siquiera me suscitan un gran interés; siento un enorme desapego tan geográfico como emocional, que se propaga en mí y desnorta las viejas coordenadas. Una de las escasas ventajas de aproximarse a la vejez es que uno necesita cada vez menos bienes. Escuchando la radio el tiempo se me pasa de una manera regular, sin sobresaltos, apenas tengo que elegir una emisora y esperar, si acaso, que me adormezca unos minutos el sonsonete de un locutor pedante convencido de que su inteligencia superior hubiera arreglado este país, la Argentina, si este hubiera tenido arreglo posible.

A media tarde me siento al ordenador, donde me enfrasco en ordenar carpetas viejas y desencriptar archivos, una de esas tareas para las que se carece de pausa mientras se está en la vorágine de los acontecimientos y que después provoca una invencible pereza. Un impulso extraño tira de mí hacia esos ficheros y he llegado a consumir varios días en recuperar un código de cifrado para abrir un archivo. Miles de fotografías con sus metadatos, conversaciones digitalizadas, memorándums cifrados, extractos de llamadas, perfiles y alias... Los primeros días ni se me pasaba por la cabeza encender la computadora, esa especie de camposanto de la información y los empeños, donde yace el pasado amortajado en píxeles y bits. Cuántas operaciones enterradas en esas placas de memorias, unas abortadas prematuramente, fracasadas otras, y algunas exitosas y no obstante condenadas a no dejar rastro alguno en virtud de su propio éxito, como lo fue la última y definitiva, la que me trajo aquí.

Administro mis esfuerzos cibernéticos con racanería, me distraigo a menudo y en general no espero nada de mis trabajos de desenterramiento, a pesar de lo cual no alcanzo a renunciar a la misión que me he impuesto. Porque todavía creo que puedo comprender lo que me fue hurtado bajo el velo de la constante farsa del presente y las urgencias cotidianas, del apremio y el miedo y de las vanidades, y, en especial, de la mayor de todas las vanidades: el deseo de poseer. Cuando todos los velos han caído, en el vacío ilimitado, una verdad en fuga nos encela todavía. En cualquier caso, no empleo más de un par de horas al día en esos trabajos ante el ordenador; la vista cansada me lo impide.

Hacia las ocho ceno algo ligero y leo un rato en el porche mientras anochece. Hace unos días, al atardecer, apareció en la finca un perro negro, un cruce entre labrador y callejero, con un bulto seboso en la raíz de una oreja. Sentí un pálpito extraño, que no duró demasiado. Al poco apareció tras de él su dueña y se lo llevó, sin hacer caso de mi intento de conversar. Me habría gustado saber más de ella. Iba enfundada en uno de esos anoraks de plumas que diluyen toda huella de forma femenina, y llevaba pantalones y botas de campo. No me dio tiempo a preguntarle su nombre.

Me entra una soñolencia irresistible cuando la noche cae. Como si me convocara a acostarme la quietud en que la oscuridad deja yaciendo los viñedos y las lomas, la silueta en tránsito de los pájaros que retornan hacia las arboledas de la sierra, el aroma de la tierra, la densidad del aire nocturno, el peso del ayer que penetra el presente y lo envuelve en su inmutable espiral de silencio y olvido, contra los que me obstino en pesquisas inútiles sobre el rompecabezas de qué fue lo que sucedió, a pesar de las amplias evidencias lógicas que descartan que sea posible entenderlo, como imposible es descifrar la solución al enigma del mundo y que pueda desentrañarse su secreto siquiera una sola vez. Tal vez sea más simple, en cambio, constatar un hecho. Que nadie quiere renunciar a su pasado, nadie quiere admitir que su pasado no haya valido nada, que se haya podrido o envenenado, porque eso entrañaría perder lo más valioso que se tiene, el tiempo de la vida. A ese no renunciar al pasado es a lo que se acaba llamando «intereses», esos beneficios materiales que tanto se interponen a la comprensión de la verdad. Nadie con intereses tiene interés en la verdad. Es el origen último de la eterna confusión que recorre el mundo. Solo alguien sin pasado se encontrará en condiciones de contar la verdad. En una medida considerable, es mi caso.

Las alas

La residencia Walser

El día en que Magdalena Krámer le cambió la vida (o le abrió calculadamente las puertas del azar a la posibilidad de cambiarla) Graciela Kreutzer había estado despidiéndose de su padre, tras acompañarlo al ingreso en el Instituto-Residencia Walser. El viaje con sus padres, en el que condujo Graciela, hasta el sanatorio, ubicado en las afueras de un pueblo del Tirol italiano próximo a la frontera con Austria, había sido insalvablemente triste; el posterior retorno en coche de las dos solas, esta vez con su madre al volante, hacia la casa familiar en Lausana, que habían recuperado como domicilio para estar más cerca del padre y visitarlo en los domingos y fiestas, podría haber invitado al silencio y la melancolía. Por el contrario, Graciela y su madre se abismaron en una discusión amarga y enconada; si bien, quizás porque un exceso de dolor disipa la facultad de recordar, Graciela no se acordaría de ninguna frase de aquella bronca pasados unos meses, aunque sí de los lagrimones que iban resbalándole por la cara mientras hablaba.

Nubes de ceniza cubrían el cielo y los chaparrones eran constantes: la lluvia cesaba lapsos breves, sin dar tiempo a que aclarara el cielo antes de que estallara el siguiente chubasco; apenas se formaban nubes sueltas recién evaporadas, enseguida las rodeaban y ocultaban otros nubarrones lóbregos. Cuando la carretera descendía hacia el valle del lago Lemán salió al fin el sol. Aun entonces otras nubes siguieron velando la mirada errante de Graciela por la ventanilla.

—Debes hacer el esfuerzo de ser ecuánime en la tristeza, nena. No es culpa de nadie.

—Y yo no culpo a nadie, mamá.

—A mí sí me culpas.

—Era tu decisión y la has tomado, mamá. Yo no he pintado nada en esto. Traeros en coche.

Pasaron un túnel.

—La decisión me correspondía a mí, Graciela. Estoy segura de que esa parte la entiendes.

—Seguramente sí. ¿Y qué? No va a cambiar nada.

—Sacas tu lado racional y crees que lo entiendes, pero en el fondo sigues echándome la culpa.

—Odio esa palabra. Me recuerda a cuando lo dejé con Robert. Lo único que parecía importarle a la gente era quién había tenido la culpa.

—En algo estamos de acuerdo, «culpa» es una palabra horrible. Aparquémosla.

—La has usado tú.

—Está bien, querida. Aparco yo el término. Nena, hay una conversación que debemos tener. Yo no voy a repetirte mis motivos. Desde donde tú me oyes suenan a excusas. Bien, lo acepto. Aun así, hay algo más sencillo que quiero que escuches. He pensado en ti más que en nadie al tomar la decisión. Además, sí, también he pensado en mí. No me avergüenza no querer ser la mujer que consuma sus próximos veinte años cuidando el cuerpo de un señor que no me reconoce.

—Nadie pedía eso. Se habrían contratado enfermeras. Hasta hay entrenadores personales. Cuando los enfermos se mantienen en entornos familiares, en los que se encuentran más seguros, son más capaces de seguir haciendo cosas. Eso contribuye a frenar el deterioro cognitivo. Es un hecho.

—Tu padre va a estar atendido por especialistas, Graciela, en uno de los mejores centros sanitarios de Europa, donde investigan con las terapias más modernas y el entorno natural es magnífico para que los pacientes mantengan una rutina agradable, y encuentran la calma primordial que necesitan. No quiero estar sufriendo cada día por si tu padre ha salido sin avisarme y se le ha olvidado el camino de vuelta.

Graciela contuvo un rictus amargo:

—Eres fantástica convenciendo a los demás de lo que tienen que hacer, mamá. Logras convencer a cualquiera, aunque solo sea porque nadie puede convencerte a ti.

—En eso somos las dos iguales.

Graciela giró la vista hacia su madre y resopló, enarcando las cejas.

Luego clavó la vista en la carretera y enmudeció. Le pendían como cristalitos de sal en las pupilas.

—Querida...

La madre de Graciela, doña Claudia Roche, respiró hondo. El coche tenía conducción automática y ella únicamente tenía que preocuparse de acompañar con leves giros el trazado que serpeaba a ratos por entre los alineamientos montañosos y a ratos avanzaba rectilíneo a través de viaductos, adentrándose en túneles.

—En estos meses he hablado mucho sobre ti con tu padre. Él es consciente de su estado y, a pesar de que haya perdido facultades a una velocidad atroz, hay momentos en que sigue siendo él. Cuando le diagnosticaron la enfermedad ya sostuvimos una conversación larga y estuvimos de acuerdo. Tu padre quiere que vivamos nuestras vidas, Graciela. Yo voy a seguir viviendo la mía, aunque no dejaré de visitar a tu padre jamás, te lo prometo. Por eso me he mudado a Lausana. Lo que me preocupa es que tú detengas la tuya. Que te quedes clavada en el hundimiento.

—¿Cómo me puedes estar diciendo eso, mamá?

Graciela estalló en lágrimas.

—¿De verdad crees que eso me ayuda?

—Yo también he tenido veintiocho años, querida, y hay cosas que, si no te las digo yo, nadie te las dirá, porque hacen daño. Lo sé.

La mañana era un lento adagio roto de cadencia gastada, una sinfonía temática sobre el hastío, dedicada al hecho comprobado de que en Suiza la lluvia ni siquiera se consideraba un evento inoportuno. Las horas decantaban una ausencia de sol y mediodía de la que nadie parecía percatarse, ante el reclamo sordo y constante de otras circunstancias medianas pero insoslayables: el borboteo en los tubos de escape de los camiones, el telón cárdeno que velaba los cambios del cielo, la cinta del asfalto con su prosaica ruta hacia las necesidades y deseos comunes, uniformizados por la actividad económica de un país próspero y, no obstante, un tanto nostálgico de sí mismo, añorante de un pasado en el que acaso todo tenía más sentido o, al menos, era más sencillo de asumir y entender.

—Cuando se es joven, se piensa que en la remotísima juventud de sus padres el mundo era tan antiguo que ninguna lección de entonces puede ser válida ya. No quiero que me entiendas mal. Yo estoy de tu lado, Graciela, apoyando lo que decidas. Para mí, tus decisiones serán las correctas en cuanto sean las tuyas. Yo estoy orgullosa de cómo eres, mi vida, por eso necesito decirte lo que pienso, que sepas lo que ve tu madre desde su atalaya de cincuentona. Una edad a la que las mujeres dejamos de existir a todos los efectos. Y eso que a nosotras constantemente se nos presupone un papel, ¿no es cierto? Primero tenemos que ser niñas que jueguen a princesas, luego resultar atractivas manteniendo un comportamiento recatado, más tarde debemos encontrar al hombre adecuado, tener hijos, criarlos..., y además de hacerlo, seguir siendo atractivas, por descontado, y desarrollarnos en una profesión y realizarnos... Llegar a cierta edad nos debe ir haciendo sabias, maternales, capaces de preocuparnos por los que nos rodean. El final es acabar nuestros días siendo una entrañable abuelita de cuento. Los cincuenta no encajan en ninguna parte del relato, ese es el problema. En cuanto nos acercamos a los cincuenta, la sociedad no sabe qué rol darnos, así que ha inventado la cirugía estética para obligarnos a seguir pareciendo eternamente de cuarenta y pocos, y eso a lo sumo. La sociedad no acepta nuestra menopausia, en resumen, porque les fastidia no saber en qué papel clasificarnos. Lo cual es una variante menor de que no se acepta nuestra libertad de mujeres. Hemos de estar sujetas por un rol. Pero no debemos victimizarnos más de la cuenta por ello puesto que, al fin y al cabo, puede que los hombres también sean víctimas de sus roles, aunque no lo sabremos nunca porque los hombres se hallan completamente mimetizados con esos roles y ni se dan cuenta de que existen.

—Supongo que tienes razón, mamá, pero no sé qué quieres que te diga. ¿Cuánto queda?

—¿De viaje o de charla?

A Graciela se le escapó una sonrisa. Su pecho bajaba y subía lentamente. Escrutaba el telar de la lluvia sobre el valle.

—De viaje —contestó.

—Media hora a lo sumo.

A medida que hablaba, el tono de doña Claudia Roche había virado de plano a matizado.

—No me gusta decirte lo que te tengo que decir, Graciela. Preferiría aconsejarte que exploraras tu libertad sin límites y que no hagas caso de lo que piense nadie, incluida tu madre, recomendarte que sigas a tu corazón y esos consejos bonitos que no muestran las cosas como son en realidad, sino como nos gustaría que fuesen. Yo he vivido los veinte años que tienes tú por delante, cariño, ya los viví, y por eso sé que no te conviene pasar más tiempo sola, esperando que llegue un día maravilloso en el que se te manifieste tu camino nítido, un camino cuajado de promesas cumplidas; no, eso no existe. Los momentos en que yo he sido más feliz en mi vida han sido sencillos. No dependen de que te encuentres en lo alto de una montaña o en la borda de un crucero. La vida normal se infravalora y es una pena. A mi edad te das cuenta de que a todas las generaciones nos han vendido la misma película, que estábamos dejando atrás lo antiguo e íbamos a ser protagonistas de lo nuevo. Mira, Graciela, después de la juventud quedan muchos años por vivir y queda mucha soledad, y vienen frustraciones..., si no se ha hecho un nido.

—Todas mis amigas de Santiago de Chile están casadas, sé de lo que me hablas.

—No me refería a eso.

—Claro que te referías a eso —bufó Graciela.

—Piensa lo que quieras, hija.

—A propósito, mis amigas no me dan ninguna envidia.

—Una vida normal cuesta mucho tesón construirla, no consiste en esa rutina que desprecias desde el pedestal de tu autenticidad.

Los ojos de Graciela se abrieron, como si no diera crédito a lo que oía.

—¿Qué es lo que te fastidia tanto de mí, mamá?

—No te pongas así.

—Si al menos lo entendiera...

—Lo que tienes que entender, Graciela, es que se sufre porque se está vivo. Quien está más vivo sufre más. La felicidad narcotiza, en cambio. Y, créeme, no eres la única que sufre.

Graciela no se inmutó. Los parabrisas seguían luchando con la lluvia. La madre frunció los labios y se le hundieron los pómulos; no parpadeaba.

—Tenemos que estar unidas por tu padre. Él no soportaba que nos peleáramos, acuérdate.

—No me gusta que hables de papá en pasado —protestó Graciela.

—Hablo de cuando éramos tres en casa. Eso es pasado —replicó firme su madre—. A mí no me gusta engañarme con las palabras. Soy directa. Y te hablo claro: puedes quedarte en la casa de Lausana el tiempo que quieras. O volver a Santiago. O a Barcelona. Adonde quieras. O buscar un departamento en cualquier otra ciudad donde puedas encontrar empleo tras el máster que hiciste. Tómate el tiempo que necesites. Lo que sí te sugeriría es que te fijes plazos, metas, personas con las que hablar, contactos. Tienes la edad perfecta, cariño, y energía y la madurez adecuada para acometer lo que te propongas. Lo único que no puedes permitirte es dejar pasar el tiempo en una espera sin fin.

—Si supiera lo que quiero, lo perseguiría, mamá.

—Nunca se sabe con certeza, cariño. Nunca. Por eso no queda más remedio que arriesgarse, tomar por este camino o por aquél otro, probar, hacer, ir conociendo a gente. Después decidirás en qué quieres volcarte. Lo que no se puede es vivir esperando, eso no es vivir. Os han llenado la cabeza de demasiadas expectativas.

—¿Quiénes? ¿Quiénes nos han llenado la cabeza de expectativas?

—El mundo en el que habéis nacido, Graciela.

La casa de la familia Kreutzer-Roche se hallaba en una tranquila zona residencial de Lausana, a media falda de una colina, en la orilla opuesta al centro urbano.

Por primera vez regresaban a la casa familiar sin el padre. El chirrido de la llave en la cerradura resonó siniestro, como si empujar la puerta de una casa entrañase cargar con una losa de culpabilidad.

El sol entraba a raudales por los ventanales del salón que daban al lago. La torrecilla de una iglesia de piedra sobresalía entre castaños y sobre ella un cielo azul rotundo contorneaba a cincel las cumbres; el sol se reflejaba en destellos sobre el agua del lago, que surcaban veleros.

Graciela se dejó caer en un sillón, desde el que se quitó las zapatillas deportivas con la punta de los pies, habilidosamente, a la vez que se soltaba el cinturón de los tejanos. Recostada sobre los brazos del sillón, con la cabeza y el pelo echados hacia atrás y las piernas en un rebujo, tenía un aire de pereza felina. Sonó el timbre del horno en la cocina. Su madre hablaba con la mujer que limpiaba la casa y cocinaba.

—Hoy seremos tres para comer —anunció a la asistenta, doña Claudia Roche.

—¿Quién viene, mamá? —preguntó Graciela en alto desde el salón.

—Tu madrina, Magdalena. Está de paso por la ciudad.

Unos plásticos recubrían los muebles del salón y había polvo en lo alto de las lámparas. En cambio, la cristalera corrida que daba al lago Lemán relucía transparente. La había estado limpiando la asistenta, una señora de piel atezada y edad mediana, que vestía uniforme con delantal de rayas y cofia, toda la mañana.

El hotel Belle-Rive

Aquel mismo día, Magdalena había aterrizado en el aeropuerto de Ginebra procedente de Nueva York poco antes de las seis de la madrugada. El vuelo se le había hecho demasiado corto para un sueño largo, a pesar de que se había dormido por primera vez en la misma pista del aeropuerto JFK, como si la presurización de la cabina le produjese un efecto anestésico. Sin embargo, cuando se despertó a mitad del trayecto, sobrevolando el océano Atlántico en una oscuridad sin referencias, ya no volvió a dormirse. Intentó poner en práctica algunos de sus trucos para recuperar el sueño: aplicarse crema hidratante para relajar los músculos faciales, comer una manzana, resolver un crucigrama en el celular y, finalmente, a la desesperada, leer alguno de los libros de poesía que constantemente le regalaba su marido, un catedrático políglota y despistado, cuyas recomendaciones literarias ella nunca o casi nunca terminaba. De modo que Magdalena aterrizó en el aeropuerto de Ginebra muerta de sueño y de hambre. Desde el taxi envió un mensaje a su marido en el que alababa por compromiso un par de poemas y le avisaba que no llegaría a su vivienda en las afueras de Zúrich hasta última hora de la tarde.

El taxi llevó a Magdalena Krámer a uno de sus destinos favoritos, en el que había estado a menudo en bodas y celebraciones, si bien pocas veces hospedada: el hotel Belle Rive de Lausana, un edificio de fachada afrancesada, ubicado en el chaflán en el que la avenida ribereña del lago Lemán se bifurcaba en una segunda calle hacia los barrios altos. Cada elemento en el interior del Belle Rive recordaba a una época en la que el arte era una señal de distinción: estatuillas clásicas de bronce o ébano, ánforas en hornacinas, anaqueles con ediciones facsímiles, estampas campestres. Nada de lo que decoraba los pasillos alfombrados del Belle Rive, en los que se apagaba cualquier ruido, parecía fuera de su exacto lugar en el mundo.

Después de registrarse en la recepción y antes de subir a su habitación, se dirigió directamente a la terraza exterior en la que comenzaba a servirse el desayuno. Se sentó en una mesa con vistas al lago. Una pequeña fuente borboteaba en un estanque circular. Pidió unos huevos escalfados con algo de verdura a la plancha, y zumo de naranja y té para beber. Empezaba a amanecer. Miró hacia el lago Lemán.

Un grupo de jóvenes, en la balaustrada de piedra sobre la orilla, emergían de una noche de farra que se prolongaba con las primeras luces, sin dar signos de concluir; sonaba música en sus móviles, hablaban a risotadas, se retaban siguiendo los rituales del cortejo. Restos de la noche ensuciaban la acera: cigarrillos, algún vidrio roto, pañuelos de papel. Gente de todas las razas, de todos los orígenes, volvía al extrarradio. La fuerza de la naturaleza soberbia que circundaba el lago y sus colinas contrastaba con la fiesta de los instintos desbridados de aquellos juerguistas que, tras cerrar las discotecas, apuraban las últimas botellas entre pastillas, porros y el retumbe de canciones bravuconas.

Cuando Magdalena despertó de su cabezada matutina, era mediodía. Se demoró en disfrutar de las comodidades del cuarto de baño: los grifos dorados, las sales olorosas que esparció por la bañera, el espejo de mano ovalado frente al que se arrancó algunas canas. Después de un baño prolongado, se secó y se extendió la crema hidratante morosamente; luego se maquilló frente al espejo con una toalla puesta de turbante en la cabeza.

Enfundada en el albornoz del hotel, abrió los postigos del balcón al mediodía radiante. El cielo estaba azul y pasaban ciclistas entre familias que se hacían fotos y transeúntes despreocupados, bien vestidos, ufanos de disponer para ellos de las orillas del lago Lemán.

Magdalena se sentó junto al balcón en un butacón de seda, tapizado con imágenes de leones alados y centauros. Puso los pies descalzos sobre un velador de mármol y cayó en la tentación de consultar el correo de trabajo en el celular.

Pasó los correos a la velocidad de alguien acostumbrado a discriminar lo importante y a distinguir al profesional del oportunista, al ambicioso del conformista, de un vistazo. Algo en su aire relajado se quebró al leer uno de los mensajes. Miró por el balcón como si necesitara calmarse y acto seguido telefoneó a alguien cercano:

—¿Lo has visto ya? No me lo puedo creer. Quién se ha creído este tipo que es. Mira, yo entiendo que para él ha sido el honor de su vida que el presidente lo escogiera para su pareja de dogos. El problema es que él no ha comprendido la posición.

Su puesto consiste en ladrar y gruñir, poniendo cara de sabueso y, lo más importante, en saltar, cada vez que su amo le arroje un hueso, meneando el rabito. Él no es quien tira el hueso, que alguien se lo deje claro. Es únicamente el que mueve el rabito corriendo a por el hueso. Sí, lo sé. El presidente lo tiene calado pero lo mantiene porque le proporciona el servicio que necesita. A mí me preocupa mi integridad personal, porque este tipo es un caníbal que no distingue ni lo que se traga, ni si es un plástico o es solomillo. Es un caníbal que come carne de directivo. Tiene ese sesgo, se cree que su misión es devorar a los que le rodean, y se equivoca. Su trabajo se limita a morder en las perneras del pantalón y ladrar cuando algo lo asuste. Ahí acaba su papel. Ese es su sitio. Luego, si quiere, que se siga pavoneando ante el presidente alardeando de ser uno de sus dos dogos de confianza. Que cada cual se venda como más le guste. Allá él si se cree el favorito del presidente por aportar su monomaniaca mente a la destrucción de carreras directivas.

El interlocutor de Magdalena había optado por dejarla expresarse y evitar llevarle la contraria.

—Ese tipo ha hecho su carrera sobre la base de criticar lo que hacían otros, no por hacer nada él; a mí a estas alturas me importa un bledo la voz de engolado que ponga y lo que vaya rumiando por las esquinas. Hacerle excesivo caso sería legitimarlo. No nos conviene. Le respondes tú, por favor, con dos frases y un par de números. No des muchas explicaciones. Es un desequilibrado que está rabioso contra el otro dogo que le está ganando la partida, y es que el otro, aparte de todo, es un tipo más cabal, más productivo, dentro de que sea un dogo. Nos conviene quitarle importancia. Siempre ladran más los perros pequeños.

Después de la llamada, Magdalena fumó un cigarrillo asomada al balcón. Ninguno de los paseantes parecía triste o ajeno; todos disfrutaban de la mañana, activos, abiertos al día, excelentemente vestidos. Ninguno hablaba demasiado alto.

Se fijó en la ropa de las mujeres para decidir qué ponerse. Vestido o traje. Botas o un zapato ligero. Collar o un colgante. El humo del cigarrillo se disipaba enseguida hacia lo alto. El cielo estaba azul, la mañana era hermosa, las historiadas farolas de hierro se aburrían sin perder la prestancia y el resplandor del lago trazaba sendas efímeras para los sentimientos sin clasificar, de aleteo cierto o vago, necesarios o pasajeros.

La conversación

—Necesito tratar contigo una cuestión.

Los recuerdos que Graciela guarda de aquel día comienzan en la sobremesa; en la habitación aneja al salón que servía de despacho y biblioteca, donde Magdalena Krámer y ella sostuvieron una larga charla. Su madre se había ido a echar la siesta, excusándose en lo agotadores que habían resultado los trámites para el ingreso del padre, Martin Kreutzer, en la residencia Walser. Durante el almuerzo previo, Magdalena Krámer y Claudia Roche se habían esforzado por mantener esa gestualidad serena que parece adecuada en tiempos de desolación.

Magdalena intentó reconfortar a Graciela:

—En el instituto tu padre va a estar excelentemente atendido, Graciela. Y el curso de una enfermedad no está predeterminado, cada persona es un caso, Graciela, no perdáis la esperanza. Iremos a visitarle juntas la próxima vez que venga a veros.

Graciela había asentido delante de su madre, pero al quedarse a solas con Magdalena, luego, le había preguntado:

—¿Tú crees que él quiere seguir viviendo?

Magdalena no mostró sorpresa por la pregunta.

—Graciela, nadie quiere morir.

Había contestado firme y sin excesiva ternura. Luego añadió:

—Nadie, salvo por un trastorno mental, puede querer morir, eso iría en contra de los instintos. Estamos programados para vivir.

—¿Y cuando el sufrimiento es insoportable?

—Tu padre está en el mejor lugar posible en el mundo para que nunca lo sea. Tranquilidad, paseos, horarios regulares, cierta vida social. Hasta hacen un baile los fines de semana. Tu padre había dejado sus deseos por escrito. Fue él quien decidió ingresar en el instituto. Hasta fijó la fecha.

En la neblina de los recuerdos de aquel día, Magdalena Krámer emergía en la memoria de Graciela, al modo de los personajes de los sueños, invitándola a que la siguiera por el corredor, con sendas tazas de té en la bandejita de porcelana que llevaba. Quizás Graciela la recordaba en blanco y negro, como creemos que se sueña.

—Necesito tratar contigo una cuestión.

Esa frase, o alguna parecida, fue seguramente la primera que capturó la atención de Graciela, haciéndole intuir que algo nuevo estaba a punto de comenzar; la que desencadenó de forma inminente otras palabras que resultarían decisivas y algunos gestos definitivos, puesto que Magdalena era de esa clase de personas a las que resulta imposible decir que no, una vez que se ha aceptado entrar en su vida, en su conversación y sus intereses.

Graciela se sentó sobre la mesa del despacho, cubierta por un tablero de cristal. En una esquina se apilaban resmas de cajas de mudanza.

Magdalena se recostó en un sofá cuadrado, de tono beige. Llevaba unos pantalones finos color verde pastel y una camisa blanca fruncida; había dejado la chaqueta a juego, en el comedor.

—Necesito tratar contigo una cuestión. Es un asunto en el que llevo pensando mucho tiempo, más de lo que puedes imaginar.

La expresión de Magdalena vaciló. Ya no era la imagen exacta de la mujer segura, elegante, que había desterrado sus vacilaciones en un programa ejecutivo de negocios. Magdalena Krámer dejó de ser su personaje (si tiene sentido expresarlo así) durante unos minutos (o toda esa tarde).

—En estos años que hemos pasado sin vernos, cada vez que los veía preguntaba a tus padres por ti. A tu padre solamente le importaba que persiguieras tus sueños. A tu madre, en cambio, le preocupaba tu seguridad. Te percibía frágil por algún motivo y quería que te endurecieras, como si corrieras el peligro de estrellarte contra el suelo por pretender volar antes de que te crecieran las alas. Has sido precoz en muchos terrenos, Graciela. Acaso no debería hablarte con tanta franqueza. Quiero transmitirte que eres especial para mí. Toda la gente lo es, en alguna manera, para alguien, yo me refiero a ciertos rasgos que van más allá. Son rasgos y actitudes innatos tuyos, dones, que, te lo aviso, quizás lleven aparejada una maldición…, o una condena, pongámoslo más suave. Eres de esas personas que necesitan alimentar su anhelo de una vida intensa, y cada vez que no lo consigues te mueres por dentro, tus ilusiones se ajan y mueren. Porque es así de simple, cuando son verdaderas ilusiones son así, a todo o nada, y eso es difícil de soportar. Hombres y mujeres. En algunos las ilusiones se tornan obsesiones, ocupan la personalidad completa, asfixian el resto del ser y, en el caso de que se expandan, ocupan y saturan la consciencia de agobiantes quimeras. Tu caso es muy diferente, y eso es lo que te hace excepcional. Tus ilusiones son destilados de un impulso natural de tu ser, provienen de una esencia genuina, algo que te permea por dentro, casi desde niña.

Graciela escuchaba a Magdalena atenta y perpleja, como en guardia; de tanto en cuando entornaba los ojos, como alcanzada en la esperanza.

—Deja atrás eso que te pesa tanto, Graciela. Ya. Eso que en tu cabeza se hace un mundo acaso ni siquiera exista ahí afuera, en lo real. Abre las ventanas y que entren las ráfagas del presente, en vez de angustiarte con determinar el futuro. Decanta aquello que llevas en el fondo de ti, siente lo que te hace vibrar y ve a por ello. Abre tus alas desde tus raíces. Que nadie más te diga que hay que ir a ras de suelo. Tienes el poder de cambiar a la gente que te rodea. Empieza a emplearlo para lo que más desees.

—Magdalena, no te estoy entendiendo una palabra.

—Tendrás tiempo de ir comprendiendo. Yo hoy te estoy ofreciendo que unamos nuestros caminos. Y te doy mi palabra solemne, te hago la promesa más definitiva y firme, de que Raíces y Alas nunca te abandonará en tus alientos y tus empeños. Proveerá los medios para hacer ese tipo de cosas que marcan diferencias y conquistan espacios para una vida más plena. No eres la única que ve los lastres de estos tiempos extremos que nos ha tocado vivir. Tú posees la capacidad de hacer creer a los demás en un mañana, en un futuro distinto que empieza por unir muchas manos para ello.

—¿Y qué se me pedirá a cambio?

Magdalena respondió con otra interrogación:

—¿Eso es un sí?

—Todavía no.

El aire que las separaba parecía un tamiz de presencias lejanas, siluetas deshechas por el tiempo y acogidas en una eternidad inconcebible.

—Hay algo que no sé si estoy entendiendo.

—No debes comprender más ahora. Solo elegir. Llegará el día en que tendrás tiempo para saber. Entonces podrás preguntarme lo que quieras, a mí, y exclusivamente a mí, y yo te seré siempre sincera, como te pediré que tú me digas siempre la verdad, en cualquier circunstancia, sin la menor atenuación, la verdad plena y llana, sin omisiones. Raíces y Alas se funda sobre un principio irrenunciable. La confianza. Pronto podrás elegir tu misión y serás libre, libre infinitamente, para llevarla a cabo. Nos tendrás contigo cerca, a tu espalda, a tu lado, aunque no nos veas. Cuando llegue el día elegirás a otras personas para trazar vuestros caminos como yo te he elegido hoy a ti. Raíces y Alas te ha elegido para una vida de acción, y proveerá suelo y cielo para tus sueños. Actúa sin desconfiar jamás, como se te requiera en cada misión, y al llegar el tiempo de la cosecha comprenderás. Ahora tómate un tiempo, unas semanas, si las necesitas. Decide el sueño que quieres empezar a construir. Sé sincera contigo misma y lo sabrás. Claro que tal vez descubras que no estás segura, o que en el fondo prefieres no arriesgar. Si es así lo entendería, cariño. Por nada querría que te sintieras bajo presión. El sí o el no te pertenecen solo a ti, son palabras sagradas cuando lo que está en juego es tu existencia, tu forma de ser y estar sobre esta tierra. Hoy, puedes perfectamente despedirme de ti y olvidar nuestra charla; hoy, todavía puedes darte la vuelta. En el momento de partir, tu sí ha de ser solamente y nada más que tuyo. Elegirás tu misión, tu medio de llevarla a cabo, dónde, cómo, con quiénes, progresivamente.

—Todavía no he dicho sí, Magdalena.

—Tienes un fondo indómito, Graciela. Y está bien: no pierdas ese fuego. Pero cuida que dé el calor bueno y justo, no el abrasador y destructivo.

Graciela interrumpió a Magdalena:

—¿Por qué yo?

Magdalena Krámer guardó silencio.

—Magdalena, ¿mi padre pertenecía a Raíces y Alas?

Su madrina hizo un gesto inescrutable. Quedaron en silencio las dos.

Salieron de la habitación.

Justo al cederle el paso en la puerta, Magdalena susurró, los labios cerca del cuello de Graciela:

—Cuando piensas en una vida distinta, ¿qué te viene a la mente?

Doña Claudia Roche las esperaba en el salón principal.

A orillas del Main

Río Paraíso, 5 de enero de 2020

He vivido una existencia sin religión, sin patria, con profesiones falsas o temporales, sabiendo que por nacimiento pertenecía al lado de un *Nosotros* sin poder y no obstante explotando a placer el papel de enlace con *Ellos* y las prebendas que el poder de estos me ha proporcionado. Nunca he mantenido el mismo número de teléfono, pues en cada país o cada destino adquiría uno diferente, en una tienda callejera, el cual tiraba a una papelera o me dejaba robar antes de marcharme; en cualquier circunstancia me he valido de la fiabilidad de mi memoria, que guarda cientos de números, direcciones y fechas, únicamente auxiliada en ocasiones por libretas de códigos y abreviaturas de las que me deshago igualmente. En los asuntos a los que me dedicaba nada real puede quedar escrito o registrado en un dispositivo, de modo tal que todavía hoy me resulta extraño escribir nombres propios auténticos, de tanto haberme servido de alias, o incluso de ubicaciones ficticias. Todavía no me acostumbro a que ya no me resulte necesario tomar precauciones en esta finca perdida, a la que se accede por un camino de tierra plagado de socavones y que la lluvia deja impracticable de tanto en cuando. Ahora que puedo contemplar lo que me rodea sin calibrar el riesgo de estar siendo observado, el asalto de cierta nostalgia es inevitable; estar huyendo de la estabilidad y la reiteración resulta adictivo. Considero, no obstante, un descanso haber dado con el refugio de esta tierra pedregosa y basáltica, que dora el sol y que recibe el agua de formas tales que generaciones de campesinos han podido extraer de sus entrañas la fertilidad justa y suficiente para dar un fruto que permita subsistir del comercio o bodegas mayoristas internacionales.

De mi otra vida, echo de menos a unos pocos amigos y no demasiado más. Echo de menos, por supuesto, también a mis sobrinos y a algunos familiares mayores, pero a eso estaba ya acostumbrado de antes; también a mi hermano Toufik, como nunca me había ocurrido en esa extraña relación que nos ha caracterizado, inestable, fragmentada, con el vínculo de la sangre entremezclado con el veneno de la desconfianza, fraguada por los recuerdos comunes y el rencor. Acaso sea la certeza de una separación definitiva, o el paso del tiempo que nos va haciendo fuertes para unas cosas y simultáneamente más débiles para otras, o acaso se trate de algo diferente, un secreto íntimo enterrado en el tiempo, que se me reveló como por sorpresa en aquella historia tradicional sobre dos hermanos que me contó Graciela en Kengawa y que a ella a su vez le habían narrado en un viaje al desierto (y que en algún momento transcribiré para no olvidar).

El último día en que vi a mi hermano yo venía de Oriente Medio, donde había estado tratado asuntos de diversa índole (información, cifras, chismes), con Kamal, un compatriota que llevaba instalado en la región más de veinte años, casado con una azafata de la compañía aérea de Emiratos. Yo ya sabía entonces que en aquel viaje, con escalas, me estaba despidiendo de Kamal y de mi hermano Toufik, como también me despediría de Murz, mi padrino, a orillas del Main dos días después; yo lo sabía y ellos lo ignoraban por completo.

Invitados por mandos militares, Kamal y yo habíamos asistido durante dos días a demostraciones de armamento de última tecnología recién adquirido, durante monótonas jornadas

de maniobras del ejército, y también a otro evento más interesante, la sesión de vuelos de graduación de la nueva promoción
nacional de pilotos de combate, un motivo de orgullo para un
reino que, dos generaciones antes, no era más que un erial de
arbustos y planicies caliginosas, habitado por nómadas a merced de los caprichos de las potencias extranjeras cuyos soldados, geólogos e ingenieros, en sucesión y recurrentemente,
hacían batidas de ocupación y exploración por toda la región.

Esa tarde asistimos a la fiesta de recepción del nuevo embajador de China en el país, un evento tedioso en el que resultaba
obligatorio saludar a propios y extraños con absoluta familiaridad. En algún corrillo se rumoreaba que el príncipe Al-Haidari
podía dejarse ver en persona, pues andaba por allí alguno de
sus adláteres habituales, esos que otean el terreno con el fin de
evitar encuentros enojosos al príncipe en el momento en que
este decida mostrarse. El marco de la recepción era el primer
hotel construido en el Golfo por parte de una multinacional
del turismo, allá por los años setenta. Su arquitecto había desplegado una sabia integración de elementos que suavizaba las
proporciones gigantescas, ciclópeas, de un centro de convenciones que debía mostrar al planeta cómo los guardianes del
oro negro erigirían un paraíso abierto y tolerante, alejado de
dogmatismos y de tópicos, un lugar de encuentro de culturas
para el cruce de civilizaciones y comerciantes, como lo había
sido en un dorado antaño.

De pronto, sin que nadie me hubiera avisado, me encontré
en un corrillo hablando con el príncipe Al-Haidari.

Hacía tiempo que no lo veía, aunque eso no me habría im-
pedido reconocerlo, en el caso de que alguien me lo hubiera
presentado; aun así estuve dudando unos minutos. Llevaba
una chilaba y un turbante de lo más ordinario; fue su reloj lo
que me puso en alerta. Al-Haidari debió de calibrar mis dudas
y permitió que se extendieran unos momentos, sin despejarlas.

Continuó prestando atención a una conversación intrascendente sobre rutas aéreas, fichajes futbolísticos o rumores sobre algún miembro de la familia real. A Al-Haidari le gustaba informarse en persona sobre de qué se hablaba en las plazas y disponía de confidentes en todos los estratos y oficios sociales, a los cuales podía invitar por sorpresa a su palacio para ofrecerles un té y unos pasteles entre cuadros de Van Gogh o Picasso. En una época yo lo había tratado bastante y sabía que le gustaban los golpes de efecto, aunque la imaginación popular seguramente los exageraba, y que también se refugiaba en un mutismo extremo en ocasiones (no era un tipo sencillo de catalogar). Astuto, sin duda, cruel en la medida necesaria y capaz de una enorme potencia de decisión, Al-Haidari no titubeaba ante los dilemas y tenía instinto para impresionar; era paciente en los tiempos, campechano en los negocios, discreto para observar y encantador de serpientes, todo a la vez.

El corrillo en el que nos hallábamos se partió y nos quedamos a solas los dos, el príncipe y yo. Un momento antes, al ajustarse las gafas oscuras, me había permitido interrogarlo con la mirada y después había asentido en respuesta: sí, era él; lo cual me había manifestado sin abandonar su actitud general de distancia, la lejanía inherente en que situaba a los demás respecto a su posición de dominio. Muy pocos de los cientos de invitados presentes en aquel zigurat de vastos espacios interiores, delimitados por muros revestidos en mármoles jaspeados que enmarcaban galerías de arcos lobulados, muy pocos o ninguno de aquellos invitados, digo, podía sentirse un igual a su lado. Todos ellos eran conscientes de que de una decisión de Al-Haidari, de un gesto deferente o malhumorado suyo, de que captase y apreciara de pronto una cierta cualidad personal, dependía el destino de cualquiera de los que estaban allí. Una pasajera veleidad de Al-Haidari podía enriquecer a cualquiera de los presentes más de lo que jamás hubiera soñado, simplemente a cambio de una ciega lealtad vitalicia; un trato que, huelga decirlo, cualquiera hubiera cerrado con gusto. Yo era una de las pocas excepciones y Al-Haidari lo sabía; acaso por eso mismo me respetaba de forma especial.

Durante mucho rato, conversamos sin objeto particular. Se interesó por mis opiniones retóricamente, pero, en general, la mayor parte del tiempo fue él quien me entretuvo desgranando historias sobre sus intereses: las obras de infraestructuras en el reino, el progreso técnico que abanderaba y sus reflexiones sobre la historia de una región en la que desde hacía siglos imperios orgullosos y guerreros arreglaban sus diferencias y fijaban fronteras mediante largas guerras de desgaste. Eso, para Al-Haidari, era lo que el pasado enseñaba y no podía ignorarse; el futuro traería otros sueños para su pueblo, pero antes había de lograrse una paz y eso llevaría no menos de una generación, hasta que se repartiera de forma estable y duradera la inmensa riqueza de la región y se disciplinara por la dureza a la población inmigrante para el trabajo. La paz llegaría en el tiempo de sus nietos. No era usual oírle expresarse con esa rudeza, aunque tampoco me sorprendiera. Me impresionó más su determinación, la rotundidad sin aristas de lo que decía, que no le quedara un atisbo para la duda; y también, en cierto modo, la ausencia de dramatismo o culpabilidad con la que hablaba de ello, como si estuviera convencido de que era ese su servicio a su pueblo, permanecer al mando durante la dura travesía y mantener el testigo de una filosofía milenaria que en la sangre se traspasaba entre generaciones, y que había de mantenerse con la sangre. Yo lo entendía y le dejaba hablar. De pronto, en mitad de otro tema, me preguntó por Arno Murtz. Entonces hizo un par de afirmaciones tajantes y me dijo estar «dándome su palabra». Yo comprendí el mensaje. Se fue mostrando cada vez más risueño conmigo en aquel largo aparte, abierto y cercano. Al rato se acercaron otros visitantes y la charla devino a cauces coloquiales, incluso chabacanos. Al-Haidari podía adoptar muchas máscaras; como el camaleón que muda de coloración, se mimetizaba con su interlocutor y el ambiente. Nadie lo hubiera tomado por un poderoso en aquellos momentos, ni yo podía distinguir entre los que formábamos el círculo en torno a él si una o dos personas eran guardianes de su confianza. Sé que en algún momento me distraje y que de pronto Al-Haidari había desaparecido sin despedirse; y que seguí hablando con alguien, como suele suceder en las fiestas, sin prestar ya mayor atención, mientras hacía cábalas sobre las palabras del príncipe y calculaba los tiempos de la segunda escala de mi viaje.

Pedí a mi buen amigo Kamal que me ayudara con los preparativos de mi viaje inminente, de lo que se encargó con su presteza habitual. No dormí apenas aquella noche. Antes de que saliera el sol estaba haciendo la maleta y había trenzado mis destinos para las cuarenta y ocho horas siguientes, incluyendo una reserva para cenar en el Hilton de San Juan de los Pinos, en Argel.

Río Paraíso, 8 de enero de 2020

Despegué del Golfo de madrugada. Un vehículo blindado se ocupó de mi traslado; el aparataje técnico del furgón, sus cámaras, pantallas y paneles ubicuos, contrastaba con el llano arenoso que atravesábamos, en medio de una bruma que el primer sol comenzaba a destejer. La carretera interminable discurría junto a la alambrada de la base y recuerdo que me dio por imaginar que el conjunto de las instalaciones de aquella instalación militar lo rodeaba una alambrada invisible aún más alta, que conformaba una jaula invisible de la que la valla metálica era apenas el basamento observable. Los habitantes de aquella jaula cimentada en el desierto respondían en exclusiva a sus propios reglamentos y mandos, a un inaccesible estado mayor que eternamente los disponían en hileras y tropas, fijándoles misiones y maniobras, en ejercicios que repetían rutinariamente, jornada tras jornada, a la espera de alguna escaramuza teatral entre generales o, peor, de un bombardeo real; o, aún peor, lo verdaderamente espantoso, de un combate abierto (fuera de la jaula). Divagaciones aparte, seguía dando vueltas las palabras de Al-Haidari que debería trasladar yo a Murtz. La avioneta esperaba a pie de pista. No tuve necesidad de mostrar el pasaporte. El piloto de la avioneta, que tenía rasgos mediterráneos, quizás turcos o libaneses, no cruzó una palabra conmigo. Dos soldados muy jóvenes me acompañaron durante el vuelo; de tanto en tanto me ofrecían bocados salados y pasteles de almendra, que no quise probar; en vez de ello pedí una lata de Coca-Cola porque prefería mantenerme despierto, o al menos no caer en un sueño profundo, en presencia de mis vigilantes. Mientras la avioneta tomaba altura, salía el sol por la raya del horizonte; en el claror del alba me deleité en evocar el rostro de una ingeniera italiana con la que tal vez me encontraría en el restaurante del Hilton. Al poco rato del despegue el avión viró en dirección al oeste, de modo que avanzábamos de manera continua hacia la oscuridad, dejando el sol detrás de nuestro rumbo, en una franja pálida que se esquinaba hacia la cola del avión.

La avioneta se tambaleó al atravesar las masas de neblina que envolvían Argel. Una lluvia menuda descendía sobre las manchas de verdor dispersas entre hangares de vigas oxidadas, naves a medio terminar y baldíos. Pasé la mañana en el distrito de Hydra transitando por distintos despachos. Hablé con mi hermano Toufik por teléfono; nuestra relación ha tenido episodios complicados y, a pesar de que le insistí en que lo que tenía que decirle no podía ser dicho por teléfono, rehusó recibirme en persona. Adujo que no le parecía conveniente que se nos viera juntos y yo fui demasiado orgulloso para insistir. Me quedó tiempo para pasear sin rumbo hasta la hora de comer. Las calles bullían, en los cafés se discutía de lo divino y lo humano, las mujeres compraban en las tiendas, los jóvenes perdían el tiempo; y, si bien las obras del paseo marítimo parecían interrumpidas, con excavadoras aparcadas por aquí y por allá a lo largo de kilómetros de tierra removida, en otros puntos de la ciudad los obreros movían ruidosamente planchas y las hormigoneras zumbaban: se estaban construyendo torres de pisos residenciales, un edificio del gobierno, un centro comercial. Almorcé en el Hotel de San Juan de los Pinos y me dispuse a echar la siesta sin haber recibido contestación sobre la cita de mi ingeniera, una italiana morena, algo delgada, de ojos profundos, que pasaba de forma alternativa dos semanas en una plataforma petrolífera del desierto y una de descanso en su ciudad natal. Nos habíamos conocido en una recepción en Argel y después yo incluso había volado varias veces a Tamanrasset para encontrarme con ella.

Al despertar encontré por fin un mensaje suyo. Al parecer, su empresa le había puesto fecha de regreso y estaba preparando su partida; la destinarían a las oficinas centrales en Milán. No decía nada más, ni siquiera desde dónde me escribía, así que la llamé por teléfono. Se encontraba en Argel, como yo; sin embargo, al principio me dio la impresión de que no quería que nos viéramos. No sabía casi nada de su vida personal, y tampoco me pareció oportuno indagar en sus sentimientos en ese momento, a quemarropa. El hecho es que, finalmente, anulé la reserva del Hilton y nos vimos para cenar en la Kasbah, en el restaurante de un amigo de confianza; y que finalmente fuimos a tomar una copa al Sheraton; que bebimos y reímos, finalmente; y que finalmente..., es igual.

La mañana siguiente partí hacia Europa en un vuelo privado organizado para ejecutivos petroleros gracias a un contacto que me había facilitado oficiosamente mi hermano desde el gobierno, junto con un salvoconducto que me evitó dejar rastros inconvenientes. Noté que los ejecutivos eran de Texas, por sus proporciones físicas de armario empotrado, fruto de una genética sajona excelentemente desarrollada entre pastos de ganado y pozos petrolíferos, y por la aplastante seguridad física y mental que desplegaban a su paso, para que nadie dudara ni un segundo de que jugaban una partida con las cartas marcadas en un casino de su propiedad y de que no iban a dejar que se les escapara un juego. Su sonrisa de satisfacción era intransferible a cualquier otro tipo de individuo del planeta, al nacional de cualquier otro país, incluso de otras regiones de su mismo país. Aterraba pensar a qué llamaría un tipo así felicidad.

Por otra parte, he llegado a alcanzar cierta amistad con algunos de estos tipos. Lo importante es no entrar en las reglas del juego tal cual las juegan ellos, porque, entonces, está hecho así, ellos lo ganan; y no prestarles tanta atención como reclaman, ni desviarse del propio curso. Lleva un tiempo resituar el plano de la relación, puesto que son persistentes, monográficos, incombustibles. Pero se logra. Con algunos, como decía, puede trabarse una sólida, paradójica, amistad. Ningún ser humano, esa es una de las fortunas de la existencia, cabe en una categoría; ninguna persona cabe en un personaje.

Los ejecutivos petroleros eran cuatro y mostraban su jerarquía por la disposición de asientos en el avión; el de mayor rango en la ventanilla derecha, y yo a su izquierda, en una deferencia que nos permitió sostener una conversación entretenida, a despecho de que no nos saliéramos de los tópicos; los adláteres intermedios enfrente de nosotros, esto es, de espaldas a los pilotos, y dos jóvenes ingenieros en los asientos de atrás, donde el techo del fuselaje se rebajaba y el ruido debía de ser más incómodo. Uno de ellos iba dormido. Sospecho que la gira por países del norte de África de la que regresaban le habría deparado excesos nocturnos, causantes de aquel sueño atrasado; me sonreí de percatarme de que yo mismo, en realidad, me hallaba en una situación de somnolencia por motivos parecidos.

En cualquier caso, hice los honores a mi anfitrión durante al vuelo, pues nada es casual en esos ambientes; el tejano de máximo rango quería conocerme y no era impensable que hubiera oído hablar de mí, aunque le interesase más la información que yo pudiera ofrecerle que mi actividad en sí. Yo correspondí a la cortesía de que me hubieran aceptado en el avión, como una atención personal a mi hermano Toufik, manteniendo gustoso una conversación amena, en la que me manejé sin exponerme, reafirmando los clichés que un americano de su estatura daba por sentados sobre la región. El tejano hablaba con cierta condescendencia de los príncipes del Golfo, y con la máxima iniquidad de uno en particular, de lo que tomé nota; en cambio, despedía un entusiasmo rayano en la fascinación por Al-Haidari.

Aterrizamos en Ginebra y de allí tomé un tren hacia Zúrich. Tuve el tiempo justo de pasar por mi apartamento alquilado, dormir una hora escasa y seguir de viaje, con la sensación gratificante, eso sí, de hacerlo esta vez conduciendo mi coche propio, después de unas semanas a golpe de chóferes y taxis por países, aeropuertos y hoteles. Salí de Suiza por la frontera de Basilea y continué por la autopista A5 alemana.

Llegué a mi cita con Murtz a media tarde, a la hora convenida, a orillas del Main.

Río Paraíso, 11 de enero de 2020

Me encontré con Arno Murtz en la terraza de un museo de arte moderno, que gozaba de vistas al río a través de una cristalera etérea y límpida. Barcazas cargadas de contenedores atravesaban el ancho cauce del Main, que las dejaba hendir sus aguas inalterablemente como un patriarca bondadoso. Por la margen derecha del río se extendían arboledas y senderos para ciclistas entre parques de columpios de madera y, más allá, hacia lo lejos, se alzaban complejos de oficinas, de silueta discreta, aunque algunos altísimos.

Encontré a Murz preocupado; no sonrió una sola vez en la hora larga que duró nuestra cita y apenas esbozó un rictus amable al despedirse. Por la concentración que le requería expresarse supuse que estaba preparando una operación importante y que aún le preocupaba, como sucede en las fases de planificación, que no quedara ningún aspecto sin examinar, así como que, una vez desencadenada la acción, nada pudiera detenerla ni apartarla del curso establecido. Murtz era un hombre cordial, alto, de físico robusto, que había superado los sesenta años, cuyos pómulos no surcaban apenas arrugas (en cambio, bolsas pesadas le hundían los párpados).

Murtz mantenía su autoridad natural sin esforzarse, por su entonación pausada y la gravedad de las circunstancias a las que hacía alusión. Platicamos en inglés, una señal más de que le preocupaba expresarse midiendo los términos. Estábamos acostumbrados a alternar aquel idioma y el francés, de forma indistinta, a pesar de que posiblemente para ambos resultaba más natural el francés, o eso se infería del rudo acento centroeuropeo con que Murtz hablaba el inglés. Yo no había sabido con certeza su nacionalidad, nunca, desde que apareció en mi vida durante el bachillerato, aunque no fuera hasta unos años después cuando ingresé en la rama juvenil de Fuerza y Espíritu. En cualquier caso, fuese cual fuese la nacionalidad original de Murtz, se había difuminado en su biografía, como sucede a los que han tenido una vida cosmopolita.

En esa línea, nuestra conversación de aquella tarde, a orillas del Main en la terraza del museo, empezó siendo elitista y banal, como otras veces; habíamos ido perdiendo cierta conexión, aunque no la confianza, puesto que la confianza era precisamente lo que jamás podía perderse entre nosotros, como me pidió en cierta conversación decisiva y como yo se la había venido demostrando, a ciegas y sin preguntas, operación tras operación.

Sin embargo, aquella tarde tuve la impresión de que su pesimismo era impostado, una forma de mantenerme en una visión desesperanzada que convenía a sus intereses. Disertaba en términos muy críticos sobre la situación mundial, sobre los americanos, sobre los chinos, sobre los ingleses o los franceses, de todos y por su orden. Hablaba en tono quejumbroso, desgranando frases cortas, espaciadas, algo titubeantes, encaminadas a probar un punto de vista. Hablaba con una lucidez extraordinariamente certera. Los americanos habían perdido Oriente Medio, eso era un hecho, y además les había dejado de importar, hasta cierto punto, dado que habían extraído ya réditos suficientes durante largo tiempo. Les quedarían allí sus amigos de siempre en el Golfo (se refirió a Al-Haidari con calidez), cuya atalaya les servía para vigilar los equilibrios entre las potencias emergentes y les facilitaba una plataforma para cobros de comisiones y operaciones de armamento. A los americanos les preocupaba y les obsesionaba China; era donde querían su parte de la tarta y no veían cómo hincar el diente. Necesitaba frenar la autonomía de sus dirigentes y tenía que encontrar una operación fulgurante para hacerlo, un aviso que les llegase de manera inequívoca. Murtz hablaba en hipótesis, en futuro, pero yo intuí que la operación que sería luego llamada Ira y Tempestad estaba casi lista. Quizás el mensaje de Al-Haidari que yo portaba fuera uno de los últimos flecos pendientes. Mientras escuchaba a Murtz en aquella tarde, por primera vez en mi vida pude ver más allá de lo que él me contaba y de lo que a él le interesaba sacar de mí; había aprendido tanto a su sombra, en tantos años de misiones y operaciones compartidas, bajo su mando, en la lealtad mutua, que daba por hecho que Murtz me conocía mejor a mí que yo a él. De pronto, en aquella conversación a orillas del Main, dejó de ser así.

Comencé a ver a Murtz a través de los ojos de Martin Kreutzer. A descifrarlo con el pensamiento de Martin Kreutzer. A escucharlo con atención para oír lo que no me contaba, como si yo fuera Martin Kreutzer.

Río Paraíso, 12 de enero de 2020

Terminado el café, Murtz me ofreció pasear junto al río. Comenzaba el otoño; de la tarde emanaba esa luz mitigada y serena del norte de Europa. La orilla izquierda del Main, una antigua zona industrial, tenía una vegetación asilvestrada. Por sus aceras se mezclaban antiguas fábricas, reconvertidas en *lofts* residenciales, y solares donde crecía un follaje disperso. Murtz se protegía con una gabardina beis; yo iba a cuerpo, en traje. Aunque no transitaba mucha gente por allí, Murtz daba muestras de conocer bien el terreno por donde íbamos, zigzagueando entre senderos, hollando los herbazales. Nuestra conversación se concentró en el príncipe Al-Haidari; Murtz quería saber mis impresiones sobre los equilibrios familiares y las querellas internas en el Golfo. En mi opinión, expliqué, la situación familiar se había apaciguado; a Murtz, me dijo, le inquietaba el grado de control de Al-Haidari sobre algunos de sus primos más jóvenes. Dejó caer el nombre de Al-Jaifari entre otros; yo esbocé una defensa de este y Murtz me cortó en seco.

—Al-Jaifari es la némesis del príncipe —me respondió—. No puede seguir ahí.

Aún hice un intento de contradecirlo:

—Ha perdido brillo, no es peligroso.

Era el momento de llevar a cabo mi cometido y añadí:

—Al-Haidari va a cumplir con su parte. Es mejor dejarle que maneje sus asuntos.

El mensaje central estaba dado. Hablar de Al-Jaifari era un simple rodeo, una excusa.

Por entonces, yo había alcanzado ciertas claves sobre el sentido que entrañaba uno u otro código sobre una operación de Fuerza y Espíritu, la red a la que yo había dado tanto de mí y de mis mejores años, bajo la férula de Murtz. Pero mi comprensión se agudizó durante aquel diálogo con Murtz. Yo no solo estaba al servicio del plan maestro final de Martin Kreutzer; no solo era sus ojos o sus oídos en determinados ambientes; había comenzado a ser el pensamiento de su mente que había concebido para mí. Esa tarde las ideas y palabras de Martin Kreutzer comenzaron a propagarse en la corriente de mis pensamientos, a asaltar mi mente, convocadas por el río, la tarde, las florecillas silvestres o quién sabe qué. Se aglomeraban en mi pensamiento y estallaban luego. Entonces, en el paseo con Murtz, comprendí lo decisivo de mi papel en la operación de Kreutzer, esto es, que tendría que traicionar a Murtz. Ya estaba en ese instante empezando a traicionarlo, en el mismo segundo en que me di cuenta de que sería así.

Tuve la sensación de que aquella conclusión era un proyectil que me alcanzaba desde los planes que Martin Kreutzer había trazado. Luego, por seguridad, en el mismo instante en que lo pensé, lo borré de mi mente. Debía concentrarme en la abstracción mental de que yo aún ignoraba a quién traicionaría; no dejar de mirar a los ojos a Murtz con franqueza, ni cambiar uno de mis gestos habituales, ni vacilar, dejar de interesarme o interesarme más de la cuenta un mínimo instante, o haría que Murtz dudase sobre mí. El paisaje dejó de ser el mismo; el Main se transformó en el río en el que tuve que enfrentarme a las consecuencias de mis actos y al joven que fui o en que me convirtieron. Había dos caminos. O bien hablaba de forma inmediata a Murtz de lo que sabía, o bien, por el hecho de no contárselo en el acto, dejaría de ser de su confianza, intrínsecamente; un punto del que jamás podría haber marcha atrás. Fuerza y Espíritu se fundaba en no vacilar bajo ningún motivo, era esa la fuente de su grandeza y de su espectacularidad. Pude hablar y no hablé, aquella tarde. Todo en mi vida quedó en el aire. Quien traiciona una vez puede traicionar otra, es así de sencillo y universal. Da la impresión de que residiera ahí la clave de algo. Qué importa.

Me concentré en escuchar a Murtz como forma de salir de mí mismo, con el propósito de evitar que mis reacciones delataran perturbación alguna. Logré imbricar mi lógica y mi entusiasmo con lo que Murtz me relataba. El mensaje que yo le había trasladado de Al-Haidari había mejorado su humor; se notaba que era un admirador declarado del Príncipe, a quien consideraba una de sus criaturas predilectas (hay un plano de las relaciones entre gerifaltes que resulta perplejamente íntimo). Murtz utilizaba un plural en el que se incluía a sí mismo, dentro de un sujeto indefinido, para esbozar en voz alta sus planes. Yo lo entendía más de lo que él pensaba. Lo que en otras personas hubiera sido filosofía de salón, en Murtz significaba que algo importante en verdad estaba a punto de ocurrir, aunque en ese momento yo no lograra hacerme idea de cuándo. Él debía hablarme en clave. Recuerdo todavía frase a frase su plática, de tan atento como lo escuchaba mientras procuraba no pisar las margaritas silvestres de la orilla del Main.

«La rivalidad entre Estados Unidos y China no puede mantenerse más en sordina. Una guerra real es inevitable. Corta y sin máscaras. Aunque los americanos utilicen algún aliado, la señal debe ser a ojos vistas».

Hablaba en tono bajo, como de costumbre. El rumor de la brisa que atravesaba la vegetación me forzaba a aguzar el oído (no así el paso silencioso de las barcazas mercantes, que tenían prohibido activar sus sirenas y se deslizaban como por cursos establecidos en el río, aguas arriba y abajo, en orden paralelo).

«Ha de ser uno de esos acontecimientos que marcan el siglo. La tensión subyacente repercutirá extensamente en el mar Amarillo. La isla Púrpura no pueden recuperarla. Es donde se fueron todos los ricos cuando la revolución de Mao, el suelo que les dieron para que se marchasen, eso y la inversión extranjera. Los titulares tienen que hablar de la isla Púrpura. Eso es lo que ni siquiera los europeos les van a permitir. A Europa también hay que despertarla de vez en cuando».

Su condescendencia todavía lograba, pasajeramente, hacerme sentir disminuido, lejos de ser su par. Noté el mordisco de esa sensación y la adopté como conveniente. Mantuve los ojos bajos, en actitud de estar impresionado. Prosiguió su monólogo.

«Los japoneses no quieren problemas. Les da igual si China despieza el mundo con tal de que ellos les sigan vendiendo la electrónica y el acero. En el fondo tienen rencor a Occidente, esos japoneses. Llevan años mirando para otro lado sobre lo que hace China en las islas Ryu Kyu. Expanden sus derechos sobre aguas internacionales y nada ocurre. A los americanos se les ha acabado la paciencia y se les va a acabar el tiempo. Tenemos que hacer que golpeen ya».

«Al-Haidari no podía fallarnos, también ellos están hartos de encontrarse a los chinos en África. Con los árabes conviene hablar claro. Al-Haidari no nos ha fallado nunca. Tu visita de hoy era importante».

Esbocé un gesto de agradecimiento. Murtz mantuvo clavada en mí su mirada líquida, escrutadora. Le devolví una mirada abierta, pues mi afecto por él era genuino, y no rehuí la prolongación del contacto visual: era su modo de examinarme. Se interesó como al albur por mis circunstancias: por mi hermano Toufik, por amigos comunes en Londres, por mis circunstancias en Zúrich. Se ofreció a ayudarme en cualquier favor que necesitara. ¿Volvía para Zúrich esa noche?, indagó Murtz. Tuve que decidir en aquel instante que sí, ante él no podía vacilar. ¿Me sería posible acercarle al aeropuerto de Frankfurt?, requirió. Tenía un vuelo nocturno. Compartimos un taxi. El resto de nuestra conversación fue entrando en un terreno poco fértil; permanecíamos en silencio ratos cada vez más extensos. Era usual que un tipo como Murtz entrara en periodos de intensa introspección, en los que revisaba mentalmente los planes de una operación y cómo afectaba a la ejecución la noticia, esto es, las ramificaciones que abría la entrada de Al-Haidari en acción.

Respiré hondo después de despedirme de Murtz en el aeropuerto. Por fin tenía tiempo de ordenar mis pensamientos. Puedo configurar razonamientos y cronologías sin necesidad de papeles o archivos, pero para ello necesito silencio y, a ser posible, un movimiento continuo, como el de conducir por una carretera. Estaba anocheciendo. Los letreros de la autopista se desplegaban en todas las direcciones por un dédalo de pasos a nivel entrecruzados. Necesitaba sumergirme en la noche al volante; tomé un expreso doble y conduje durante un par de horas, quizás algo menos, en dirección a Stuttgart.

Ya solo pensaba en Kengawa.

Río Paraíso, 23 de enero de 2020

Durante el encuentro con Murtz me había centrado en contrastar su planteamiento y entregar la pieza de información cobrada; como quien entra a una sala de cine y se olvida del resto de su existencia mientras dure la proyección, desde el primer anuncio hasta el final, así yo había estado absorto en la trama que Murtz tejía en su lanzadera de terminales y discursos dominantes. Me siento bien funcionado así, alternando los periodos de máxima concentración con otros inocuos, de dispersión absoluta. Al

volante por la autopista A6, de Frankfurt a Estrasburgo, bajo
la noche de Alemania, repasé lo que había escuchado a Murtz;
cada pensamiento, todas las derivaciones, me llevaban a un único lugar. Kengawa. Kengawa era nuestra única posibilidad de
detener a Murtz. Cayera quien cayera. Kengawa. Sucediese lo
que sucediese, bajo control o fuera de control. Kengawa. Lo
comprendí así, desde el subconsciente, en esos términos, como
si emergieran solas de la conciencia al lenguaje las ideas, como
si estas fueran yo mismo. Yo acababa de elegir bando. Me urgía
identificar a mis aliados. Entonces pensé en Beth.

No me atreví a llamarla.

Calculé que llegaría a tiempo al último tren de alta velocidad de Estrasburgo a París. Dejé aparcado el coche a un cuarto
de hora andando desde la estación. No podía dejar rastro. En
París tomé un tren regional, con destino al noreste. Fui pagando los trayectos en efectivo. Acababa de convertirme en fugitivo de mi existencia.

Estaba seguro de que Beth no haría preguntas; podía confiar en ella a ciegas. No pertenecía a ningún movimiento, ni tenía afiliación. Vivía retirada del periodismo, después de haber
ejercido como corresponsal de *Le Monde* en el África subsahariana muchos años. Era una reportera del mejor nivel: en-
cantadora, inteligente, atractiva, en grado sumo. Hacía sentir
a sus interlocutores relajados, de modo tal que se explayaban
en explicaciones e informaciones, a las que luego ella sabía dar
forma sin traicionar al personaje en cuestión. Había entrevis-
tado a los tipos más espantosos del globo: sátrapas, golpistas,
jefes paramilitares; pero también a la gente más corriente, con
la que se mezclaba con una naturalidad envidiable fruto de su
interés por saber, de cada uno, sus circunstancias. A todos, de
los palacios a los suburbios, daba voz en sus crónicas.

Esos tiempos habían quedado atrás... Beth, mi cosmopolita y fascinante amiga irlandesa, había encontrado el amor de

su vida en Didier, un francés, y se había retirado con él a una ciudad mediana en la costa de Bretaña, en la que él disponía de una gran casona campestre, que había convertido en hotel con restaurante. Para complicar el desastre (visto desde mi perspectiva, obviamente), Beth había sido madre de gemelos. Seguía colaborando con revistas especializadas sobre África e impartía charlas en colegios sobre la *Francophonie*; fuera de eso, se dedicaba a que sus niños crecieran rollizos y sonrosados, así como a desarrollar las tranquilas aficiones de la vida en el campo: cultivar hortalizas, hacer confitura, injertar rosales.

Llegué a la casa de Beth en Morlaix bien entrada la noche, con la mala fortuna de que, según me percaté en cuanto me abrió la puerta, los sorprendí en medio de una escena de caos familiar; los gemelos saltaban por el sofá, el marido les daba voces desde una mesa frente al ordenador, los niños no hacían caso. Beth era la única que no estaba alterada; o fue quizás que a los dos nos tranquilizara el hecho de encontrarnos. Me abrazó con cariño.

—No sabía que estabas en Francia.

—Yo tampoco pensaba venir a verte, Beth. Lo decidí esta misma tarde.

—Ahora me lo cuentas.

Quedamos en aplazar nuestra conversación de viejos amigos para el día siguiente. Yo estaba destrozado del viaje y a la vez mentalmente excitado. Comenzaba a barruntar el plan de Martin Kreutzer a pesar de que ignorase el papel que me estaba reservado. Si bien el largo viaje me había ayudado a remansar el vórtex de pensamientos que me provocara el encuentro con Murtz, no estaba seguro todavía de qué necesitaba obtener de Beth. Dormí con un sueño profundo hasta entrada la mañana siguiente. Al despertar no encontré a nadie en la casa. Una nota escrita por Beth me citaba en el restaurante del hotel, en la costa, a la una de la tarde. Afuera lloviznaba. Cogí un paraguas y di un paseo hasta el pueblo cercano. Desayuné en un café de época vetusto, que daba a la plaza principal, donde un quiosco de música soportaba el chaparrón matutino con estoicismo, a la espera de los domingos soleados. Las casonas de altas cornisas y mansardas de pizarra se alzaban orgullosas en la avenida principal, y un viaducto de hierro, cuyas vigas trepidaban al esporádico paso de un tren de mercancías, cruzaba por lo alto del valle.

Para cuando llegué al restaurante y encontré a Beth, había salido el sol. Nos sentamos en una mesa del jardín. Las llamas de los calefactores estaban prendidas a medio gas. Una mujer de largo cabello y vestido suelto tocaba al piano piezas de Erik Satie. Beth me habló de las rosas del jardín, que ella misma cuidaba.

¿Qué habría pensado Beth de mis misiones, si las hubiera conocido? ¿Intuía ella que necesariamente existía un doble fondo, un propósito crudo, en los intercambios de información que, desde que nos conocimos en Kengawa, a los dos nos habían sido de tanto provecho? Durante años, yo le había facilitado recomendaciones y contactos para algunas de sus mejores entrevistas en Kengawa y le había filtrado primicias; por su parte, ella me había dado opiniones valiosas sobre lo que determinados tipos opinaban a micrófono cerrado, incluso de asuntos familiares y conyugales, tan soterrados como decisivos en muchos casos. Beth fingía haber aceptado creer que yo era un conseguidor de inversores extranjeros, una especie de intermediario financiero, sin indagar más. No obstante, probablemente adivinaba la oscuridad del lado de la realidad en el que yo me desenvolvía; al fin y al cabo, ella misma era una ávida exploradora de las sombras del mundo. Beth había visto los peores horrores, los había contado en reportajes, hechos que da vergüenza y pudor escribir. Violaciones masivas de mujeres, ante familiares obligados a mirar o, de lo contrario, a morir en el acto. Desesperación, vejaciones, disparos a sangre fría, manifestaciones de una histeria embriagada del miedo y la venganza supurados en instintos animales sin freno, aberrantes, degradados. La brutalidad desbocada de los soldados que asaltaban aldeas a la busca de colaboradores, a menudo inventados, de alguna otra facción armada de las que asolaban las regiones malditas del oro, el níquel o el coltán (del oro para los mercados financieros, el níquel para las aleaciones de los rascacielos o el coltán para los procesadores electrónicos).

Ahora Beth cuidaba las rosas del jardín del restaurante de Didier, su marido, y me explicaba curiosidades acerca de sus variedades y sus esquejes con la energía inagotable de una niña vivaz.

Fui yo quien llevó la conversación a los últimos acontecimientos en la República Libre del Iris. No estaba al corriente de la situación. Daba por hecho que el general Geldnanm nunca correría riesgos políticos por los actos de violencia de las regiones del este; aunque se habían hecho crónicos, sí, el ejército los mantenía controlados en un perímetro restringido. Yo coincidía en ese punto con ella. Trasladé a Beth que mi preocupación se dirigía ahora a Kengawa, al oeste, la región habitualmente más tranquila. Grupos armados provenientes de la frontera con el Sáhara habían hecho incursiones en la zona. Aumentaban los secuestros y las extorsiones a empresas. Políticos de los márgenes del sistema, ajenos al clan de Geldnanm, estaban logrando hacerse con un espacio creciente en las noticias y agitaban los espantajos del miedo ante el crecimiento de la violencia, culpando a la capital de la República por su desinterés crónico hacia Kengawa.

—¿Qué oficial del oeste puede fallarle a Geldnanm? —pregunté.

Miré a Beth a los ojos. Necesitaba que pensara en ello.

—Geldnanm los conoce a todos. Hasta de los niveles medios y bajos se sabe nombres, amistades, opiniones. No vais a encontrar un oficial con tirón que esté descontento. Lo habría liquidado al menor indicio.

—No existe el control absoluto, Beth. Habrá algún oficial con un punto débil, alguien vulnerable, resentido.

Beth se pasaba la mano por el cabello. Callaba.

Insistí:

—Tiene que ser alguien nuevo, inesperado. Acaso inusitadamente joven. Que concite simpatías. La gente no quiere más sanguinarios ni vejestorios. Es el momento de alguien diferente.

—Alguien diferente no llega a oficial en el ejército de Geldnanm. Lo sabes bien, Malik.

—¿Cuál es el mejor oficial nacido en Kengawa, Beth?

Beth sonrió, como suavizando lo directo de la pregunta. Se atusó el pelo, parpadeó pensativa. Y por fin dijo:

—Chiwa Olangjo. Ahora, que no sé si es lo que te interesa. Chiwa es un hombre honrado, no va a insubordinarse.

—Lo conozco. Si llegara el día crítico, uno de esos días en los que algo puede quebrarse drásticamente o continuar invariable treinta años más, en función de en qué lado se sitúe una persona decisiva, ese sería el momento de Chiwa Olangjo.

—Chiwa lleva la jerarquía en la sangre, Malik, olvídate. Se la han incrustado debajo de la piel, los militares al pueblo, desde la independencia. Chiwa no es del tipo que se corrompe por sueños de poder.

—¿Y por sueños de justicia? ¿Y por avanzar hacia la democracia?

—Ese, querido Malik, es, justamente, el error de los periodistas europeos cuando vamos a África. Que estamos deseando contar que ocurren historias moralizantes a nuestra manera. Y no suceden.

Permanecí titubeante. Luego admití con un gesto la tregua. No podía ir más allá. Beth me había dado el nombre que necesitaba, su mejor cálculo, y no había negado que Chiwa Olangio reuniera las características para ser el hombre providencial de Kengawa, si se alineaba la ocasión y el momento. Buscar el punto débil de Chiwa sería asunto mío, pasaba a formar parte de mi misión.

Éramos de los últimos clientes en las mesas del jardín; Didier nos invitó a un licor y se sentó con nosotros un rato; luego estuvo tocando el piano, mientras los camareros recogían las mesas y limpiaban.

II

Las escuelas

La llegada

El Airbus 340 se está aproximando al aeropuerto de Kengawa, según muestra el desplazamiento de la flecha sobre las pantallas frente a cada asiento. Las azafatas pasan descorriendo las cortinillas, recogiendo restos de comida, entregando los formularios de control. Graciela recoge el suyo. Al sacar el pasaporte para copiar el número, vuelve a comprobar una vez más su visado de larga estancia. Luego contempla el cielo estrellado sobre las nubes que recorre el avión, evocando tal vez los rostros que ha dejado en Europa: sus padres, Martin y Claudia, él ingresado en la residencia Walser, ella recuperando su vida social en Lugano. También divisa como reflejados en el vapor del aire momentos de la despedida en el aeropuerto: los brazos desplegados de par en par de su primo Marc diciendo adiós, el gesto circunspecto, y a la vez orgulloso, de Magdalena Krámer, al otro lado de las compuertas de metacrilato donde se pasaba el escaneo de equipajes. Su madre, doña Claudia, no la había querido acompañar al aeropuerto, celosa, probablemente, de la influencia creciente que Magdalena Kramer (su íntima desde los tiempos de la universidad y madrina del bautismo de Graciela) había ganado sobre su hija.

—Tienes los mismos idealismos que tu padre.

Había dicho doña Claudia a Graciela, cuando esta le anunció que se marchaba para África sin billete de regreso, a trabajar en la fundación de escuelas creada por Jean Dongala, un famoso arquitecto del país, de éxito internacional.

—Y como a él, nada se te puede interponer en el camino.

Al salir de casa, su madre le había dado un abrazo, diciéndole:

—Sigue tus sueños —y se quedaron juntas las dos, abrazadas. Graciela llegó a acariciar a su madre el rostro y entonces ella se separó, otra vez contenida.

Desde la misma noche de su llegada, Graciela comienza a escribir cartas frecuentes a su padre a la residencia Walser. A muchos de los pueblos que visitará no llega el tendido eléctrico, aún menos la cobertura telefónica. Para su seguridad en un caso extremo, durante el almuerzo de despedida en el aeropuerto, Magdalena Krámer le ha regalado un dispositivo de comunicación novedoso, que usaba también el primo Marc, quien le enseñó cómo aplicar el código de seguridad, basado en el reconocimiento de trazos cromáticos.

En la primera noche en Kengawa, Graciela se aloja en una villa de apartamentos para extranjeros. Allí permanece aislada, a la espera, durante dos días, porque la carretera a Mumkawa, a donde se dirige, está bloqueada por una riada que la ha cubierto de troncos de árboles y piedras. La primera carta que remite a la residencia Walser es larga y en sus líneas rezuman la ilusión y la responsabilidad. Si nunca alcanzó una comunicación plenamente fluida con su padre, ahora por escrito las palabras brotan más ligeras; ya no queda nada que guardarse. Lo que ella no le escriba, él nunca lo sabrá; en lo que ella le cuente, tal vez su padre encuentre fuerzas que mantengan el curso de su memoria, antes de que el olvido lo envuelva en su plumaje opaco.

Durante la espera en el complejo de apartamentos, donde apenas se hospeda ningún otro visitante más que ella, escribir a su padre ofrece a Graciela la oportunidad de aclarar sentimientos, antes agitados en remolinos y turbulencias.

La primera vez que Graciela ve Kengawa desde el aire (lo escribe en su primera carta a la residencia Walser) le da un vuelco el corazón cuando los cerros se acercan y el ala del avión casi roza las miríadas de chamizos que los salpican. El negror de la tierra tiene una densidad impenetrable; constelaciones de bombillas siluetean el extenso retal que las chabolas forman hasta donde la vista alcanza por lomas y colinas, como si las hubiera depositado una lava de chapas y hormigón. Gigantes torres de alta tensión balizadas vigilaban, desde lo alto de los montes, las laderas por las que Kengawa crecía sin fuero en población.

Los dos días de espera en Kengawa dan a Graciela la oportunidad de una aclimatación suave a esos diluvios súbitos que ennegrecen el cielo inexorablemente varias veces al día y le permiten respirar a pleno pulmón el aire eléctrico que hace henchirse los pulmones, tras la tormenta; también trabar conversaciones con la cocinera del comedor y el guarda de la garita. África le ha dado una bienvenida amable y en falso, sospecha Graciela. Antes de venir, ha leído algunos libros recomendados y ha preguntado por sus experiencias a otros voluntarios que pasaron por la fundación y que la han preparado, en teoría, para el choque con la miseria y la desesperanza. Por ahora se siente fuerte, se siente bien, segura de la decisión que ha tomado, escribe en esa primera carta. Ha terminado el tiempo de las dudas y eso supone en sí una liberación. Sus sentimientos sedimentan a medida que el bolígrafo recorre el papel.

«Tuve una cosa clara desde el principio, que la tristeza que sentía viendo las chabolas no me iba a hundir, porque me llamaba a hacer algo. Estoy tan segura de que aquí pueden hacerse tantas cosas útiles si se acierta..., lo difícil es saber cómo acertar, claro».

Se había pasado la última noche antes del vuelo hablando en vela con su primo Marc en la cocina del apartamento de este en Friburgo. Marc había trabajado en la fundación durante varios veranos y había tratado de prevenirla sobre la dureza del choque, sin por ello cesar de animarla.

«Te recordé mucho aterrizando en Kengawa, papá».

Luego firmaba.

Graciela acabó y envió aquella primera carta, unos días después, desde Mumkawa.

Primeras semanas

Mumkawa es un dédalo de casas ocres y rojizas que envuelve la calima sobre el llano. La maleza ubérrima brota por los solares y los baldíos, mientras acá y allá inmensos mangos dejan en la umbría pequeñas plazas, aun si el sol luce alto.

Graciela tarda semanas en aprender a orientarse en Mumkawa, por donde, en cada momento, la acompaña Ornella, la estudiante joven que fue a recibirla a su llegada a la estación de autobuses. Ornella cursa el último año de bachillerato, en Mumkawa, con una beca de la fundación Dongala; su madre y sus hermanos pequeños viven en una aldea a un día en autobús. Tiene una piel tersa, bruñida, bastante oscura, los ojos grandes como muchas mujeres en Mumkawa y la sonrisa más insobornable del mundo. Desde la primera carcajada que Ornella soltó al verla descender del autobús con un abrigo, vaqueros y zapatillas, Graciela apenas la ha oído hablar sin que se le escapara la risa al menor motivo. Aquella muchacha parlanchina y amable había sido designada por la Fundación acompañante oficial de Graciela, además de compañera de habitación, siguiendo la norma estricta de que los residentes extranjeros nunca hicieran desplazamientos en solitario.

La sede de la Fundación en Mumkawa es un edificio de muros lisos de color terroso, donde se alojan jóvenes voluntarios de distintos orígenes, tanto de la República Libre como de otros países, muchos de ellos estudiantes de arquitectura. Graciela está por encima de su media de edad, todos se sorprenden cuando explica que no tiene billete de regreso. Se nota la mezcla de asombro y duda con que la miran, aunque le rodee un ambiente de amabilidad, en el que nadie pone en duda sus metas y propósitos.

Durante las primeras semanas de estancia Graciela se forma en los planes de estudio de las escuelas promovidas por la Fundación. Por las tardes sale, sin alejarse de la sede de la Fundación, en paseos vespertinos con Ornella y otros voluntarios con los que va trabando amistad: Eric, un escocés prototípico; Loretta, una arquitecta joven, mitad catalana y mitad milanesa; Kemi, un maestro de mediana edad, nacido en Mumkawa, que da cursos de formación a los maestros jóvenes.

La Fundación está en un barrio laberíntico, y Graciela tarda unos días en identificar puntos de referencia, por la sucesión indistinta de manzanas que se extienden, entre postes de luz y casas ocres. El alminar de una mezquita podría valer de orientación, pero lo ocultan los árboles tupidos; a ciertas horas es el canto del almuédano lo que sirve de guía, sobre las copas altas de hojas anchas y lánguidas.

Semana tras semana, Graciela va conociendo los caminos. Aquí, la peluquería en la que tienen puesto un transistor al máximo volumen; allí un taller mecánico con un póster de Bob Marley. Fuera los puestos de fruta salpican las calles como en estampas de un tapiz coloreado, y se encuentran de sopetón los animales más diversos, amaestrados o libres, al azar del doblar una esquina. Por el firme de barro y socavones transitan los autos polvorientos y enlodados, junto a carros de los que tiran, a veces, bovinos de astas largas y retorcidas y, otras veces, burros como los de todas partes.

Graciela transmite a su padre impresiones y anécdotas de Mumkawa en cartas de frases sencillas y cálidas, sin tratarlo como a un anciano enfermo que ya no la fuera a entender, sino lo contrario: como a alguien que era importante que supiese lo que estaba viviendo. También desde las primeras cartas habla a menudo a Martin Kreutzer de Ruby, la directora de la Fundación.

Ruby

Ruby es una mujer solemne en aquello en lo que su posición requiere y cercana en lo demás. A raíz de que su sobrino, Jean Dongala, alcanzara el éxito en Europa y diera los primeros pasos en la creación de la Fundación Dongala, ella dejó su plaza en la universidad de Kengawa y pasó a dirigir los proyectos de escuelas, antes incluso de que estuviera levantado el primer edificio.

Al poco de llegar Graciela comienza a viajar con Ruby a las escuelas, en las cuales la directora, además de revisar los programas y entrevistarse con los profesores, tiene que hacerse cargo de los incontables problemas que surgen a diario y que ella anota en su libreta: en este centro se ha averiado un grupo electrógeno; en otro, la fuga de una tubería que ha anegado el patio; aquí, al llegar, la han rodeado los chavales en el patio reclamando un balón de reglamento, pues están jugando con un bolinche de retales y guijarros.

Ante los niños más pequeños, la directora Ruby emana un aura de humanidad dichosa, cumplida, se diría que mítica. La trasera del todoterreno, donación de una marca japonesa, que Ruby conduce, va invariablemente repleta de cajas de embalar y palés que transportan útiles imprescindibles de la enseñanza— cuadernos, lápices de colores, reglas de madera-, así como de paquetes de leche y sacos de arroz, y los enseres más diversos: bobinas de cables, palas, planchas metálicas, cubos de pintura o bombillas.

A la directora Ruby le gusta almorzar con los profesores y los estudiantes de la escuela reunidos. Antes de despedirse rumbo a la siguiente parada en el mapa, suele dirigirles una alocución.

La directora Ruby empieza dirigiéndose a los más pequeños, que la contemplan como a una maga o una santa:

—Los números y las palabras son vuestros amigos. Igual que en el recreo estáis con vuestros amigos, deseo que disfrutéis de tener como amigos a las palabras y los números. Todos sabemos que, a veces, nos enfadamos con un amigo. A veces un amigo nos da un pisotón. O discutimos. O un amigo dice que hemos hecho trampa y es mentira. Lo importante es que los amigos no dejan de hablarse. Siguen hablando hasta que se olvidan de lo que ha ocurrido, y luego se lo vuelven a estar pasando bien. Vosotros tenéis que haceros amigos de los números y de las palabras. Os parecerá que los juegos de los números tienen muchas reglas, quizás demasiadas. Esas reglas, en realidad, hacen el juego divertido. Hacen que se pueda jugar a muchas cosas. Hoy, en cuanto he bajado de mi coche, yo me he sentido llevada en volandas por vuestra alegría. Y vuestra alegría es lo que hace vivo a este pueblo, Kengawa, nuestro país. No quiero que perdáis esa alegría nunca. Habrá dificultades, claro. Nadie entiende las cosas a la primera. Unos las entienden a la segunda, otros a la tercera, otros a la cuarta. Lo que se aprende bien, se aprende poco a poco. Los que no entendéis a la primera, a menudo seréis capaces de ver luego más lejos, porque veis de una manera especial. Levantad la mano en cuanto se os ocurra algo que contar. Los números y las palabras quieren ser vuestros amigos, y reírse con vuestras bromas. Les gustáis. Les aburre la compañía de la gente seria que ya no les cuenta nada. Los números y las palabras están deseando que los llevéis a vuestros cuadernos y que pintéis flores al lado en la hoja o caras de monstruos o lo que queráis. Nunca tengáis miedo a querer saber. De pequeña, yo pensaba que los mayores lo sabían todo, creía que sabían la hora sin mirar el reloj. Yo pensaba que no llegaría nunca a saber lo que ellos sabían. Ahora os digo que es al revés. Los niños y las niñas entendéis más cosas que los mayores. Por eso yo vengo a las escuelas. Mirar vuestros ojos cuando me escucháis me llena de fuerza. Los profesores necesitan vuestros abrazos y vuestras historias. Saber lo que os pasa es lo que os pedimos que nos deis cada día. El amor en la escuela es amor al saber. Si os queréis mucho, aprenderéis juntos mucho. Así como borráis con cuidado de que no se doble la hoja, así como ponéis los números alineados al sumarlos, igual de importante es que pongáis el corazón.

Hacia los mayores, la expresión de Ruby se torna más grave.

Su mirada taladra a los muchachos de brazos fuertes y piernas largas, a las chicas de cuerpos esbeltos y aire expectante.

—Entráis en años decisivos de vuestra vida. Tenéis la posibilidad de encontrar una fuerza que os impulsará durante toda vuestra existencia. Esa fuerza, dentro de vosotros mismos. La lleváis dentro por haber nacido. Es la fuerza de decir «no». Vuestro «no» es solo vuestro. Nadie puede arrebataros el derecho a elegir vuestro camino y decir «no» a otro. Un simple, poderoso y obstinado «no». Vendrán los que se presentan poderosos, dotados de atractivo, afortunados, y os persuadirán de que seréis como ellos si les seguís. Querrán que digáis «sí»: Su «sí», no el vuestro. «Sí» a subir a una camioneta. «Sí» a tomar un puñado de billetes. «Sí» a conducir un coche. A las chicas, os querrán imponer el silencio, intentarán que os aplaste lo que consideran la única realidad: que no podéis decir que no. Que dependéis de ellos. Que las mujeres han de acatar que su familia las entregue por un reato de cabras y vacas. Proclamarán fatalistas que así ha sido siempre. Vuestras madres y hermanas lo aceptaron, vuestros padres y hermanos actuaron del mismo modo, os dirán. Os lo presentarán como inevitable, puesto que es el modo en que los poderosos presentan los asuntos. Desatarán su vendaval de amenazas. Os adularán con la melosidad de sus promesas. Una vez se abandona la voluntad en la corriente de las circunstancias se torna imposible deshacer el camino de las aceptaciones dadas, que se rindieron en un momento de fascinación, de vacío íntimo o de miedo. Recordad entonces la fuerza del «no» que reside en el centro de vuestro interior. Lo más indestructible de cada uno es el derecho a decir «no». A pesar de que pueda llevar a la soledad, es la semilla de la que crecerá el árbol del futuro. Un árbol que crece junto a los que os quieren, con vuestros noes y vuestros síes, no por los que convengan a otros. A los que termináis este año la escuela, os llega la etapa de aprender un oficio. Ninguno será más humilde, ninguno más noble. Todos son humildes y nobles, porque todos son necesarios a nuestros semejantes. Aprended a estar en paz con quienes sois. No hagáis caso de los espejos que el mundo os ofrece, de las imágenes de los ídolos en venta. Porque el esplendor y la belleza están entre vosotros. Y no se venden, se encuentran. Tenéis a espuertas la capacidad de encontrarlos, la energía, el sentido, los dones para la acción que ejercitar. Aprended, también, a estar en paz con las tristezas porque forman parte de la vida. A veces, en las tinieblas, es donde se encuentra lo más hondo de uno escondido, donde están las raíces que, a su tiempo, en un sustrato fértil, darán fruto.

Nadie se mueve entre las decenas de estudiantes que escuchan. Los rayos de la media tarde, filtrados por el árbol del centro del patio, quiebran el polvo suspendido sobre la tierra arcillosa. El aire adquiere un color de oro pálido. También Graciela escucha hechizada.

—En los cimientos del no, reside la fortaleza del sí —continúa la directora—. La fortaleza de elegir vuestro camino y ponerle nombre con vuestras propias palabras. Escuchad bien quienes os acercáis a elegir, ¡creed en vuestro camino, creed en el camino! En las escuelas estatales de formación de Mumkawa existen cursos superiores de confección, informática, lenguas extranjeras, técnicas agrícolas, mecánica. Allí la Fundación Dongala os seguirá acompañando. Alguno quizás esté dándole vueltas a la posibilidad de continuar estudiando en la universidad de Kengawa. Tal vez se os antoje un sueño imposible... ¿Sabéis una cosa? No existen sueños posibles o imposibles. Las cosas importantes no se hacen posibles de una manera repentina, al contrario de esos sueños de la noche, que emergen de la nada. Lo valioso llega como los ríos de la sabana, que pasan lentos y generosos por herbazales y llanuras, por entre colinas y lomas. Acaso estas palabras no son las que esperabais. Cabría esperar de un adulto que apelara al esfuerzo y al trabajo duro. A que no os abata la desesperanza. Vais a necesitar mucho de ello, sin duda. Pero no es lo más importante que me gustaría que recordaseis. La palabra más importante no es esa. Es el amor. El amor que parece un pajarillo de alas frágiles que se refugia en un rincón buscando un poco de calor. El amor, por más que duela, es lo más indestructible y preciado a vuestro alcance. Lo lleváis de forma natural en el corazón y os brota a flor de piel, aunque queráis esconderlo. Late entre las personas, se manifiesta en incontables momentos, tantos como suaves remolinos forma ese gran río generoso del tiempo. Vivid, siempre. Vivid, creed, amad. Gracias.

A los ojos de los niños la directora Ruby ha adquirido un aura de personaje de cuento, entre hechicera mágica y abuela. A los muchachos y las muchachas los deja pensativos.

Después, comienza la fiesta en el patio de la escuela. La directora, que se ha mostrado más bien solemne y sobria desde el atril, baila como una más entre los chavales y se deja achuchar por todos ellos. A su gesto antes serio asoma una sonrisa abrumada. Los ojos, tan fijos en el auditorio durante la alocución, se entornan saludando a los niños que la colman a besos y se turnan en agarrarle la mano para bailar; la directora Ruby recuerda muchos de sus nombres de la anterior visita. Baila agitando su túnica de colores verdes y pardos, con papagayos naranjas, y su pelo larguísimo rizado, de color ceniza, ondea rítmico al retumbe de los tambores que tocan los alumnos.

A media tarde, los nubarrones que han ido cercando la fiesta descargan en un diluvio atronador. Los músicos guardan a una sus timbales y flautas y todos juntos con los estudiantes corren a resguardarse en el aula central. Cuando se vuelve a abrir el cielo, la directora Ruby se despide:

—Tenemos que llegar a Roseville esta noche.

Quiere seguir de camino.

Roseville

Conduce el todoterreno Kemi, el director del centro de formación de maestros de la Fundación en Mumkawa; a su lado, Ruby, la directora, ha caído en una duermevela, a pesar del estruendo de los chubascos súbitos que se suceden sin alterar la conducción de Kemi, y de los socavones de la troncha terrosa en que consiste la carretera.

«La lluvia no es la lluvia en la región de Kengawa», escribe Graciela a su padre en una de sus primeras cartas: «es más bien el diluvio de Noé». La lluvia es, se diría, un puñetazo en la mesa que el cielo asesta encrespado. Por las aldeas que ven pasar desde la carretera no asoma un alma; se antoja milagroso que las chozas redondas no caigan derrumbadas por el castigo arrasador del trepidante telón de agua que baja del firmamento, casi negro en plena tarde.

Kemi explica que en la estación de las lluvias se suceden varias tormentas a lo largo del día y que el trabajo no puede parar; se conoce bien los caminos de la región, dice como para tranquilizar a Graciela y a su amiga Loretta, que, agarradas a las asideras superiores, procuran contener el gesto de pánico en los baches más hondos, que Kemi acomete impasible. Es fundamental, opina, que la directora Ruby y él recojan al pie del terreno las necesidades de los maestros y que ella les transmita en persona, con su voz sedosa y grave, sus convicciones rocosas de fundadora. Kemi conduce silbando, como si la lluvia le pusiera de buen humor y, tableteando con los dedos en el volante, sigue las canciones que la radio del coche capta con muchas interferencias.

Cuando para la lluvia, los pájaros reconquistan raudos la paz del cielo, que vuelve a asomar humilde, límpido. Graciela y Loretta bajan las ventanillas. Entra a los pulmones una humedad cuajada de aromas y vapores densos. Más lejos, en claros verdes, salpicados de árboles de troncos sinuosos y ligeros, se va desvaneciendo la neblina.

La actividad vuelve a los pueblos. Se alzan las verjas de los almacenes, abren los tabancos, aparecen jóvenes; los ancianos ocupan el mismo taburete o la misma piedra de su costumbre. En las trastiendas se acumulan cajas de embalaje, rollos de cable, vestidos, sacos de cemento, pares de sandalias; dependientes lenguaraces hablan con cualquiera que se detenga un momento, como si la tienda constituyera un espacio para la conversación, más que un negocio de subsistencia.

La escasa ropa que llevan los chavales jóvenes, pantalones holgados y camisetas de tirantes, acentúa su delgadez. Se ven menos muchachas que chicos. Los niños están por todas partes; los más pequeños cuelgan arrullados, en un pañuelo, de las madres que atienden los colmados y bolinches. Aquí y allá, cuadrillas de hombres se doblan abriendo una zanja a pala y azadón, o cultivando terrenos exiguos en lucha con la ubicua maleza.

Por la bajada hacia el valle en que los colonos franceses levantaron Roseville, la antigua capital de Kengawa, proliferan plantaciones de unas palmeras achaparradas, que tapizan en hileras la falda de los montes y las lomas: manifestación de la geometría que el ser humano instaura en la naturaleza para explotarla.

Roseville es una ciudad ausente de sí misma, olvidada, desde que los franceses se fueron, hace sesenta años. Los edificios de la administración colonial se reconocen por los balcones herrumbrosos, las fachadas sembradas de desconchones y las escalinatas. Mangos exuberantes circundan la plaza central, al modo de arcos de una galería, donde aún conforman una cierta escenografía teatral el frontispicio del edificio de aduanas y la columnata del palacio de gobierno.

A la mañana siguiente, Graciela y Kemi son los primeros en levantarse para desayunar. Por la plaza casi desierta donde están tomando café resuenan las alpargatas de una mujer oronda, envuelta de la cabeza a los pies en un vestido largo de colorida fantasía —malva, corinto, limón, verde—; junto a ella camina una chica delgada, vestida de vaqueros, camisola rosa y velo negro, que tira de las riendas de un burro. Van al mercado, explica Kemi, que cada día levantan y desmontan campesinos y pescadores en la parte baja de la ciudad, junto al gran río de la sabana, el majestuoso río Iris.

Graciela desayuna con ganas panes de yute de una fuente central, en los que unta una mantequilla amarillenta y líquida; Kemi, que tiene un aire intelectual frente a su café con cruasán, habla a Graciela de la historia de la República Libre y sus corolarios: el colonialismo, el subdesarrollo. Posiblemente sea la primera vez que hablan a solas. Cuando la directora Ruby está presente, todo gira en torno a la fundación Dongala: acerca de escuelas y maestros, asignaturas y programaciones, sobre todo, pero también acerca de dónde faltan tales o cuales materiales de construcción, o en qué escuela se necesitan albañiles y en cuál, carpinteros. La directora Ruby, incansable en su ocuparse de resolver los problemas que surgen a diario, suele callar en cambio cuando los maestros hablan de política, a menudo por el interés de alguno de los voluntarios extranjeros. Así le ocurre esa mañana en la plaza de Roseville a Kemi, el formador de maestros, que encuentra en Graciela una más que atenta oyente, que pregunta y no se cansa de escuchar.

Kemi le cuenta que la salida del país de los franceses sucedió de repente, sin que nadie se lo esperara. En Kengawa no cayó ni una gota de sangre, aunque sí hubo altercados en Colpán, la capital, y muertos en una manifestación.

Kemi tenía catorce años el 30 de septiembre en que llegaron a las calles de Mumkawa los camiones y los tanques procedentes de la capital, donde esa tarde fue proclamada la independencia de la República Libre del Iris en la antigua asamblea colonial, al fin libre de la presencia de diputados franceses. Los soldados hallaron las carreteras del país expeditas para su marcha triunfal, entraron disparando jubilosos al aire por ciudades y pueblos, en los que recibían de las muchedumbres vivas esperanzados a los convoyes militares que desbordaban de juventud y fuerza.

Aquellos soldados que alzaban en pueblos recónditos la bandera de la República Libre, tras más de cien años de subyugación a un ejército colonial, se erigían en héroes de un futuro al alcance de cualquier promesa. Fue un tiempo de esperanza. En la región nordeste se descubrieron grandes yacimientos mineros de níquel, cobalto y manganeso, más preciados en el comercio que la agricultura extensiva que habían implantado los colonos franceses en el oeste. Millones de campesinos emi-

graron al este desde el interior: allí estaba el trabajo, la construcción, las minas, allí era donde estaba el dinero, al alcance
de cualquiera que dispusiese de un par de brazos fuertes y ganas
de doblar la espalda, y eran muchos entonces, explicaba Kemi,
con esa concatenación de razones con las que explican las cosas los maestros. La magia del desarrollo llegó a la capital de
la República: en las torres de viviendas había agua corriente,
electricidad y antenas; los obreros que las levantaban atesoraban la expectativa de que sus hijos estudiaran un día en la
universidad de Urquahrt, recién fundada por el gobierno. El
presidente Mbuyi, conocido por el nombre de pila por su pueblo, general supremo de los desharrapados que sobre tanques
de fabricación extranjera proclamaron el nacimiento de su nación, guiaba a esta a través de su presencia insoslayable en todas
las radios y televisores del país.

Kemi evocaba aquellos tiempos ante Graciela de esa manera
en la que los contadores naturales de historia hablan: haciendo
de cada acontecimiento un nudo, desenredando la madeja de
las circunstancias, separando las hebras, distrayéndose, apla-
zando la resolución de cada episodio de manera que lo iba hil-
vanando con otros.

Llegaron al café la directora Ruby y Loretta. Venían desayu-
nadas de la pensión, dijeron: podían ponerse en marcha hacia
la escuela que visitarían esa mañana.

Por las calles por las que descienden hacia el mercado, afluye
el gentío. Pasan entre casuchas de hormigón prefabricado con
tejados de chapa, junto a chozas de tablones y techos de palma,
construcciones precarias que se extienden entre los frondosos
árboles de hojas lánguidas. Les adelantan bicicletas, furgonetas
renqueantes, remolques que hacen sonar su claxon. Una algazara de gallinas, cabras y perros eleva su brío mientras el sol
empieza a hacer sudar a las mujeres que portan cestos. Cada vez
hay más gente y más algarabía.

—¿Dónde está la escuela? —pregunta Graciela.

—Al otro lado del Iris —señala Kemi. Graciela y Loretta observan desde lo alto de la cuesta, sobre los tenderetes del mercado, el horizonte del río Iris y los herbazales.

La directora Ruby avanza abriéndoles paso entre el gentío; aun siendo la mayor, anda más deprisa que ninguno; le urge hacer, se diría. Ataja por detrás de los tenderetes, aparta de su paso a los animales sueltos, para no tropezar entre sacas y palés se sube sobre las rodillas la túnica color chocolate y naranja.

Pescadores de rostro cansado suben canastas de peces desde el río. Algunas de las mujeres que atienden los puestos del mercado son ancianas; se las ve como dotadas de una serenidad noble que se afirma entre el ruido de mercancías y el desorden zumbón con que se saludan los vendedores en aquella mañana, igual y distinta de cualquier otra. Nubes grises se ciernen por el lado del río. La carga de enseres y jaulas de animales curva las espaldas bruñidas, tensa los músculos de los hombres; se entrecruzan mohínes torvos y lentos; el sol hace lucir sus grandes dientes blancos cuando se ríen.

Graciela y Loretta son las únicas mujeres blancas entre la miríada de ociosos y curiosos provenientes de toda la región. Nadie da la impresión de reparar en ellas. Existe un cierto contrapunto físico entre las dos, más apreciable si caminan juntas: Graciela, cuya delgadez se ha acentuado en las primeras semanas en Mumkawa, es alta, tiene la tez dorada y el pelo castaño, y la mirada observadora, de una expresividad algo distante; lleva un vestido largo y sandalias. Loretta es más menuda, el pelo negro en una coleta, la cara morena, los ojos negros vivos y simpáticos; suele ir en zapatillas deportivas, camiseta y pantalones cortos; mientras ella se detiene en varios puestos y cruza guiños con los vendedores, Graciela se apresura por no perder de vista a la directora.

La casa-escuela de la Fundación Dongala en Roseville está en la otra orilla del río Iris. Los pescadores hacen portes para cruzar el río; cogen una barcaza Ruby y Kemi, Graciela y Loretta, en la que van también algunos chicos jóvenes.

La casa-escuela de Roseville fue la primera que proyectó la Fundación. En cuanto bajan de la embarcación, la divisan entre los árboles, sobre un llano pajizo. En el patio de la escuela crece un baobab, junto a un pozo; una cubierta en voladizo corona los muros de arenisca de la escuela. Por el espacio vasto que rodea la casa-escuela de Roseville, los niños juegan a la espera del comienzo de las clases. Ruby explica el diseño de las casas—escuela a Graciela y Loretta:

—En todas las escuelas se aplican los mismos principios. Esta fue la primera que se construyó. El propio Mumbay Dongala vino para dirigir las obras un año entero. La piedra arenisca proviene del norte de Kengawa, a doscientos kilómetros de aquí, así lo buscó Mumbay, hasta él negoció con los dueños de las canteras. El basamento es ancho y alto para que no se inunde. Está hecho de otra piedra rosácea especial que abunda en los montes del nacimiento del Iris. Es una piedra resistente que almacena calor del terreno. Los ladrillos de las paredes se cuecen en unos hornos cerca de Mumkawa; y la cubierta es de un hormigón que fragua rápido con la humedad. La forma de la cubierta es importante. Protege el edificio de las lluvias y favorece la ventilación y la iluminación. Por esas aberturas que veis, que se van espaciando hacia abajo, circula la brisa. Las ventanas se distinguen por los alféizares de colores. No son grandes. La luz entra por redondeles de la cubierta, cenital.

Suena un silbato. Los niños hacen fila a la llamada de los maestros.

Ruby les señala con la mano que esperen:

—Luego entramos nosotros. Vamos a ver la otra parte.

Las sandalias de Ruby se llenan de polvo. Desplaza el viento varillas de paja y guijarros.

—En estas casas viven los maestros con sus familias. Cada vivienda tiene un corral trasero para animales y todas comparten los sembrados y huertos. Mumbay proyectó casas para los maestros en las escuelas, dado que su sueldo es bajo. Ese barracón del final es para estudiantes. Tiene literas y un pequeño comedor y aloja a estudiantes que viven lejos. También a chicos que se han quedado sin familia.

Siguiendo a Ruby, Graciela y Loretta cruzaron junto al baobab y el pozo, hacia el otro ala de la escuela.

—Aquí están los talleres. La Fundación da mucha importancia a que todos los estudiantes adquieran destrezas prácticas, elijan los estudios posteriores que sean. Los oficios manuales son muy valiosos. Enseñan paciencia, exigen habilidad, desarrollan la concentración de las manos y del espíritu. Hacen mucha falta.

El río Iris

La luz cae pura y constante sobre la hierba de la llanura. El caudal del río Iris se quiebra en surcos espumeantes y remolinos, avanza con la fuerza de una música irresistible. El rumor del agua es melódico, armonizado por los ecos en las orillas. La luz impregna incandescente el aire, rezuma en las alturas, derramándose, elevándose, haciéndose hilo, deshaciéndose en átomos, expandiéndose hasta el confín de la tarde, como si descendiera por laberintos de pasajes curvos. Un muchacho de tez azabache y largos brazos y piernas regula el motor de una barca, que detiene entre los juncos.

Kemi había animado a Graciela y Loretta a que hiciesen, ellas solas, un tramo en barca del río Iris, después de visitar la escuela de Roseville.

Kemi depositó unas monedas en la mano del chaval.

Loretta va sentada en la proa; con la mano sumergida en la corriente riza el paso del río. Graciela, de espaldas al chaval que regula el timón desde el extremo, mira la estela que va quedando atrás. La luz dora los pómulos de Graciela. Loretta va a su lado.

—No te había visto tan alegre desde que llegaste.

—Estoy bien, es verdad. Solo mirar ya es maravilloso.

Y Graciela señala en derredor.

—Escuchar a Ruby me da fe. Esta mañana en el mercado se me caía el alma a los pies, viendo a los campesinos llegar con sus animales y a tantos niños descalzos, algunos esqueléticos. En la escuela, en cambio, los ves tan atentos, con los ojos tan abiertos, tan curiosos. Tienen que estar orgullosos de lo que hacen. Yo querría que lo estuviesen.

—¿Ya has parado de cuestionarte por qué viniste aquí, entonces?

—No, Loretta, eso..., todas las mañanas me lo sigo preguntando. Todas. Hay días en los que me despierto y tardo un buen rato en recordar por qué estoy aquí.

—Ahora estás bien y es lo que importa, Graciela. Olvida los porqués.

—En esto te doy la razón. Estoy hasta las narices de porqués. Me basta hacer cosas. Es lo que quiero y lo que intento. Hacer algo. Y la naturaleza es tan maravillosa aquí... Mirar este horizonte, sin fin, alrededor de mí, me llena de vida.

Loretta ha entornado los ojos de pronto, escudriñando la superficie del agua, preocupada.

—¿Qué has visto? —pregunta Graciela.

Loretta abre los ojos desorbitadamente:

—¿Eso no parece un cocodrilo?

Graciela ahoga el grito, no más de una décima de segundo: lo que tarda Loretta en estallar en una carcajada:

—Vamos, era una broma. ¿Te gustaría ver un cocodrilo en verdad, Graciela? ¿O algún otro animal? Dime qué animal te gustaría ver. Piensa uno cualquiera.

—¿De qué va esto?

—Piensa en un animal que te gustaría ver, o en uno que no te gustaría ver, da igual.

Graciela adopta un aire pensativo. Al fin decide:

—Una pantera.

Ya Loretta se yergue de un salto sobre sus piernas y sus manos, arquea la espalda y mira a un lado huidiza, alerta; el rostro hierático, ajeno. Su elasticidad de potencia animal remansada permanece al acecho, en pantalones cortos y camiseta. Graciela, embelesada, suelta una carcajada:

—No me puedo creer cómo has cambiado... en un segundo.

—Dime otro animal.

—Una leona.

—No, más diferente.

—Un cocodrilo.

Los ojos de Loretta se vuelven minerales. Agachándose, pega el cuerpo a las tablas de la barca y alinea los brazos, en un eje continuo hasta los pies. Los hombros no se distinguen bajo el cabello suelto. Loretta se queda así, paralizada, inalterable. Luego salta a la caza de una víctima imaginaria, provocándose a sí misma un ataque de risa del que le cuesta salir.

—Tu risa contagiaría a un esqueleto fósil —le dice Graciela.

Loretta sigue con algunas demostraciones más. Una jirafa, un elefante... Una mamá gorila enfurecida que rodea aspaventosa a Graciela, que casi se cae al agua del susto; hasta el muchacho que lleva la barca se ríe. Les dice algo, en el idioma local, que no pueden entender.

—¿Cómo te transformas así? ¿Has estudiado teatro?

—Mi padre es italiano y en Italia hay un juego parecido a la oca española, pero con cartas. Se juega en dos equipos y para ganar tienes que imitar a animales, y más cosas. Se me daba muy bien..., como has visto.

—¿Y qué más cosas puedes imitar? ¿Un avión? ¿Una escoba?

—Lo que más recuerdo era hacer de animales.

—¿Cómo se llamaba el juego?

—El dragón y la princesa, en español.

—Qué manía con lo de las princesas. Me fastidia.

Vuelven a reírse y el muchacho las mira alegre, como si no necesitara entender sus palabras.

El cauce del río se ensancha por el herbazal infinito. Pasan junto a una fábrica herrumbrosa, abandonada. La brisa, benigna tras el calor del día, mece los herbazales, desordena el pelo a Graciela, juguetea por la frente de Loretta, les eriza la piel.

El muchacho vira la barca para volver a Roseville.

—¿Sabes la sensación que tengo desde que llegué a Kengawa? —dice Graciela—. Que me están ayudando. Es una sensación continua. Que alguien ha de estar ayudándome en cada cosa que hago. Ruby me explica los programas, Kemi me da los materiales para la clase de francés. Incluso cada vez que se supone que ayudamos, como el otro fin de semana, en las obras de la escuela en Mumkawa, me tienen que explicar todo a mí. Estuvimos rehaciendo el muro de un terraplén que se había derrumbado y unos chicos de la escuela nos tenían que ayudar a subir y bajar las piedras de la carretilla. También ellos nos enseñaron a hacer la argamasa.

—Nosotras dos pusimos de nuestro lado, ¿no?

—Por supuesto, sí, Loretta, tú sudaste y yo sudé también, pero pienso que pude ayudar porque me habían ayudado a mí. Lo tenía muy presente. Así de simple. Y sentir eso me ha hecho cambiar cómo miro hacia afuera. Había una serie de cosas que llevaban preocupándome años y que, ahora, pienso que quizás ni siquiera existían, únicamente estaban en mi cabeza, cosas del pasado y del futuro a las que le daba una y mil vueltas como si las tuviera que resolver y mi vida no pudiera empezar si no las resolvía. Ahora eso da igual, me he dado cuenta de que estaba más dentro de mi cabeza y no tanto en la vida real. Y aquí la vida real es todo, es una vida muy dura, ya, pero, no sé cómo decir... Es como... No que sienta que yo he vivido una vida de mentira, pero sí que he estado en una burbuja, como encerrada en una burbuja de miedo. Y de protección. Muchas veces no era que yo sintiera miedo sino que me lo transmitía mi madre. O mi padre..., bueno, sobre todo mi madre, en verdad. Siempre recuerdo miedo en mi familia. Por qué pasaba en la política, por las reuniones de mi padre, por sus viajes. El miedo estaba en el aire y yo lo percibía y me angustiaba, no entendía de dónde venía, pero no era capaz de evitar que me calara por dentro. Soy hija única, mis padres solo me tienen a mí, recuerdo sentir pánico desde niña a que sufrieran por mí o a decepcionarles. En mis relaciones me ha sucedido igual, unas veces he tenido miedo a sentir demasiado y de que la otra persona no me correspondiera, otras veces me daba miedo sentirme vacía y que no me apetecieran nada las cosas que se supone que le tienen que apetecer a una chica... A veces pienso que no he tenido una sola relación de pareja normal. Todas han empezado en situaciones raras y han acabado mal. Yo no sé lo que es una relación sana, que empiece bien, de esas de «chico conoce chica y se gustan», como en las películas, y chico y chica se lo pasan fenomenal, y acaban haciéndolo, y ya está, y que no importe si es una noche o cuánto dure.

—¿Y ahora?

—¿Cómo «ahora»?

—Que si ahora sientes miedo.

Loretta mira a Graciela a los ojos:

—Aquí y ahora.

—Ahora siento...

Se ve el puerto de Roseville próximo en la orilla. Suena un tamborileo de músicos callejeros, pasan pájaros volando. Graciela hace un gesto expresivo con las manos hacia los lados y se gira sobre sí misma; llora y ríe un momento, como si no supiera cuál de las dos cosas hacer, se contiene. El muchacho tira a Graciela del vestido con la misma delicadeza con que gira el timón y le pide a Graciela que se siente, porque un barco más grande que sale del puerto ha levantado oleaje.

¡Abenka!

No siempre hay cosas que hacer en Mumkawa. Las tardes de los fines de semana no hay muchas formas de entretenimiento; los domingos lluviosos son tristones, como en cualquier sitio. El centro formativo de la Fundación en Mumkawa se queda vacío cuando los maestros que han estado alojados de lunes a viernes se marchan. Las cocineras, los administrativos, el hombre que se encarga de las reparaciones, todos tienen su casa en Mumkawa. La directora Ruby pasa los fines de semana en Kengawa.

Graciela y Loretta han hecho amistad con Eric, el escocés, y forman una unidad en su tiempo libre. Entre los voluntarios extranjeros de la Fundación, existe la tendencia a unirse por la nacionalidad y por el idioma. Graciela y Loretta hablan entre ellas español y con Eric en inglés, aunque él también las sigue cuando hablan en castellano. Mientras que otros voluntarios parten los viernes de excursión para conocer el país, en ocasiones con destino a parques nacionales que están a cientos de kilómetros, cogiendo un vuelo desde Kengawa.

Graciela y Loretta nunca se apuntan; sin necesidad de ponerse de acuerdo, musitan alguna excusa; saben que están de acuerdo en que ellas no han viajado hasta África para hacer safaris. Eric es un escocés indómito y algo solitario, tal vez tímido: su formación, de militar y psicólogo, resulta una combinación peculiar de por sí. En cualquier caso, a Graciela y Loretta les conviene que un tipo lechoso y fortachón las acompañe en sus caminatas hasta la ceiba, o por los mercadillos de Mumkawa. A Eric le encantan los niños; se le da bien intercambiar unas palabras simpáticas con los que se le acercan a tocar su piel blanquecina plagada de pecas. A algunos niños, los asusta en broma; a los más pequeños los coge en volandas.

—¡Abenka, Abenka!

En una de esas tardes de fin de semana, Graciela, Loretta y Eric llegaron caminando a un campo de fútbol de tierra, ubicado en la parte alta de Mumkawa.

Rodean el campo árboles exuberantes, en los que trina un estruendo de pájaros cantores; sobre las copas altas asoman bloques residenciales de obras sin acabar, entre torres de viviendas que construyó el gobierno en los años setenta y que hoy muestran fachadas sucias de hollín, plagadas de grietas.

—¡Abenka, Abenka!

Eric jugó esa tarde un buen rato con los chavales de la barriada, en el campo de fútbol; desde entonces volvieron algunos sábados. El campo se encontraba a una hora andando de la Fundación; para volver, si alguna vez se les hacía tarde, Eric, Graciela y Loretta cogían una de esas furgonetas con trasera descubierta que sirven de taxi al que quiera montarse, con la condición de que le dé igual el camino que siga el conductor; este va variando su recorrido según pregunta a cada pasajero al subir.

Un sábado Graciela se sumó al partido de fútbol y en seguida también lo hizo Loretta. Los chavales se reían viéndolas jugar y, al menos por un instante, su risa vencía a la pesadumbre de nubarrones que se cernían sobre el entorno de edificios precarios y calles enlodadas.

—¡Abenka, Abenka!

Entre un indescriptible guirigay, la palabra que más se distingue al oído, de los gritos de los muchachos, es esa: Abenka. De repente, a Eric se le ocurrió apropiársela y emplearla, como un grito de guerra, para pedir el paso a Graciela y Loretta en cuanto les llegaba el balón a los pies. Un chaval vestía una camiseta del Barcelona, otro una de Mbapé de la selección francesa; la mayoría iba sin parte de arriba.

Al término de partido, cuando anochece, algunos chavales acompañan de vuelta al trío de extranjeros exóticos. Por el camino sigue rodando el balón, reinan las carantoñas, la algazara. En la sede de la Fundación los chavales se quedan esperando a la puerta. Es de noche. Miran a Graciela y Loretta expectantes. Ninguna entiende bien qué está sucediendo, solo Eric se da cuenta de que los chicos aguardan algo y se lo explica a Graciela y Loretta. Ahora el gesto de los tres es igual de serio. Eric entra en la Fundación y vuelve con una cazuela llena de arroz blanco, de la que tenían para cenar, que entrega a los chicos; al día siguiente madrugarán y comprarán otra cazuela idéntica en el mercado para que la cocinera no note la falta. Desde ese día, en muchas de las tardes de sábado en que van a jugar al fútbol se repetirá la escena.

El día de su cumpleaños, Eric invitó a un grupo de voluntarios a cenar en *The Chicken Company*, una franquicia que había abierto un establecimiento en el único barrio residencial de clase media alta de Mumkawa. El local estaba abarrotado de familias con niños y grupos de chavales. La mesa de doce jóvenes blancos en ropa deportiva o de campaña era una anomalía más bien invisible.

Después de la cena van a bailar. En la discoteca vibra una animación desaforada: la música retumba, llena de brío, envolvente, los cuerpos se confunden en la pista entre sombras azules y rojas; en el refugio de la barra náufragos de las luces de neón reponen fuerzas, en forma de vasos de aguardiente de palma mezclado con Coca-Cola.

Loretta ha reparado en un grupo de militares jóvenes que, acodados sobre la barra, las observan descaradamente, protegidos por la anonimia de diodos y tinieblas.

Uno de los militares está mirando de hito en hito a Graciela. Cuando por fin coinciden sus miradas, vacilan en una tentativa de saludo, como sin estar seguros de reconocerse.

—¿Conoces a ese tío? —pregunta Loretta a Graciela.

—Lo saludé en una cena benéfica de la Fundación. En la embajada americana. Se llama Chiwa.

La mirada de Loretta sigue distraídamente atenta al grupo de militares; de repente, cuando ve a Chiwa dirigirse hacia los aseos, sale corriendo. Por eso no escucha a Graciela añadir:

—Me lo presentó mi madrina. Magdalena Krámer.

Arlington, Virginia

Ira y Tempestad, Krámer – Von Petersen, 10/11/17

Magdalena Krámer me puso al corriente de su encuentro con George von Petersen un mediodía gélido de finales de otoño, en una terraza acristalada, mientras tomábamos un café.

Aviones comerciales sobrevolaban el río Potomac. Magdalena había acudido a Washington a recibir uno de esos premios a mejor directiva mundial en el sector de la comunicación o la publicidad que le otorgaban con una frecuencia inusitada; es sorprendente cómo en todos los ámbitos profesionales se dan fenómenos coincidentes en este sentido. Tal vez el origen del fenómeno resida en que existe un número más alto de asociaciones que necesitan dar premios que de directivos a los que dárselos; o simplemente se deba a que las unas copian a las otras, o bien por falta de imaginación y esfuerzo, o bien al objeto de ir sobre seguro y no otorgar su distinción a alguien que luego resulte haber participado en una estafa financiera (en cuyo caso, se escudarían en la excusa de que engañó también a otras asociaciones y acto seguido retirarían pomposamente el premio en una exhibición de probidad).

El cuerpo menudo y sinuoso de Magdalena se perdía en el interior de un abrigo largo de plumas, color beige.

Una bufanda, a juego con la boina de lana con que se protegía del frío, y que no se había desanudado, hurtaba a mi vista su cuello.

Llevaba unos pendientes de forma geométrica, parecidos a los del triángulo de una orquesta. La maldición de sus ojos esmeralda, tan difíciles de olvidar como los pliegues de su cuello, me subyugó una vez más.

No obstante, llevábamos un tiempo más que prudencial sin que acostarnos pasara por nuestras fantasías, de modo que la puerta estaba cerrada; sin discusión. Nos separaba el mar Mediterráneo y siempre lo haría, aunque nos encontráramos en Washington. Yo debía concentrarme en que mi memoria grabara con la mayor precisión los elementos de una planificación compleja de acontecimientos que se desenvolverían durante varios meses, a veces años.

Tal vez fuera una de las últimas ocasiones en que nos viéramos. Yo había empezado a huir fugándome de mi propia vida y ella lo sabía. Además, teníamos una misión que nos absorbía y en la que cooperar. Magdalena debía hacer recuento minucioso de su encuentro con Von Petersen al objeto de que yo transmitiera oralmente determinados aspectos a Martin Kreutzer. Ahora me cabe a mí evocar por escrito aquella mañana en el cementerio de Arlington, para mi sola compañía, una vez que he salido por completo de mi existencia previa, desde este cobertizo en el que, algunas tardes, enciendo leña que hace crepitar los recuerdos.

Para el visitante foráneo, Washington se antoja la capital mundial de la guerra. Hitos solemnes a las guerras libradas por Estados Unidos tamizan la solemne avenida que discurre del Capitolio al Lincoln Center. La fotogénica cúpula del congreso exhibe algo de formalidad impuesta, de una belleza copiada, adquirible con dólares en el supermercado de los siglos, y que no obstante otorga una innegable grandeza histórica al nacimiento de una nación. Debo aclarar que aprecio cuánto hay de admirable en Estados Unidos y mantengo grandes amigos allí, algunos desde mi primera juventud; y, no obstante, desde el lugar del que provengo, las culpas de la interferencia y la hipocresía ensombrecen el balance, y soy alguien indicado para apreciarlo precisamente por la medida en que he participado de esas culpas.

Esa mañana en el cementerio de Arlington, Von Petersen estaba esperando a Magdalena Krámer sentado en un banco, junto a un sendero de gravilla que se bifurcaba entre las colinas de hierba sembradas de cruces.

Von Petersen se levantó con trabajosa dificultad al reconocer a Magdalena acercándose. El abrigo de paño que le cernía el corpachón orondo descendía desde sus hombros sin una arruga. En aquella envergadura imponente, prototípica de norteamericano con ascendencia nórdica europea, contrastaba su semblante de rasgos juveniles, la nariz pequeña, los labios finos, los ojos claros que conservaban todavía un brillo de simpatía por las cosas. Mantenía su pelo blanco intacto, corto y peinado a raya.

La conversación, al menos en el relato que me hizo Magdalena, no se demoró en menudencias; el frío de la mañana, las cruces sobre las colinas, el silencio, la brisa en el follaje de los escasos árboles, invitaban a la concentración solemne.

—Jimmy cree que ha llegado el momento.

—¿Su momento? —inquirió Magdalena Krámer.

—Jimmy no distingue esas cosas.

—¿Y Bai?

—Bai está con Jimmy. Uña y carne. No hay nada que uno sepa y el otro ignore. Han alcanzado el reparto de papeles perfecto. Para mucha gente en Washington, hablar de hacer negocios en China es hablar con Jimmy. Bai es el hombre de Jimmy entre la Isla Púrpura y el continente. Llevan desde hace mucho esperando este momento, trazando cada detalle de esta operación con Murtz. Hace veinte años los habrían tomado por locos, hoy se los escucha como a visionarios. Ira y Tempestad es la respuesta que han reclamado durante los veinte años de ascenso consentido de China. Se han hartado de repetir que se estaba alimentando a un dragón aparentemente pacífico, pero al que un día había que frenar.

—¿Cómo pueden ser tan hipócritas? Ellos han sido los primeros en alimentar al dragón.

—Por supuesto. Han movido decenas de miles de millones de dólares al año en inversiones, conocen a todos los hombres clave, durante su vida no han hecho otra cosa que ocupar incansablemente posiciones. Por el camino se han hecho tan ricos que eso en estos momentos ni les motiva. Creen que ha llegado el momento de deshacerse del monstruo que han creado y lo quieren hacer a lo grande. Piensan en ciclos de destrucción y construcción, y en aprovechar las grandes corrientes de la actualidad.

—De las que se sienten protagonistas.

—Nadie es ajeno a la vanidad del protagonismo.

—Un punto de vista muy masculino. ¿Qué opina Washington?

—Han encontrado en Jimmy el clavo ardiendo al que agarrarse. Que Jimmy prenda la chispa y se desencadenará el incendio que él necesita para entretener a la hidra de las masas. El número 1 se ha hecho el mayor adicto a su propio personaje, un aspecto con el que, por supuesto, contaron desde el principio quienes le lanzaron y respaldaron. No le asusta doblar la apuesta. Necesita una gran historia en su año decisivo y su olfato le dice que esa es la que le ha preparado Jimmy. Jimmy y él han formado una auténtica simbiosis. Jimmy movió dinero para él al comienzo de su carrera, cuando nadie se creía que llegara siguiera a ser elegido congresista, y él apostó por Jimmy en la época en que este era el contacto financiero en Asia de las tecnológicas, que lo miraban por encima del hombro, como a un contable. Ahora dependen todas de él.

—Qué triángulo tan extraño, ¿no es cierto? Los nuevos ricos de las tecnológicas, los gerifaltes del dinero mundial y un invitado sorpresa en Washington.

Magdalena se arrebujó en el abrigo. Su belleza era (o lo es ahora en mi imaginación) un desafío abierto al cielo gris y acaso (de qué otro modo expresarlo) a la muerte circundante, al olvido, a las guerras cuyos motivos últimos permanecerían eternamente ignorados. Llevo aún tan dentro de mí esa mirada inteligente, comprensiva, de perlas líquidas formándose ante uno, como si fuera posible ver crecer un macizo de coral con plena conciencia, con una atención ilimitada a la armonía que ha expandido la vida frente al acecho sostenido de la muerte y el odio.

La voz de Von Petersen carraspeó hasta encontrar una inflexión más grave:

—El presidente lleva un año siendo informado de las maniobras de China en el mar Amarillo. La armada china es superior en flota a la estadounidense y cuenta con la ventaja de estar fondeada en un corredor de dos mil kilómetros de costas, ante el océano con la mayor densidad de población y recursos del orbe. Pronto nada les detendrá. Los halcones están convencidos de que la única vía que le puede permitir ganar otros veinte o treinta años para su gente es una lección militar aplastante a tiempo, inmediatamente, antes de que nadie lo espere. La evidente motivación electoral les eximirá de dar otras explicaciones. La masa sigue al líder en tiempos de guerra, no importa si por ausencia de alternativa o por fascinación.

—O por coacción —observó Magdalena.

—El resultado es el mismo.

Un sol tímido asomó entre los vellones que cubrían el cielo. Las nubes filtraron un haz piramidal de rayos y el viento desplazó las nubes bajas. Magdalena se puso unas gafas de sol de montura de concha, elíptica, muy oscuras.

—La mentalidad oriental no encaja en nuestros patrones —disertó Von Petersen—. Mucha gente lo ignora, exportando sin más nuestros conceptos a su comportamiento, y caen en un error obvio. Claro que los errores más obvios son los que con más frecuencia se comenten. Una columna en el garaje, una mala pisada en un escalón. El escarmiento suele ser amargo.

Al caminar, Von Petersen empujaba la hojarasca con los botines, como si el chasquido le ayudase a mantener el hilo de sus pensamientos.

—China no es un país, como creen en Washington, sino un imperio, que es como lo ven sus dirigentes. La estructura militar pesa más de lo que imaginamos. El ejército unió al país con puño de hierro antes de que se produjera el salto económico y es respetado, tiene una presencia enorme en la vida social, su desarrollo técnico es aireado continuamente por la propaganda interna. Tienen clavada la subyugación que han sufrido. Occidente aspira a borrar toda huella del pasado en las sociedades con el progreso técnico. Oriente tiene una mentalidad menos tensada hacia el futuro. Y no olvida el pasado. Occidente cree que puede blanquear la historia, pero en China se recuerda muy bien la historia. Son un gigante sin parangón y aun así los dirigentes no se sienten seguros, perciben que Occidente les considera de segunda clase. Los ciudadanos agradecen a sus élites el orden que han impuesto en el país y el progreso material que han traído. No son una sociedad fracturada ni presa de la ansiedad, al contrario, están cohesionados y avanzan a una. Cuentan con los sistemas de transporte urbano más modernos, las mayores constructoras, las mayores factorías de producción. Y están libres del culto al individuo, es más, le otorgan prestigio y sentido real al sacrificio por lo colectivo. Las redes sociales arden a una cada vez que hay incidentes fronterizos. La serie de películas más taquilleras de los últimos años es una saga sobre un comando paramilitar que desmonta operaciones extrangeras contra China. Están preparados para responder a una agresión. Disponen de más barcos de guerra, más submarinos y probablemente de mejor tecnología por satélite que nosotros. O están a punto de tenerla.

—Lo que revuelve las tripas en Washington, pero ¿qué dice Palo Alto?

—Palo Alto tiene intereses alineados. La tecnología china está aliada con los intereses del ejército y Palo Alto no se ve en igualdad de condiciones. Un conflicto genera demanda.

—En resumen, mirarán para otro lado públicamente cuando Washington prenda la mecha.

Von Petersen dirigió a Magdalena Krámer la mirada de un catedrático sorprendido por lo que denota saber una alumna.

—Exacto. Ante sus proveedores asiáticos se mostrarán en contra, pero no van a hacer un frente interno contra Washington.

—Dejarán correr el *casus belli*.

—Han preparado este escenario desde el comienzo del mandato. 2018 es el año de ejecución.

Von Petersen cruzó las manos detrás del abrigo.

—Van a desencadenar un conflicto —añadió— tan monumental que les mantenga en el centro de la actualidad durante el resto de sus vidas.

—Nunca han coincidido así Washington y Palo Alto.

—Les ha unido la doctrina de Jimmy. Toda amenaza debe plasmarse alguna vez para ser efectiva. Jimmy se ha volcado en explicar a cualquiera que le visite en su despacho que se está haciendo tarde para detener la prepotencia china. Los anuncios de movilización de maniobras de la flota abrirán el año, pasarán más bien inadvertidos. Se divulgará ampliamente que China no está respetando los tratados sobre aguas marítimas intercontinentales. Cómo a partir de los monumentales acantilados de hormigón que construyen sobre arrecifes están expandiendo su territorio saltándose el derecho internacional. Habrá intentos de mediación, *crescendos*, amenazas, respuestas. La escalada irá creciendo hasta hacerse imparable en torno a la semana de Pascua. El plan está ultimado. Washington apretará el botón hacia la mitad de enero, por el once o el doce; la decisión se tomará en el último momento. No habrá marcha atrás.

—Son cuatro meses de tensión por delante. El público puede cansarse.

—Se trata de orquestar en un suspense dramático y que sus amigos y enemigos se retraten. Es el estilo que les gusta. Dejar que la propagación del pánico haga su efecto y prepare la gran obertura, el titular descomunal. Achatarrarán una isla artificial del mar Amarillo en una sola noche. Es posible que busquen una fecha en la que esté trabajando un número mínimo de operarios. No quieren una masacre. Incluso lanzarán un aviso en el último minuto a través de un conducto de su máxima confianza. Lo que necesitan es asegurarse de que golpean el orgullo del régimen de una manera tan brutal que haga inevitable la respuesta.

—Descuentan que la respuesta llegará en la Isla Púrpura.

—Es lo más probable.

—El botín serían las plantas propiedad de la Isla en China continental.

—El desenlace no está escrito. Nunca lo está. Habrá imprevistos. Después de Pascua, se sucederán meses de tanteos. Maniobras de las dos flotas, frente a frente en el océano Pacífico. Será un gran espectáculo. Portaviones partiendo desde Pearl Harbor, submarinos de ciencia ficción, avisos al petróleo de Oriente Medio para que embargue suministros. El stock de teléfonos móviles agotándose, China y Corea culpándose mutuamente por sabotajes en la logística. El mayor espectáculo informativo ante un planeta en estado de alerta.

—¿Jimmy se mantendrá como correo entre los dos bandos?

—En el papel y en el momento de su vida. Sí.

—¿Qué piensan los jefes de Jimmy? Él no es el uno.

—Aparecerán para negociar el desenlace.

—¿Y qué hay de Oriente Medio? ¿Van a aceptar los americanos su equidistancia?

—No tendrán más remedio. Lo asumen. Hace tiempo que quieren desaparecer de allí. El balance entre aliados y antagonistas no va a cambiar. Sus amigos son los que han tenido siempre y no se encuentran en peligro real.

—A pesar de ello nunca terminan de marcharse del golfo Pérsico —observó Magdalena Krámer.

—En Washington hay muchas camarillas. Unos más pactistas, otros más intransigentes.

Bandadas de pájaros migraban hacia el sur. Terminaba el otoño.

Von Petersen hablaba con una indiferencia lindante en el desprecio hacia la misma realidad que desgranaba:

—Son conscientes de que un ciclo se acaba. Ni siquiera el petróleo es en la actualidad tan importante como en los años setenta. Hay grupos de poder que siguen interesados en agitar el avispero, por motivos obvios. Sin embargo, cuando no existe un último propósito estratégico del país, esa realidad se termina imponiendo. Este país tiene que mirar hacia el Atlántico y hacia el Pacífico, que es donde están los ejes de desarrollo real, donde hay prosperidad, clases medias, negocios. Tenemos que desengancharnos de la defensa de aliados que en el fondo no nos necesitan. Ni tienen capacidad de crecer en el exterior, ni corren riesgos en sus propios estados. Nos portamos bien cuando la primavera de las revoluciones, se miró para otro lado, dejamos a nuestros aliados extralimitarse. Ellos han seguido pagando sus cuentas, han golpeado, han asentado un espacio geográfico para sus pueblos. Hay un orden histórico subyacente. Washington sabe que no puede ir contra las fuerzas de la historia.

—¿Y su solución es volver a Asia con portaviones? —La voz de Magdalena Krámer rezumaba incomprensión—. Cincuenta años después de Vietnam, ¿otra vez?

Von Petersen contestó sin mirarla, deteniéndose en seco:

—Es donde está el dinero.

El zumbido de los aviones se apagaba en el viento. Von Petersen sacó del abrigo unos guantes negros de cuero. Se anudó la bufanda beige que llevaba como una estola. Tenía un acceso de tos seca.

—Necesitas beber agua, George —dijo Magdalena—, vamos a la salida. No hay fuentes en los cementerios.

Von Petersen quitó importancia a la tos con un gesto áspero. Encontró caramelos para la garganta en un bolsillo del abrigo. Fue recuperando la respiración.

—Asia no tiene nada que ver con los países de campesinos analfabetos y soldados hambrientos de hace medio siglo. La guerra no será larga.

En la realidad mental que surcaba Von Petersen, la tos parecía haber sido meramente una transitoria incomodidad, un molesto recordatorio de la existencia de su pleura.

—Algo no me convence en la operación Ira y Tempestad —vaciló Magdalena—. Palo Alto depende hasta las cachas de los suministros de la Isla Púrpura.

—Palo Alto compra que será un conflicto breve. Los chinos dependen tanto de nosotros como nosotros de ellos. Para los jefes de Jimmy, se trata de una reorganización de activos. Están ávidos del botín de reservas sobre los que están sentados los chinos. Es el gran premio que ansían. Así como han levantado sus rascacielos en la Isla Púrpura o en Singapur, los jefes de Jimmy pondrán sus torres en la costa continental china. Necesitan ese maná para alimentar sus estructuras. La arrogancia de las tecnológicas que culpan a sus proveedores de pirateo intelectual les apoya. Y el aparato militar ve un papel que jugar.

—¿Y su enlace en Europa, George? ¿Qué les cuenta Murtz? ¿Han pensado en Rusia?

—Rusia tiene interés cerca de sus fronteras, no al otro lado de Siberia. Europa tomará su usual rol conciliador, entre paciente y resignado. Murtz entiende y defiende la operación Ira y Tempestad. En el fondo, es su autor intelectual último. Fuerza y Espíritu sabe que la economía necesita una guerra para crecer. Un conflicto corto y ultra-tecnológico les va bien. Ya los conoces. Comprenden que los americanos estén encelados y que China no puede estar sentada sobre una montaña de dólares que manejan a su antojo de aquí a la eternidad. Toca romper la baraja. Confía en el pragmatismo de los americanos cuando llegue el momento de negociar.

Para aquel momento de nuestro diálogo a orillas del Potomac, bajo el sempiterno vuelo de los aviones comerciales, a no más de un kilómetro de distancia del Pentágono, transcurrido más de un día, ya, de ese otro diálogo entre Magdalena Krámer y Von Petersen que ella me refería con su fabulosa memoria y su intachable profesionalidad, mi cabeza se transformó en un caldo en ebullición. Magdalena, que nunca había dejado de ser la joven periodista que empezó siendo un día, antes de asumir más responsabilidades, debió de notarlo, por esa mirada perdida con que observo la nada como si acabara de comprender una cuestión existencial a punto de escapárseme y que me traiciona en ocasiones. Entendió que me había contado lo suficiente.

Contra-Operación, Krámer, 11/11/17

Magdalena y yo compartimos un taxi hacia el aeropuerto, separados por apenas unos decímetros en el asiento de atrás y sin embargo más lejos que nunca: y desde aquel entonces, para siempre. Para sieempre, paaara... sieeempre... Qué palabra tan pretenciosa siempre, siempre, tan ambiciosa y carente de ambivalencia, tan concluyente y conclusiva, siempre, tan hiriente y a propósito para redondear reproches y renuncias, siempre, tan solemne y envanecida de sí misma, siempre, siempre... Y qué decir de su némesis y antónimo: nunca, nuunca..., que en realidad, más que su antónimo, es su sinónimo disfrazado, pues basta transformar una oración afirmativa en negativa para que su significado se iguale: siempre, siempre..., nunca, nunca. Pero entonces, todavía, atravesando la circunvalación de Washington DC por gigantescos cruces elevados, me asaltó la imaginación, o el desvarío, de que Magdalena y yo podíamos destruir todo un entorno de condicionantes a nuestro antojo, de un soplo. Por ejemplo: olvidarnos de nuestros vuelos y que el taxi nos dejara en el hotel Hilton del aeropuerto en vez de en la terminal... Y en una habitación, por ejemplo, del hotel Hilton del aeropuerto Foster Dulles, hacer el amor con inusitada ternura, con desbridada necesidad, ajenos a las ataduras conllevadas por cada uno, indiferentes en grado sumo al futuro que un día después devolvería, a Magdalena, a su vida perfecta, y a mí, a una desaparición sin retorno. Aquella tarde hubiera cambiado gustoso el resto de mi vida por una hora con Magdalena, por una sola hora en una habitación de lujo junto a ella, donde despedirnos como debe hacerse tras brindar con champán en una bañera redonda de espuma... Solo que nos separaban algunas cosas sin importancia (convenciones, saldos bancarios o noción de la fidelidad conyugal) y una demasiado grave.

A Magdalena nunca se le exigiría cumplir su parte con el destino por un precio tan alto como a mí (y yo mismo lo consideraba correcto; pero constituía una diferencia demasiado grave, como he escrito arriba, para obviarla).

Magdalena podría seguir ignorando las tinieblas más densas del corazón de la tierra; Magdalena disfrutaría el privilegio de seguir creyendo en la nobleza última de nuestras causas, sin hipocresías lacerantes ni torturas íntimas. Guiarían sus pasos mapas bien contrastados y con leyendas nítidas, caminaría tranquila por entre florestas silvestres y campos cultivados, granjas mecanizadas y fábricas de humo blanco. Magdalena nunca tendría que hacer matar ni saber por qué se mata (y sería así porque tipos como yo la protegerían de que supiese o hiciese demasiado). Ni me gustaba hablarle de mi pasado a ella, ni habría logrado explicarle lo que a estas alturas tampoco yo he terminado de comprender: el porqué de mi elección por Martin Kreutzer.

Soy hijo de un héroe de la guerra de la que brotó mi país. De un hombre justo al que no conocí, del que no existe una sola fotografía. Mi madre fue una refugiada de la guerra española. No hubo fotografías el día de su boda en Orán. En la plaza donde jugué al fútbol de niño, incontables horas, poníamos una portería en un paramento lateral de la iglesia encalada, de estilo español, en la que se casaron. Desde la plaza de la iglesia se veía el mar, entonces. Me pregunto si se seguirá viendo o lo habrá tapado una construcción de apartamentos.

Hoy, retirado en un campo entre vides, al otro extremo del planeta, sin más trato humano a diario que con los guardeses y la visita ocasional de los dueños de fincas vecinas (y más frecuentes las de la mujer a la que encontré paseando un perro de aguas en los primeros días: unas veces me visita con su marido y otras sola cuando pasea al perro). Hoy, decía, ahora, decía, retirado en el campo, contemplo asombrado los recuerdos de mi vida pasada: el tránsito perpetuo de un continente a otro, la alternancia acelerada de hoteles, aviones, restaurantes, el sucederse de encuentros con amistades y contactos, la urgencia irrefrenable de abarcarlo todo, la acuciante necesidad súbita de sexo, desencadenada abruptamente en medio de un carrusel de alcoholes, drogas y dinero que nunca se acababan; hoy en día, decía, ahora, decía, eso me resulta tan lejano como una película que echan en televisión y uno ha dejado puesta mientras se adormecía en el sofá. Era consciente de que esa vida tenía sus años, meses y días tasados. Cualquiera aprende pronto que el tiempo juega en el otro lado de la cancha y que, si el mundo le permitió disfrutar del juego y el dinero durante una buena época, es una razón de más para retirarse a tiempo.

Escuchar la conversación entre Magdalena Krámer y George von Petersen era el ardid mediante el que yo escucharía, sin que ninguno de los dos fuera consciente, alguna información clave para el calendario de la contraoperación trazada por Martin Kreutzer contra Ira y Tempestad. Mi maestro y protector me demandaba la infiltración final.

Yo no quería tener más sangre derramada cerca. Por eso me marchaba. No obstante, hasta el final, mi sentido de la obediencia y el deber en circunstancias excepcionales fue absoluto. Porque soy hijo de un héroe de guerra, sé desde muy joven que hay sangre invisible en muchas más partes de las que nadie puede conocer.

No recuerdo el momento de la despedida de Magdalena. Pasé unas horas en la sala de espera, haciendo llamadas, sumido en cábalas, anonadado, en estado de alerta. Observaba el tránsito de los aviones por la pista mientras ordenaba en mi cabeza las posibles cronologías paralelas entre la operación Ira y Tempestad y la contraoperación de Martin Kreutzer que luego se llamaría Rebelde Esperanza. Estoy seguro de que Kreutzer había contado con informaciones sobre la operación Ira y Tempestad desde que Murtz la concibiera, y de que manejaba una secuencia de respuesta tan exacta como un reloj atómico, cuyo calendario quedaba fijado por el relato que Magdalena Krámer acababa de hacerme de su conversación con Von Petersen.

Los destinos de Magdalena Krámer, George von Petersen y el mío se habían separado definitivamente en el aeropuerto Foster Dulles, mientras yo mataba el tiempo viendo aterrizar

y descender aviones; los mismos designios de Martin Kreutzer que nos habían reunido de forma transitoria y utilitarista
habían empezado a alejarnos. Magdalena regresaría a su hogar
familiar en Zúrich; Von Petersen a su casa de campo en Wo-
yming, en un paraje idílico junto a un gran parque nacional,
donde entretendría las horas siguiendo sus inversiones inmo-
biliarias y cenando en reservados, entre vuelos a tal o cual consejo, foro o club.

Mientras tanto, yo aguardaba indeciso en una sala de espera,
cavilando sobre la combinación de vuelos y autopista que me
conduciría al instituto Walser, donde cruzaría la narración de
la conversación de Krámer y Von Petersen con lo que Martin
Kreutzer necesitaba críticamente conocer. Me llevaría tiempo,
sin duda, poner a este al corriente; largos paseos serían necesarios por los bosques de abetos del entorno de su residencia.

El 15 de febrero de 2018 era la fecha marcada por los gerifaltes de Fuerza y Espíritu para el escalado irreversible de la
operación Ira y Tempestad. El crescendo dominaría de forma
abrumadora la agenda global hasta el final del año. La magnitud del espectáculo, la extensión de la incertidumbre, estaban
garantizados y el botín para cada bando, definido. Todo empezaba a estar claro en mi cabeza. Los americanos sembrarían
el pavor en una isla artificial del Pacífico. El régimen chino se
vería obligado a responder con la misma fuerza, pues era así
como habían construido su imperio: respondiendo con la
máxima destrucción en cada ocasión en que habían sido inva-
didos. China disponía del ejército más poderoso y despiadado para ello. Ocuparían las fábricas de microprocesadores de
multinacionales púrpura en su territorio, en claro paralelismo
histórico con el modo en que fue ocupada la cuenca del Ruhr al
término de la Primera Guerra Mundial; la Isla Púrpura quedaría al borde del desabastecimiento de alimentos y gasolina; los
barcos petroleros de Al Haidari ganarían miles de millones de

dólares en arbitrajes del caos económico global, suministrando bajo cuerda a los americanos.

Era inconfundible la huella de Fuerza y Espíritu en la operación, y no pude evitar sentirme fascinado, rayando en la admiración. Así es como debe llevarse a cabo una operación: las decisiones de cada actor, de cada líder supremo, han de tornarse inevitables. Nada debe ocurrir que no se haya previsto y cada paso planificado ha de ejecutarse, a cualquier precio, sean necesarios los medios que sean; «es la historia la que no repara en los medios para alcanzar los fines», solía aseverar Murtz.

Solo hoy, decía, ahora, caigo en la cuenta de que mi padre, que falleció tan joven, tanto que yo ahora doblo la edad que él tenía al morir, cayó muerto por los fines de la historia.

48 horas

En el semáforo

Graciela gira la cabeza hacia el parabrisas trasero:

—Tenemos que dar la vuelta.

Como Chiwa no deja de hablar por teléfono, Graciela gesticula con las manos, mezclando el castellano hacia Loretta y el inglés en que se entiende con Chiwa, quien lo prefiere al francés cuando habla con extranjeros:

—¡*Back, back*! —le palmea en el brazo.

Chiwa escucha a Loretta hablar descompuesta en español con Graciela. Le pide con un gesto a Loretta que se calme; ella lo mira a punto de llorar.

—Me he asustado de un niño… —murmura.

—Vamos a buscarlo, ¡*back, back*! —repite Graciela, poniéndole directamente la mano en el hombro al chófer, al que indica en inglés—. Tenemos que darnos la vuelta. Hay un niño herido. En el semáforo.

El chófer señala hacia el asiento de atrás, hacia donde va sentado Chiwa, como denotando que él no elige la dirección del trayecto. Delante de su ranchera avanza un vehículo de escolta que les abre el paso a golpe de claxon por la autopista del aeropuerto de Kengawa, colapsada ya a las siete y media de la mañana de ese viernes de enero. Un segundo vehículo la sigue a distancia. La ranchera militar avanza entre acelerones convulsos, por puentes de hormigón con carriles de desvío sin terminar, aplastando la maleza que invade el asfalto y forzando a apartarse hacia el interior de la carretera a todoterrenos de chasis tambaleante.

Loretta explica a Enyioha, uno de los oficiales que acompañan al flamante recién nombrado coronel Chiwa, lo que ha pasado: ha pillado con la puerta del coche los dedos a un niño que mendigaba en un semáforo.

—¿Por qué has hecho eso? —inquiere Enyioha.

—Ha sido sin pensar, me he asustado—. Luego Loretta cambia al español con Graciela.

—He creído que la puerta estaba abierta y me he muerto de miedo. Era solo un niño. Pensaba que había abierto la puerta y la he cerrado con fuerza.

Enyioha se encoge de hombros. No pueden perder el vuelo, explica a Loretta. Graciela insiste:

—Tenemos que volver al semáforo.

Absorto en asuntos que a ninguno de los demás ocupantes parecen atañer, Chiwa no suelta el teléfono móvil por el que habla en monosílabos.

Los cerros de chabolas apenas se siluetean en la neblina húmeda del alba. El tiempo es un dios injusto y ajeno.

Todo se precipita en segundos. Graciela arrebata el móvil del oído a Chiwa, quien se gira inusualmente alterado, mientras Loretta rompe en sollozos.

—Déjalo, Graciela —musita—. Es imposible dar la vuelta. Mira el atasco.

Enyioha media con una explicación rápida a Chiwa de lo que ocurre. Chiwa entiende la situación. Decide rápido.

—No llores, Loretta. Encontraremos a ese niño.

Ordena al chófer dar la vuelta y seguir las instrucciones de *la chica italiana*.

—En cuanto a ti —Chiwa se dirige a Graciela, conteniéndose—, si alguna vez vuelves a quitarme el teléfono te bajarás del coche. Estemos donde estemos.

Graciela mantiene la mirada grave de los ojos almendrados de Chiwa, aunque esboza un mohín de distensión. No se disculpa.

El chófer se comunica por radio con los vehículos de escolta; interjecciones y protestas se entremezclan como en una pajarería. De pronto, el vehículo delantero derrapa hacia la derecha, y por las mismas rodadas lo siguen la ranchera y el segundo coche de escolta, adentrándose a toda velocidad por una troncha de tierra que transita entre herbazales altos y húmedos. Atraviesa solares encenagados, restos de fábricas herrumbrosas, naves de cristales rotos.

Enyioha sostiene un vivo intercambio de palabras con Chiwa. Sucesivas emociones surcan su rostro de ademanes expresivos y algo aniñados: primero el pasmo, luego la inquietud del que no comprende, después cierta relajación, quizás tras una respuesta más franca de Chiwa. Graciela asiste a su conversación tratando de captar sobre qué hablan; observa el pelo corto de Enyioha, sus rasgos faciales pulidos, la nariz de tabique ancho y aletas pequeñas, los ojos traviesos, la tez bruñida, la boca presta a la carcajada del que disfruta ajeno a las preocupaciones del mando superior sobre el futuro.

—Hemos cambiado de planes —anuncia Enyioha a las dos chicas y a Eric.

Antes de explicar nada más, Enyioha se enzarza en otro diálogo vertiginoso con el tercer militar que viaja en la ranchera, Abe, en un idioma de vocales abiertas y sonoras que resulta distinto al que empleó con Chiwa. Enyioha y Abe tienen la actitud distendida de quienes se conocen y están dispuestos a colaborar sin formular preguntas a otros ni hacerse demasiadas a sí mismos. No hay conato de disputa en sus gestos. Abe es espigado y atlético, sus ademanes son pausados, casi distinguidos a pesar de su juventud, el rostro de color chocolate, los rasgos mestizos, la mirada amistosa y segura del que está acostumbrado a saber lo que quiere y conseguirlo tranquilamente.

La trocha desemboca en una carretera asfaltada de dos carriles.

—¿Por aquí estaba el niño? —pregunta Enyioha a Loretta y Graciela. Chiwa vuelve a hablar por el móvil.

—Era una rotonda grande —explica Loretta—. Había una valla con un anuncio de un político. Era casi campo.

—¿Estás segura de que está herido?

—Me miró con cara de dolor. No decía nada. —Loretta solloza—. El semáforo se ha abierto y el coche ha arrancado. Ni sé cómo el chico ha logrado sacar la mano.

—Vamos a encontrarlo para que te quedes tranquila. Lo encontraremos —insiste Enyioha—. Seguro que está bien.

Loretta escudriña entre la gente que vaga a media distancia por los arcenes y los descampados; cuadrillas de obreros; solitarios desorientados; mujeres con tacones y vestidos mínimos, algunas de ellas esqueléticas. Ningún niño.

El sol entreabre los tules de la neblina con manotazos bastos. Hay bidones, palés, hay escombros, una iguana que asoma tras un recodo y cruza la carretera espantada.

Graciela da un repullo:

—Atrás he visto un grupo de chicos —dice volviéndose—. Sentados detrás de una valla de anuncios.

Abe y Eric, que van en los asientos del final, se apartan para dejar ver.

—Puede ser —destellan los ojos de Loretta.

—Para —pide Enyioha al chófer.

Antes de que la ranchera se haya detenido, Loretta abre la puerta y corre hacia el grupo de muchachos, que no hacen caso de su llegada. Siguen fumando; el que estaba hablando sube la voz.

Plantada en pantalones cortos, deportivas y camiseta, con amplias extensiones de piel pecosa al aire entre los chicos negros, Loretta exuda la extravagancia del turista en el país subdesarrollado. Chiwa le pide al chófer, sin soltar el móvil, que toque la bocina, llamando a Loretta (o posiblemente solo para advertir a los muchachos de su presencia).

—Hay miles de grupos de chavales por las afueras —explicó Enyioha a Graciela. Las posibilidades de localizar al niño son mínimas.

—¿Por qué están en la calle? —preguntó Graciela.

—Más de uno habrá pasado esta noche en la calle. Unos cuantos, en centros sociales. Otros estarán enrolados en bandas que les dan una cama donde dormir en un chamizo y una comida al terminar el día.

—Cama, comida y una pistola —resume Abe.

—A la edad a la que a un niño rico le dan su móvil, a ellos les dan una pistola —reflexiona Graciela.

—Exactamente.

Vuelve Loretta y entra a la carrera en el coche, sudando por la humedad. Se recoloca la coleta bajo la gorra.

—Les he preguntado si habían visto a un niño con la mano herida o si podían ayudarme a encontrarlo —contó a Graciela—. No he entendido lo que me respondían. Supongo que se burlaban de mí.

Chiwa da instrucciones al chófer:

—El chico está allí —dice al final a los demás, como si hubiera observado lo ocurrido minutos antes.

Para cuando la ranchera sale por una pista de tierra de la rotonda y se detiene, a escasos metros, sobre las tierras bajas de matorral que rodean el río Iris, Chiwa da al fin por concluida su conversación por teléfono; sereno y algo serio, traslada un mensaje rápido a los oficiales, que no termina de cortar el buen humor con que departen los tres. La ranchera se echa a un lado a la entrada de una rotonda y se detiene. Descienden todos del coche.

Chiwa se aproxima a una chica joven que mendiga por las filas de coches del semáforo. Después de hablar con ella, atraviesa por el brezal plagado de desechos del arcén en dirección hacia otra salida de la rotonda. Todos lo siguen. En el semáforo al que llegan, un grupo de chavales forma una efímera torre humana para los conductores. Otros chavales más pequeños los observan y les aplauden, a manera de clac.

Las cosas parecen suceder en una realidad que fuera la única posible y que a la vez no le pasara por dentro a la gente. Bajo el cielo de la mañana que despejaba, se extendían por doquier la alegría ancha y simple que se ponía en los encuentros cotidianos, la persistencia humilde en las tareas necesarias, la predisposición al canturreo o la irresistible locuacidad con que se hacía de cualquier suceso relato, indignación o broma.

Encontraron al niño, acompañado por un muchacho mayor que él, a unos metros de allí. Loretta se acuclilló junto al niño, como si tuviera que contenerse para no abrazarlo, y le acarició el pelo crespo corto. Ni el niño ni el muchacho mayor daban la impresión de entender qué pintaba allí un grupo abigarrado de tres extranjeros en ropa deportiva y tres militares de boina y charretera, junto a ellos.

Fueron caminando, extranjeros y militares, con los dos niños, al sitio en el que les aguardaba la ranchera. Chiwa había adoptado un tono dispositivo. Enyioha y Abe se montaron en uno de los vehículos de escolta, dejando a los chavales su sitio en la ranchera. Llevaron al chico a la enfermería de un cuartel militar cercano. Daba la impresión de que haber perdido el vuelo previsto careciera de importancia.

—Cambio de planes —concluyó Eric, el escocés.

—¿Alguna vez hubo uno? —contestó Graciela, sin sorprenderse.

En la enfermería militar, el médico de guardia se cercioró de que el niño no tuviera ningún dedo roto; acto seguido una enfermera le limpió la sangre y le curó con yodo y venda aséptica la mano. Algún soldado había aparecido llevando unas latas de Coca-Cola al niño y al muchacho mayor. Ninguno sonreía. Quizá estaban cohibidos.

Eric y Loretta salieron a fumar un cigarrillo. En algún momento se habían ausentado Chiwa y los dos oficiales; Graciela hizo un intento de hablar con el chico herido, le preguntó por su familia, por sus amigos, o dónde estaba su colegio, pero el chaval apenas respondía, y no le abandonaba un aire amedrentado, huidizo. El muchacho mayor pidió un dólar a Graciela, extendiendo la mano, con manifiesto hastío, como si fuera la manera de quitársela de encima. Los tres, el niño en la camilla, el muchacho sentado al borde de esta, Graciela de pie, se quedaron aguardando en silencio, a la espera de que volviese la enfermera.

Normal y adecuado

Para ese momento, Graciela lleva más de tres meses en Kengawa y, según pone de manifiesto tanto en las cartas a su padre como en sus mensajes al primo Marc y a su madrina Magdalena, Graciela ha dejado de conjugar el verbo «planear». El tiempo en Kengawa es una corriente monótona de horas que transcurren, sucediéndose en un curso indistinto, opaco a cualquier empeño por alterarlo, como el limo a los rayos del sol. La naturaleza, y no el tiempo, es la diosa cuyos designios delimitan las vidas; y en medio de la naturaleza, los sentimientos, libres de explotaciones comerciales, se abren paso sencillos, manan puros. «Por más desoladora que resulte la pobreza, hay mucha gente alegre», escribe Graciela en esas cartas a su padre, que le ayudan, dice ella misma, a decantar sus sentimientos. «Por más duro que haya sido el día, la gente se reúne al anochecer para charlar, comer, bailar». «Yo misma me siento ahora alegre o triste por cosas distintas que antes», escribe a su padre al

Instituto Walser en la carta del 31 de diciembre, «y no vivo en tensión con mis estados de ánimo».

Ese 31 de diciembre (tres semanas antes del acto reflejo con que Loretta cerró la puerta al niño en el semáforo), a media mañana, Graciela se desplaza a pie a la oficina de correos más cercana a la sede de Mumkawa; es de los pocos extranjeros alojados en la residencia Dongala. La mayoría de los voluntarios ha regresado a sus países de origen en Navidad. Graciela pasa la tarde del 31 sola en su cuarto de la residencia, repasando material para clases, leyendo algún libro. Desde que salió de su casa para estudiar el bachillerato en Estados Unidos con dieciséis años está acostumbrada a manejar la soledad, no le da importancia, ni la busca ni la evita, hacer amigos nuevos en nuevos sitios es algo recurrente que no le ofrece obstáculos. A sus treinta años, ha estado en fiestas de Año Nuevo en más países de los que puede contar, mudándose, cuando no por los destinos laborales de su padre, por sus estudios, ha cambiado de amigos de lugar en lugar, de época en época. «Eso que llama la gente estar lejos de casa no sé lo que es», escribe ese 31 por la tarde en respuesta a un mensaje cariñoso de Magdalena, su madrina, que no suele dejar pasar más de tres o cuatro días sin entablar contacto con ella: «nunca tuve esa referencia». Graciela pasa la mayor parte de la tarde repasando ejercicios didácticos en francés, la asignatura que Graciela imparte más frecuentemente, junto con matemáticas, en las escuelas (la Fundación tiene una metodología estandarizada que ayuda a que los profesores, que se han de desplazar para paliar carencias de unas escuelas a otras, puedan continuar donde el anterior lo dejó). Abstraída en antologías y cintas de casete, Graciela quizás ni habría caído en la cuenta de que estaban a 31 de diciembre, de no ser por el mensaje en el móvil de Magdalena. Seguramente entonces recuerda que los tres chicos alemanes, más o menos de su edad, que han permanecido como ella durante las vacaciones en la residencia de Mumkawa, le dijeron que saldrían a cenar y tomar copas por la noche. No sabe aún si se unirá a ellos.

A media tarde llama Kemi, el formador de maestros de la Fundación. Acaba de saber que Graciela se ha quedado en la Residencia en navidades; debería haber preguntado antes, dice excusándose. Le ruega que acepte cenar con su familia. Graciela rehúsa, pero él insiste, incluso se ofrece a ir a buscarla, a lo que ella se niega en redondo: los todoterrenos de la Fundación, donación de la agencia japonesa de cooperación, están en el patio y ha pasado la época de lluvia, o sea que puede ir sola. ¿Entonces irá? Sois muy amables, sí. Resultó, pues, una nochevieja diferente, y después de cenar con la familia de Kemi, ya de buen humor, se unió a las copas de los chicos alemanes en una discoteca, por casualidad. En la discoteca vio de lejos a Chiwa.

Tardó en estar segura de que era él. Se le veía raro vestido de paisano, en vaqueros y camisa blanca. Fue él quien se acercó a saludarla. No hablaron más de un par de minutos, en los que a él le dio tiempo a preguntarle a Graciela por Loretta, a hablarle de un viaje al desierto y a mirarla con ojos distantes y soñadores a la vez. Tras el breve encuentro, Graciela buscó seguridad en el tumulto anónimo de la pista junto a los compañeros alemanes de la Fundación; volvieron juntos en los dos coches, el de los chicos detrás, Graciela sola delante en el otro, por las calles desiertas de Mumkawa, al amanecer.

Igual que, después de olvidarse la mayor parte del 31 de diciembre de que era Nochevieja, había terminado recibiendo al 1 de enero de 2018 en la discoteca de moda en Mumkawa, Graciela se había hecho en general a que las cosas en África se resolvían así, en el momento en que ocurrían, no el día antes, ni menos aún con una antelación de semanas o meses. Esto es, exactamente lo contrario de lo que había sido su vida anterior, rígidamente sometida a un calendario de etapas programadas y a los hitos grabados en mármol, con las nociones de éxito y fracaso nítidamente acuñadas: el bachillerato en Boston, primer gran cambio de ciudad, el novio americano; la universidad en Suiza, segundo gran cambio, el primer novio francés; luego el primer trabajo, el primer piso de alquiler con un segundo novio francés, Alain, más serio... Una senda de chica perfecta que se interrumpiría bruscamente en el otoño de 2016, cuando diagnosticaron a su padre la enfermedad del olvido, que coincidió con la ruptura con Alain, en un día que la condujo a despeñarse durante un año por los infiernos, extraviada en un túnel de pánicos: un año de terapia y ayuda médica, un año de sombras y lágrimas, con el corazón en paradero desconocido y el pecho conteniendo un pozo sangrante de dolor, un año de llorar noche tras noche en la almohada al acostarse.

Su sosiego interior en Kengawa era el reverso de las abruptas diferencias exteriores en la realidad social de África, que había aprendido a sobrellevar sin desgarrarse por dentro, pues no había otra manera de afrontarla. En la misma jornada podía llevar en coche a Bulonza, la cocinera de la Residencia y a su hija de seis años Ornella, a su casa en los cerros de chabolas, por una cuesta de lodo, y cenar después en la residencia de una embajada europea, en un acto de donación de fondos. La propia casa del maestro Kemi era una vivienda baja y humilde de cuartos diminutos y suelo de cemento, por cuyo patio trasero picoteaban sueltas las gallinas, mientras dos chanchos hozaban en una cochiquera de tablones; si bien, en realidad, según escribe a su padre, donde Graciela lo pasa peor es en esos salones de las embajadas de ecléctica decoración abigarrada (de alfombras indias, estatuas de caoba o lámparas versallescas...) por los que deambulaban los diplomáticos a la caza del último rumor sobre las empresas del presidente del país.

Las donaciones obtenidas con esa clase de encuentros se venían incrementando sostenidamente y la directora Ruby había animado a Graciela a explotar su facilidad de trato y soltura de idiomas para cantar a los diplomáticos las excelencias de la Fundación y la carencia de fondos para atender las necesidades de las escuelas. «La mitad de estos tipos me miran de forma paternalista esperando mi agradecimiento eterno...», «Y la otra mitad como si pretendieran conseguir mi teléfono a cambio de una donación». «La directora me dice que mi presencia es útil... ¿Qué hago? ¿Tengo derecho a negarme a ir? Supongo que no», escribe en un mensaje a Magdalena, recabando una eventual aprobación, que esta otorgó: «Yo también creo que no».

De manera que aquello a lo que Eric denominó en esa mañana de calima y humedad sofocante «cambio de planes» entrañaba, como le contestó Graciela, una concepción ilusa de la palabra «plan», pues en Kengawa no ocurrían otra cosa que sucesiones de acontecimientos fortuitos, transitorios, dentro de un desorden inalterable. Al fin y al cabo, casual y azaroso, aunque característico de Loretta, había sido el descaro con el que su amiga se coló detrás de Chiwa en el baño de hombres, aquella noche en la que los conocieron a él, a Enyioha y a Abe en una discoteca de Mumkawa. Con la coartada de la cola de espera en el baño de chicas, Loretta había hecho entonces lo mismo que en otras tantas ocasiones, esto es, ir al baño masculino, en contraste con Graciela, que nunca lo hacía. «Si no te sientas en la tapa igual, ¿qué importa?» En el momento de abrir la puerta del retrete, Loretta había encontrado a Chiwa, de espaldas, haciendo lo mismo que ella se disponía a hacer. «Nos vimos por primera vez el uno al otro a través del espejo que había encima del wáter, ¿sabes? Fue un comienzo especial. El espejo se cortaba a la cintura, ¿eh? Él estaba ante la taza del urinario, yo abrí la puerta, y encontré su mirada en el espejo. Creo que lo esperaba, de hecho, que él sabía que yo le había seguido. Tardó muy poco en reconocerme con la mirada y no se mostró nada sorprendido. Había dejado una rendija de la puerta entreabierta, no entiendo por qué, pero, bueno, podía estar haciendo lo suyo relajado. Pero no, estaba vigilante, del modo en que un militar debe estarlo, supongo. Quiero decir que noté que no se sorprendía nada de que yo fuera una chica. Me miraba muy calmadamente, como si no quisiera que me pusiera nerviosa. Yo me reí disculpándome, la verdad es que sí me había puesto nerviosa un segundo y me salió una risa tirando a falsa, y él sonrió con esa amabilidad suya que te hace sentir tan confortable. Luego esperó a que yo saliera. Nos lavamos las manos casi a la vez. Yo pensé que parecía como si nos conociéramos de antes, aunque suene a tópico, fue lo que pensé, y hasta tuve la sensación de que él iba a recurrir a ese truco tonto de las películas, preguntarme si no nos habíamos visto antes. Lo que dijo sin embargo fue más simple. Que si me apetecía una cerveza. Yo dije que me esperaba fuera una amiga. Él respondió que también estaban amigos suyos y que fuéramos juntos. O sea, yo creía que le había dicho que no, pero él había entendido que sí. O le dejé entender que sí. Tenía la sensación de seguir más nerviosa que él y seguramente era así, porque él estaba imperturbable. Desplegando ese porte suyo que tiene, ligeramente altivo pero no presuntuoso, y esa elegancia tan respetuosa. Lo más opuesto que puedas imaginar a un tío pegajoso en una discoteca. Y eso que la situación era extraña. Me di cuenta de que observó mis manos un momento mientras nos las estábamos lavando en el aseo. Ese fue el único gesto, y discreto, de estar fijándose en mí. Lo de tomar una cerveza sonó a tanteo neutro, como si yo fuera una prima lejana que se acababa de encontrar y a la que posiblemente le apeteciera hablar de la familia. Yo por supuesto me había fijado en él en la discoteca, desde un buen rato antes de entrar al baño corriendo porque me hacía pis. Así que nuestra relación empezó con los dos fingiendo, lo que a mí se me da bastante bien y me divierte. Lo que aquella noche no podía imaginar era qué bien se le daba a él. Mejor que a mí, de hecho. Bueno... Ahí estaba el juego. En la descarga de endorfinas que me daba, sabes lo que quiero decir, ¿no?».

Aquella noche en la discoteca, Graciela se había mantenido a distancia del primer acercamiento de Loretta a Chiwa y sus amigos, un grupo nutrido de bebedores de cerveza entre los que se hallaban Enyioha, con los párpados hinchados y la expresión de estar durmiéndose, y Abe, cuyo estudiado porte de depredador distinguido acentuaban las luces y sombras de la discoteca, como si estas lo hubieran elegido su cazador nocturno predilecto.

«Se me hace raro relacionarme con la gente acomodada de aquí», chateó Graciela por esos días con su madrina. «¿Por qué», tecleó Magdalena. «Porque hablo con Chiwa o Enyioha y no es tan distinto a hablar con un amigo mío de cualquier otra parte. Lo que cambia es el escenario, es el entorno alrededor, lo que cambia es estar en un restaurante desde el que se ven colinas de chabolas o en uno desde el que se ve el lago Lemán. Siento que estar en el lado de los privilegiados nos une más de lo que nos diferencia cualquier otra cosa». «Es bueno que estés con gente del país con la que puedas entenderte bien, como lo estás haciendo, Graciela. Ellos van a ayudarte a comprender las cosas. Es valioso que puedas conocer gente distinta en el país, aprovéchalo».

Siguiendo el consejo de su madrina, Graciela no se lo pensó el día, al poco de terminadas de las vacaciones de Navidad, en que Loretta les trasladó a ella y a Eric la invitación de Chiwa para apuntarse a un viaje de fin de semana al parque natural de Gwhosdam, al sudeste del país. La excursión formaba parte de un viaje promocional organizado por la compañía aérea nacional para periodistas, militares y políticos, en el que se celebraba el establecimiento del primer vuelo semanal directo entre Urquahrt, la capital del país, y el aeropuerto recién inaugurado en la selva junto al parque de Gwhosdam, una de las mayores reservas de fauna del continente, hasta entonces apartada por entero de la explotación para el turismo.

Todo podía considerarse suficientemente «normal y adecuado para dos amigas y un escocés», había bromeado Graciela al aceptar.

Vuelo

—¿Dónde está el niño? —preguntó Eric, que volvía con Loretta de echar un cigarrillo.

—Se han marchado —contestó Graciela.

Loretta se extrañó:

—Me habría gustado decirle adiós.

—Ha pasado una enfermera y después se han marchado enseguida. Casi sin despedirse.

—Ni hemos llegado a saber cómo se llamaban.

Acostumbrados a que Loretta fuera la que encontrase algo que comentar, Graciela y Eric no sabían cómo romper su silencio.

—Voy a buscar a los otros —dijo al fin Eric saliendo al patio de la enfermería.

Graciela y Loretta se sentaron en una banqueta junto a la camilla donde habían atendido al niño.

—Al pensar que la puerta estaba abierta, no he podido evitar el reflejo de volver a cerrar con un portazo. Me he asustado de un niño... Y qué me iba a hacer.

—El miedo no puede evitarse, Loretta. Intentamos vivir como si no existiera, pero lo tenemos todos los días.

—Yo no, Graciela. Te aseguro que yo no.

—Pues yo desde que me levanto hasta que me acuesto. Aunque consiga hacerle un caso reducido, sé que está ahí.

—A mí no me gusta nada. No me gusta el miedo, no lo entiendo. Un maldito ataque de pánico me ha dominado. No tiene más vuelta de hoja.

Loretta apoya la cabeza en el hombro de Graciela. Al ver llegar juntos a Eric, Enyioha y Abe, Loretta se enjuga las lágrimas de un manotazo y se suena ruidosamente con un pañuelo.

—Hay un nuevo plan —saluda Eric.

Enyioha lo explica:

—El vuelo regular para el parque de Gwhosdam partió hace una hora y media. No importa. Esto es lo que vamos a hacer. Volaremos en un avión militar hacia la frontera noroeste. Allí hay una base en la que haremos escala un par de horas y resolveremos algunos asuntos. Es un viaje bonito desde el aire. Después, el mismo avión nos transportará al parque nacional. Llegaremos a media tarde a Gwhosdam. Mañana podremos unirnos a la visita organizada por guías y zoólogos del parque.

Unos pasos de botas resuenan sobre la arenilla del suelo.

Chiwa se une al grupo:

—Tenemos la hoja de ruta aprobada.

Un todoterreno los transporta por el vasto terreno despejado que se extiende detrás de los cuarteles. Lejos, divisan una avioneta junto a los maniguales. Aquí y allá salpican el terreno escombros, restos de plásticos, bidones.

Dos soldados jóvenes han cargado desde un camión cisterna el depósito de la avioneta. Eric contempla las hélices frunciendo las cejas. Graciela le coge de la mano.

—Vamos, no hay marcha atrás.

—¿A qué llamarán «hoja de ruta aprobada»? —rezongó Eric—. ¿Quién aprueba qué?

—Tomadlo por una expresión irónica —responde Abe, justo detrás de ellos.

—Llevo tranquilizantes —ofrece Eric—, para quien los necesite. Durante años tuve fobia a volar.

—Hay buen tiempo en la ruta —dice Abe—, nadie va a marearse.

Al mando del avión de doce plazas pilota el mismo Chiwa. Completan el pasaje seis soldados jovencísimos, que reparten bolsas de ñames fritos, en cuanto el avión está en el aire. Son casi niños.

El avión rasga el telón de humedad que envuelve las barriadas de Kengawa, velando en sombras los edificios. En los virajes de dirección el ala del avión está a punto de rozar las torres de alta tensión; pasan pájaros de colores exuberantes hacia los mangos de las colinas más altas. El motor exhala un ruido ronco y en la cabina huele a keroseno; pero a medida que la avioneta se remonta en giros más amplios, las alas alcanzan una estabilidad imprevista, majestuosa, sobre la inmensidad de la ciudad y los cerros. El coronel Chiwa invita a Loretta, que ha ahogado un grito en el despegue, y a Graciela a ver la vista junto al asiento de mando.

—El piloto está frente a frente con la tierra y el cielo —les cuenta Chiwa—. Mirar por la ventanilla es peor, no sabes hacia dónde estás yendo. Pilotar es ir descodificando los signos del paisaje. Los controles ofrecen datos físicos, la presión, los grados de latitud... A mí apenas me dicen nada. Cuando has volado muchas horas, giras los mandos del avión sin pensar.

Durante el vuelo, la tierra va cambiando ante sus ojos, desde la selva inextricable y uniforme del principio, a las montañas de cimas cinceladas por el aire más puro, en la sierra que separa la ciudad de Kengawa del valle del río Iris. El avión se tambalea al paso sobre las cumbres.

—Eric se ha dormido —dice Graciela mirando para atrás—. Mejor para él.

—Mientras vuelo me vienen recuerdos de mi vida, ¿sabéis? —Chiwa sigue el hilo de sus pensamientos, como si el mando de la avioneta no le exigiese ninguna atención—. Reflexiones sobre mi país, la República Libre, o sobre mi región, Kengawa. Para formar parte de algo grande hay que haber hecho propio un lugar más pequeño. Me gusta hablar en el avión. En todos los vuelos ocurren cosas, en todos hay algún momento especial, a veces peligroso. Como si el viaje te quisiera poner a prueba y que demostraras que eres digno de tu destino. El aire es un león que no desea pelear, no desea asustarte, simplemente que lo entiendas. Volar enseña a vivir, ¿sabéis?

Loretta y Graciela se miran con complicidad, como poniéndose de acuerdo en no interrumpir a Chiwa.

—Yo quería volar desde niño. Una vez, de pequeño, salía de vacaciones en un vuelo de la compañía nacional con toda mi familia. Íbamos con uno de mis tíos, que había sido general en la guerra de la independencia. Me fijé en que había colas larguísimas de gente en la pista y en que a nosotros no nos detenía nadie. Veía una cola de gente a la que obligaban a abrir la maleta al pie del avión y en cambio a nosotros no nos paraba nadie. Pregunté a mi madre por qué no teníamos que hacer la fila como todos. Ella me contestó que porque nosotros no podíamos llevar bombas. Luego ocurrió algo que nunca he olvidado. Mi familia y yo fuimos de los últimos pasajeros en subir al avión. Íbamos de vacaciones una semana a París. Mis dos primos más cercanos, los que más venían a jugar a nuestra casa, venían, yo los había invitado el día antes. Había sido una especie de capricho mío que vinieran. Yo creo que de ahí vino el problema. No lo sé seguro. El problema fue que de pronto faltaban dos asientos cuando entramos. No cabía el pasaje completo que habíamos subido al avión. Hubo un momento de confusión. El tío mío que era general estuvo hablando con el piloto. Entonces irrumpió un grupo de soldados que hicieron levantarse a dos hombres que iban una fila detrás de las de nuestra familia. Uno de los hombres no dijo nada, el otro sí protestó, muy alterado. Le soltaron un culatazo con el fusil. Lo derribaron al suelo del golpe, dejándolo medio inconsciente. Nos sentamos mi madre y yo en los asientos que habían quedado vacíos. Entonces miré a mi madre y le dije solamente: mamá, es injusto. ¿Sabéis lo que ella me dijo? Ella me dijo: cuando seas mayor aprenderás a pilotar tu avión y llevarás a la gente que tú quieras. ¿Sabéis por qué recuerdo tanto ese momento? Porque en una situación en la que yo me moría de pena, mi madre supo hacerme pensar en el futuro. Me hizo ver que en el futuro no tendría que repetirse lo que acababa de ocurrir. Por ella estoy aquí. Mirad. Debajo está el río Iris.

Graciela y Loretta otean en la dirección en que Chiwa señala con el mentón.

El río Iris atraviesa la planicie frondosa con la solemnidad humilde de un anciano, desbordante de una pátina sabia donde apagan la sed las miríadas de criaturas que necesitan de sus meandros y veneros. El sol ha comenzado a descender desde el cenit; colma el firmamento un azul cobalto, casi esmaltado.

Graciela y Loretta contemplan el infinito llano de arbustos, herbazales y juncos enmudecidas de fascinación ante el dominio jubiloso de la naturaleza. Desde la ventanilla del avión, los caminos rojizos que se curvan parecen costuras casuales del terreno. Reverbera la paz solar sobre la pradera fértil, ajenamente a las querellas que ofuscan a los hombres allí donde la tierra es seca y pobre, al norte, o en las estribaciones que albergan yacimientos minerales al sudeste. La gran llanura verde de Kengawa se les presenta libre de rencores, promesa insólitamente virgen de un presente en el que el esfuerzo humano y las fuerzas de la naturaleza confluyan en un lenguaje común, que haga único los idiomas del viento y de los pájaros, de los tallos y flores, de miradas y danzas.

Detrás de Graciela y Loretta, Enyioha y Abe, que conversan en una plática animada y constante, sin elevar la voz. Eric continúa dormido, y los soldados jóvenes van jugando a las cartas.

Cuando, al cabo de un tiempo, la avioneta se adentra en el mar, una franja de bruma diluye el horizonte. Desde la altura, los destellos del sol sobre el océano ciegan si se los mira un rato sostenido.

Tras un giro en redondo, la avioneta regresa a la plataforma continental. Loretta y Graciela se sientan detrás y dejan que sean Abe y Enyioha quienes acompañen a Chiwa. Los tres militares hablan con una familiaridad evidente, en un intercambio sereno y elocuente al mismo tiempo: se diría que Abe, con el apoyo de Enyioha, está tratando de convencer a Chiwa sobre una cuestión en la que este no ha dicho su última palabra.

El paisaje se hace monótono como el zumbido de las hélices. Todos, han empezado a sudar.

Abe se gira explicando a Graciela y a Loretta:

—A veces damos rodeos para evitar tormentas.

Eric está espabilándose. Advirtiendo el escepticismo que cunde entre sus pasajeros, Abe aclara:

—Son tormentas cortas, pero muy violentas. Podemos esquivarlas.

Al ver a Eric frotándose los ojos, Abe le ofrece una Coca-Cola, que él mismo saca de la nevera. Habla a Eric en el tono paciente en que se explican las cosas a un niño:

—Hemos dado un rodeo para tener un vuelo más tranquilo, amigo. No corremos ningún riesgo.

—Donde se juntan el aire tropical con la atmósfera seca del desierto —abunda Enyioha— se producen tornados.

—¿Con qué instrumentos anticipáis esa situación? —pregunta Eric.

A Abe se le desliza una media sonrisa:

—Con la vista. No es difícil. Mirad vosotros mismos —Abe se tuerce agachándose a la ventanilla de Graciela—, allí hay una. ¿No veis como un torbellino de humo? Pues ahí se está formando una tormenta.

El sol cruza la media tarde cuando empiezan a descender.

—¿Sabéis cuántas horas llevamos aquí? —se dirige Eric a Graciela y Loretta—. Más de tres. Creí que era un vuelo corto.

—Esta es la mejor hora para aterrizar, cuando amaina la calima —dice Abe—. Al mediodía se forman corrientes de calor que bambolean las alas.

En kilómetros a la redonda, el paisaje es una pátina pedregosa de ondulaciones leves, salpicadas de arbustos cenicientos. La avioneta traza círculos abiertos, como un águila que planease en busca de presas.

—Ahí se ve gente —señala Loretta por su ventanilla—. Se distingue por las sombras alargadas.

—Vienen de Mali —cuenta Enyioha—. Estamos en un puesto fronterizo. Como las licencias de conducción no valen de un país a otro, tienen que cambiar de transporte. Les toca aguardar hasta que se llene una furgoneta. En dos o tres días esa gente estará en Kengawa.

—Van a hacer el mismo recorrido por tierra —dice Graciela— que nosotros por aire.

—Eso es —asiente Abe.

Desierto

De tan ardiente, el aire adquiere una densidad que lo hace material como una lama inesquivable, que fuera necesario ir rasgando para abrirse paso. Han aterrizado cerca de un aduar, una aldea de la frontera; a unas pocas decenas de metros de donde se detiene la avioneta pasta un rebaño en el espartal desolado, a la sombra de unas acacias indómitas al terreno calcinado.

Por las calles del aduar no cruza nadie. El sol no es ese amigo que, en otras latitudes, llega mejorando el humor general; aquí es más bien un dios uncido a una falta de destino, que esparce aceptación y carencia de alternativa o de piedad. No existen las horas, solo la espera; y esos vahos vidriosos en el aire, espejismos que a Graciela le producen una sensación de mareo. Entonces se sienta en la sombra del alero de un almacén y Eric se queda junto a ella:

—Me gustaría saber a cuántos kilómetros estamos del parque de Gwhosdam —rezonga.

—Yo con saber dónde vamos a dormir esta noche me conformaría —dice Graciela.

El viento porta a ratos el tañido de una flauta. Remolinos de aire libérrimo, que obligan a envolverse los ojos con el brazo, corretean por la calle de arena apisonada. Graciela y Eric observan desde lejos a Chiwa y sus oficiales departir con la guardia del puesto fronterizo. Llevan gorras y gafas negras, camisas caquis, pantalones de camuflaje; rodean al coronel Chiwa con esa inconfundible actitud de expectativa y respeto que se adopta, en el ejército y en todas partes, ante el mando más alto, del que pende el futuro propio. Chiwa y los otros despliegan mapas y discuten pasándose los prismáticos con los que otean el horizonte inmóvil de piedras y arbustos deshojados.

—No hay cobertura —se lamenta Eric, que no para de intentar conectar su teléfono a internet.

—¿A quién pensabas llamar? —sonríe Graciela.

—Quería saber el resultado del Celtic.

Loretta hace de mensajera del grupo de Chiwa:

—Chiwa y Abe van a salir a un viaje de inspección o algo así. Enyioha se queda con nosotras.

El rugido del *jeep* en que se marchan Chiwa y Abe quiebra la paz desolada, el vacío insondable, que se extiende desde las ortigas calcinadas hasta las casuchas de adobe, alzándose y perdiéndose en el cielo preñado de nubes incendiadas, que castiga impertérrito la actividad humana. El calor extremo torna penoso hasta el esfuerzo de hablar.

Enyioha se acerca con una sonrisa de oreja a oreja.

—Va a ser necesario pasar la noche aquí. Nosotros nos ocuparemos de organizarlo.

—¿Dónde vamos a dormir? —Eric esboza un irónico ademán protocolario—. Por curiosidad.

—Iremos con tiendas de campaña a unas dunas cercanas. Amigo, olvídate de Escocia. Podrás contar que pernoctaste en las dunas de Ergeg. Poca gente tiene esa fortuna.

Y extendiendo abiertos los brazos hacia arriba, Enyioha añade:

—Bienvenidos al desierto.

Los soldados jóvenes que los acompañan desde el vuelo les han dejado un bidón de agua, que sabe salobre y pastosa, y unos cartuchos de altramuces y pipas, con los que Eric, Loretta y Graciela matan el tiempo a la sombra del alero de un hangar militar.

La hiriente radiación solar va aflojando el castigo a los ojos. Algunos hombres y mujeres se aproximan al almacén. Se mueven despacio; murmuran, tosen, carraspean, abren los portones empujando entre varios. Llega después una furgoneta que remolca un volquete en el que viajan, entre la carga de sacos, dos trabajadores muy delgados y altos, de presencia grave y esqueleto armonioso, y de quienes emanan, simultáneamente, la nobleza y el fracaso, la obstinación y la resignación, a medida que descargan los sacos hasta el almacén. Allí otros trabajadores pesan en una balanza herrumbrosa los sacos. El sol de la media tarde entra por un ventanal alto en la nave; los rayos iluminan las partículas sueltas del grano descargado.

Hace aparición de nuevo Enyioha, acompañado de los mismos soldados del vuelo.

—Esta noche asaremos un cordero —anuncia Enyioha, y señala a un bulto atado con cuerdas que transporta a la espalda uno de los soldados.

Al fin regresa el *jeep* de Chiwa y Abe, quienes, sin descender, desde la ventanilla, invitan a subir a Loretta y Graciela. La escolta de soldados carga en otro todoterreno lonas de campaña, bidones de agua, cajones llenos de algo parecido a dátiles y, por último, el bulto sanguinolento del carnero que acaban de adquirir. Loretta contiene una arcada.

Dos cabos del puesto fronterizo completan la expedición. Chiwa y Abe conversan en el idioma de su etnia; van detrás Graciela y Loretta; ocupan el otro vehículo Enyioha, al volante, Eric y los soldados.

El sol declina hacia la franja purpúrea que marca el límite entre la tierra y el cielo. Tras una media hora de camino por dunas, los jeeps se detienen, tiembla en el cielo un retal de azul, pleno a pesar de la despedida del crepúsculo. La brisa, aun tibia, refresca. Alrededor no hay arbustos, ni espartales, ni matorrales, nada; bajo la luz del cielo que muere, geometrías mágicas, dólmenes redondeados, formas fantásticas, ondulaciones, exiguos valles, cimas efímeras, círculos mágicos conforman toda una catedral de arena ante sus ojos, un templo austero y grandioso de arena y gravedad, de tiempo eterno, de arena y sueños, de acantilados, valles y roquedos desmoronados en milímetros de cuarzo por millones de años de huracanes, desde mares inverosímilmente evaporados, a través de diluvios y sequías, tras los cuales, la arena se hizo legado perpetuo y sobre la arena el cielo, teñido de una luz súbitamente violeta.

Atardece y Loretta, Graciela y Eric trepan y saltan por las dunas divirtiéndose como chiquillos; ascienden las laderas resbaladizas experimentando el placer del hundimiento blando, bajan a trompicones, entre desprendimientos rodantes, cada uno a su albur, guiados por un mismo sentimiento de sorpresa que borra cualquier presagio previo que pudieran haber tenido del viaje al desierto, cualquier inquietud, cualquier fastidio. Chiwa, Abe y Enyioha beben té en la penumbra de una lona y fuman cigarrillos uno tras otro, desabrochadas las camisas, remangados los pantalones, descalzos; los cabos se reparten las tareas: unos montan las tiendas para la pernocta, otros encienden fuego y, en tanto que se aviva, desuellan al cordero recién matado.

La noche cae de repente, como un telón desde el cenit. Eric ilumina con su teléfono móvil el camino desde las dunas, por delante de Graciela y Loretta. Hay momentos en que pierden la vista de las tiendas y se desorientan, a pesar de lo cerca que están.

En un fuego apartado unos metros del campamento, los soldados dan vueltas a los tasajos de cordero con sus machetes, y se los ofrecen hincados en estos a Graciela y Loretta, las primeras, hospitalariamente. Ellas comen con apetito. Sus anfitriones se muestran atentos a que se sientan bien. Les han asignado una tienda doble más grande que ninguna otra. Repetidas a una distancia de un metro, los soldados han colocado un rastro de luminarias, pequeños faroles portátiles de gas, que marcan el camino hacia las tiendas en la oscuridad que se ha adueñado del suelo y reina sobre la tierra. Sus manos, sus cuerpos, sus corazones, son una presencia mínima e inmensa, al mismo tiempo, en medio de esa tierra negra sin coordenadas, en la que no se sabría dónde se halla el suelo de no ser por los candiles. Sobre su piel, sus ojos, su respiración, se alza la carpa inmensa de las estrellas, algunas de ellas tan cercanas que se diría que se pueden coger con la mano.

Tras la cena, Enyioha agita las brasas y recupera sobre un trípode de raíces secas un fuego vivo, que da el resplandor justo para vislumbrar los rostros. Enyioha se muestra exultante en la intimidad que genera sentir a otros cercanos en medio de una naturaleza inabarcable; evocando episodios de su niñez, su rostro exhala paz; se barrunta en sus ojos un tesón indestructible para la bondad, una inocencia que el desierto revelara en su mayor pureza y verdad de fondo, trenzando vuelos y puentes entre la fantasía y la realidad.

Los soldados juegan a las cartas detrás de las tiendas. Chiwa y Loretta no están con el grupo. Eric pide a Enyioha que cuente una historia; Enyioha habla de un sabio que abandonó su pueblo y dejó atrás a su familia, y quiso recorrer la tierra en busca del sentido de la existencia.

La narración de Enyioha se alargaba en meandros inverosímiles; y sin embargo el sabio jamás descubría el secreto de una sola verdad que justificara el fin de la búsqueda. Los episodios se repetían circulares y divergentes, en una espiral hipnótica; el suceso decisivo estaba a punto de ocurrir a cada momento y, constantemente, no llegaba a ocurrir; entonces el sabio debía proseguir su viaje. El sabio visitaba a monjes, eremitas, artesanos, maestras, tejedores, orfebres, brujos y poetas, cada vez se iba sintiendo más lejos de su destino. Enyioha se divertía en alardes de contador, para que los oyentes no perdieran el hilo, fascinados por el sonido de la voz humana, tanto o más que por el final del peregrinaje.

«Tiempo después, un día…». —Enyioha fingió por enésima vez un tono de desenlace— «…el sabio encontró unos niños jugando en una playa», «…jugaban a devolver a las olas cientos de estrellas de mar varadas en la arena». Después, sin que ni el propio Enyioha pareciera saber si su historia había terminado, recogió Abe el testigo. Este, de costumbre más reservado que Enyioha, tenía una manera de hablar rítmica, cadenciosa, característica; un acento cálido en los labios, un aura de seguridad en la mirada que iba pasando por todos al hablar, entre indagador y cómplice. Contó un relato tradicional árabe. Hablaba como si estuviera leyendo. «Eran una vez, dos hermanos…».

...Muley y Nazir, opuestos en su fisonomía al igual que contrarios en sus aficiones. Muley, el mayor, alto, delgado, solícito en cualquier circunstancia, estaba llamado a heredar el trono; dedicaba sus días al estudio de las leyes del reino y a la práctica en el ejército. Amaba las matemáticas y la astronomía. Su hermano, Nazir, era un entusiasta de los caballos y los torneos de justas, y arrogante, valiente, dado al exceso físico y algo pendenciero. Su destino separaba a los hermanos no menos que su carácter. El día de la muerte de su padre, Muley heredaría su reino político al sur del río Iris, en tanto que Nazir recibiría el mando de un tercio de los ejércitos de su padre y partiría a través de los desiertos del norte hacia la conquista de nuevas tierras. Servían en palacio dos princesas cautivas, botín de guerras con los reinos del norte, las cuales había tomado por damas de compañía la reina, madre de los hermanos Muley y Nazir. Las princesas, llamadas Ornella y Yamila, eran así mismo completamente opuestas y diferentes. Ornella tenía la tez morena, los pómulos pulidos, armoniosos y finos los labios y la nariz, muy redondos los ojos de color azabache. Ornella había sido desde pequeña la más indómita y rebelde a los usos sociales del reino del sur, como si no borrara de su memoria la afrenta del rapto de su origen. Su hermana Yamila, por el contrario, prudente y dócil, mostraba su mejor disposición a las costumbres del reino en que había crecido: acompañaba a la reina cuando esta se vestía con ropajes corrientes para bajar a la ciudad a dar limosna, rezaba junto a ella ante el mihrab y la acompañaba en los largos baños vespertinos. El príncipe heredero, Muley, y una de las princesas cautivas, Yamila, se habían tratado desde niños en el palacio; al paso del tiempo, convertidos ya en hombre y mujer, se enamoraron. Yamila se convirtió a la religión de Muley para el casamiento, que fue celebrado con tres días de festejos en el reino. Por los días de la boda de Yamila y Muley, nadie de la familia reparó en que Nazir, de natural risueño y bromista, se estaba volviendo huraño y hosco. Así mismo, podría haber llamado la atención que Nazir, hasta entonces ajeno al menor interés por las artes, se volcase de pronto en aprender los secretos de la música del laúd, que le enseñó el más anciano músico del palacio. El laúd de Nazir se escuchaba en el patio de arrayanes hasta la aurora. Hasta que una mañana, se echó en falta a Nazir durante los ejercicios militares en el campo grande. Interrogando a amigos y sirvientes, se descubrió que nadie había visto a Nazir desde la tarde del día anterior, a pesar de que el laúd se hubiera escuchado tañer la noche entera. Yamila llegó entonces corriendo a los brazos de la reina y entre sollozos le contó que su hermana Ornella tampoco aparecía por ninguna parte. El rey ordenó interrogar de nuevo a los sirvientes, convencido de que alguno mentía para proteger a Nazir: pero todos juraron haber oído la melodía de su laúd durante la noche, hasta el amanecer. El rey acudió entonces al maestro de música, un anciano que parecía no pisar el suelo al andar y que amedrentado por la presencia del soberano, confesó· Nazir y la princesa Ornella habían huido y él los había protegido tocando las mismas melodías que gustaba de interpretar Nazir. El viejo maestro de música no explicó el motivo de que se hubiera prestado a una estratagema que bien podía costarle la vida; negó una y otra vez que Nazir le hubiera pagado por ello. Tal vez haya asuntos entre un maestro y un alumno que nadie más pueda comprender. Cuando el rey sugirió que habían de perdonarse los yerros de juventud y propuso encabezar él mismo la expedición de búsqueda, su primer ministro se vio obligado a recordarle las leyes inmutables del reino y ordenó al jefe de los ejércitos la captura, a vida o muerte, del príncipe Nazir.

Un estrépito de cascos de caballo despertó a Nazir y Ornella en el bosque. El viento bramaba entre los árboles. En cuanto divisaron por las lomas en sombras los hachones de luz y tomaron conciencia de que las cabalgaduras se encontraban muy próximas, ensillaron a toda prisa el caballo y pusieron grupas hacia las peñas altas. A traición, mientras atravesaban un claro, la luna se asomó al balcón de la noche delatando a los perseguidores la ruta de los fugitivos. El jefe de los ejércitos espoleó su montura, profiriendo una exclamación triunfal al frente de sus soldados. Nazir y Ornella continuaron huyendo contra toda esperanza, a galope tendido, hacia los riscos. El jadeo de sus perseguidores los cercaba. El caballo de Nazir caracoleó una postrera vez, al filo del abismo. Un precipicio de amor y muerte aguardaba en las sombras. El gerifalte de los ejércitos acometió con su regimiento contra los amantes; en el momento en que alzaba su daga sobre el cuello de Nazir, un jinete enloquecido se abalanzó desde un lado sobre el gerifalte y le clavó su alfanje en el cuello antes de que pudiera siquiera ver el rostro de quien lo había degollado. Era el príncipe Muley. No había perdido un instante tras escuchar el veredicto del primer ministro del rey, en el salón de Audiencias. Atajando por pasos escarpados, remontando por cortados y peñas, no se detuvo hasta que, antes casi de ser consciente de su acto, le sorprendió la cruel facilidad con que cedía una garganta humana a la hoja de un metal enfurecido. Desde entonces, todos los años, por la primavera, los príncipes Muley y Yamila viajaban al reino del norte del que provenían las princesas cautivas, donde ahora vivían Nazir y la princesa Ornella, que allí había vuelto a encontrarse con sus padres ancianos. Muley y Yamila, Nazir y Ornella, pasaban la última noche del viaje contando historias al raso. «Aunque mis días pertenezcan al norte, hermano» decía Nazir a Muley en las despedidas, «...mis noches serán siempre del Sur». Mientras, Yamila y Ornella se abrazaban sin ser capaces de despedirse.

Amanecer

Sobre la lona de la tienda militar, la claridad vacila. Ha entrado arena por las rendijas de tela descosida. Dispersa el aire que se cuela los destellos de cuarzo. No se oye un paso afuera. Graciela descorre la cremallera de la puerta y pisa descalza el lecho interminable que se desliza levemente bajo sus pies. A la luz del día que nace, el paisaje es más nítido que en la noche anterior, de su llegada, cuando el horizonte se difundía confundido en las dunas. Comienza a sentirse el calor. Una franja tenue desvela la línea donde se unen el cielo y la tierra; más cerca, el suelo conforma una extensión cenicienta, que pronto será abrasada por el sol.

Abe está fumando un cigarrillo afuera. Observa a través de un par de prismáticos el paisaje. Cuando se aproxima Graciela, se los ofrece y señala hacia un punto del este, por donde se alza un medio sol incandescente. El gris del firmamento se torna amarillo, luego blanco, después celeste, como en un pasatiempo. Abe apura el cigarrillo. Evitan hablar de la noche. Un par de pájaros echan a volar, en un batir de alas que les pasa al lado, del que Graciela se asusta un momento; en seguida los dos sonríen. Al fin Graciela divisa entusiasmada lo que Abe quería enseñarle; la forma de un par de orejas altas, aguzadas, le permite identificar una gacela. Hay muchas.

—Qué tiernas —dice Graciela.

—La vida vuelve al mundo.

—Hablas como en verso. ¿Te gusta la poesía?

—En Kengawa brota de la gente en cantos, es una pasión. Yo no soy un gran aficionado. El poeta es Enyioha. Él tiene apego a nuestras tradiciones, las conoce muy bien.

—¿Sirve para algo la poesía en el ejército?

—El ejército está al servicio de su pueblo —dice Abe, que vuelve a mirar por los prismáticos—. Y en el alma de los pueblos de la República hay poesía y música.

—Tengo la sensación de que he leído lo que estás diciendo.

—Claro, son versos de un poema que aprenden todos los niños en las escuelas. Escrito por el primer presidente del país. Asesinado en 1963.

El gesto de Abe se endurece.

—Tengo que hablar con Chiwa.

A partir de ahí, una aspereza de nerviosismo soterrado se adueñó del viaje, sin que Graciela, Loretta y Eric acertaran a imaginar en ese momento por qué. Todo se transformó en cuestiones logísticas que arreglar para el retorno, y nadie habló más del parque natural de Gwhosdam. Chiwa, Abe y Enyioha estaban en comunicación constante con la base de la frontera. Visajes concernidos, silencios bruscos. Enyioha hacía aspavientos y Chiwa daba vueltas agitado, a ratos enmudecido, a ratos entregado a una diatriba irrefrenable. Abe permanecía sereno, conteniendo la pesadumbre en un gesto tenso.

Regresaron en todoterreno al puesto de frontera y pusieron rumbo a Colpán en la misma avioneta del día anterior. El vuelo fue tranquilo. Graciela y Loretta se quedaron dormidas una en el hombro de la otra; Eric se tomó una pastilla tranquilizante antes del despegue y ovilló su corpachón escocés en el asiento, como un contorsionista. Abe y Chiwa, a los mandos, conversaban en tono bajo y monocorde. Parecía haberse instaurado una atmósfera de desgracia.

En el aeropuerto de Colpán Eric recuperó la cobertura del teléfono móvil y se lanzó alborozado a ponerse al día de las noticias.

—¿Ha pasado algo? —preguntó Loretta por los pasillos de la terminal.

—Estados Unidos ha dado un ultimátum a China. No logro enterarme de por qué. China tiene atracado un portaaviones en la costa de la Isla Púrpura.

—Preguntaba si ha pasado algo aquí, en Kengawa —explicó Loretta—, o en algún país de África cercano. Chiwa y Abe están preocupados por algo que está ocurriendo aquí, en la República Libre.

—Estoy mirando noticias internacionales. No sale nada.

—Ha ocurrido algo que no esperaban —coincidió Graciela—. No parecen los mismos de ayer.

Eric seguía descendiendo con el índice por las noticias del móvil:

—Ayer oí contar a Enyioha por qué tuvieron que desplazarse de emergencia al aduar de la frontera, ¿no os enterasteis? —preguntó Eric a Loretta y Graciela, que seguían aguardando expectantes—. Chiwa y sus oficiales tenían concertado un encuentro en el puesto fronterizo con un grupo paramilitar que opera en la frontera norte. Su líder militar tenía algún vínculo familiar en Kengawa. Se me ha olvidado su apodo. Era un pájaro, un ave rapaz, no me acuerdo... Habían pactado con los paramilitares un acuerdo de desarme que iba a entrar en efecto a medianoche. Enyioha estaba muy contento. Esperaba que hoy se anunciara el acuerdo. A las doce de la noche debían depositar varios furgones de armas y un carro lanzacohetes en un almacén de la guardia fronteriza. Los mandos se reincorporarían a la vida civil sin represalias.

—Si fueron por eso a la frontera, algo no ha salido como esperaban —se encogió de hombros Loretta—. A mí Chiwa no me contó nada.

—Quizás las consideran cosas de hombres —ironizó Eric.

—¿No ves alguna noticia? —inquirió Graciela.

—No sale nada, ni en los periódicos nacionales de aquí. Puede que Enyioha me contara una realidad adornada. Desde luego no se ha hecho nada público. Algunos medios hablan de un secuestro en una mina de níquel y manganeso en la frontera entre Mali y Mauritania. Han tomado a ingenieros extranjeros como rehenes. Pero eso está a tres mil kilómetros de aquí.

—Van a cerrar las puertas de nuestro vuelo a Kengawa —advirtió Graciela—. Tenemos que correr.

Eric dejó escapar un exabrupto de pronto, paralizado de pie, ante la pantalla del móvil.

—¿Qué ha pasado, Eric? —saltaron Graciela y Loretta.

—El Aberdeen nos ganó en casa. Vaya desastre de temporada.

Acero y sangre

Puesta en marcha (El Halcón)

Pienso en Murtz y me parece estar oyendo su voz mientras escribo. Admito que su poder sobre mi subconsciente llegó a ser descomunal. ¿Cómo logré apartarme de él? ¿Dónde encontré la energía en el instante decisivo, aquella especie de pulsión que hizo quebrarse de cuajo mis lealtades de una vida, encaminándome por una senda imprevisible entonces, y que hasta hoy no ha dejado de serlo, la senda que me llevó hasta la Residencia Walser y de allí a Kengawa, y un tiempo después de vuelta al lago Lemán, y otra vez luego a Kengawa, donde encontré a Graciela? ¿Cómo escapé del campo magnético dominado por Murtz y de la destrucción asegurada que implicaba abandonarlo, destrucción a la que, en cada día vivo, he vencido al menos un día más?

Martin Kreutzer y Arno Murtz eran como hermanos; sostenían un trato familiar, compartían un bagaje intelectual y atesoraban ambos un instinto certero para pasar de la reflexión a la acción. Examinando ahora sus personalidades, no obstante, algunas diferencias se revelan que en el fragor de las operaciones quedaban soterradas. Martin Kreutzer era en última instancia un hombre bueno; y Arno Murtz, en última instancia, probablemente también. Aún así, en el caso de Murtz, una duda elusiva permanecerá, sin remedio. Kreutzer y Murtz llevaban más de cincuenta años a sus espaldas de servicios y operaciones.

Su unión era una suma perfecta y su separación dejó brechas imposibles de restañar en Fuerza y Espíritu. Cuando Martin Kreutzer fundó Raíces y Alas, la mantuvo en una simbiosis impenetrable con Fuerza y Espíritu, en la más absoluta invisibilidad; elegía a los fundadores y miembros de uno en uno, tras largas conversaciones individuales, ajeno a condicionantes o apresuramientos: ninguno sabíamos qué otros formaban parte de Raíces y Alas, la cual ni siquiera estábamos seguros de que fuera una escisión definitiva de Fuerza y Espíritu; lo que sentíamos con toda certeza era que la pertenencia a Raíces y Alas nos dotaba de un nosotros definido, a pesar de carecer de seguridad sobre la identidad de cualquier otro asociado. Con el paso de los años surgieron complicidades evidentes, aunque soslayadas. Podía ser un pálpito en una conversación, un paseo por un parque que se alargaba, un abrazo, un no sé qué...: como en aquel café de Lausana donde nos encontramos Martin, Magdalena y yo, en el que repentinamente supe que ella era uno de los nuestros. El *pathos* y la razón nos iban encontrando y reuniendo en Raíces y Alas. (La razón, sin *pathos*, es una diosa presuntuosa, una glosa técnica de obviedades, la solemnización de una clasificación descriptiva; mientras que el *pathos*, sin la razón, no es fecundo, ni arraiga, queda al albur de un vendaval.)

Curiosamente, la complementariedad entre Kreutzer y Murtz era tan elevada, que la virtud más escogida y singular de uno era el defecto más grave y escondido del otro. Y viceversa.

Arno Murtz era único para planear la súbita aparición del hombre providencial, ese que logra catalizar las furias soterradas durante años, las frustraciones individuales, las ganas de señalar con el dedo la culpa de los poderosos, y transforma a las multitudes en un torrente de lodo y piedras que arrasa lo establecido; el líder al que los periodistas agasajan, envolviendo sus orígenes en un halo de leyenda, el visionario y organizador al que una multitud reviste de la dignidad de una lucha justa. Para escoger y moldear a esas figuras, después de haber abonado largamente el terreno para su surgimiento, Murtz detentaba una omnisciencia insuperable, fundada en su capacidad de combinar los mecanismos del poder establecido en el plano político y empresarial, y en el de la cultura popular y la agitación masiva. De Murtz podía decirse, en verdad, que nada humano le era ajeno; y que cualquier tendencia humana la encontraba unida a un tronco común, no extraviada en ramas de conocimiento apartadas, como las observamos en general el resto.

Al planear una operación en un país, Murtz, además de examinar hasta la última coma los entramados empresariales y los enjuagues íntimos del núcleo de familias que se repartían licencias, privilegios y concesiones, también se interesaba por aquello que impregnaba la mentalidad de la gente, como los programas de televisión, la música de los jóvenes o las estadísticas de uso de las aplicaciones de citas. Hay algo más en lo que Murtz sobresalía, y en lo que Kreutzer jamás podría igualarlo: Murtz era capaz de elegir, si lo consideraba necesario, al nuevo líder fuerte de un país, imprescindible para establecer un orden tras tiempos convulsos y múltiples crisis, entre los mayores bastardos e hijos de perra del panorama nacional correspondiente (algo que sucedió excepcionalmente; pero sucedió). Es pasmoso constatar la insólita sencillez de este hecho. Murtz entendía la sustancia humana de la que están hechas las tropas de un ejército y la fuerte división de caracteres que en ellos se encuentran; unos, los comprometidos, en pos de una misión y convencidos de la nobleza de su servicio y con una cierta calibración sobre la línea que separa el mal necesario y el abuso; otros, los diletantes, a la caza de un modo de vida incomparablemente fuera de su acceso de otro modo, dotados de una astucia sin escrúpulos para servirse de las armas para sus fines. Arno Murtz ha negociado en persona, pactando nombres, relevos, sobornos, bonos de retirada, silencios y mentiras con gerifaltes de

medio mundo. Martin Kreutzer, en cambio, nunca soportó
sentarse cara a cara con los prebostes que Murtz situaba sobre
la cúspide de estructuras de poder (o a los que más bien dejaba
que otros situaran como propios, evitando cualquier riesgo re-
putacional de un fracaso: los laberintos de las operaciones con
su sello eran inextricables).

En contrapeso a su incapacidad para servirse de bastardos
arrogantes a los que enriquecer y erigir en jefes de mafias regionales, Kreutzer disponía, en cambio, de la única cualidad que
uno podía echar en falta en la omnipotencia de Murtz: la imaginación. Es un asunto menos baladí de lo que parece. Murtz
fundaba por sistema sus estrategias en precedentes históricos:
de hace un siglo, tal vez, o incluso de la antigüedad arcaica, pero
generadores de un patrón histórico que había investigado mi-
nuciosamente desde su óptica única para imbricar los hechos
detonantes y los grandes relatos. Arno Murtz, en particular,
vivía obsesionado con la Guerra Fría: la consideraba la huella
más duradera del siglo, la obra de un genio extraordinario, la
creación prodigiosa de un *deux ex machina* que a través de tres
generaciones había cambiado completamente la faz de la tierra, abriendo extraordinarios horizontes para la explotación de
sus riquezas (cuántas veces lo oí expresarse en estos términos;
cuántas veces al valorar cualquier nuevo escenario lo compa-
raba con la narrativa trágica de la Guerra Fría, persuadido de
la lógica histórica por la que unos imperios debían desaparecer dejando paso a otras formas de explotación y control más
productivas y avanzadas). Murtz tuvo siempre en el horizonte
que una guerra fría tecnológica entre Estados Unidos y China
sería el gran vector de tensión, conflicto y progreso en nuestro
siglo. Algo en lo que, por supuesto, no cabe descartar que acabe
teniendo razón algún día.

La escalada entre Estados Unidos y China frente a las costas
de la Isla Púrpura que Fuerza y Espíritu activó en los primeros

días de febrero de 2018 respondía a todos los parámetros de las operaciones históricas de Murtz; semana a semana, veladamente, los elementos necesarios para el conflicto se acumulaban: portaviones de la marina yanqui, entrenamientos anfibios del ejército chino, simulacros de abatimiento de cazas, gestos torvos en los discursos, desfiles militares, apelaciones a la historia...

Apenas disponíamos de margen de tiempo, si bien una sucesión de temporales en el mar Amarillo nos proporcionó unos valiosos días de holgura.

Puse en marcha la Operación Rebelde Esperanza, a través de nuestro dispositivo de enlaces con el Halcón, que era entonces solo uno más de los cabecillas que descollaban entre los grupúsculos que malviven de operaciones de contrabando y secuestros a lo largo de la extensa franja de ondulaciones pedregosas y riscos de arenisca que separan el desierto subsahariano del África negra. El Halcón era el más joven de los jefes paramilitares que campaba por sus respetos en esa frontera de más de dos mil kilómetros en la que ningún gobierno ha podido imponer su ley. El día en que activamos nuestra contraoperación de respuesta a Tempestad e Ira, el Halcón estaba al mando de una docena de vehículos militares, tres carros blindados y unas cuantas partidas de fusiles y granadas de mano, buena parte de los cuales le habían sido discretamente vendidos a un precio de ganga desde canales consentidos por los ejércitos gubernamentales que debían lidiar con sus operaciones. En los meses previos yo mismo había sugerido a varios de esos generales que incrementaran aquella clase de, llamémoslos, pagos en especie, gracias a lo cual el Halcón se convirtió en el líder más próspero de esa región de sol abrasador que apenas permite el florecimiento de la vida, donde debía fraguarse el detonante de la operación.

Chiwa era uno de los comandantes de la República Libre más popular entre las tropas y tenía probada su lealtad al presidente Geldnanm, que lo tenía entre sus hombres de confianza en la región de Kengawa, un estado de tradición levantisca que era crucial conservar estabilizado para el presidente Geldnanm; este no podía permitirse añadir un segundo frente añadido a las guerras larvadas del nordeste. La estrategia de seguridad de la República Libre del Iris saltó por los aires, sin embargo, en el día en que el Halcón engañó a Chiwa acerca de su entrega de armas en un aduar del noroeste, en el desierto; si bien incluso los altos mandos del estado mayor de Urquahrt tardaron en atar los cabos.

La operación de asalto a la mina de manganeso por el Halcón en la frontera mauritana alcanzó una considerable resonancia a causa del alto número de occidentales, de diversas nacionalidades, secuestrados. El ataque militar, sorprendentemente preciso y organizado, mostró un salto de escala inédito en los medios bélicos de los comandos y guerrillas de la región subsahariana, respecto al armamento que, hasta entonces, tras acciones de extorsión convencionales como secuestros o sobornos, venían adquiriendo en el mercado negro. El comando del Halcón lanzó la acción de madrugada; en una primera escaramuza, un grupo de milicianos pertrechados de armas detuvo el autobús que transportaba a un grupo de técnicos extranjeros desde la mina a un helipuerto próximo, en la rotación habitual de turnos. El dispositivo del ejército que escoltaba el autobús, al que enseguida reforzaron las tropas que patrullaban el perímetro del complejo minero, logró detener el asalto al vehículo. Lo peor sucedió entonces. Minutos después de que la escolta militar del convoy de expatriados lograra, a tiroteo limpio, reducir a los asaltantes, fuerzas dirigidas por un lugarteniente del Halcón ocupaban la villa residencial de técnicos expatriados, ubicada junto a unas instalaciones industriales auxiliares: un poblado de casitas prefabricadas, dotadas de conexión vía satélite a internet, entre cuyas comodidades y entretenimientos destacaban una piscina, un campo de fútbol, una sala de cine y dos pistas de pádel con aire acondicionado.

La noticia del secuestro desangró a chorros la reputación en Occidente del general Geldnanm y de sus servicios de información, incapaces no solo de anticipar la operación sino de aportar datos relevantes durante muchas horas. Encerrados en sus cuarteles de la capital, los generales de rango máximo barrían atónitos las imágenes de la mina que recibían de satélites extranjeros: apenas unas columnas de humo denotaban el lapso temporal, hacia las siete de la mañana, de la explosión que había arrancado de cuajo varios cientos de metros de la alambrada electrificada, socavando una hondonada de terrones oscuros, visible en las imágenes de más resolución. Las comunicaciones con el exterior del complejo estaban interrumpidas y únicamente funcionaban las señales de radio desde la sala de control. Los hombres del Halcón permitieron salir del complejo al personal nacional de limpiadores, cocineros y vigilantes, en las primeras horas del asalto.

El presidente Geldnanm atendía, entre la displicencia y el hastío, las llamadas de los embajadores que requerían confirmar la identidad de los rehenes de su país en la mina; la indiferencia de Geldnanm soliviantaba a los diplomáticos, que no encontraban en los cables apresuradamente redactados por sus metrópolis dato alguno sobre qué tipo de organización había lanzado el asalto. Hacia el mediodía, filtramos al servicio de información de Geldnanm la ficha del Halcón. Entonces los generales comprendieron lo que había pasado en las veinticuatro horas anteriores a la operación. Mientras el Halcón cerraba ante la representación encabezada por Chiwa los flecos de la entrega de armas y las prebendas de su reingreso en la vida civil, dos mil kilómetros al este, su lugarteniente de confianza tenía atrincherados a unos cien hombres entre los escarpes que debía cruzar el autobús de técnicos extranjeros al despuntar del alba.

En el puesto militar de la frontera mauritana se ignoraban los movimientos del Halcón tras la entrega fallida de armas, pues la vigilancia se suspendió en torno a las doce de la noche según el pacto entre el Halcón y Chiwa.

A lo largo de la tarde del domingo, se le definió a Geldnanm la disyuntiva a la que se enfrentaba. El lugarteniente del Halcón exigía diez millones de dólares en efectivo y vía libre para evacuar la planta durante una tregua de seis horas; mantendrían cinco ingenieros extranjeros en su poder, los que habían colaborado con ellos supervisando la parada segura de la explotación minera. El resto de los rehenes quedaría libre inmediatamente. Los cinco ingenieros extranjeros, garantía del pacto, serían liberados en un lugar comunicado posteriormente.

Esperábamos que Geldnanm aceptara.

No fue así.

En las operaciones decisivas, jamás se cumplen las expectativas. Cuanto más ambiciosa es una operación, menos se cumplen, porque más imposible resulta anticipar cada desviación que puede ocurrir. Pero yo mismo he perdido la perspectiva muchas veces en los momentos críticos, y el error más constante es creer que la experiencia puede conjurar el azar. El azar existe; aún más: el azar *debe* existir. No solamente el de las circunstancias exteriores, también el de nuestros impulsos más íntimos, que mantenemos asfixiados por costumbres. He dedicado mi vida a tratar, descifrar y prever las conductas de tipos del pelaje más diverso, y, sin embargo, a mí mismo, en el plano de mis motivaciones o mis anhelos, cada vez me entiendo menos. No importa los años que haya cumplido, o el perfeccionado desapego con que me muestre, mis deseos se siguen volcando en los límites de la realidad. De tanto calibrar y planear lo que movía a otros, ha llegado a resultarme un misterio entender qué es lo que me mueve a mí. Entenderme, quiero decir, al margen del personaje que he fabricado para los demás, al que obviamente sí conozco bien, y que me ha permitido llevar una existencia privilegiada.

Reacción

Un mes más tarde me entrevisté con Geldnanm en un hotel de Belgravia. Me desgranó su visión de los hechos con un desprecio rayano en el sarcasmo. Durante toda la conversación permanecían aún más abiertos que de costumbre sus grandes globos oculares, velados por una película amarillenta, como para resumir la suma de perplejidad y fatalismo con que abordaba los sucesos.

Llegó al vestíbulo del hotel donde nos habíamos citado libre de su cohorte de abogados, resoplando como si lo persiguiera una manada de búfalos (en cierto modo, Geldnanm era alguien que parecía constantemente perseguido; y quizás esa constituyese la justificación última para su falta de piedad, que un instinto de supervivencia excesivamente alerta, aguzado o hipertrofiado borre la compasión). Había engordado desde la última vez que nos vimos y la camisa blanca satinada estaba a punto de estallarle por la tripa. El traje y la corbata delataban que habría dedicado la mañana a explorar tratos con compañías pantalla, es decir, a engrasar la trama de sociedades en la que se camuflaban los pagos indirectos relacionados con concesiones mineras en el país (y que aflora a la superficie en la forma de una pequeña empresa independiente, con una modesta oficina, digamos, en Londres o en París, y que resulta ser la dueña de derechos de explotación sobre inmensos yacimientos; cuando los vende a una multinacional la licencia y el pago se convierten en dinero *blanco*; un modo de hacer las cosas escasamente sutil, pero de una efectividad inveterada; como si la corrupción fuera, más que necesaria, conveniente).

La primera vez que le pregunté por el asalto del Halcón, Geldnanm hizo un mohín despectivo de modo que opté por cambiar de tema, calculando que era él quien volvería a sacarlo, antes o después. Al fin y al cabo, Geldnanm tenía más necesidad de mis respuestas que yo de las suyas. Los dos sabíamos a qué nos habíamos sentado en aquel hotel por cuyos tresillos y veladores rústicos una pandilla de jóvenes con vaqueros rotos y polos se saludaba en la huera fraternidad de los exitosos, que esforzadamente han de demostrar en cualquier circunstancia que lo son, mediante los códigos de pertenencia que les distingan. Por supuesto, el sistema dejaba a aquellos petulantes jugar y ganar porque así convenía al sistema, simplemente; y por eso el sistema les dejaba creerse, al teclado de sus ordenadores con la manzanita, entre sorbo y sorbo a sus zumos de frutas exóticas, los nuevos genios de los negocios mundiales.

Fuera cual fuera su urgencia por obtener de mí información, lo que Geldnanm no iba jamás a mostrar era prisa, ni debilidad, en nuestra charla. Y yo también podía esperar. Comprobé que Geldnanm seguía siendo un interlocutor elocuente, tenaz. Su magnetismo no derivaba tanto de sus palabras, como del papel del que se investía a sí mismo, erigiéndose en oráculo, líder y profeta simultáneamente. Hablaba como si fuera su cansado destino guiar a los demás, fuese en un discurso televisado, fuese en una tribuna, o allí en una discreta conversación de vestíbulo. Nunca se despojaba de la púrpura, sin la que no podría imaginarse.

Su voz jamás dejaba traslucir dudas. Movía las manos en el aire al modo de un patriarca religioso que convoca a la reconciliación.

—Tenía prohibido revenderle armamento al Halcón, incluso ligero. Nunca me había gustado. Sabía que era peligroso. Algunas decisiones pueden conllevar muertes. Por eso debe tomarlas alguien con experiencia y que pueda llevar el peso sobre sus hombros. Ahora voy estando cansado, Malik. Produce un cansancio considerable enfrentarse a este tipo de acciones violentas. Uno no querría que existieran. La mayoría de la gente quiere vivir en paz, ¿no es cierto? Tú has viajado, Malik, la gente no quiere la violencia. Pero existe. Para mí supone una frustración continua que no podamos erradicarla. Los medios de que disponemos son modestos. A nuestro país no llegan los mejores tanques, nuestros carros antimisiles son de segunda mano, nuestra electrónica de seguimiento está anticuada. Los enemigos consiguen mejores armas que nosotros, lo sabemos. Les gustan más a los dueños del dinero. Pero nosotros tenemos una fuerza de la que carecen nuestros enemigos aunque los apoyen las potencias extranjeras. Nosotros somos un pueblo. Yo tengo el honor de representar a un pueblo. Jamás tomaré una decisión pensando en qué me conviene. Ni en lo que los demás opinen. Ni siquiera sabría tomar una decisión pensando así, nunca lo he hecho. Ante cualquier circunstancia, voy a pensar en defender el honor de mi pueblo. La historia de mi pueblo. Porque un pueblo sin honor y sin historia desaparece. El pueblo sano y joven de la República Libre se fortalece en los momentos de sufrimiento en que fuerzas exteriores tiran desde aquí y allá para romperlo. Mi responsabilidad es mantener unido a mi pueblo. ¿Qué hace que un pueblo forme un país, Malik? ¿Qué dota a un pueblo con un destino común hoy en día, cuando tantos intereses, tanto dinero mundial, quiere despedazarlo para robar mejor sus riquezas, los tesoros de su subsuelo? Tres cosas hacen falta para unir a un pueblo, Malik. El sentido colectivo, la historia y su líder. Un líder debe estar dispuesto a morir por el honor de su pueblo, a arriesgar su vida y a matar en nombre de su pueblo. Eso es lo que une a un pueblo. Así se guía hacia delante a un pueblo. Con unión y con sangre. El invasor conoce nuestras fortalezas y por eso tiene como fin destruir nuestra historia y nuestra tradición. Ha sido así en todas las civilizaciones. El líder resiste en nombre de un pueblo. El líder que no tenga a su pueblo detrás se convertirá en un hombre corriente más.

Entre inflexiones agudas, desacompasadas de su presencia rotunda, y que corregía ahuecándose hacia delante, Geldnanm seguía evitando adentrarse en los acontecimientos de la mina de manganeso; fluctuaba en rodeos, varaba en la ronquera, enfático, displicente. Seguí esperando.

—Nadie quiere tener que secar la sangre derramada, Malik. El pueblo entero llora por cada gota de sangre de sus servidores. He pasado largos ratos hablando con las familias de hombres nuestros que murieron combatiendo la insurgencia del noreste que financia el extranjero, las bandas de mercenarios que quieren apropiarse la riqueza de nuestro país sin dignarse ni llamar a la puerta de su gobierno legítimo. La sangre derramada impondrá su ley, Malik. Todos lo sabemos. Nadie puede ocultar la sangre derramada, tan solo cabe aprender su lección. En tu país lo sabéis, Malik, en todos los grandes países se ha tenido que aprender con dolor esa enseñanza de la historia. Yo pertenezco a una generación que entregará el testigo pronto, Malik. Llevo tiempo meditando mi retirada, a la espera de que se declare una tregua, una mesa de paz, diciéndome, ese será el momento. Otros recogerán el testigo, allá donde nuestra generación lo deja. Porque nuestra generación no ha podido independizar al pueblo de las potencias extranjeras. No hemos logrado acabar con las sabandijas que se baten en nuestro suelo, en nuestra tierra, por nuestras riquezas. Es la condena de África. Occidente solo se ha interesado por traer a nuestros países armas y dólares, Malik, hemos hablado sobre eso tú y yo, tantas veces.

El verbo encendido transformaba a Geldnanm, le transfiguraba en otra persona. Su capacidad de aunar un relato del pasado al futuro, que arrastraba a sus seguidores a creer en él, permanecía incólume al paso de los años, y a la miseria y los conflictos.

—Presidentes extranjeros no paran de llamarme para darnos lecciones sobre cómo manejamos el ataque a la mina, desde sus cómodos sillones de Occidente. Les irrita, me dicen, que no se les consultara con antelación. Nos reprochan que deberíamos haber recurrido a tal canal, a tal intermediario. Creen que sus satélites de espionajes son mejores que nuestros hombres sobre el terreno y se equivocan. Un embajador nos sermoneó con que estábamos pagando por no haber transigido con la extorsión del Halcón, lo que ni siquiera es cierto. Están sobredimensionando al Halcón, deliberadamente. Ese tipo carecía de los enlaces que le han atribuido, no tenía medios para un ataque de esta magnitud. Ahora, cualquier cosa les vale a los diplomáticos para culparnos de los males. Y el presidente Geldnanm los escucha. El presidente Geldnanm los atiende. Hablamos cara a cara. Yo aprecio a quien dice lo que piensa, aunque no me guste. En todas las situaciones ha de escucharse. Toda la gente tiene una opinión sobre las cosas, hay que dedicar tiempo a entender a los otros. Sin embargo, las faltas manifiestas de respeto son inadmisibles. Esos personajes que se arrogan decirle al presidente de la República Libre cuáles son sus deberes no van a pisotear a mi pueblo. Ellos entraron en la financiación del país, es cierto, pero ¿esperaban por ello que quedáramos sumisamente agradecidos a su servicio? Para eso que no cuenten con el presidente Geldnanm. Que pongan un títere, si son todavía capaces. El presidente Geldnanm no subordina la República a ninguna potencia extranjera y no acepta la más mínima falta de respeto a su país. Nadie va a abroncar a mis hombres por haber sostenido el honor del país ante una banda de contrabandistas.

En algún momento, su soflama incendiada viró hacia el pacto fallido de Chiwa con el Halcón. Siguió con ese hábito de hablar de sí mismo en tercera persona.

—Chiwa es mi hombre en Kengawa. Hizo lo que le ordené y cumplió la misión. No hizo preguntas, no pidió explicaciones. Le ofrecimos al Halcón su oportunidad de formar parte de un gran país. Sabíamos con quién hablábamos. El Halcón es un hombre de recursos, carismático, intuitivo. ¿Por qué iba a desaprovechar la oportunidad que le ofrecíamos? Yo le presuponía más inteligente. Ahora, si nos fallaba, era porque tenía una carta que desconocíamos. Los accidentes ocurren. Hay que saber a qué atenerse con estos tipos. Medir capacidades y ambiciones. Todos sabemos de qué va esto. El rescate era un señuelo para tentar nuestras fuerzas. Los que están detrás del Halcón le han prometido más cosas que nosotros, está claro. Ahora tendrán que dar la cara. Entonces ignorábamos su existencia, ahora están en nuestro radar. ¿Comprendes, Malik? Lo único importante es que no falle la gente de confianza. Chiwa y sus hombres cumplieron su misión de vigilancia. Sabemos que no hubo ningún tránsito de convoyes por la frontera en la noche del acuerdo. A las nueve horas del domingo, en cuanto supimos que algo había fallado, cerramos las fronteras del país. La primera llamada de la mina de manganeso llegó a las nueve y media, desde la sala de control.

—¿Y las embajadas?¿Se han calmado?

—Saben que no pueden culparnos de nada. Ellos mismos carecían de información. En privado lo admiten. Los embajadores viven en nuestras ciudades, pisan el suelo que pisamos nosotros. Con ellos me entiendo. El problema viene de las instrucciones que les llegan de sus gobiernos, que se manchan los pantalones del pavor a que una información les salpique. Los más próximos estaban al corriente del acuerdo de Chiwa con el Halcón. Ninguno se había opuesto. Es conveniente dar una salida a un hombre acorralado, en especial si va armado. Mi estómago ya no aguanta, Malik, tenderle la mano a un tipo que ha teñido de sangre el país. Por eso envío a oficiales con menos recuerdos y rencores que yo a hacerlo. La memoria no debe borrarse jamás. Las traiciones han de grabarse como un hierro al fuego. Pero una cabeza fría distingue las decisiones. Las embajadas bailan al son de sus capitales, soplan donde sopla el viento. A la hora de la verdad nos enfrentamos solos, un círculo muy estrecho, a decisiones que se cuentan en cientos o miles de vidas perdidas. Que quedan sobre los hombros de muy pocas personas. Los diplomáticos opinan y opinan, nada más. El sábado aquel, un día antes del ataque a la mina, los que estaban al corriente me felicitaban por el acuerdo con el Halcón. Alababan mi generosidad. Conociendo su catadura, me habían empujado a buscarle una salida. La paz se pacta con los enemigos, no con los amigos, me dijo uno. Qué maestría tienen para los consejos. Habría sido una gran ocasión de ahorrárselos. Al día siguiente, el domingo, cuando supieron que un hombre del Halcón estaba en la mina de manganeso, aún entonces, me empujaban a negociar con el hombre que nos había traicionado. Nos pedían que evitáramos la violencia. Qué sensibilidad tan delicada tienen, ¿no es cierto, Malik? Tú los conoces. Ellos que fingen no enterarse de nada, que hasta puede que realmente no se enteren de nada, tienen una responsabilidad en esto. Ellos van de destino en destino levantando ahorros para construirse una gran mansión al regreso. Nosotros seguiremos aquí, en esta tierra.

—He oído que el embajador de Estados Unidos está preocupado. Quieren evitar a toda costa un foco de conflicto en África. En tierra de nadie.

—Kengawa no es una tierra de nadie. Tiene salida al mar. Los franceses explotaron durante medio siglo el caucho y la goma arábiga por Kengawa. Luego se abandonó por las minas del este y la salida al Índico. Pero Kengawa es rica en recursos. El Halcón tiene un plan trazado. Los que le apoyan no pretendían una acción aislada. No era un secuestro más. En seguida me di cuenta de que el asalto a la mina no era una cuestión

económica. No puede darse de comer a una alimaña. A un pordiosero lo apartas de encima con dinero. El Halcón no es un
pordiosero. Alguien le está susurrando al oído un plan.

—¿Por qué pensáis que el Halcón envió a su número dos al
asalto?

Geldnanm frunció los labios, indiferente.

—¿Un tal Luba?

—Ese, el que estaba con él desde sus comienzos, sí. Tenían
un parentesco familiar. Dicen que era como su hermano pequeño. Se interpretó que el Halcón tenía puestos galones sobre
el terreno para negociar.

Geldnanm abrió los ojos extrañado. Lo aguijoneé.

—Nadie manda a inmolarse a su hermano pequeño —
dije—, hay algo ahí que me extraña.

Se removió en su asiento.

—El Halcón no quería sombras en sus planes. Era imposible negociar. Nos habrían hecho perder un tiempo muy valioso. Es un momento determinante. Tienen infiltrada Kengawa
con grupos violentos, Malik. Están acumulando armas. Hace
dos noches capturamos un barco de repostaje.

—¿De qué bandera?

—Liberia. Eso no nos da información, Malik. A los que
están moviendo los hilos, los que tienen las botas y las armas
sobre nuestra tierra, los que mueven el guiñol, no los encontramos. El Halcón está embriagado de ambición. Un tipo que
pasa de robar coches a estar al frente de una operación militar
de altas metas no descansa. No duerme. Ni se imagina equivocarse. Solo se le puede aplastar. Los americanos no quieren
involucrarse aquí. Piden prudencia. Entender mejor lo que
está pasando. Piensan que lo peor que puede pasar es que se
desate un conflicto de baja intensidad en un sitio perdido de
África, lejos de intereses críticos. No ven un objetivo en Kengawa que les inquiete. Y ellos no saben quién está financiando

al Halcón. Manejan la hipótesis de que alguien esté utilizando al Halcón para asustarnos y hacernos negociar en el frente del noreste. Están perdidos, no imaginan la gravedad de lo que puede pasar.

—¿Vosotros veis al Halcón tomando Kengawa? —le pregunté con escepticismo.

Asintió con un parpadeo pétreo.

—Tampoco los americanos se lo creen. No tengo información para darles y sin información no se activa su sistema de decisión.

—¿Qué os dicen desde el Centro?

—El Centro piensa que el Halcón tiene apoyo interno en Kengawa. Que hay un movimiento organizado desde Kengawa que va a por ellos, porque son quienes tienen las llaves de los yacimientos del este, los que controlan las redes de extracción de mineral que acaba en cargamentos chinos.

—El Centro es un objetivo posible para un ataque interno. ¿Habéis considerado relevos, supongo?

—Tengo que mantener el Centro como está.

Adoptó un gesto de pesadumbre. El Centro formaba parte de un equilibrio que él no podía alterar. Intuí una angustia real que lo invadía, por debajo de sus soflamas. Ante una escalada de la violencia, él era el mando y la diana, simultáneamente. El ataque del Halcón lo había puesto ante los ojos del planeta.

Se acercó un hombre joven, vestido a la moda predominante en el vestíbulo del hotel, entre la informalidad quinceañera y el fetichismo de lujo. Era hora de despedirnos.

Acompañé a Geldnanm hasta la puerta del hotel, donde lo esperaba una berlina de volúmenes agresivos y alerones cromados. Había más hombres dentro del coche.

Nos palmeamos la espalda. Era el momento de asegurar lazos. Murmuré en su oído:

—Moscú.

Propagación

El relato gubernamental no ofreció grietas en su calcáreo laconismo. La letanía burocrática de consignas y partes monolíticos se prolongó durante las 72 horas que duró la acción armada, en las que el presidente Geldnanm se abstuvo de hacer ninguna manifestación pública. Este solo reaparecería al cabo de una semana en la inauguración de una central hidroeléctrica al norte de la capital, a unos trescientos kilómetros de la región del asalto. A las puertas de la nueva central, Geldnanm hizo una declaración solemne, recogida por una televisión local que retransmitió vía satélite sus palabras, desde un paraje natural de vegetación inaccesible y virgen hasta la construcción de la presa:

—Mi gobierno trabaja noche y día para que el agua y la electricidad lleguen hasta los hogares más remotos, en las más intrincadas selvas, del país. Ninguno de los hombres y las mujeres de esta gran tierra será dejado de lado en los planes de acción de la República Libre. Esta es la respuesta que damos a los que quieren dividirnos. Mi gobierno les responde con hechos a la traición a la República. A los culpables los perseguiremos hasta que paguen por su crimen y no les queda por delante ni un día de vida sin sentir nuestro acecho. Mi gobierno seguirá trabajando contra ellos y por nuestro pueblo, para que nuestro pueblo tenga el agua, la luz, los servicios, lo que nuestro pueblo, que es un pueblo de paz, necesita. Aquellos que aspiran a dividirnos se romperán ellos, esos que se han marcado como objetivo poner de rodillas al gobierno serán aplastados por las botas del pueblo.

Una humedad asfixiante derramaba a chorros el sudor por la sien del presidente, dando un carácter torvo a la puesta en escena, eventualmente premeditado. La indiferencia afectada por Geldnanm, su mirada en alto y perdida, el carácter mineral de sus gestos, la amenaza de represalias proferida con entonación cavernosa, la escolta de soldados armados de machetes y revólveres, la escenografía concebida en conjunto para reafirmar los sentimientos locales resultó sin embargo dañina para las relaciones públicas internacionales del régimen.

Ocho extranjeros, de cinco nacionalidades distintas, habían muerto en el asalto a la mina. El ejército de Geldnanm, que aportaba un regimiento de apoyo a la vigilancia perimetral del complejo minero, logró transmitir en un primer momento información exacta sobre los movimientos de los secuestradores en el complejo. Estos, una vez que hubieron desarmado a la guardia de vigilancia privada, cayeron en un exceso de confianza en sus desplazamientos por las instalaciones, y mostraron una cierta inexperiencia, llamativa en los ejecutores de una operación de la envergadura de la toma de la mina.

El comando de secuestradores no utilizó a los extranjeros como escudos humanos; los mantuvo confinados, sin atarlos ni amordazarlos, en el comedor de la instalación, donde la mayoría del comando aguardaba el paso de las horas y las instrucciones de Luba, el jefe del comando de ataque y lugarteniente del mítico Halcón.

Durante la mayor parte del asalto, Luba permaneció en la sala de control de las operaciones, y allí charló distendido con los ingenieros más veteranos del complejo, encargados de dirigir la parada de las instalaciones. Uno de los primeros actos del comando, tras la toma armada a ráfagas de fusil lanzadas al aire, fue requisar todos los teléfonos del personal y clausurar el centro de comunicaciones del complejo, donde un grupo de los asaltantes cortó a cuchilladas los haces de cables que emergían de los equipos y convirtió en añicos a fuerza de hachazos las pantallas de los ordenadores.

A pesar de la ejecución certera del plan y el calibre técnico de sus medios, el comando de Luba ignoraba de plano que la

mina de manganeso que habían asaltado era un activo tan crítico para la producción globalizada como la salida de petroleros
por Ormuz en el golfo Pérsico. Ignoraban que el producto más
valioso de la mina no era en realidad mena de manganeso y,
también, ignoraban la sofisticación de la monitorización del
complejo. Los guardias militares portaban microprocesadores,
fabricados sobre películas de grafito, injertados en las muñecas,
y habían recibido órdenes, ensayadas en simulacros periódicos
(con tanta verosimilitud que algunos de los guardias militares
creyeron al principio del asalto que se trataba de un ejercicio de
entrenamiento, para su desgracia), de transmitir, en posturas
casuales con las muñecas próximas a los labios, cada observación de un incidente de seguridad en tiempo real.

Los ingenieros de la sala de control que compartieron dos
días largos con el lugarteniente Luba lo retrataron, ante un
periodista norteamericano que logró entrevistarlos a las pocas
horas de la masacre, como un hombre afable, que los alentó a
que permanecieran tranquilos. A ratos Luba se mostraba con-
versador, inclusive sobreexcitado. Hacía los mismos turnos que
sus hombres para dormitar unas horas arrellanado frente a las
computadoras de control de la mina, sosteniendo el fusil entre las piernas. Alguno de los ingenieros llegó a platicar con
él sobre la situación política y militar del país. El testimonio
de Luigi Petrucci, un ingeniero mecánico italiano de cincuenta y tantos años, fue grabado por el periodista norteamericano
en un vídeo de unos minutos escasos que, posteriormente, no
obstante los esfuerzos por frenarlo del gobierno de Geldnanm,
se extendió como la pólvora hasta el último de los teléfonos
móviles del país.

«Luba me dijo que estaba en contra de la violencia. Escu-
chándolo, me pareció un buen hombre, sincero, que creía en lo
que le había tocado hacer. Aun así no pude evitar un bufido de
incredulidad. Se dio cuenta. Noté que tenía necesidad de ex-

plicar sus motivos, que sonaban repasados y meditados. Decía que la violencia en Kengawa era un medio de supervivencia. Me preguntó si yo estaba de acuerdo en que era justo recurrir a la violencia para sobrevivir. No supe qué contestar. Me dijo que su fin no era la violencia, su sueño era un país libre de la violencia oficial y de todas las violencias, y que sus hijos no crecieran viendo lo que él había tenido que ver desde que nació. Luba tenía un gran interés en que yo le explicara el funcionamiento de la mina. Durante la operación de parada de emergencia me hizo multitud de preguntas, tenía una mente alerta, veloz, me sorprendió lo rápido que entendía. Su actitud era casi amistosa. Me ha quedado un recuerdo extraño. Por supuesto, yo estaba nervioso; no tenía ni idea de si el tipo que se mostraba lleno de curiosidad técnica me encañonaría un segundo después contra la pared. Alguno de los hombres armados que le acompañaban tenían una catadura aterradora, imponía hasta que te acompañaran al baño. En Luba, en cambio, había algo especial. Estoy seguro de que entró al complejo minero estando seguro de que habría una salida negociada. Me dijo varias veces que no temiéramos por nuestras vidas y que habría una solución pronto. Yo le veía algo de esa ingenuidad de la gente inteligente, que cree que las cosas lógicas deben pasar, solo porque son lógicas. Pasamos muchas horas juntos, la mayoría del tiempo sin apenas hablar, escrutándonos de soslayo, liando cigarrillos, haciéndonos los distraídos. En esas circunstancias, el menor guiño intercambiado resulta significativo, cada gesto de comunicación es terriblemente intenso porque estás pendiente con todos tus sentidos de lo que va a pasar, de qué pretenden esos tipos que te mantienen encerrado y al mismo tiempo te tratan con una especie de deferencia hacia tu rango profesional. Luba era el más tranquilo del comando de vigilancia. Se le veía casi feliz. Yo intentaba pensar que alguien que se muestra animado no está a punto de liquidar a un semejante. Y sigo pensando que Luba nunca creyó posible un baño de sangre, por ninguno de los dos lados. De pronto, en la mañana del día tercero, un estruendo descomunal lo arrasó todo. Yo me arrastré debajo de una silla, pegado a la pared, y me quedé quieto. Vi que otro operador había hecho lo mismo que yo. Otro cayó abatido. Todo fue a la velocidad del rayo. El momento en que entraron soldados de la República Libre y me sacaron fuera, y comprendí que nos habían liberado fue una alegría inmensa. Sin embargo, cuando a bordo del helicóptero que nos evacuó escuché que Luba había sido ejecutado en el acto, me estremecí. Se me humedecieron los ojos. Y cuando el helicóptero despegaba y miré hacia abajo lloré por este mundo terrible que nos ha tocado vivir. Luba me tuvo secuestrado 72 horas, negoció con mi vida y con la de mis cincuenta compañeros, y sin embargo me afectó su muerte, de una forma profunda».

El asalto a la mina fue la espoleta que desencadenó una agitación incontrolable, el acto de violencia gratuito que prendió el odio, el temor y la rabia, captando de paso la atención de los grandes medios estadounidenses, a la vez que nos permitió verificar la fiabilidad ejecutora del Halcón y cebar la bomba de su ambición. Tras cuarenta años, en cuestión de días, despertó Kengawa, aquella perdida región de África de olvidados manglares por donde el viejo río Iris vierte sus aguas al Atlántico. Se extendió la conciencia de que la República Libre había dado la espalda al sudoeste del país desde la independencia, abriendo a las multinacionales el expolio de los minerales del este, transportados por un nuevo ferrocarril financiado por el Banco Mundial hasta el Índico. El manganeso, el hierro y el coltán proporcionaban réditos más rápidos a los inversores, y más divisas al gobierno que las viejas plantaciones de los colonos franceses en el sudoeste, que fueron cayendo en el abandono. Las calles de Mumkawa y de Kengawa hervían de agitación y sabotajes al ejército para cuando una concatenación de accidentes, de apariencia casual, se hizo súbitamente insoportable para una masa decidida a clamar contra el saqueo eterno y la desesperanza endémica.

Las masas convergían en las plazas del centro de Mumkawa y Kengawa, como sincronizadas por una sangría de ofensas y humillación que no se podía llevar más tiempo tapiada en el pecho. Un incendio en el vertedero de basuras de Kengawa provocó una niebla pestilente y la concentración de partículas averió los filtros de la central eléctrica, que tuvo que parar. La ciudad entera olía a ceniza y a fruta podrida y una película de hollín se depositaba sobre las cosas, en una sedimentación inexorable. La puesta en marcha de la central se demoró varias semanas. Dos millones de casas estuvieron sin electricidad durante ese tiempo, al igual que los barrios de chabolas conectadas por enganches ilegales a las torres de alta tensión.

Los altercados de Kengawa se reprodujeron a Mumkawa en una reacción calcada, cuya onda explosiva se propagaba en las confluencias de turbas como un solo sentimiento liberado. El presidente Geldnanm envió al sudoeste convoyes de soldados de reemplazo que comenzaron a patrullar, calle por calle del centro a los suburbios, Kengawa y Mumkawa. Todos los acontecimientos silenciados por el control efectivo del régimen durante cincuenta años se desbordaban por las cloacas del control de las noticias, provocando vapores tóxicos tan inflamables como los del vertedero de Kengawa. Volvieron a aflorar nuevas noticias sobre la masacre militar en la mina de manganeso; se supo que el ejército había dado desde el primer momento orden de disparar causando el mayor número de bajas, lo que acabó de exacerbar el hastío y el encono contra el gobierno. A pesar del silencio oficial sobre las víctimas, se filtró que un medio extranjero cifraba en seis los muertos extranjeros durante el asalto del ejército y en más de ciento cincuenta los muertos nacionales, entre ellos la totalidad de los miembros del comando de asalto, caídos en el acto, a pesar de que la mayoría se entregó sin resistencia, así como vigilantes, cocineros y personal de limpieza de las instalaciones del complejo minero.

En Mumkawa, una ciudad mediana y aún más alejada de Urquahrt que Kengawa, un accidente durante el mantenimiento en el embalse que suministraba agua corriente a la ciudad devino en un corte masivo. En el momento en se corrió la voz de que en el barrio más acomodado de Mumkawa seguía estando disponible el suministro, al parecer a través de una canalización directa a los tanques de reserva, estallaron los primeros disturbios. Pronto cortaron las calles torretas de neumáticos y barricadas. Apilamientos de material combustible se improvisaban con los más diversos enseres robados, entre ellos las mesas de despacho que volaron por las ventanas de la delegación del gobierno regional, asaltada por mercenarios que decían servir al ejército rebelde del Halcón. El asalto a la delegación del gobierno convenció a Geldnanm de la necesidad de reforzar el envío de tropas desde Urquahrt. A la entrada de regimientos de tierra en la ciudad comenzaron a divisarse helicópteros militares de vigilancia que volaban muy bajo y disparaban a ráfagas; en Mumkawa se notificaron los primeros muertos por la rebelión. Pues si el primer día los informativos no hablaron sino de «algarada», al tercer día se institucionalizó el término «rebelión». Por las calles se alzaron banderas rescatadas del pasado patriótico donde yacían ajadas, pancartas contra los ladrones de la capital y, también, los primeros carteles con la imagen de Luba, el lugarteniente del Halcón, convertido en el héroe del asalto a la mina que, a pesar de fracasar, hizo percutir la furia de una región entera contra la indiferencia del gobierno de Geldnanm. La foto de Luba, ampliada y reproducida múltiplemente, se convirtió en un símbolo de unión y rebelión: una fotografía que mostraba, en primer plano, a un hombre joven, con quepis, de apariencia curtida, rasgos mestizos, piel oscura, que mira a un futuro al que invita a mirar y que en su gesto encierra una llamada a la acción inexcusable.

—Su muerte ha unido a un pueblo.

Es lo que dijo Chiwa, serio, concernido, cuando le preguntó Loretta en qué pensaba, durante el vuelo de vuelta desde la frontera.

—Nada puede detener esto —la voz de Enyioha es grave.

Abe comprende algo que los demás ignoran todavía y rebate a Enyioha:

—Nosotros tenemos el deber de pararlo —dice.

Chiwa responde, respirando hondo:

—Nuestro deber es defender al pueblo.

Escalada

Profesora de francés

—¡*Bon jour, mademoiselle*!

Graciela lleva dos semanas en una escuela de la Fundación, en una región rural apartada, y así la saludan cada mañana los niños.

Lleva dos semanas, también, sin ver el sol. El palio de humedad que teje el río Iris a su alrededor, enhebrado en la fronda de los árboles, se funde con el cielo. La cúpula celeste que tamiza el vapor, cuyos borbotones enormes recuerdan al humo de un tren que no acabara de pasar nunca, se funde con la tristeza. Hasta que el coro agudo de los niños saluda a Graciela:

—¡*Bon jour, mademoiselle*!

El saludo infantil clausura el alboroto que precede la entrada de Graciela al aula de paredes de calicanto y techumbre de paja. A esta escuela no llegan los materiales de construcción que precisaría la construcción de una escuela oficial del proyecto de la Fundación. Los jóvenes arquitectos europeos y americanos que colaboran con la Fundación en los veranos, y que a la vuelta a sus universidades de origen llevarán a cabo tesis prácticas de investigación sobre las propiedades de los materiales locales del medio y el alto curso del Iris, no han pisado esa escuela remota. Inverosímilmente, el celular que entregó a Graciela el primo Marc mantiene la cobertura en la espesura intrincada, aunque ella apenas lo usa y solamente, de tarde en tarde, manda un mensaje a su madre o a Magdalena para decir que está bien.

Graciela recibe con una sonrisa el saludo matinal de los niños, alegre, vocal, entusiasta. Una orla de respeto la acompaña en la imaginación de los niños, desde que se está acercando a la clase.

—¡*Elle vient*! ¡*La femme blanche, la femme blanche*!

...Esas miradas despiertas cuyas pupilas destellan, más brillantes que las camisas de colores raídos, descosidas, abiertas. ...Esos pies cubiertos por el polvo del patio, de plantas sonrosadas con durezas. ...Esas manos que ondean como palmerales, esos cuerpos menudos y felinos... La sonrisa voraz y confiada, los ojos y los oídos bien atentos ante la *femme blanche*, la mujer blanca de vestido claro estampado, de corte europeo, que sugiere que evita las relucientes túnicas de tintes vivos, como si fuera hipócrita adoptar costumbres de pertenencia.

—Hay dos tipos de personas, las que están persiguiendo algo —le había oído decir a Abe— y las que están huyendo.

—No necesariamente —había contestado Graciela—. Yo no quiero huir ni perseguir.

Y ese deseo, en parte al menos, se ha cumplido en África. Cada noche, tras sacudir el polvo de colchón con un matamoscas y abrochar la mosquitera, se queda dormida al instante, exhausta. Ya no piensa en el resto de su vida. Ya no la inunda hasta las lágrimas un sentimiento de vacío. No hay heridas manando desconfianza. Han desaparecido. La conversación decisiva con Magdalena, en la casa familiar junto al lago Lemán, el otoño anterior, partió en dos el tiempo. Ser feliz ha dejado de ser una obligación. Ahora cada mañana descorre delicada la niebla, que en su ritual de despedida se repite danzante, como en cada amanecer se repiten el estruendo de los pájaros y el zumbido de las nubes de mosquitos, como se siente el peso de la humedad a cada paso, como si se saliera por un telón que hubiera que

plegar con el cuidado requerido para no pisotear los flecos des-
hilados de la prisa, que rasgan y deslucen la belleza, la magia,
el esplendor.

Hasta en la escuela más apartada de la civilización, hay un
montón de cosas que hacer.

Se puede trabajar el día entero, azada en mano, en la huerta,
acechada por las matas, desbrozando lindes, enfoscando tabi-
ques, arreglando desperfectos del último vendaval, purgando
arquetas de los colectores, allanando los socavones del camino
de acceso. Se puede, luego, también, leer un libro al final de la
tarde y dejar que el anochecer vaya dejando en la penumbra las
letras, una a una, despidiéndose de los ardides de la narración y
las ensoñaciones que interrumpen la lectura, hasta que regrese
el sol. La noche convoca entonces a sentarse en una mesa cerca
del fuego junto a Mwene y Ampiili, el matrimonio que se encarga de mantener la escuela, y a sus cuatro hijos, para cenar,
invariablemente, frijoles y ocras. Ampiili, maestra, imparte las
disciplinas prácticas en la escuela: música, costura, artesanía,
cerámica, dibujo. Mwene abastece con su furgoneta destartalada de sacos de harina, arroz y alguna medicina la escuela, se
ocupa del rebaño de cabras domésticas, mantiene la bomba del
pozo, se encarga de las reparaciones. Mwene y Ampiili no llegan a los treinta años y sus hijos van de los diez a los dos. El otro
maestro de la escuela, bastante más joven, está escondido, a fin
de evitar la leva de las milicias que están sembrando de insu-
rrecciones y horror Kengawa, y no lo ven nunca hasta después
de cenar, cuando apenas quedan brasas en el hogar.

Graciela imparte clases de matemáticas y lengua en francés,
aunque no todos los niños dominan esta lengua. Es lo único
que puede hacer. Cuando leen un poema al empezar la mañana, Graciela pide a los niños que reciten poesías en sus idiomas
y escriban en la pizarra algunos versos; intenta memorizar las
palabras más simples. A veces le cuesta entender lo que los ni-

ños explican que significan las poesías en sus idiomas maternos; hay palabras cuyo significado se resiste a la traducción.

—¿Qué es «Dingaia», Werimba? ¿Significa «cielo»?

— «Dingaia» no es cielo.

Y a la vez que lo niega, Werimba, la niña, señala a lo alto, por el ventanal sin vidrio, hacia el cielo.

Graciela lo intenta con otras palabras: nubes, aire, universo...

Los niños que entienden el significado de «Dingaia» ríen a mandíbula batiente. La *femme blanche* está perdida; al rato lo admite y se rinde. La maestra Ampiili, que está presente en la clase y que enseña a los niños en Tegué, lengua materna de la mayoría, dice algo en este idioma que hace prorrumpir a la clase en una carcajada. Graciela se resigna a no comprender. «Dingaia» suena fresca y mineral, sirvió al juego, basta. No puede saberse todo.

Un viento seco abre flecos de azul entre las nubes. Por la tarde se hace la clase en el patio. Ampiili extiende una tela y deposita sobre ella, en tres montones, ceras, rotuladores y lápices de colores.

Los niños tienen que pintar el árbol que hay en el centro del patio. Como motivo común, el árbol. Alrededor, les dice Ampiili, pueden pintar lo que quieran imaginarse.

Hay niños que acaparan lapiceros y a los que Ampiili regaña. Tiene que haber lápices para todos, explica. Tampoco se pone demasiado estricta con cuántos colores coge cada uno: que haya para todos. Graciela reparte a los niños las cartulinas blancas en las que pintar. Asoma el sol.

Flores rojas se extienden por las ramas del hibisco, que brotan como un surtidor de la tierra y se comban después en arcos gráciles, mecidos por la brisa. En las ramas más bajas los pétalos aún no se han abierto.

Algunos niños acaban rápido su dibujo y se marchan a jugar. Otros siguen pintando abstraídos, con las piernas cruzadas y la espalda muy tiesa, en el suelo; otros se han tumbado, cual largos son. Les lame el polvo de oro del mediodía como un buey manso, enviado por el sol, su bondadoso dueño.

Otros chavales juegan a encestar en una canasta, en el aro que Mwene ha colgado de una pared. El bote del balón, de las manos al suelo, del cielo a la canasta, tamborilea entre la algarabía de los pájaros.

Graciela pasa entre los niños que pintan y observa sus dibujos.

Hay árboles que parecen brazos alzados hacia lo alto, entrelazados en abrazos, unión en canto de alabanza.

Hay amaneceres blancos y mediodías azules, hay un atardecer que se difumina del amarillo al carmín, reflejo puro de la naturaleza y el sentir.

Hay chimpancés que saltan colgándose de una rama, ligeros y divertidos, en armonía con la gravedad, reina risueña, a pesar de su nombre, cómplice de columpios y lianas.

Hay niños que pintan a maestros de escuela, hay niños que pintan a brujos con máscaras, hay niños que pintan danzas en torno al fuego. Una niña, que se llama Yayá, junto a la cual se detiene Graciela, ha pintado a una mujer que trasporta a la espalda a su bebé. «Quién es», le pregunta Graciela. «Mi hermana», dice Yayá.

Un niño ha pintado una fila de hombres que se alejan del árbol hacia el horizonte, y los dibuja más pequeños cuanto más lejos, con esmero. Como la tierra no está dibujada, hombres más lejanos quedan flotando en el aire, mariposas indecisas entre el mañana y el ayer, sin presente.

Hay jirafas en pacífica asimetría con la horizontalidad de la sabana, ajenas a peligros y extinciones. Hay pájaros que despliegan sus alas en un vuelo rampante, libertad sin medida, silueta mágica del tiempo habitado. Plas, plas, plas....

El harmatán sopla fuerte. Crece el rugido entre los árboles, transita un estremecimiento por las frondas de grandes hojas

con anchura de plato, palmas regadas por miríadas de escara-
bajos, libélulas y mosquitos.

El claxon de la furgoneta de Mwene se aproxima, espantan-
do a los pájaros que picoteaban por la tierra. Ha traído pescado
del río.

Graciela y Ampiili recogen los dibujos y mandan a los niños
recoger los regueros de pinturas desperdigados por el patio de
tierra dura.

Ampiili y Graciela ponen un caldero al fuego de una bom-
bona portátil. Vuelve el murmullo eterno de los pájaros. Atro-
na el alborozo de los niños.

La aldea de Konda

Un día reciben la visita de Ruby, la directora, y Kemi, el formador pedagógico. Maestros ambos con una larga experiencia
a sus espaldas, compañeros de proyectos, alma duplicada de
la fundación Dongala, llegan en un todoterreno cubierto de
lodo haciendo pitar el claxon, y los niños se arremolinan junto
a ellos. La risa de Ruby resuena por toda la escuela, erigida en
el claro de selva contra el constante acecho de la vegetación, la
hidra ubicua de broza que asalta cada rincón. La risa de Ruby
ensancha el claro de selva, llena de fe los días, siembra afanes; se
la ve ilimitadamente feliz entre los niños, desplazándose entre
ellos a pasos trabajosos, recogiéndose el vestido que al descuido
le pisan, respondiendo a unos y a otros en diálogos breves; toda
ella es alegría en movimiento, sonrisa ante las preocupaciones,
cráter de afecto.

Mwene acude a descargar las cajas de embalaje que Kemi ha
transportado en el todoterreno Suzuki a la escuela. Juntos des-
tapan la tela de arpillera que las protege y procuran no doblarse
por los riñones al llevarlas a cuatro manos hasta el cobertizo,

donde Kemi enseña a Mwene piezas de transistores descompuestos, bobinas sueltas de cable o viejos aparatos oxidados para los que piensan en aprovechamientos.

La visita de Ruby y Kemi se vive como un acontecimiento en la escuela, y se establece un programa acorde con esa importancia. Los alumnos recitan poesías en francés, resuelven cálculos matemáticos contra reloj, juegan un partido de fútbol y tras la entrega de premios se celebra una merienda con bollos de canela y harina de maíz y leche de coco para beber; al final de la tarde llega la hora de la música y los bailes, y una algarabía germinal puebla brazos, piernas, caderas, hombros y pies al unísono, fundida con el viento que estremece los árboles.

Es noche cerrada y la chiquillería duerme a pierna suelta, cuando Ruby y Kemi, Mwene y Ampiili, intercambian noticias sobre la situación de la República Libre. El relato que hace Kemi de la violencia que se extiende por Kengawa ensombrece el rostro de Mwene; pinta sombras de sobrecogimiento sobre los párpados de Ampiili; hace que la rizada melena majestuosa de Ruby semeje granito esculpido.

Es mediodía y la humedad del río Iris cala la piel.

El tiempo se deslía y arroja y desenlaza tinieblas, claridades y haces de luz por entre mangos y jacarandales, hacia el turgente manto esmeralda, palpitante y sonoro, que crepita a ras de suelo. La selva trepida, murmura, se agita, gime, acecha, acompaña. Ruby y Kemi han hecho dos horas de camino al alba hasta el embarcadero del río Iris, ella arrastrando su sempiterno vestido de colores por las tronchas, él sudoroso, en ropa caqui, sandalias, un macuto mal aherrojado a la espalda. Esta vez ha ido con ellos Graciela; lleva unos vaqueros cortados por encima de la rodilla, camiseta rosa y deportivas, una indumentaria aún más próxima a la moda europea que útil para combatir la ley insalvable de polvo, insectos y vapor asfixiante que la hace sudar y sufrir picaduras.

Ruby, Kemi y Graciela esperan en el embarcadero la llegada de un paquebote diario cuya hora de paso ignoran.

En la otra orilla, la bruma emerge del herbazal en formas flameantes.

Sobre la superficie metálica del agua que se deshace en cursos cambiantes y blanquecinos, extiende el cielo su plomiza indiferencia, tamizando la luz en constancia monótona.

La directora Ruby contempla el río Iris silenciosa y pensativa. Inescrutable. Inmóvil. Como si la melancolía la apresara en cuanto los niños se iban de su lado. O como si en las sombras de lo que nunca cambia fuera precisamente de donde debiera partir el camino a la vitalidad insobornable que irradia en las escuelas. Graciela no se atreve a interrumpir sus pensamientos.

Mientras Ruby mira hacia el horizonte, sumida en sí misma, Kemi lee un libro y Graciela hace algunas fotografías. Kemi le ofrece sacarle una a ella.

—No me gustan las fotos de mí misma. Creo que no me he hecho ni una sola desde que llegué a Kengawa —declina Graciela.

—Pues voy a hacerte tu primera foto en Kengawa —insiste Kemi—. Así recordarás esta mañana.

Graciela acepta y le entrega su cámara compacta a Kemi.

—Está asomando el sol —sonríe Kemi—. Quedará una fotografía bonita.

Después de la instantánea, Kemi cierra su libro y charlan un rato, de las escuelas de la fundación, de los programas de voluntarios, de la dificultad de formar grupos de alumnos homogéneos. De esto y lo otro. En un momento, Graciela pregunta si piensa que puede estallar una guerra.

—Por desgracia, sí —asiente Kemi.

Lo dice con la ausencia de expresión de un oráculo, pero a Graciela se le eriza la piel de los brazos.

—Las patrullas rebeldes reclutan a jóvenes casa por casa —cuenta Kemi—. Las familias que paguen el dinero que les piden pueden librar a sus hijos de incorporase a una patrulla. Las que no pueden pagar, entregan a sus hijos.

Suena la sirena del bote. De entre la bruma emerge un borboteo de hélices.

—Siempre es igual —añade Kemi.

Una mezcla aceitosa embate contra los postes del embarcadero mientras atraca la barcaza, estrecha y alargada, de cubierta plana de tablones.

Desde el cenit, haces solares dibujan monedas tintineantes sobre el agua, que se pierden en un rastro de fuegos fatuos. Un hombre anciano lanza las amarras. Su faz es como un pergamino del pasado, indescifrable. Nadie desciende. Guiña a menudo los ojos. La vida lo fue secando en corteza, puliendo en piedra, haciendo memoria. Inmune al tiempo, en cambio, el río Iris continúa portando en su abrazo al bosque una esperanza de mañanas plenas.

El hombre empuja con una horca alejando la barca del ataque. El maestro Kemi le ofrece el pago en moneda local y el anciano lo rechaza con ademán tajante. Tras consultar a Ruby, Kemi accede a pagar un dólar por los tres pasajes. El anciano sonríe guardándose el billete y les señala hacia la popa de la barcaza, donde una señora guisa en un gran perolo, sobre un trinquete de hierro calentado por brasas. La mujer que cocina lleva un vestido de retales azules y morados, fruncido por el pecho; el corte deja asomar sus hombros esqueléticos. Tiene el bozo húmedo de sudor, los ojos hinchados, el pelo recogido en un pañuelo. Viajan más animales que personas en la barcaza: cerdos, algunas cabras, gallinas enjauladas, hasta unas ocas de plumaje gris. Dos pescadores amontonan en un cubo a la venta una especie de angulas alargadas y grasientas, de piel negra y aletas exiguas, apenas visibles. Un grupo de muchachos canta en la proa. Como es mediodía, no se sabe si el barco va por un río de sol o por el agua que reverbera.

El tiempo no está apenas presente, no es un dios inmisericorde. No existe, seguramente, porque no se mide; a la vista está que es una divinidad que no da la lata con mandamientos. Como escribió Graciela a su padre: «Si algo he aprendido desde que llegué, es a no preguntar por el tiempo».

Durante el trayecto en barca, Kemi va hablando a Graciela de Konda, la niña tegué de once a la que van a recoger a su aldea, en ese sábado indistinto, por lo demás, en el calendario. El misionero que dedica su vida a alfabetizar a niños de aldeas recónditas lleva tiempo insistiendo en que Konda es muy lista y trabajadora y por lo tanto debe continuar estudiando; él mismo le ha dado clases particulares de francés durante un año para que pueda incorporarse a las escuelas de la fundación Dongala. Los padres están de acuerdo en que Konda se marche a la escuela de Mwene y Ampiili.

Ruby habla con la mujer que remueve la olla sobre el trinquete, cuyos ojos brillan de pronto en la conversación. Kemi y Graciela las observan.

—Ruby es una fuerza de la naturaleza, ¿verdad? —opina Graciela, a lo que Kemi asiente.— Me pregunto de dónde sacáis fuerzas.

De repente cesa el ronroneo del motor. El viento empuja la única vela de la barcaza, henchida entre los cabos mal tensados, sobre el mástil carcomido. Una rara armonía, polifonía de conversaciones y percusiones azarosas forma una especie de ofrenda al día, la alegría que persiste en hallar sus remansos.

—A nosotros también nos provocan curiosidad tus motivos para venir aquí —responde Kemi al rato.

—Pues nadie me lo había preguntado —sonríe Graciela—.

Nadie me la había hecho tan directa, en realidad. Me temo que no hay respuesta. Un amigo me dijo hace poco que la mayoría de la gente, o está huyendo de algo, o persiguiendo algo. Yo no. A mí me basta con hacer algo que tenga un sentido concreto, al menos, para otra persona. Y que no me anule, ¿lo entiendes? Porque, a la que te descuidas, el sistema te paga por anularte.

—Claro que lo entiendo. Nosotros te apreciamos, Graciela. Eres una elegida, como lo es Konda. Buscamos a los que no pueden renunciar a encontrar su camino. Intentamos que se encuentren, los acompañamos. Por eso hacemos este viaje hasta su aldea, para que sus padres estén tranquilos de que venga a la escuela de Mwene y Ampiili sabiendo que se queda en buenas manos.

Ruby les ha traído dos cazuelas de estaño, que contienen un guiso especiado de batatas, arroz y tacos de carne.

—¡Esto está delicioso! —Graciela mira al cielo, relamiéndose; Ruby y Kemi estallan en una carcajada.

Por un dólar, viajan y comen, en Kengawa, tres personas.

«Mirar a Ruby basta para que pare de hacerme preguntas. Aquí no se concibe analizar los sentimientos, son los que son, puros, fluidos. A veces, al analizar los sentimientos, les quitamos la naturalidad. Como si averiguar su composición sirviera de algo. Queremos que nos den estabilidad y la realidad es que no la dan, por más que nos obstinemos en tenerlos clasificados. Aquí los sentimientos son libres. Los buenos y los malos. Eso lo hace todo distinto. Hasta respirar. Hasta el tono de voz. Hasta la forma de reír o las cosas por las que se ríe. Hasta cualquier mueca. Hay como una argamasa entre ellos, una unión, en la que de verdad a todos les interesa cada uno. Y a cada uno lo de todos. Es como si pertenecer a la aldea significase formar parte de un cuerpo que requiere de todos para que su espíritu viva.

Entro a la casa más humilde y les intereso yo, no qué hago ni qué traigo, ni lo que tengo. En seguida hacen sentir que eres lo más importante que hay en la casa».

Graciela lleva a todas partes la libreta en la que escribe a su padre. Se fuerza a tomar notas que pasa luego a limpio en las cartas que le remite a la residencia Walser, en frases sencillas que él pueda entender, todavía.

—Desde aquí queda menos de una hora hasta la aldea de Konda —explica Kemi al desembarcar.

Kemi es el único que lleva reloj de muñeca y mantiene una noción del tiempo.

El barco se aleja con su tos de gasóleo.

La trocha atraviesa una densa maleza cubierta de ramas que anudan un palio de anchas hojas con forma de trébol. El viento, que se confunde con el zumbido de los insectos, apaga los crujidos de las pisadas en la hojarasca; se adueña, el viento, de los pasos y de los pensamientos de los tres. Por los vaivenes del manglar, la trocha serpentea, asciende, declina, les exige atención, apartar ramas de hojas arracimadas que se yerguen elásticas y ofendidas al apartarlas. Bajo la paz inmensa, miríadas de mariposas se posan y revolotean. Cauces de agua descienden, se estancan en charcas, el ancho cauce del río Iris va quedando a su espalda.

Por fin ven más allá de la siguiente rama y el siguiente regato que esquivar, y se abre ante ellos la espesura. La trocha se hace sendero y al fondo de unas lomas herbosas, que el viento tañe como un arpa, se divisa una aldea.

Debe de ser media tarde.

La aldea está desierta.

Las cabañas de barro y palma recuerdan a almiares de trigo.

Kemi, Ruby y Graciela avanzan en silencio, a la espera de signos de vida. Al final de las casas hay un pozo.

Se oyen gritos infantiles.

Antes de que se den cuenta de más, tres niños han llegado corriendo a ellos y entre saltos y gritos de alegría abrazan a Kemi y Ruby. Kemi habla el dialecto de los niños y oficia de traductor. Quieren ir a la casa del misionero. Es la aldea vecina, explican los tres niños, que los acompañan hasta allí.

Más cabañas de palmas florecen en las laderas de las colinas, como yemas de flor que brotaran del barro. En talanqueras sueltas se acumulan herramientas, azadas, rastrillos, sierras mecánicas, neumáticos, latas. Por las lomas se observan chavales que pastorean rebaños, hombres trabajando aquí y allá un terreno, mujeres recogiendo fruta de plantaciones dispersas por las colinas.

—Es hora de labor —dice Kemi.

Graciela mira a su alrededor enmudecida. Ante el silencio de ella, Kemi añade:

—Esta noche vendrá la celebración. Es el final de la estación seca. Estos últimos días ha llovido. Los muchachos que se llevaron el ganado a los pastos del sur ya han regresado. Todo el pueblo celebra que los rebaños y los jóvenes vuelvan.

—¿Y no hay mujeres jóvenes? ¿Dónde están?

—Ahora vamos a casa de Nombey —responde Ruby—. Luego verás a chicas de tu edad.

Nombey se ha refugiado del calor en la sombra del muro, a la puerta de su cabaña, sentado en el suelo. Lo rodea un rimero de tambores, pellejos de piel curtida, cuerdas y punzones. Al ver llegar a Ruby, Nombey despliega una sonrisa de oreja a oreja y se funde en un abrazo largo y profundo con ella. Lleva unos pantalones negros, mal cinchados, y una camisa celeste desabrochada.

—Este gigantón —explica Ruby a Graciela— fue el primer alumno de la Fundación que llegó de su aldea a la universidad. Y después de obtener su título, regresó a la aldea.

Los poros del barro y los esteros de la única ventana preservan del calor dentro de la cabaña. Los ojos se acostumbran despacio al espacio sin luz, mientras la piel recibe como una bendición el aire tibio, casi fresco.

Nombey prepara té. Al principio mantiene la conversación con Ruby y Kemi en francés, aunque de vez en cuando saltan al tegué, y entonces es como si las frases y sus rostros se transformaran a la vez. Nombey les pone al día de los avances de Konda. Usan más el francés para tratar del presupuesto de las escuelas, que ha crecido gracias a donaciones europeas, o de los programas de enseñanza. La musicalidad inherente al francés, en sus voces percute, adquiere un fondo distinto, más grave. Hilan frases de sintaxis sencilla, van al grano, se escucha al que habla dejándole que haga pausas. En el momento en que saltan al tegué la plática se vuelve distendida, más rápida, cercana. Los rostros hablan, las pupilas relucen, hasta las narices huelen el aroma familiar, las palabras son aire, esplendor, floresta, broma, huracán. Graciela les insiste en que sigan hablando en tegué si se entienden mejor; y no en francés en atención a ella.

—¿Te gustaría estar con las muchachas de la aldea? —le sugiere Nombey—. Se están pintando y vistiendo para la danza del retorno en el fuego nocturno.

Suena extraño y hermoso escucharlo en francés: *la danse du retour*. Los labios de Nombey, gruesos, prominentes, como hechos de fibra vegetal cubiertos de resina, dejan escapar las palabras como a saltamontes. Graciela no lo duda:

—Sí que me gustaría.

Al final de la aldea, en el patio de una de las últimas cabañas, Nombey deja a Graciela con un grupo de mujeres de muy distinta edad, desde la de ella, unos treinta, hasta niñas al borde de comenzar la adolescencia.

La muchacha del centro permanece quieta, como una estatua sedente, en silencio. Apenas se le nota la respiración. Una brisa tenue arremolina en su cabello las hierbas que otras muchachas le van enhebrando en el pelo. Cerca pasa un regato con agua. Es un sitio apartado de curiosos. Otras jóvenes esperan su turno de peinado, sentadas en el suelo con las piernas cruzadas. Fluye la charla como un manantial, los arroyos de la felicidad se encuentran, las risas vuelan, las palabras anidan; una orquesta tronante de pájaros agita las copas del mango. Graciela se sienta entre las jóvenes, que están, unas, afanadas en los preparativos para los festejos de la Noche del Retorno, y otras más distraídas. Riza el aire la piel, trepida la paz, se estremece el pecho que se quiebra en alma.

La muchacha que está siendo peinada mira al frente hierática, con los ojos de verde mineral y ágata ensimismados. Sobre la túnica raída le han salpicado algunas gotas de aceites perfumados. En una esquina del patio, se calientan y mezclan en vasijas una desordenada variedad de pigmentos, óleos y arcillas, sobre un hornillo de terracota.

«Pensé pedir permiso para hacerle una fotografía a la chica a la que peinaban. No me atreví. Me produjo respeto romper el momento. Lo habría roto al intentar grabarlo. Ahora lo acepto, pero entonces lo sentí con dolor. Cuánto duele no poder atrapar la belleza. Y cuánto duele ese muro que a veces me separa tanto de afuera. Ese no comprender lo injusto que me hunde. Esa vacuidad de los que desprecian. Todo lo que más me duele, en un momento, desapareció. Dejó de importar tanto. Me vacié de años y años de un dolor sordo y permanente, que a veces se iba y que siempre volvía, que nunca supe si formaba parte de la realidad o de mi inseguridad».

Hay páginas de la libreta de Graciela que se quedan escritas, sin destino, sin arrancar, que no pasan a una carta para su padre.

Las muchachas se embadurnan el cuerpo con pinturas decorativas, ceremoniosa y lentamente. Están en la tarde, son la vida que surge y que sucede, como la sinfonía tropical de las hojas, los tupidos arbustos, la hierba y los mandos, como la iguana que se aproxima con aire de extravío geológico, como el suelo rojizo de guijarros y pajas, el aroma a pescado ahumado que sale de las cocinas.

El sol da tregua, empieza a atardecer. Las muchachas se retocan con un estilete rudo la máscara de los rostros, hecha de una masilla de arcilla y pintura, con una purpurina blanca que impregna el fondo de la piel. Llevan túnicas lisas y el cuerpo decorado con pigmentos brillantes, zigzags, siluetas de pájaros, esfinges. De las trenzas les cuelgan ramilletes de olivas y jazmines.

Ha vuelto Ruby.

—Vamos a descansar a la cabaña de Nombey —ofrece a Graciela.

Graciela la sigue.

Luego llega la noche. Y la noche es sagrada, es sagrado el destino, sagrada la alegría. Aunque nadie lo explique. La sombra ya acogió en su seno el día, el perfume de vida en alto vuelo, y quedaron aparte, decantados, los malignos efluvios y las plagas. De manera que ahora, en cada gesto dulce, la luz irradiada desde el alba hasta el ocaso se pliega dentro de una semilla de esperanza, sembrada en una espiral de la oscuridad; entonces la luz y la negrura se funden una con otra, arden hogueras, arden espíritus, arden deseos, arde el ritmo de tambores que se entrecruzan.

Portando hachones y haciendo sonar sus flautas, los pastores llegan al centro de la aldea con sus rebaños. Llevan lanzas y arcos, coronas de metal, pulseras, prendas bordadas con hilo dorado. Los hombres del pueblo les ofrecen ñame, un licor de arroz y caña de azúcar. Kemi explica a Graciela los rituales de festejo de la migración del ganado, durante el que los jóvenes buscan esposa entre las muchachas de la aldea. Se suceden las danzas al son de unas melodías hipnóticas, aceleradas, interminables, mientras en las fogatas se cocina y destilan licores. Hombres y mujeres ancianos recitan largas historias sobre al ayer y el mañana, el temblor de los astros preside la noche transparente y por el cielo transita el devanar más exaltado de los anhelos, en perpetuo deseo de esplendor.

Kemi traduce a Graciela una historia sobre el cielo invisible. El cielo invisible..., que se escucha en el silencio... El cielo invisible que habla a los iniciados... El cielo invisible que crea las estrellas... En la historia de Kemi coexisten dos cielos diferentes: el de las cosas visibles, que iluminan el fuego y el sol; y esa otra realidad, la del cielo invisible, que nadie ha visto nunca y que en la intensidad arrebatada de la música de los pastores y la danza de las muchachas se hace manifiesta. Kemi no baila, dice, porque no pertenece a la aldea. A ratos habla en un aparte con Nombey, luego traduce algo para Graciela. Entre melodías y tamborradas los significados se alejan de la precisión de los diccionarios, porque lo que se impone es el irresistible ritmo de los sonidos, la disolución de los sentidos en el entorno, fluida sustancia que transporta una emoción primigenia, arrasadora, inmensa y pavorosa que se extiende como la naturaleza en los ríos, los manglares, las cumbres, los desiertos, la danza, en la fiesta exaltada de piernas y brazos en marchama frenética, que borra pensamientos, destruye reflejos, arrincona prevenciones, cae una mar de lava y música que resuena al galope por los montes; late el corazón de la noche propagando y manando de los pechos un mismo eco para el agua que calma la misma sed de querer, de querencia, de alma, en el cielo invisible de la noche sagrada.

Coronel Chiwa

Aquel sábado del festejo de la migración del ganado y el domingo de calma del regreso, curso arriba por el río Iris, juntos Graciela, Ruby, Kemi y la joven Konda, a la aldea de Ampiili y Mwene, fueron los últimos días de paz en la República del Iris.

Ese domingo, milicias del Halcón habían irrumpido en la escuela de Ampiili y Mwene, que huyó del reclutamiento forzoso a la desesperada, refugiándose en el bosque, sin ni siquiera una mochila de subsistencia. Las guerrillas del Halcón se habían desplegado por el entero territorio de Kengawa en una operación relámpago y solo la capital se mantenía bajo control del ejército nacional: algunos oficiales habían desertado para unirse a los comandos rebeldes. Mwene era ahora un fugitivo.

Kemi, Ruby y Graciela partieron ese lunes (Konda quedó en la escuela con Ampiili y sus hijos; las clases continuaron), antes de la salida del sol, y se turnaron al volante con el fin de no detenerse a descansar. Iban comprando bidones de gasolina en talleres mecánicos de pueblo en pueblo, bajo la incertidumbre de si les bastaría hasta el siguiente taller, a un precio que se había multiplicado por diez veces en horas. Llegaron a la sede de la fundación en Kengawa, bien entrada la madrugada, tras haber sobornado en dos controles de seguridad a pandilleros jóvenes, de afiliación dudosa a uno u otro bando, pero decididos a intimidarlos con sus pistolas.

En los valles del camino, la antena del coche les había permitido sintonizar una emisora regional de radio. Los noticiarios informaban de que las guerrillas del Halcón controlaban la mayor parte de la región y de que la toma de Kengawa capital era cuestión de horas.

Desde el coche, durante el viaje, Graciela había visto en varias ocasiones columnas de humo borboteando sobre casas incendiadas, algunas muy cerca de la carretera, y la maleza en llamas y el cielo ceniciento.

Al llegar a la sede de la Fundación, cayó rendida bajo la mosquitera, en un jergón del ala residencial. La despertaron los rayos del mediodía. Observó a su alrededor como si necesitara recordar dónde estaba. Los barrotes de una ventana cuadrada trazaban diagonales blancas y oscuras.

En la Fundación se encontraron con que no se permitía a nadie salir de la sede y menos que a nadie a los cooperantes extranjeros. El correo y los teléfonos celulares, en cambio, seguían funcionando aceptablemente.

En aquellos días críticos Malik comenzó a engrasar sobre el terreno sus contactos en los distintos rangos de las fuerzas del ejército nacional en Kengawa. Los generales que defendían la capital carecían de información fiable sobre lo que ocurría en las zonas rurales; desde el principio habían subestimado los efectivos y los medios de las guerrillas del Halcón, motivo por el que les sorprendía de continuo la velocidad y las ramificaciones de su avance por el territorio. El servicio de inteligencia carecía de entradas al entorno personal del Halcón, al que habían seguido considerando un oportunista dedicado a lucrarse con tráficos clandestinos, incluso después del asalto a la mina de manganeso y hierro, bien organizado pero en el que cayó su lugarteniente Luba; a pesar de la resonancia que alcanzó el secuestro de la mina, les pilló de sorpresa que se convirtiera en un líder con la capacidad de desestabilizar el país entero.

Los acontecimientos se precipitaban por días: se rumoreaba que los soldados del ejército nacional desertaban en altas cifras y que estaba próxima la caída de Kengawa capital. Algunos oficiales importantes se pasaron al autoproclamado ejército de liberación de Kengawa, cuyas siglas, LKA, se hicieron habituales en los medios informativos occidentales; el progreso del LKA hacia Kengawa capital se antojaba imparable y la caída de la capital, cuestión de días. Los cuarteles del gobierno en Urquhart vivían en estado de alarma permanente, conscientes de que la toma de Kengawa multiplicaría el arsenal militar de el Halcón, que podría después lograr recorrer los cerca de mil kilómetros que separaban Kengawa de Urquhart en menos de una semana, aumentando la leva por aldeas y ciudades durante la marcha y regando a su paso la sabana de sangre y pavor.

El avance relámpago de las milicias del Halcón había pillado lejos de Kengawa capital, en unas maniobras intrascendentes al norte de Mumkawa, al coronel Chiwa, máximo mando del ejército nacional en la región, que acababa de ser elevado por entonces de rango, en una oleada de nombramientos con la que el gobierno de Geldnanm pretendió reforzar una guardia pretoriana de máxima lealtad, ante la creciente oleada de actos violentos, manifestaciones y pillaje que, simultáneamente al avance del Halcón, extendían un clima de insurrección por el país. La sórdida humillación de la vida cotidiana no tenía salida y la mayoría silente de las masas sin horizonte veía ante sí la oportunidad, que se le presenta a lo máximo una vez a cada generación, de alterar de raíz el insoportable desprecio de los poderosos.

Algún tiempo después se filtró a los medios que el coronel Chiwa había escapado ileso por los pelos de una emboscada de las tropas del Halcón durante aquellas maniobras (en realidad, la instrucción recibida por la guerrilla de asalto había sido trasladar a Chiwa con vida al campamento del Halcón, donde este le daría a elegir entre unirse al LKA o ser ejecutado). Chiwa había adquirido cierta relevancia en la comunicación pública del ejército, las tropas lo apreciaban por su profesionalidad y su carisma y, además, gozaba del respeto de sus pares porque se había mantenido ajeno a las corruptelas de contrabandos y sobornos por contratos, lo que le proporcionaba una autoridad moral infrecuente. El presidente Geldnanm había dado el beneplácito a su relevancia pública y alentado su presencia en las tribunas oficiales, consciente de que necesitaba un militar popular y oriundo de Kengawa para mantener alineada con el gobierno a la población. La fisonomía de Chiwa fue un regalo para los periodistas. Los ojos almendrados, la barba corta de rizos encanecidos, la forma de expresarse pausada, le otorgaban un aire de bonhomía y de modernidad muy distinto al de los rudos militares grandilocuentes a que estaba acostumbrado el país desde la independencia. Discreta pero sostenidamente, con la aquiescencia de Geldnanm y sin opacar a este, Chiwa había cultivado un perfil público que reflejaba y respondía a lo que el país quería ser: una generación nueva, profesional, que se expresaba sin ira, con intereses amplios, que incluían su amistad con uno de los cantantes más famosos del país y, finalmente, casado con una bella mujer perteneciente a una familia acaudalada y que, tras formarse en Estados Unidos, ejercía como médica en el hospital general de Kengawa.

Malik se entrevistó con Chiwa una noche en el chalet de este en Kengawa. A pesar de las tensiones que llevaba aparejadas su nombramiento como coronel, Chiwa conservaba el buen aspecto, el cutis juvenil y la aureola patricia, y también su característica forma de no preocuparse en exceso por las cosas y de mantener una visión segura de las circunstancias, parte innegable de su atractivo, incluso en aquellas condiciones en que la ansiedad habría embargado a cualquiera.

—Salí de Mumkawa en una furgoneta cargada de gallinas, tío. No es un olor agradable que estar respirando durante quinientos kilómetros, Malik, créeme. Y los hoyos se notan más si viajas escondido entre sacos. Pero aquí estoy.

Mantenían aquella conversación en una habitación bunkerizada, construida en la primera planta del chalet, que Chiwa solía enseñar a los invitados con su característico buen humor. Por las estanterías había cajas de cereales y latas de conservas, y sobre el suelo, bidones de leche; en una esquina, un ordenador apagado. La habitación disponía, además, de entretenimientos para una larga estancia: había una consola, un proyector, aparatos de gimnasia y, tras una puerta junto al ordenador, un reservado provisto de un wáter químico.

Chiwa había dejado la puerta de la habitación bunkerizada abierta. No se mostraba preocupado por su seguridad. Su hija mayor, una jovencita de tez pulida y trenzas fantasiosas, espigada y de aire tímido, vestida con ropa deportiva, nos trajo té.

Chiwa era consciente de que se le acababa el tiempo. Admiré la frialdad con la que evaluaba sus alternativas y afrontaba límites como la falta de datos sobre la fuerza militar del Halcón en los núcleos de población de la sabana; los efectivos del ejército de la República Libre en la región estaban concentrados en las grandes ciudades de Mumkawa y Kengawa. La velocidad de la ofensiva del Halcón, los cargamentos continuos de fusiles de que disponía, el número de todoterrenos militares, su fuerza bruta, en definitiva, tenían sumidos a los coroneles en el desconcierto. Ningún ejército en el África subsahariana disponía de plataformas lanzamisiles del alcance que estaba utilizando el Halcón en el cerco de Mumkawa y que redujeron a hormigón y cenizas el palacete del gobernador militar de la región en la madrugada del 11 de abril de 2018.

Desgrané ante Chiwa un análisis ponderado de sus opciones. Había pasado el tiempo de guardarse las cartas. Era necesaria una toma de posición. Una demostración de lealtad. Le quedaban horas para calibrar su elección entre Geldnanm y el Halcón. Confirmé sus intuiciones. El general Geldnanm no dudaría en arrasar la región entera; comandos de élite extranjeros, dirigidos desde Uganda, habían empezado a desplegarse por el terreno. Geldnanm no toleraría ni un segundo de duda en los coroneles, tras semanas de deserción continuada de oficiales que, *motu proprio* o por salvar la vida, se habían pasado al mando del Halcón.

Chiwa conocía su tierra y sus tropas y, a pesar de su información limitada, había entendido rápidamente las claves de la coreografía de sangre, acero y muerte en cuyo centro se encontraban sus decisiones.

—No hay armas y dólares en la República del Iris para financiar la operación que el Halcón ha desplegado. Ninguna tropa en este país funciona a ese nivel de eficacia. Ha sido un plan externo. Nuestros desesperados y ofendidos pondrán la miseria y la sangre, Malik, tú lo sabes. Pero las armas y los dólares vienen del norte.

—El presidente Geldnanm apunta a los rusos.

—¿Y tú crees que es cierto, Malik?

—Ha recibido pruebas sobre grupos de mercenarios formados por la seguridad rusa que estarían apoyando al Halcón. Siguen rutas del desierto de Libia hacia el trópico. Viajan de noche y se camuflan de día. Una vez se adentran en las latitudes de selva son indistinguibles. Llevan equipos de comunicación excepcionalmente sofisticados, de otro modo sería imposible la ejecución coordinada que muestran. Han estado en Siria, en Libia. Algunos están desde los ochenta saltando de guerra en guerra.

—¿Crees que Geldnanm puede exterminarlos, como dijo en su discurso?

—Depende de lo que resista Kengawa.

Había algo inescrutable en la respiración calmada y honda de Chiwa. Una espiral de sangre y muerte absorbía el escaso tiempo de que disponía. Opté por preguntarle a quemarropa:

—¿Vas a mantenerte leal a Urquahrt y a Geldnanm?

Chiwa me contestó con otra pregunta:

—¿Pase lo que pase?

—Sí.

—No me gusta lo que está haciendo el Halcón, Malik. Y no me gusta lo que quiere hacer Geldnanm. La vida es complicada.

Tarareaba con los dedos sobre la mesa circular a la que nos habíamos sentado. Su hija trajo más té.

Chiwa continuó:

—El Halcón ha abierto una sangría en el ejército nacional que pone en peligro la unidad del país. Y la existencia de nuestro país es sagrada. Geldnanm no ve más vía que el aplastamiento de la región de Kengawa. Y eso también pone en riesgo a nuestro país. Incluso si obtiene la victoria. Quedaría una herida abierta, una brecha que nadie restañará. He hablado con Geldnanm de ese baño de sangre. Tenemos un grado de confianza personal. No le preocupa el aislamiento del extranjero o que lo señalen como a un sanguinario. Los militares estamos dispuestos a llevar ese peso sobre los hombros. Yo también. Por nuestro pueblo. Un pueblo que ahora está secuestrado por el Halcón y por los extranjeros, Malik. Sin embargo, a pesar de todo, desearía con todas mis fuerzas frenar a Geldnanm. El Halcón ha desencadenado un movimiento de cambio y esperanza en los oprimidos y dejados de lado, sería ingenuo negarlo. El mundo nos está mirando, Naciones Unidas nos está mirando; una carnicería de sangre condenará a este país a la miseria otros cuarenta años; incluso puede que excesos incontrolados lleguen a justificar una intervención de Estados Unidos. Lo que ocurra estos días decidirá la suerte del país durante cuarenta años. Cuarenta años, que es justo la edad que tengo. Geldnanm está dispuesto a arrasar Kengawa. Me ha jurado que tiene apoyo de Estados Unidos y armamento más letal y masivo que el Halcón. Pero no van a lograr una ejecución rápida. Se enfrenta a un enemigo que está muy disperso y el Halcón nunca va a entregarse. Se hará fuerte donde se repliegue y se preparará para una guerra sorda y larga. Una guerra que se prolongará por un motivo que Geldnanm no entiende. Geldnanm habla continuamente de aplastarlos. Yo le digo que no puede aplastar su dignidad. Nadie puede aplastar la dignidad de Kengawa. Ni siquiera el presidente de un país. Volverá a brotar. Kengawa no olvidará a quienes se la quisieron repartir al mejor postor. Empezaremos otro camino si alguien se atreve a hacerlo.

—Te queda un plazo limitado para decidir, Chiwa. En pocas semanas, o bien el Halcón estará entrando en Kengawa, o Geldnanm habrá arrasado su movimiento. ¿Hay algo en lo que te podríamos ayudar?

Domingo en Kengawa

Esa tarde en Kengawa, la violencia no existe. Es domingo. Las raíces de los jacarandales se enlazan las unas con las otras y con la tierra en una unión inextricable, como se aferra la mano de un niño a su madre. Los ajados edificios de la plaza, despojos de la época de la colonia francesa, tienen balconadas que corren parejas, alineadas; un frontón de tímpano liso corona la antigua sede de la gobernación; otros palacetes yacen destartalados en el desván de los siglos, herrumbrosas las barandillas, desconchados los muros. Graciela y Loretta beben cerveza y conversan.

Aunque el número de vuelos que parten hacia Estados Unidos y Europa se ha reducido y se tarda días en asegurar plaza en uno, todas las embajadas han ordenado a sus nacionales que abandonen lo antes posible el país. Loretta se marcha a Barcelona esa noche. Para Graciela y ella, son las cervezas de la despedida. Recuerdan, quizás, o no, puede que sea mejor no mencionarla, la noche del desierto. Su juventud es todavía insultante. Destella. Ríen y se entienden de corrido, saltan de esto a aquello, se pierden en recuerdos y esperanzas, evocan los discursos de Ruby, las conversaciones con Kemi, los mil momentos divertidos con los niños de las escuelas. Graciela cuenta a Loretta el viaje en que recogieron a Konda, le habla de los maestros Mwene y Ampiili. En aquellas semanas en que Graciela, tras consultarlo con su madrina Magdalena, siguió trabajando en una de las escuelas más remotas, Loretta ya no se movía de Kengawa ciudad. Se había despedido de Chiwa por teléfono. Solo lo había visto un par de veces después del viaje a la frontera norte. Chiwa se estaba convirtiendo en una figura conocida, cuenta Loretta a Graciela; su rostro aparecía en las noticias, los periodistas seguían sus movimientos y, al parecer, era uno de los militares decisivos para que el gobierno mantuviera el control de la región de Kengawa. Los periodistas especulaban sobre sus movimientos, los medios internacionales trazaban su perfil biográfico. A los habitantes de Kengawa ciudad se les hacía todavía inverosímil que su región se hubiera situado en el vórtice de un torbellino de violencia seguido en cualquier punto del planeta. Patrullas del ejército nacional recorrían permanentemente las calles de Kengawa y tanques del color del barro seco permanecían apostados en las avenidas principales y se desplazaban esporádicamente a los barrios de las colinas, donde los cubría un polvo rojizo.

El toque de queda no comenzará hasta las ocho de la tarde. Los pájaros acometen un estruendoso concierto vespertino en las copas de los árboles. Trazan vuelos de pulcra geometría, en curvas que se pierden en el cielo.

El murmullo cantarín de un grupo de mujeres, los gritos de unos chavales que juegan al fútbol, el fruncido que pliega la brisa en el vestido de Loretta —más arreglada esta vez que Graciela, que va un día más en vaqueros y camiseta—, todos son los sonidos de la vida. Aunque el aire corre aún tibio, a la sombra de los árboles frondosos y con una cerveza se está bien; la tarde pasa, siguen charlando.

Graciela no quiere regresar. Sigue dilatando el momento de fijar un vuelo de regreso con la embajada. Tiene esperanzas de que la violencia cese, o al menos disminuya. Piensa que el hecho de que Kengawa se encuentra bajo la observación de las grandes potencias hará más factible que se llegue a algún tipo de tregua con los rebeldes. Mientras pueda dar largas a la embajada suiza, no va a marcharse.

—Si se complican las cosas —resumió Graciela—, encontraré una manera de salir corriendo.

—A mí me dijo la directora Ruby que me marchase. No pueden garantizar nuestra seguridad. Que nos pase algo les crearía un problema gravísimo.

—A mí también me dijo que me marchase a Europa. Y tú haces bien. Yo quiero seguir aquí. Es personal, mío, Loretta. Tampoco la situación diaria es tan violenta como parece si pones la televisión. La vida normal sigue. No quiero irme a los seis meses de llegar. He vivido en cinco países. Me incomoda seguir sintiéndome de paso en todos lados. Y, ¿sabes?, justo en Kengawa me estaba olvidando de esa sensación.

—¿Quieres decir que no te preocupa la violencia?

Graciela desdeña con un mohín la cuestión:

—En todas partes te puede pasar algo. Desde que dejé de pensar en el futuro soy más feliz.

Los rayos del sol se demoran como tintineando en las hojas. El cielo se va tiñendo de un cobalto intenso. Ha llegado Abe. También se quiere despedir de Loretta, ha venido a hacerlo en persona. Están los tres sentados en la terraza un rato. Las farolas de hierro, que acaban de encenderse, despiden una luz amarillenta. La conversación ha perdido algo de esa espontaneidad que tenía cuando estaban Graciela y Loretta las dos solas, intercambiando una complicidad tan natural como si en vez de provenir de unos meses compartidos en África les viniera de una amistad desde niñas.

Abe insiste en acompañarlas hasta la sede de la Fundación. Van los tres caminando por la avenida central. En la glorieta del monumento a la República Libre, divisan una masa de soldados uniformados, que avanzan ocupando de un lado a otro el ancho de la avenida. Los millares de uniformes de camuflaje térreo forman fundidos un extenso organismo a medio camino entre reptil y mineral, mecánico, ciego, que se despliega con dimensiones inabarcables por la ciudad.

—Los soldados podrían ser obreros. Trabajadores saliendo de las fábricas ahora, por la tarde —dijo Loretta, seria como nunca la habían visto.

Graciela no dio la impresión de haberla escuchado y sin embargo siguió recordando aquel pensamiento de Loretta mucho tiempo después; Abe no pareció entenderla.

...Los soldados podrían ser obreros, salvo porque nunca les dieron la oportunidad, podrían ser trabajadores saliendo de las fábricas al atardecer enfundados en monos de trabajo, sucios de grasa, húmedos de sudor, y sin embargo llevan charreteras, pantalones abombados, botas militares, uniformes polvorientos, idénticos; podrían tener los dedos arqueados tras la jornada al mando de una maquinaria, podrían ser montadores en un tren de producción, electricistas en unos talleres de mantenimiento, operadores en una sala de control, mecánicos en una cadena de montaje; pero están ahítos de no hacer nada, aburridos de esperar ignorando qué esperan, intranquilos por una ubicua sensación de peligro, apegados a fanfarronerías y burlas. Podrían guardar su sentido de rebeldía para dirigirlo contra las clases dirigentes, aplicar su inteligencia a fundar organizaciones útiles y proponer las mejores leyes; excepto porque no tienen, como en casi ningún país se tiene, capacidad para ello, sino que les invade el cuerpo y la mente de manera constante el temor a un enemigo al que saben armado como ellos, y ese temor se les transmuta en odio extenso e impotente, y en un atroz instinto de no morir. Podrían ser obreros fatigados, exhaustos, mal pagados, hambrientos de cena y muertos de sueño, y aun así poseerían al menos un nombre propio, un apellido, una vida, el derecho al amor. Pero son soldados. Son sustraídos en el cómputo de bajas, constituyen la unidad de cuenta de la guerra, tienen dimensiones de regimiento. Son unos soldados, otros soldados, más soldados...

Anduvieron deprisa hasta la Fundación. Había anochecido. Se dijeron adiós con pocas palabras. El viento arremolinaba las hojas secas en las alcantarillas. Pasaban vehículos de transporte militar por las calles vacías. La luz de las farolas era amarilla y exangüe.

Encuentro

Preludio

Siempre fue una cuestión de principio para Martin Kreutzer establecer una intrincada red de cortafuegos en la organización o, dicho de otro modo, que las muchas manos que había puestas al servicio de su mente no sospecharan nunca o, a lo mínimo, no pudieran tener jamás certeza, de a qué se dedicaban las otras, ni tan siquiera de que fueran manos de amigos o de enemigos. A pesar de que la casuística de las operaciones que trazaba fuera tan variada y laberíntica (nadie la entendería si se escribiera en una novela convencional), Martin se bastaba con su portentosa memoria para seleccionar y combinar los múltiples elementos humanos y materiales que reunía en sus planes. Del árbol fundador, que era Kreutzer, partían las ramas subdividiéndose hacia el exterior, hasta llegar muy lejos del tronco, algunas doblegándose hacia el suelo, otras trepando hacia lo alto en un delirio ingrávido, poseídas de un vértigo de atracción hacia la luz; Kreutzer era y sería hasta su último suspiro el garante de la armonía del conjunto, su celoso guardián, su jardinero atento.

Yo había sido, digamos, un vástago de Raíces y Alas no en exceso prolífico, aunque de firmeza y adaptabilidad probadas. Raíces y Alas me había otorgado amplitud de movimientos por los cinco continentes del globo, que yo había utilizado para modelar en beneficio de la organización mi personaje de tipo enigmático, resuelto y sin ataduras, a partes iguales (por la suma de esas tres cualidades fui elegido, me contaría el propio Kreutzer años después). Nunca he afiliado a un miembro a la estructura, lo cual es raro en mi nivel. La expansión de Raíces y Alas había de seguir un fundamento orgánico; cada miembro podía cooptar a un máximo de tres ingresantes en el transcurso de su existencia, manteniendo derecho de veto perpetuo sobre cada nombramiento y elección que se ejerciera aguas abajo de él. Estos derechos de veto no eran objetos transmisibles: la elección de familiares sanguíneos estaba prohibida, pues los afectos íntimos se consideraban una fuente de zozobra e imprevisibilidad.

Nadie podía albergar la seguridad de que otro hombre o mujer que no fuesen, o bien los ingresados elegidos por él, o bien los elegidos a su vez por estos, pertenecieran a Raíces y Alas. El encriptado de mensajes de comunicación no dependía de un código establecido único, puesto que eso habría abierto un punto de vulnerabilidad, por el que podría haberse infectado y dañado la organización a través del lenguaje, en una propagación masiva. Para prevenir fugas de información, Martin Kreutzer había establecido una obsesiva dependencia del azar en la evolución del sistema a corto plazo, gestando una especie de caos en el que los eventos desencadenantes de las concatenaciones de sucesos estuvieran sujetos a un cálculo de probabilidades cuya matemática únicamente él conocía.

Así, pues, no entendí, ni concedí mayor importancia a hacerlo, por qué fui llamado a Lausana desde Raíces y Alas poco antes del verano de 2018, con instrucciones de permanecer alojado en el centro de la ciudad y adoptar una rutina de costumbres durante unos quince días. Me incliné a considerarlo una maniobra de despiste, convencido de que no se me estaba empujando a una salida abrupta del terreno de juego. Para mi estancia, un conocido me prestó un apartamento cercano a la estación de tren; mi rutina, según se me hizo saber, obligatoriamente debía incluir dos actividades fijas: una excursión distinta en cada mañana, tomando un tren a los alrededores, sin alejarme más de una hora, y un baño relajante hacia el final de la tarde en el lago Lemán, apurando el declinar de la luz. Se me permitía, fuera de esos dos puntos, una completa libertad de horarios y movimientos que aproveché para concertar almuerzos y cafés con amistades a duras penas mantenidas en el tiempo. Me sentí distante de la mayoría de antiguos amigos con los que me encontré. Sentía que adoptaban conmigo una afabilidad de compromiso, y su vitalidad autosuficiente me resultaba, en el fondo, ingenua a fuer de dogmática, hueca como un tambor.

Durante alguno de aquellos días no hablé con nadie y se me hacía largo el tiempo. Nunca me ha gustado Lausana, ni Suiza en general. Es uno de esos lugares idílicos donde una pulsión permanente en el aire me recuerda que no pertenezco a allí. Mis sentidos rechazan la vibración de opulencia y fortaleza acaudalada que emiten los hoteles, las relojerías, los bancos. Por supuesto, aprecio la estima que el nacional suizo siente y practica por la naturaleza. Lo que me intranquiliza es una certeza sin atrapar, la sospecha de que existe un reverso innombrable de esa Suiza, y que esta oculta un negativo críptico, del cual solo se hace visible, mediante un proceso de revelado sistemático, tal vez por una especie de extracción fotoquímica, esa tibia luminosidad calvinista, esa armonía electromecánica, de un paraíso oficial que ha negado su esencia para asegurar su existencia.

Algunas noches, por puro aburrimiento, asistía al cine de verano en un parque céntrico, donde solían proyectar películas de un cine europeo algo intelectual, el cual contribuía a que terminara mi jornada en un estado de calma facilitador del descanso nocturno.

Desayunaba en un café donde empezaba la mañana repasando los periódicos. No recorrían la actualidad grandes convulsiones. Por más contorsionismo que hicieran los titulares de la actualidad, la opinión pública se había acostumbrado a las baladronadas del político incorrecto de turno y a las elusivas de los líderes más longevos, al igual que a las indistinguibles, para la mayoría, noticias sobre conflictos geopolíticos y guerras interminables a miles de kilómetros. El alto voltaje militar en el estrecho entre Filipinas y la Isla Púrpura, o la insurrección de una guerrilla militar en algún lugar de la costa atlántica de África (poca gente retenía el nombre de la región), o, en otras palabras, al equilibrio eternamente inestable entre dictadores, potencias y deudas que en el invierno anterior había llevado «al borde del precipicio» los bonos de los países emergentes, parecía haberlo barrido de un soplo la primavera en su despedida para dar paso al verano. En verano, además, cualquier problema se juzga menos grave.

Digamos, pues, que la historia había decidido otorgar un tiempo de asueto a sus alumnos: una estación libre y sin obligaciones, destinada a atender al vuelo libre de las ilusiones sin lastrarlas de preconcepciones (sí, ya llegaría el invierno con sus letras al cobro, sí... o no; y de ese «sí» o «no», lo importante era que no importaban).

De vacaciones

La mañana del día en que nos conocimos, Graciela Kreutzer había tomado prestado el coche de su primo Marc para ir a visitar a una amiga. Por entonces, llevaba una semana de vacaciones en Suiza. El domingo siguiente a su llegada, Graciela lo había pasado con su padre en la Residencia Walser. Su padre, Martin, aún se orientaba medianamente bien y habían caminado por un sendero hasta un lago, donde habían almorzado el picnic llevado por Graciela a la sombra de un tilo. Aunque a su padre le costara encontrar los nombres de las cosas y trasmutara a veces los de algunos familiares, era capaz todavía de construir frases lógicas y expresar ideas personales. Por momentos, comentaría después Graciela a su primo Marc, hasta lo había encontrado radiante; a cualquiera le cabe imaginar lo orgulloso que estaría Martin de reencontrar a su hija y la indecible alegría que recibirla le habría producido. Durante toda la jornada, Martin escuchó atento el relato de las vivencias de Graciela en la fundación Dongala en Kengawa, y le formuló preguntas que denotaban esa atención, a pesar de que su mirada se escondiera en una confusión vítrea.

—Mi padre todavía es él mismo, aunque esté mal —había resumido Graciela a su primo Marc, en cuya casa se alojaba, ese primer domingo en que visitó a su padre.

Graciela había preferido quedarse en casa de Marc durante su visita a Lausana porque el chalet de su madre le resultaba desangelado, solitario y todavía impregnado de recuerdos de su padre, que conformaban una atmósfera triste para dos mujeres, las cuales, por más que fueran madre e hija, arrastraban una incomunicación sin remedio desde la adolescencia de Graciela, quien había heredado de su padre un rechazo acendrado al gregarismo, cierto desapego de las costumbres familiares, y una llamada a recorrer el mundo que la alejaba de raíces, permanencias, rutinas. A doña Claudia, su madre, le desesperaba que su hija fuera tan distinta a ella, a pesar de lo cual la comprendía más que perfectamente, pues no veía en ella sino acentuados y combinados los rasgos que menos soportaba del hombre con el que se había casado treinta y siete años atrás.

Aquella mañana, Graciela, ociosa y de vacaciones, acompañó a Marc a primera hora de la mañana a su trabajo, para luego quedarse ella el pequeño utilitario Smart durante el día.

Él la había invitado a tomar un café en la cantina de la fábrica de colorantes y pigmentos químicos en cuyo laboratorio de investigación trabajaba y que Graciela mostró interés por conocer. Marc pertenecía a esa clase de hombres jóvenes que parecen haberse esforzado desde la infancia porque jamás se les pueda hacer el menor reproche: inteligente, atlético, educado, sin vicios, deportista destacado en baloncesto y balonmano, esquiador con nivel de competición, batería en un grupo de jazz, estudiante con las máximas calificaciones en letras y ciencias, y hablante fluido de alemán, inglés y francés, a la vuelta de su beca Fullbright en Estados Unidos había decidido quedarse a vivir en un pueblo de Suiza con su novia de toda la vida, a la que conocía desde niño y que trabajaba como maestra en un colegio; fue una vez instalado allí cuando surgió la posibilidad de entrar en el laboratorio de investigación de AKZ-Strand, la multinacional de pinturas.

Tomando café en la cantina, Marc explicó a Graciela que la fábrica, bajo su aspecto de industria común con chimeneas y naves, era, en realidad, un complejo tecnológico avanzado en la que las investigaciones de diversas disciplinas sobre la fisicoquímica del color, la espectroscopía de la luz y la electrónica confluían. Se desarrollaban prototipos y eran banco de pruebas, explicó Marc, para muy diferentes aplicaciones que requerían niveles de precisión y definición únicos: pintura de deportivos de alta gama, restauración de patrimonio artístico, impresión en tres dimensiones. Viéndola interesada, invitó a Graciela a visitar el laboratorio.

—Me siento como esos políticos que visitan las fábricas en campaña electoral —dijo Graciela a su primo tras enfundarse la bata, las gafas de seguridad y las bolsas antisépticas en el cabello y los zapatos.

—La diferencia es que a ti te vamos a contar la verdad —había respondido con sorna Marc.

—¿Toda la verdad?

—No, toda tampoco.

Marc le hizo un guiño y ella respondió con otro instantáneo.

—¿Vienes, Varsky? —nada más pasar, Marc invitó a un compañero, mayor que él, a sumarse a la visita.

El tal Varsky (un viejo conocido mío, por cuestiones que no vienen al caso ahora) era un tipo de estatura mediana, robusto, pelo canoso y alborotado, y un rostro dominado por las cejas angulosas y unos ojos penetrantes y oscuros. Al oír a Marc, asomó, detrás de torres de libros y carpetas, sentado en una mesa de madera de bordes romos y tablero desvaído. Varsky había escapado de la extinta Unión Soviética siendo un joven licenciado de Físicas, aprovechando un intercambio de estudios, y daba la impresión de llevar sentado en aquella misma mesa desde entonces, con la misma bata blanca cubierta de salpicaduras añejas.

Yo sabía, como he dicho, quién era Varsky, no obstante lo cual, me sorprendió saber que estaba allí (no lo había relacionado con Marc). Varsky y yo nos habíamos conocido tiempo atrás, en un evento empresarial patrocinado por la multinacional química propietaria de la fábrica, al que me había invitado Magdalena Krámer, cuya empresa aportaba algún tipo de financiación al acto, o tenía una línea de colaboración con la multinacional propietaria, no recuerdo. Si bien yo no había visto a Varsky en persona más de un puñado de veces en veinte años, habíamos mantenido una comunicación por correo electrónico continua y, en algunas épocas, muy frecuente. Aun siendo él medio eslavo y medio nórdico, y yo medio mediterráneo y medio africano, convergíamos en unas cuantas circunstancias biográficas, más o menos casuales. Los dos éramos apátridas. Habíamos nacido el mismo mes, con dos años de diferencia (él era menor). Ambos pertenecíamos a la cara B de la sociedad bien pensante. Compartíamos un sentido del humor ácido y despiadado, y teníamos puntos fuertes complementarios. A mí me interesaban sus conocimientos científicos, que divulgaba a los profanos como yo con una pedagogía amena, y a Varsky, que se había pasado la vida entera agazapado tras sus resmas de libros y carpetas de experimentos, le gustaba, creo, escuchar peripecias de mis viajes.

Ginebra, 15 de junio de 2018

Del día en cuyo atardecer conocí a Graciela Kreutzer, recuerdo minucias y coincidencias que de otro modo habrían quedado sepultadas en una boca ciega del túnel del tiempo, mero paisaje gris de escombros y cenizas, arrumbados por el olvido en su tren sin paradas con final en un pasado indistinto, que no rindió ninguna huella a la memoria. De ese día en que conocí a Graciela recuerdo, en cambio, hasta anécdotas, como un título que me llamó la atención en el escaparate de una librería, las numerosas familias de distintas razas que tomaban el tren del aeropuerto en la estación, o mi disgusto por el cierre de mi tienda favorita de chocolate, ubicada en los bajos de un palacio barroco. Recuerdo haberme hallado ese día, en resumen, ligeramente predispuesto a la sorpresa, aunque tal vez eso tenga ahora algo de elaboración retrospectiva, pues la memoria es un artífice consumado en envolver los hechos desnudos con lazos de afecto o rasgones de desengaño. Seguramente, también yo ahora, a partir de sensaciones extraídas a posteriori, conformo un relato, y es en cuanto encajan en el relato que aquellas adquieren consistencia y sentido. Dicho de otro modo: en el caso de que aquella tarde no hubiera conocido a Graciela, no recordaría absolutamente nada de aquel día. Habría olvidado por completo detalles que ahora se antojan premonitorios. Qué imposible resulta a la mente el dejar que el pasado yazca en paz, por muy obvia que sea la evidencia de que nada puede alterarlo. Uno se obstina en creer, o desear, que es posible aprender del pasado para transformar el futuro, y este debe de ser el sentido biológico, la función evolutiva, de que le demos tantas vueltas al pasado. No otra fe, contar lo sucedido para cambiar lo que sucederá, sostiene los libros, todos y cada uno de los libros que han sido escritos o lo serán, desde la noche de los tiempos a la eternidad.

Mi agenda de citas en Ginebra me estaba deparando un aburrimiento creciente (mis pares veían la vida como un ejercicio compartido de acidez crítica, orientado a la defensa de su lujo gregario); el almuerzo con Sébastien Lusignan, el día en que conocí a Graciela, fue una magnífica excepción. Por lo general, a los encuentros sociales a partir de cierta edad los salvan únicamente la ironía y el alcohol, coadyuvantes a esa sensación que trae la edad de estar de vuelta de las ansiedades, asentado en unas circunstancias estables, y que se acaba encontrando un sólido estrato para el buen humor. Los temas de conversación en esos círculos sociales son muy escasos y nadie aspira a ensancharlos. Al contrario, se persigue masticarlos a mandíbula batiente y digerirlos con los jugos de bilis y sarcasmos más atinados, de forma que refuercen el rol de pertenencia a ese subgrupo al que en general se pertenece por intereses crematísticos. Cualquier momento de plática con los viejos colegas con quienes me encontré en esos días hubiera sido intercambiable de una conversación a otra. Todos se reducían a dos puntos: la plata y el chismorreo. Con Sébastien Lusignan fue distinto: el marco y la altura de la conversación rindieron honores al que terminaría siendo uno de los días más importantes de mi existencia.

El chalet de Sébastien estaba situado en la orilla sur del lago Lemán, a mitad de una colina boscosa. Un taxi me llevó traqueteando por las calzadas adoquinadas, enmarcadas por imponentes casonas de tejados abuhardillados de pizarra, por cuyos muros de granito trepaban yedras, en la húmeda sombra de árboles centenarios. Fuimos caminando desde su casa a un restaurante cercano. Nos dieron una mesa para dos junto a la cristalera corrida con vistas al lago. El sol surgía de pronto entre los retazos de las nubes, volviéndose a ocultar a ratos. Nada perturbaba el curso de los veleros. El azogue del lago mudaba de plateado a esmeralda como en correspondencia con un juego de espejos misterioso.

Sébastien era uno de esos abogados extraordinariamente competentes y bien relacionados que uno encuentra a menudo en Ginebra. Nacido en el sudoeste de Francia, era, como buen gascón, alto, fortachón y narigudo; la tez pálida y unas mejillas sonrosadas le acentuaban un aspecto de campesino, algo disonante con sus maneras exquisitas. Mantenía un vitalismo a prueba de estrés profesional y asuntos «legalmente delicados» de la más diversa índole. La gestión patrimonial de capitales procedentes del África subsahariana era una de las principales líneas de actividad del bufete.

Sébastien tenía información de primera mano, a través de algunos clientes, sobre la situación en Kengawa, de modo que intercambiamos nuestros puntos de vista de manera franca. A Sébastien, que poseía una combinación casi insuperable de experiencia, relaciones, olfato comercial e instinto matador, le preocupaba la escalada del conflicto que preveía tras el paso del verano. Hay dos tipos de personas: los que sermonean sobre cómo deberían ser las cosas y lo que debería importar a la gente, y los que saben cómo son las cosas y lo que le importa a la gente. Sébastien, que pertenece sin duda al segundo tipo, es de los contados europeos que he conocido que entiende las guerras del África subsahariana. Pusimos en común información valiosa durante aquel almuerzo. Yo le expuse sin reservas mis

opiniones acerca del Halcón, las distintas lealtades de los oficiales del ejército nacional en la zona y la tregua tensa en Kengawa. Los dos sabíamos que estaban en juego los resultados de
una de las operaciones de más calado en años. Los americanos
acababan de enviar a Urquhart a un representante directo de
Washington, con mandato para negociar y cerrar suministros
de armas. Sébastien y yo estábamos de acuerdo en particular
en una condición de contorno: los americanos mantendrían a
Geldnanm como presidente de la República Libre a cualquier
precio, incluida una guerra abierta, a pesar de que conservarían
cierta ambigüedad diplomática (a corto plazo, tal y como habíamos previsto, colaborar en un conflicto en África, con China, firme soporte crediticio de Geldnanm desde mediados de
la década de los dos mil, implicaba necesariamente aplazar *sine
die* la operación Ira y Tempestad para la desestabilización de la
Isla Púrpura).

    Durante el almuerzo, Sébastien se refirió *en passant* a los
crecientes controles a la entrada de capitales de origen dudoso
que venía instaurando el gobierno suizo desde la crisis financiera; al respecto de lo cual me dio a entender que circulaban listas
comprometedoras: nada que fuera a alterar el *statu quo* de sus
clientes a corto plazo, me dijo (pero probablemente sí el de sus
hijos, aclaró). Fue, como decía antes, una conversación revela-
dora, y probablemente yo (a pesar de que arriba haya escrito lo
contrario) la hubiera conservado en la memoria incluso si no
hubiera tenido lugar en el mismo día que conocí a Graciela.
Sébastien me habló de cifras astronómicas y de un escándalo
potencial que rondaba a instituciones financieras reputadas
y probablemente fuera detonado en sordina durante agosto.
Entre intrigas y presagios, Sébastien me reveló que, según una
investigación confidencial de un fiscal suizo, salían más millones de dólares del África subsahariana en comisiones políticas,
traspasadas a las correspondientes cuentas bancarias de los di-

rigentes, que el monto total de inversiones y ayuda al desarrollo que entraba en ese mismo conjunto de países africanos cada año. Como dirían por aquí en la Argentina, cuando uno se da cuenta de en qué mundo del carajo está metido dan ganas de bajarse en marcha y de huir a la carrera, aunque, por supuesto, bien sea por inconsciencia, bien por interés, nadie llegue ni a planteárselo.

Nos despedimos en la puerta del restaurante. Un taxi me llevó a mi apartamento.

En la fábrica

Borboteaba un humo regular y blanco por las dos chimeneas de la fábrica de pinturas donde trabajaba Marc.

«Cómo reflejar lo más digno de permanecer de una realidad, sin embellecerla ni afearla con objeto de llamar la atención, debe ser la cuestión central para un artista».

En esos términos aproximados se lo escuché decir al dueño de una librería en Mendoza, Armando del Valle, en una conversación suya casual con un cliente, que llamó la atención de mis oídos indiscretos. Las cuestiones existenciales y artísticas afloran a las conversaciones de este país con un nivel asombroso: el más ordinario y desastrado de los viandantes se expresa con volutas sintácticas y ejerce la esgrima semántica de manera constante; se diría que la predisposición al juego verbal y la pirotecnia lúcida es un rasgo constitutivo de la identidad nacional. Y el caso es que yo mismo me he ido impregnando, aunque no quiera, de este español de acá, tan diferente del que recuerdo de mi madre, en mi niñez, aquel castellano que ahora a pesar de todo estoy recuperando al escribirlo, transportado desde la casa de mi niñez en Orán a través del tiempo y el océano. El castellano en que me hablaba mi madre era de frases directas y acento tierno; tenía la palabra exacta y la acompañaba con el gesto y una entonación suavemente cantarina y aspirada, como para despertar cada fibra del niño que yo era. Todavía me arrulla la inflexión de su voz.

Tras tanto tiempo sosteniendo la mayoría de mis relaciones profesionales en inglés y las escasas familiares que conservo en francés más a menudo que en árabe, me agrada reencontrar la musicalidad del castellano, tan alejada de su primer origen mesetario. El español me resulta un idioma dúctil, abierto a los meandros, sentencioso a demanda, de trago largo o expreso, al gusto, ajeno al cronómetro y casi a cualquier tipo de reglas, nada dúctil al engreimiento y poco permeable a la imposición de ínfulas dominantes, que enseguida revelan una nota esperpéntica.

Borboteaba un humo blanco, iba diciendo, de uniformes vellones que se deshilvanaban lentamente, por las chimeneas de la factoría en la que trabajaba Marc, el primo de nacionalidad suizo-alemana de Graciela Kreutzer y uno de los más queridos por ella. Eran dos de los primos más pequeños de la familia y desde niños habían compartido vacaciones, me contaría luego ella en Kengawa. Se entendían al instante, me dijo, de una manera que puede darse, con distintos amigos, en distintas épocas, pero que se mantiene de forma duradera con muy pocas personas.

La fábrica de pinturas estaba sita en un desvío de la carretera de Lausana a Lugano; un bosque perenne de abetos la ocultaba a la vista hasta que se estaba muy cerca. Delimitaban el emplazamiento viales por los que circulaban los camiones de insumos y productos con una sincronización preestablecida, como si hubiera sido calculada por los ingenieros que proyectaron la planta industrial. El aspecto exterior de la fábrica proyectaba un halo de orden y planificación, de eficiencia avanzada y modernidad sin estridencias: tres naves de cinco alturas en ladrillo oscuro, presumiblemente diáfanas, recorridas por cristaleras continuas. Dos chimeneas metálicas ascendían por la fachada.

El laboratorio de investigación del que Marc era responsable ocupaba un ala entera de la planta baja, que era también la de oficina. Graciela reparó en que la mayoría de los investigadores probablemente eran más jóvenes que ella y en que muchos paraban a Varsky, que podría haber sido el padre de cualquiera de ellos, al objeto de consultar sus opiniones o mostrarle unos resultados. Marc desgranó a Graciela diversas explicaciones técnicas durante la visita por el laboratorio, con un entusiasmo expositivo que intentaba hacer accesible lo que la terminología encerraba en conceptos herméticos: así, le enseñó el principio del funcionamiento de un espectrómetro de infrarrojos, las funciones de un emisor de frecuencia y otros equipos de alta precisión, como un ajustador de impedancia, el compresor de vacío de la sala de microchips, un reactor de plasma o un contador Geiger; la visita terminó con algunas demostraciones prácticas en el ordenador de control de la planta piloto.

Lejos de arredrarse por la jerigonza técnica, Graciela mantuvo toda la visita a Marc en la línea de fuego de un interrogatorio por el que saltaba como llevada por un sinfín de curiosidades. Marc se recreó y disfrutó de la complicidad con su prima para encontrar las imágenes y las comparaciones que mejor ayudaran a la comprensión.

—Para un ingeniero vocacional, trabajar en el laboratorio de una industria es un lujo —decía Marc—. Obliga a estar en contacto con la producción y los problemas reales, y aportar soluciones y, además, al mismo tiempo, dispones de un presupuesto notable que puedes dedicar a investigación básica. A veces pienso que el mayor obstáculo para entender la ciencia son los científicos que investigan aislados. Y la ciencia no es complicada, o no más que tocar un instrumento musical o aprenderse un papel de una obra de teatro, los que son complicados son los científicos por cómo se configuran la mente.

En algún momento de la visita, Graciela reparó en la cruz esmaltada que le sobresalía a Marc por el cuello de la camisa, debajo de la bata blanca.

—Esa cruz me recuerda a una que tengo yo.

—Me la regaló tu padre en una visita, Graciela.

—Claro, por eso tengo una tan parecida, la que él me ha regalado.

—Las hace en un taller de cerámica en la residencia.

—¿La puedo ver? —Graciela sujetó la cruz entre sus manos—. Es color tierra intenso, rojizo, ¿no? Casi ígneo. La mía es turquesa.

Bajo los Alpes del Jura

Una chica joven, enfundada en neopreno, se acaba de lanzar al agua, en la orilla de enfrente del lago.

Es el octavo día en que vengo repitiendo mi rutina desde que llegué a Ginebra, la octava tarde seguida en que me acerco al lago al final de la tarde.

Llego a la hora en que la mayoría de los bañistas andan recogiendo sus bártulos. Sobre los menudos guijarros de la playa artificialmente aplanada, no queda el más ínfimo resto de comida o bebida.

Los niños saltan y corren por al agua hasta el último momento, y al fin acuden a la llamada familiar, presurosos. Abandonan en grupos la playa, todavía descalzos, zarandeándose entre bromas, pálidos pero exultantes, pecosos y risueños.

He sostenido el periódico desplegado entre las manos sin decidirme a empezar a leerlo. Como en las tardes anteriores, me mantengo atento a mi alrededor escrutando los signos que puedan recabar mi presencia y otorgarle sentido.

Escruto la otra orilla, el vuelo de los pájaros, el surco de los veleros que rodean las boyas regresando a su atraque, los ostentosos catamaranes entoldados, el tráfico por el puente del este sobre el río Ródano. Observar me mantiene en un estado de atención relajada.

El ritmo con que pasan las cosas de la vida no es ni lento ni rápido. Se vive como se bebe una copa de vino, se vive como se anda al paso que la pendiente ligera de un sendero entre piedras y regatos nos pida. Son ideas que me han venido estos días, sentimentales, fútiles. Una evidencia más de que me estoy haciendo mayor. Las nubes pasan y cambian los reflejos de la luz en el lago.

Como todos los hombres en las playas, cara de póker mediante (cejas fruncidas, gesto de hastío, aire de introversión), me voy fijando en todas las mujeres, me enamoro efímeramente, atisbo cada forma, de los pies a la cabeza, distraído, pasando las páginas del periódico, ahora sí, aunque por supuesto no leyéndolo. También las mujeres harán catas de atención sobre los hombres a la vista. Serán las suyas, de hecho, calibraciones más certeras, más instantáneas y discretas, aunque hechas con menos interés, probablemente, que las de los hombres.

Hacía años que no pasaba tantos días en una misma ciudad, carente de obligaciones. Si bien no es raro que se den tiempos de espera largos en mi oficio, en esta ocasión la espera se había empezado a extender demasiado.

Nunca he necesitado gafas. Mi buena vista es una herencia de familia. Puedo observar detalles de una escena que transcurre a cientos de metros, incluso a veces lo hago sin ningún objeto especial, únicamente para entrenar la vista y la conciencia de lo que pasa. No hay peor enemigo que un estado de difusión en la mente, esto es, que no estar donde uno está, ni ser el que uno es, diluyéndose en ansias, escondiéndose en sospechas, escudándose en bienes, perdiéndose en nirvanas. Claro que esta sabiduría llega con la edad, en el momento en que ya no sirve a ningún fin práctico. Aun así, alcanzarla destila un regusto a lujo modesto (lo cual, según he aprendido leyendo la prensa argentina, constituye un flagrante oxímoron).

La chica del neopreno está haciendo ejercicios de calentamiento sobre el embarcadero de tablas que se adentra en el lago.

Arquea los brazos arriba y abajo, primero pausados y luego energizados, da saltos suaves para evitar calambres en las pantorrillas, echa carreras con giros cortos.

Olas tímidamente rizadas se remansan en los pilares de madera.

Llevo siete tardes, y ocho van con esta, esperando el momento. Lo comprendo al instante. La señal ha llegado.

Raíces y Alas es distinta de cualquier organización o movimiento en que quepa pensar. Entre otros motivos, por el de que no busca su perpetuación, y esta no se convierte jamás en la justificación de una decisión ni la condiciona. En otros aspectos resulta similar a las convencionales, inclusive, por qué no admitirlo, a Fuerza y Espíritu. En ninguna de las dos se tiene nunca el menor atisbo de lo que ocurre en los niveles superiores de la jerarquía; en ambas se ignora todo sobre la cúspide, sus sujetos, sus tiempos, su funcionamiento.

Se ha levantado un viento racheado que revuelve las hojas del periódico. Un aire alpino que baja al encuentro del atardecer o prepara las galas de la noche, una brisa que se presenta súbita, como si temiera llegar tarde a una cita romántica. Sé que el agua del lago estará tibia a esta hora del final del día. Sin perturbar el orden, también en Suiza hay días estivales en que el sol luce y calienta.

Comprendido que ha llegado el momento, me preparo sin prisa.

Me cambio las sandalias por unos escarpines, guardo el periódico doblado en el interior de mi discreta bolsa de playa, pongo unas piedras sobre la toalla para que no se vuele, me desabrocho la camisa. Mientras me desprendo de ella, sigo observando cada movimiento de la chica del neopreno. Está haciéndose una coleta. Ahora se ajusta un gorro impermeable. Acaba de lanzarse al agua.

El cielo es una bóveda pálida de energía indiferente, una mitad del infinito cuya radiación se desvanece, un adiós permanente hacia la nada, un velo eterno entre el misterio y los ojos, a veces transparente, aunque sea de noche, a veces desazonador, cuando más hermoso.

Las montañas son los pilares de la cúpula en la que se asientan los cielos; sus cumbres de pechinas, las soberbias sustentaciones de granito sobre los que descansan las fuerzas de eras y cataclismos.

Ya no puedo olvidar su silueta en el embarcadero, la forma de agitar el pelo y atusárselo.

Tengo que encontrarla en el agua.

Al sur del lago

Esa tarde, Graciela se ha encontrado con Magdalena Krámer, en la casa de una amiga común, donde han tomado un café juntas, en el porche con vistas al lago, circundado aquí y allá por arboledas, torreones de casas altas, una ermita. Al otro lado del lago Lemán, en la orilla del Jura, una geología sonrosada esconde por los macizos sus cinceles de aristas y cumbres, en las alturas conquistadas al viento y la gravedad.

En la cinta de la carretera que rodea el lago, destella el sol sobre los automóviles que aparentan circular más lentos por la distancia.

Una mucama con mandil y cofia sirve el té a Magdalena, que ha apagado su teléfono celular, y a Graciela.

—¿Cómo estás?

Graciela esquiva una respuesta expresa. Habla de las tiendas que ha visto en Ginebra, del restaurante donde ha almorzado con una amiga que acaba de tener mellizos, de las circunstancias de conocidos comunes. Luego reconduce la charla fuera de ella, como si le incomodara ser el centro de la conversación, o estuviera esperando recibir un mensaje de Magdalena que dotara de un propósito explícito el encuentro.

—¿Ves a mi madre con frecuencia?

—En persona, nos cuesta coincidir. Sí que hablamos por teléfono todas las semanas. Un domingo la acompañé a ver a tu padre. Por cierto, también le he presentado a un amigo mío decorador para que la ayude con la casa, aunque creo que no me ha hecho caso.

—La casa está igual que cuando se fue papá. Ella no ha quitado ni los plásticos que cubren los muebles.

—Si yo fuera tu madre, vendería todas las antiguallas que no quiere tirar y llamaría al decorador que le dije. Con los ventanales que tiene el salón, yo tiraría muros interiores y haría una casa más diáfana, con menos habitaciones.

—No necesita tantas, eso es verdad.

La conversación prosigue por meandros tranquilos de cosas domésticas.

Hasta que llega la pregunta directa:

—¿Sabes lo que me ha pedido tu madre que te diga, Graciela?

—Puedo imaginármelo.

Magdalena adoptó un tono cómplice:

—¿Y qué le contesto a doña Claudia? ¿Qué le digo a tu madre que me has dicho?

—Pues que es una pesada. Mi madre siempre ha tenido miedo por mí. Se ha pasado la vida temiendo que me pasara algo. Mi padre era al revés, nunca ha querido que nada me frenara. Fue él quien quiso que fuera a Estados Unidos a estudiar, luego me consiguió las prácticas en Londres, el posgrado aquí... El domingo pasado, fui a verlo a la residencia y cuando le hablé de mi trabajo en Kengawa le brillaban los ojos.

—Martin todavía disfruta de la gente que quiere. Es importante que vayas a verle otro domingo.

—Lo haré.

—Le das mucha vida.

Graciela parece tomar consciencia de algo, plantearse una duda en un relámpago, bajando los ojos. Luego recupera al instante el dominio y muestra su mejor talante abierta, retoma una conversación sobre anécdotas, tan diestra como Magdalena en los rodeos.

Graciela le habla del primo Marc a Magdalena, quien la escucha distendida, recostándose en el sofá al que ha subido los pies tras terminar el té. Quizás las dos compartan una debilidad por ese tipo de hombre optimista, acogedor, laborioso, nada pagado de sí mismo.

—Me ha encantado ir con Marc al laboratorio, aunque no entendiera para qué servían la mitad de los aparatos. El entusiasmo con que habla de sus investigaciones del laboratorio lo hace ya tan interesante. Tienen clasificados millones de pigmentos, por coloración, tejidos, resistencia, yo qué sé... También investigan sobre electrónica. Y Marc hace que hasta un laboratorio sea acogedor.

—Todas las mujeres de tu familia están enamoradas del primo Marc, querida.

—Yo la primera.

Graciela se ríe, su madrina sonríe con los ojos.

—¿Bajamos un rato al lago? —propone Magdalena.

—Creí que no tenías tiempo.

—He apagado el móvil. Tengo la tarde libre.

—Me imagino que querrás hablar de..., Kengawa.

—¿Quieres tú?

—Me gustaría saber si opinas lo mismo que mi madre.

—Yo te he dado toda la independencia, Graciela, incluida la independencia de mí misma. Tienes tus medios, tus recursos, tus sueños. Eres libre. Lo hablamos en una conversación que recordarás, el septiembre pasado.

—En estos meses la he recordado casi a diario.

—Te veo tan distinta ahora de cuando te marchaste. Tienes otra energía. Te brilla la mirada.

—Por eso quiero volver a Kengawa, Magdalena.

—Vamos al lago y lo seguimos hablando. Hace una tarde preciosa.

La cruz esmaltada

Ahora... Todavía no y ahora sí. Despacio. Cerrar los ojos, aspirar el aire. El corazón como un cachorrillo. El agua en las pantorrillas, tibia, arenosa. Los pies hundiéndose en el limo, que frena la carrera. Los muslos avanzando hacia delante, desplazando el agua mansa, pesada, difícilmente. El frío por las rodillas, el vientre, el ombligo. Aún no. Soy una duda detenida por el lodo, un empuje frenado por la inercia limosa, un cuerpo torpe y obstinado, un ansia rara. No.

Sí.

Arqueo la espalda, desde los omóplatos hasta la punta de los dedos siento los brazos como palas. La sensación arrastra.

El instinto en libertad, apátrida flotante que curva la espalda y comba los brazos, el agua que te envuelve y que te aparta de las cosas, borra la superficie, va quedando detrás, lejos, la orilla. Turbidez verdosa, gradación de luz, sombras, invisibilidad. Maravilla de estar hundido de cuerpo entero. Hay un escalofrío que recorre hasta las raíces del pelo y cada nervio. Nadar, nadar, nadar. Rápido. No tanto.

Debe encontrarse el ritmo adecuado, las brazadas se espacian, los músculos a tono, no debes quemar tus energías. Mantienes la dirección con la que entraste al agua. Un campanario rodeado de árboles altos te orienta, aún resplandece el sol en las montañas. Corrientes súbitas te hielan el estómago. Bates los pies más fuerte. La palma de la mano hiende en el agua, traza el retroceso completo en arco paralelo al avance, la cuenca en pala que impulsa hacia delante, por el agua pura del deshielo, espesa por la decantación en el lago, insípida, transparente.

Piensas en ella, a la que no conoces. Toda duda por fin se ha disipado. Aún no sabes quién es, pero sabes que es ella. El plano de las aguas divide en dos la realidad, tu realidad, tu cuerpo, entre líquido y aire, entre la profundidad y el capricho, entre infinito y fondo. Arriba, sobre tu cabeza, encima de la superficie, todo lo que han construido el ingenio y las manos de los hombres. Debajo, aquello que seguimos y seguiremos ignorando. Sobre la tierra, el destino; bajo el agua, el origen. Avanzas, avanzas. Un nadador debe tener cuidado de agotarse. Acompasarse al ritmo que corriente y oleaje le dicten. Hacerse uno, en el agua majestuosamente extensa, mecida por las ondulaciones de cada corriente que viene y va, armónica, diferente, única en su inmensidad.

La vista distingue a lo lejos vertientes de las cumbres, farallones, neveros. Hoy has sido elegido. El aire diamantino colma los pulmones. Ahora sí. Has dudado estos días, en la espera. Interpretar los designios de Raíces y Alas requiere de tenacidad, tranquilidad y cierto adiestramiento a la monotonía, a un orden laborioso, manteniendo la receptividad a un fulgor en el que de pronto se descubre y comprende. Desde ahora, nada de lo que suceda lo habrás elegido.

Querrías demorarte en llegar hasta ella. No puedes, ni debes. Confías en tus fuerzas, pero no estás seguro de las de ella. Paternalismo, acaso. Vacilaciones de la edad.

Se vive arando con signos el tiempo. La vida restalla por los brazos con los que amas el agua, los dueños del momento en sintonía con cada miembro de tu cuerpo, los músculos tractores que te impulsan seguros, firmes. Ahora te cuidas más que con treinta años. Mantienes cierta fortaleza y empleas mejor tu energía, sabes dosificar tu corazón, buscar resuello de otra manera, puedes tener sin dejar de ansiar. Te sume el lago en su seno, parte tu estela su centro, sigues nadando con tu ser entero al servicio de los sentidos y el movimiento. Tu empuje ensambla el agua y el aire, da la vuelta a montañas y orilla, agita el cielo y mece el esfuerzo, balancea el horizonte por donde distingues la figura de la chica del neopreno, que aparece y desaparece entre el rizo del agua en la superficie y la espuma de tus brazos.

Ya no temes haberte equivocado. Te has jugado unos años de vida en el intento, pero has llegado a la zona de seguridad de modo que, a partir de ahora, recibirás protección garantizada. Estás seguro. Tienes que llegar hasta la chica de neopreno. Está más cerca. Se ha parado a buscarte con la vista. Puedes ver su cabeza sobre el agua, el cabello suelto, su balanceo. Tal vez ella no quiera alejarse de la boya de tráfico marítimo. Será mejor que sigas tú hacia allí.

En un desequilibrio momentáneo te atrapa la furia. Malditas sean las mujeres encantadoras. Maldito sea lo que nunca se ha de llegar a tener. Puedes amarlas hasta la adoración extrema una noche, un minuto, un siglo en un segundo, pero nunca perdura el deseo maldito que arrambló con la calma, jamás se asienta, el deseo persigue más deseo, persigue ansioso al tiempo, y se enreda con la falta de paz, pues la paz es mentira. Sí, la paz es mentira. No. Recobro la atención. Estamos cerca. Veo su cara próxima, la agitación de su coleta, a unos metros. Ella estará entreviendo mis rasgos. Mujer joven, hombre mayor, ah, de pronto me asusta la ironía de que me sobrevenga el pánico de la vanidad, la certeza de que mi rostro muestra la edad que no me creo que tengo.

Nadamos más. Emerjo junto a ella. Me mira amistosa, libre de temor, los labios finos esbozan una sonrisa. La belleza de la tez blanca y pulida de los pómulos, que moja una miríada de gotas, me desarma. Apoya sus manos en mis hombros para descansar.

—Hola.

Bato las piernas permaneciendo en el sitio, sus manos son un peso suave por el agua. En el instante en que su gesto ha suspendido mis palabras, todo ocurre. Echándose el pelo a un lado, se suelta del cuello una cruz plateada. Con manos diestras la enlaza a mi cuello, me rodea y cierra la cadena por detrás por mi nuca. No me toca.

—De parte de Magdalena Krámer.

Y ya nada de vuelta a la otra orilla.

En su orilla

Graciela se sienta sobre la arena artificial, recostada en los codos.

—¿Quién era ese tipo? —pregunta a Magdalena, que le responde sin apartar la vista del libro que está leyendo.

—Un viejo amigo.

Graciela echa su peso sobre los brazos, hacia atrás, resoplando aún del esfuerzo en el agua.

—¿Un viejo amigo? ¿Cómo de viejo? ¿Cómo de amigo?

Magdalena continúa impasible ante su libro:

—Es de mi edad —responde—. Que es la edad a la que te dejan de importar los adjetivos, querida.

—Entonces, está en lo mejor de la vida —Magdalena devuelve una mirada cómplice por encima de la cubierta del libro a Graciela, que respira agitada todavía, exudando una vitalidad contagiosa, como si cumplir con su misión de entregar la cruz le hubiera provocado una descarga de endorfinas. Se descorre la cremallera del traje de neopreno hasta el ombligo.

La falda larga de lino se le ha arrugado entre las piernas y los pies descalzos. Lleva una camiseta sepia a juego, lisa y ceñida. Deja el libro a un lado. Guarda las gafas de sol que tenía puestas sobre el pelo.

—Te vas a quedar fría.

—No te preocupes tanto por mí.

—Me preocuparé por ti siempre. Soy tu madrina.

—Y mi protectora, ¿no? En Raíces y Alas, quiero decir.

Magdalena se finge molesta.

—Qué descaro tenéis las chicas jóvenes de hoy.

—Me gustaría haberte visto con mi edad.

—Créeme, era menos valiente que tú. Me parecía que no entendía nada sobre nada. Fui haciendo aquello que se consideraba adecuado en el entorno familiar. Por inercia, más que por decisiones propias.

—¡Ah..., decisiones! —Graciela, de pie, ha empezado a desprenderse del traje de neopreno—. ¡La palabra maldita!

—¿Te ayudo?

Magdalena, de rodillas, ayuda a Graciela tirándole de las perneras del traje hacia los tobillos y deshace las ventosas del aire atrapado en la tela, en tanto que ella va enrollando el neopreno hacia abajo. Luego ofrece una toalla a Graciela, que se envuelve en ella para cambiarse. Magdalena se queda contemplando el lago.

Hasta que Graciela la saca de sus pensamientos:

—¿Él pertenece a Raíces y Alas?

—¿A quién te refieres?

—A tu viejo amigo.

—Ni yo misma lo sé, Graciela. Es imposible saber el grado de pertenencia activa, ni siquiera de miembros a los que se ha elegido en persona. Incluso en esos casos, en realidad, alguien puede llevar un largo periodo dispuesto y preparado, en un papel pasivo que se considera útil, y no haber sido requerido para la acción directa. Esos años de búsqueda latente no son una espera vana, al contrario, son años de un ansia esencial de comprender y hacer. Necesitamos hombres y mujeres maduros, cumplidos, no quebrados de asfixia, no agotados por ascender demasiado rápido en vez de caminar. Hombres y mujeres que no estén escindidos por angustias, que estén en camino constante de encuentros.

—Hablas como si vieras mi ser interior desde fuera.

—Siéntate aquí conmigo —dice Magdalena con un guiño afable—, en la toalla.

Ya se apaga el fulgor del ocaso. Las farolas del paseo cercano brillan con la precisión de lo bien concebido.

—¿Estás segura de que quieres regresar a Kengawa?

—Ya le he dicho a mi madre que sí. Y el domingo que viene se lo diré a mi padre, que todavía me entiende cuando le hablo de cosas sencillas y de cosas importantes. Mi padre sabe de dónde vengo y a dónde voy, y dónde voy a estar. No tengo ninguna duda. Si te soy sincera, pensaba que se encontraba más avanzada la enfermedad. Mira, yo no habría vuelto este verano a Suiza si no hubiera sido por la necesidad de ver a mi padre. Ahora creo que mi madre me pintó su evolución peor de cómo estaba en realidad. Quiero volver a Kengawa, siento la necesidad de estar allí, ahora que es más difícil, siento la necesidad de no abandonarlos, de seguir allí. Parece que solo les podemos dar el papel de explotados o de ignorados. Pues por lo menos yo no les voy a dar el de ignorados. Es muy reducido lo que yo puedo hacer para cambiar, pero es lo que puedo hacer, regresar. ¿Qué si es Kengawa donde quiero pasar el resto de mi vida?, me preguntaba mi madre. Pues no tengo ni idea. Es que yo no me hago esas malditas preguntas que hace ella. No hay nada que esté segura de querer hacer el resto de mi vida.

—Nadie lo sabe.

—La fundación Dongala está creciendo, la directora, Ruby, es una mujer impresionante, cada vez está consiguiendo más financiación. Magdalena, es impresionante. Dedica cada minuto del día a una tarea relacionada, a una reunión, a una asamblea, a un viaje, con las escuelas, conoce por su nombre a los niños hasta en la aldea más perdida, a las más remotas se desplaza los fines de semana. Ruby transmite una energía tan brutal. Ella no piensa en nada más que en lo que toca de labor cada día, en qué pueden hacer los maestros de cada centro, en lo que necesitan de ayuda. Soy otra desde que trabajo en la Fundación, desde que conocí a Ruby. Mira, de paso me he quitado de encima responder a las expectativas de mi madre, de mi familia, de nadie.

—En África no existe la palabra expectativa, ¿verdad?

—No estoy segura, Magdalena. Nadie vive sin ninguna esperanza, a mí me parece muy difícil. Allí ocurren muchas cosas que no son las que aparecen donde ponen la cámara los medios de Occidente. Es verdad que el tiempo en Kengawa no se mide como aquí en Suiza, pero ellos no están midiendo cada parte del día con un cronómetro y calculando a cuántos siglos están del bienestar de aquí. Allí todo es más vital y más grande, la naturaleza, el presente, el temperamento de los que luchan, el hundimiento de los que no pueden hacer nada.

—Con qué gusto te escucho, Graciela. Qué bien expresas lo que has captado allí. Y tienes razón. La existencia no es una partida en la que, o se avanza, o se retrocede.

—Yo me he quitado de encima la sensación de la que hablabas antes y que yo también he tenido tantas veces, la de que mi vida era un juego de mesa, como el parchís y la oca, con un recorrido, unas casillas fijas y unas reglas. Ahora soy libre de ver la vida así. Y no deja de asustarme a veces. Por supuesto que sí, es así.

Magdalena mira hacia la lejanía de las montañas. Anochece.

—Tu padre dejó una carta escrita para ti. Ha llegado el momento de dártela.

La caída

El de 2018 fue un verano único, intenso e irrecuperable, como cualquier otro. Al modo en que una tormenta se gesta por una acumulación de signos durante la calima, como una humedad polvorienta o un cielo incierto, que de por sí no anunciarían una tempestad arrasadora, nuestras maniobras de distracción intermedias se aproximaban graduales e inadvertidas al detonante que abriría la etapa álgida final. Cada variante, cada mensaje y reacción, debían encajar de forma precisa y medida en el mecanismo de alta precisión que sorprendería al hemisferio occidental entero a la vuelta de las vacaciones, restregándose todavía las legañas para el lunes de vuelta.

Se acercaban momentos decisivos para forzar la caída de Fuerza y Espíritu, pues la más mínima vía que permitiese a Murtz recuperar la iniciativa de un contrataque nos sentenciaría. Nos disponíamos a alterar la sucesión de acontecimientos y urgencias en la agenda internacional, acelerar su vuelco a una velocidad sin precedentes, poner un nudo en la garganta al planeta. El segundo golpe desencadenaría el intercambio decisivo y haría irremisible una vertiginosa sucesión de asaltos hasta que encerráramos en una lámpara (no precisamente maravillosa) a los mismos demonios que habíamos sacado a escena en la historia de la República del Iris (y si algún demonio habríamos de dejar fuera, Kreutzer se ocuparía, y llevaría sobre su conciencia a quién, o eso pensaba yo entonces, ignorando que apenas unos meses después quedaría grabado a hierro en la mía..., no importa cómo: ahora me he convertido en un jubilado que apenas puede llamar propios un galpón con una alberca y algunos frutales, unos viñedos y un puñado de recuerdos que trata de ordenar con el propósito de descifrar a qué ha dedicado realmente su existencia en la tierra y que empieza a temer estar haciéndose adicto a la nostalgia y la ironía, esto es, haberse argentinizado).

Aquel verano de 2018 recibí instrucciones a diario sobre vuelos, reuniones y mensajes, en ocasiones en sentidos opuestos de la mañana a la tarde. No restaba apenas página sin sellar en mi pasaporte. Ginebra, Londres, Washington, Dubái, Argel, Lagos... Aproveché para dejar asuntos familiares cerrados y me despedí íntima, calladamente, de personas a las que no podía anunciar que desaparecería, entre ellas de mi madre y mi hermano; también (óiganse suspiros) de mi ingeniera italiana preferida. Viví emociones a las que no podía ni debía atender, ni tampoco lo había hecho nunca; pero mientras que mi cabeza se mantenía en una actividad extrema, cierto aguijoneo en el pecho me punzaba, como un animal doméstico enjaulado que preguntase si alguna vez le tocaría salir. Me impliqué en cada paso de la operación con mi máxima entrega, con todos mis sentidos y la autoridad de un veterano decidido a dejar su firma en una obra maestra, antes de pasar, ley de vida, a dedicarse a alimentar palomas en los parques o cuidar un terruño. Me enorgullece saber que no fallamos. Trabajar mano a mano, aunque fuera a distancia, con Magdalena Krámer, sentir su huella en la concepción y la ejecución, fue un placer y un orgullo; el legado de Kreutzer era nuestra común motivación. Me convertí en los ojos y las manos de Martin y Magdalena, en sus botas, en su disfraz o su actor principal, en su emisario o su amigo afeminado, en lo que hiciera falta. Nos unía un vínculo más profundo que la amistad, los intereses o el éxito: la capacidad de crear una realidad colectiva, la posibilidad de alumbrar un presente nuevo, poseídos por una certeza alta y común, superior. La conquista del tiempo a los dueños del presente, la creación de una realidad distinta con un golpe maestro. Las raíces, las alas.

Monitorizábamos hora a hora los movimientos informativos en la República Libre. En las terminales occidentales de noticias había decaído el interés mediático por el líder rebelde y fotogénico apodado el Halcón, y los veraneantes del hemisferio norte se entregaban complacidos al flujo estival de noticias intrascendentes sobre famosos y celebridades. Mientras tanto, en la ciudad de Kengawa, las patrullas del ejército nacional habían relajado los controles, y sus habitantes salían a la calle a cualquier hora, a pesar de que la facción rebelde mantuviera el control de buena parte del territorio rural del sudoeste.

No obstante lo cual, durante el verano siguieron circulando por rutas clandestinas convoyes de armas, munición, equipos lanzamisiles y bolsas de dólares a través del desierto del Sahara, hasta los centros de mando establecidos por el Halcón, a quien protegía una guardia fiel y bien pagada de lugartenientes. Los réditos del territorio que controlaba habían permitido al Halcón consolidar una estructura de grupos de acción paramilitar bajo su mando. Apenas hacía apariciones públicas y corrían rumores contradictorios sobre en qué población ubicaba su cuartel general; un portavoz informal del Halcón anunció que había dado la orden de evitar actos violentos, en una tregua unilateral que hizo bajar la guardia en Kengawa ciudad.

Entre tanto, en Urquahrt Geldnanm llevaba a cabo una crisis política de primera magnitud por sorpresa. En un comunicado público anunciado por él mismo en la televisión nacional, ordenó una purga de mandos en el gobierno y el ejército que alcanzó a altos funcionarios, protegidos de empresarios, oficiales del servicio de información, generales de máximo rango y hasta a su vieja guardia pretoriana con igual carencia de misericordia. Como tantos hombres en la cúspide de una organización vertical de la que desconfían, Geldnanm se había ido encerrando en sí mismo, adoptando el pétreo perfil de un ídolo cansado, y replegándose en los apoyos exteriores, a los que en última instancia necesitaba mantener de su lado. Las divisiones estadounidenses de élite militar, movilizadas de emergencia durante la ofensiva relampagueante del Halcón, habían retornado al Golfo Pérsico al disminuir la intensidad del conflicto; la operación de purga política nos indicaba que Geldnanm había recibido instrucciones tajantes de señalar culpables, soltar lastre, agilizar los permisos de explotación y reducir la red de comisionistas, en contrapartida por asegurarse garantías de que sus últimos protectores mirarían hacia otra parte, hiciera lo que hiciera para mantener el orden en el país.

Geldnanm había dejado claro a los americanos que no tendrían que volver a ocuparse de su país en una larga temporada. Nuestra tarea inmediata, a finales de agosto, fue hacerle caer en la cuenta de lo que se había equivocado al pensar que la rebelión del Halcón en el sudoeste le daba la cobertura perfecta para zanjar disputas de poder, aplastar a enemigos y organizar a su medida la sucesión en los negocios familiares. Nos dedicamos a mover el suelo bajo sus pies: una filtración sobre cuentas en el extranjero, a un medio minoritario, que alcanzó una difusión viral le llevó a recelar del presidente del banco central, un íntimo de sus tiempos de juventud. El presidente del banco central, segunda autoridad del país, revolvió sus dentelladas de animal herido hacia el dueño de la mayor empresa telefónica privada de la República Libre, al que atribuyó la filtración y con el que mantenía entablada una disputa por las crecientes limitaciones para sacar divisas al extranjero. Teníamos en escena, pues, una lucha de gallos al máximo nivel, entre el número dos, el hombre de Europa, y el número tres, el hombre de Estados Unidos, el tridente que junto a Geldnanm determinaba cualquier actividad productiva y concesional. No existe mejor táctica que promover la guerra interna si se requiere conseguir que los gerifaltes se olviden por entero de lo que ocurre en la realidad exterior, donde nuestra operación continuaba su curso.

El siete de septiembre de 2018 antiguos batallones del ejército leales al Halcón ocuparon en una sola mañana los principales barrios del norte de Kengawa. El diez de septiembre una explosión voló el palacete del gobierno regional. Se produjeron defecciones de oficiales del ejército. La gente con medios huyó de la ciudad. El catorce de septiembre el Halcón entró victorioso en Kengawa, conduciendo él mismo un camión militar de provisiones, al frente de un desfile de tanques relucientes y soldados tan polvorientos como exultantes, que cantaban y bebían sin fin. Las mujeres y los hombres de Kengawa que se arremolinaban a contemplar el espectáculo retornaron al atardecer a sus casas en un estado sonámbulo, aunque al mismo tiempo festivo, indecisos entre los cantos de sirena con que embauca el futuro a las ilusiones, la sorpresa por el impensable hundimiento de la autoridad oficial y el liso y llano pánico. La exaltación y el terror, las arrogancias henchidas y los rencores sordos se desbordaban como un torrente que revienta por una grieta los muros de una presa y que asola los campos y las barriadas, dividiendo a familias, vecinos y amigos.

Sometida a sus pies la región de Kengawa, el motivado, preparado y disciplinado ejército del Halcón dirigió sus columnas hacia la capital. Hallaron ante sí las carreteras expeditas, los pueblos y ciudades sin un alma en las calles, y a los campesinos resignados mansamente al pillaje.

Tanques y todoterrenos rebeldes hollaron los marjales del río Iris, la sabana infinita y la sierra de Urquhart y, al fin, su trepidante rugido de apisonadora fue imposible de ignorar. Las minas de cobalto de las que depende la fabricación de las baterías de los teléfonos móviles estaban al alcance de un contrabandista de baja estofa nutrido por armas rusas. Cuando los servicios secretos occidentales pidieron explicaciones a Murtz, que se había comprometido a desactivar el conflicto antes del otoño, se había hecho tarde para este. La incertidumbre se adueñó de los gobernantes y militares mundiales; la operación Ira y Tempestad, y algunas otras de menor alcance, se cancelaron definitivamente, a la vez que se activaron tan discreta como fulminantemente los planes de relevo.

Habíamos logrado la meta imposible, tan largamente ansiada, la caída de Murtz y el subsiguiente debilitamiento irreversible de Fuerza y Espíritu, esto es, el fin en cuyos medios Martin Kreutzer, y muchos, llevábamos largo tiempo trabajando y soñando.

Todavía nos quedaba lo más difícil.

La auténtica pesadilla.

Despedida

Fe de vida

Querida Graciela:

Desde la mesa en que te escribo veo pasar mi existencia completa en una sola ráfaga, poseído de esa confianza insensata en el camino y en el destino que nunca me ha abandonado. Sobre las cumbres de las montañas resplandece el sol del mediodía, en delicado acorde con el crepúsculo que se cierne sobre mi alma. El día es tuyo, amor; son tuyos la plenitud, los cielos espléndidos, el afianzarse de la amistad, las sendas del sentimiento, los viajes, los afanes y las pasiones, son tuyos; mientras que a mí me aguarda la puerta oscura de la noche final, la que de cualquier manera no franquearé tan pronto, no te alarmes: tu padre tiene, como tú, genes robustos y viene de una estirpe de antecesores longevos.

Me ha sido concedido un tiempo final que dedicar a la contemplación de este mundo en el que circunstancias singulares confluyeron para asignarme una función organizadora y un papel protagonista en la sombra, si bien en última instancia efímero, como a la postre lo es cualquier clase de protagonismo. He tenido el honor, inseparable del deber, de trazar y llevar a la práctica los empeños de mi generación, y ahora, querida Graciela, la conciencia me obliga, en primera instancia, a examinar el fruto de ellos y, a continuación, a depositarlos en el almario de tus ilusiones. Deseo profundamente que conserves las ilusiones más hondas que colman el corazón y que de algún modo compartiremos siempre, estemos donde estemos. Los fracasos y las claudicaciones que así mismo he de explicarte te serán útiles de conocer a efectos de que te sirvan de enseñanza y de aviso. Mi fe en tu fe es inamovible; la libertad que has de tener para vivir lo que alientas en tu interior es sagrada; y yo hoy te entrego mis años, mis lecciones y las heridas sin cerrar que quiero que conozcas, simplemente por la tranquilidad que me dará que se custodie el archivo de mi pasado en tu alma.

Tu padre, Graciela, fue llamado, a una edad inusualmente temprana, a unas obligaciones para las cuales nada me había preparado y para las que fui elegido por esa convergencia entre el trabajo y la casualidad que da forma a nuestro destino; en la misma manera en que rocas, colinas y el efecto de eras de evaporación y deshielo dan forma al curso de un río. Forma parte de nuestra tradición social escoger a jóvenes que descuellan y darles la oportunidad de desarrollar sus capacidades al máximo servicio de un secreto bien superior; con todo, en retrospectiva, sigo encontrando excepcional el momento en que se produjo mi incorporación a Fuerza y Espíritu, la organización creada por mi mentor, cuyo nombre es conveniente que ignores.

Llegado el momento de examinar la conciencia, me guía el propósito de plasmar unas pocas lecciones, en la certeza de la proximidad de una desembocadura que entrañará a la vez anulación y cumplimiento. A mi edad, la prisa deja de existir; las horas del día se dilatan y la certeza de que los asuntos de los demás les siguen apremiando tanto a ellos como nada a uno mismo acentúa la propensión al aislamiento; nunca es tarde, por otro lado, para aprender a contemplar, aun si la majestuosidad de este valle pone de manifiesto por hiriente contraste la desoladora lejanía en la que habitan mis seres más queridos. A pesar de todo, me consuela la consideración de que esta lejanía física con quienes uno siente tan íntimamente cercanos resulta preferible al caso opuesto, esto es, a la lejanía emocional, la tirantez o los precipicios de incomunicación con aquellos con quienes se sostiene una cercanía física cotidiana.

Esto último, de hecho, fue lo que sucedió exactamente en mis relaciones familiares durante mi adolescencia y juventud, y acaso estén en la raíz de mi inconformidad radical con los códigos de conducta vacíos y las normas sometidas al dictado de inercias y mandatos. También tú, mi querida Graciela, tienes un pronto rebelde ante las imposiciones de cualquier convención social dada por generalizada sin ningún motivo, a las que a menudo te has opuesto de una forma menos tortuosa y más creativa que yo.

A través del transcurso de los años, se extiende el dominio de unas pasiones centrales que determinan nuestra existencia, tan comparable a cualquier otra en lo que toca a instintos y necesidades, como irrepetible en el territorio de la conciencia propia y los afectos trascendentes. Tal vez no te haya contado nunca, Graciela, que un bisabuelo mío participó en exploraciones a los más ignotos lagos del África ecuatorial hacia 1880, en las funciones de fotógrafo y dibujante, y se guarda en las bibliotecas familiares el libro de la exposición retrospectiva llevada a cabo en Berlín, por los años 50, sobre el trabajo documental de aquellos pioneros, custodiado hoy en archivos oficiales del estado de Mecklemburgo. En la siguiente generación, fue a Herman Kreutzer, uno de mis tíos, hermano mayor de mi padre, idealista y apasionado, a quien correspondió prolongar nuestro vínculo familiar con el África negra, ese subcontinente donde media una delgada línea entre el paraíso y el infierno, la que separa y marca la diferencia entre una cresta anticlinal y un barreno de dinamita, entre un bosque y una plantación agrícola, entre los ricos lagos interiores y los ríos de sangre derramada. Desde niño, solía yo escuchar con atención extasiada los relatos del tío Herman, en cuyas visitas periódicas yo rogaba a mi madre que se le cediera mi cama y mi habitación, dejándome a mí dormir en un camastro plegable al lado. Todas las noches que duraba su estancia, yo aguardaba despierto a que él llegara al cuarto y, después, una vez acostados cada uno en su cama, sosteníamos larguísimas conversaciones susurradas, en las que me relataba las más variadas historias de sus viajes salpimentadas con anécdotas, sobre riquezas y tradiciones de las regiones que mejor conocía. El tío Herman era un partidario acérrimo de la independencia de las colonias; albergaba la convicción de que el albor de las primeras civilizaciones humanas había surgido en el África central y de que allí se conservaban en estado puro los impulsos más valiosos de la humanidad. Hablaba tres lenguas subsaharianas, además de árabe, inglés, francés y el alemán materno. Comerciaba con los pueblos nativos al objeto de atesorar para las colecciones de distintos museos europeos máscaras, tallas, insignias, broches, brazaletes, útiles de labranza, flautas o tambores; ignoro en qué moneda o especie ejecutaba los pagos de este comercio, si bien sospecho que estos serían generosos.

Siguiendo la estela de esta tradición familiar, hice yo mi primer viaje a África a la misma edad que tú tienes ahora, Graciela, y pisé por primera vez el suelo de la República Libre del Iris en el año quinto de su independencia nacional. De aquella África de aldeas, bosques y tambores que mi imaginación había fraguado sobre los prolijos relatos de mi tío, no encontré ni rastro al aterrizar. La capital, Urquahrt, hervía de edificios en construcción; la estampa de esqueletos de hormigón que se alzaba sobre la ubérrima maleza y los arbustos evocaba la Babel bíblica, y sobre los andamios trabajaban a una obreros de todas las etnias del país; pistas de asfalto se extendían por doquier donde antes cruzaban espesas trochas la selva y habían comenzado las obras de la nueva línea férrea que conectaría las minas del nordeste con el ferrocarril transnacional de exportación al océano Índico; un hervidero de cuadrillas de trabajadores, provistos apenas de palas, llanas y carretillas, sin maquinaria pesada ni equipos de seguridad mínimos, ponía en marcha el país en aquellos primeros años de ilusiones y proyectos.

Aquello constituyó la primera parte de un cuento mágico del que entonces nadie vislumbraba ni siquiera una posibilidad de interrupción. Por lo demás, la actividad constructiva en la capital no ocultaba la realidad de que el resto del país era desoladoramente pobre; bastaba alejarse unos kilómetros de Urquhart para llegar a pueblos perdidos en el tiempo, de senderos de tierra entre chozas de barro y paja, por las que salían y entraban gentes en un raro estado sonámbulo, cuyas existencias transcurrían apartadas de la noción de progreso, como trastos viejos olvidados en una buhardilla por el nuevo gobierno que encargaba obras, firmaba créditos y adjudicaba concesiones. Eran años de grandiosos discursos que calaban hondo en las vidas cotidianas de una generación joven a la que por primera vez se le presentaba un sentimiento colectivo contagioso, ante el cual se abrían al horizonte las promisorias avenidas del futuro: los pueblos esclavos sometidos por la fuerza técnica del hombre blanco habían roto las cadenas y se disponían a tomar posesión de su libertad y a ejercer su derecho de igualdad con todos los pueblos de la tierra.

Casi sesenta años después, me sigo emocionando al recordarlo y pienso que nada en absoluto, ni siquiera los peores crímenes que vendrían en ese mañana entonces tan seductor y libre de mácula, ni las tragedias inconcebibles que nos avergonzarían y perseguirían de por vida, puede destruir la nobleza del trabajo común, encaminado a la formación de bienes sociales. Por más generaciones que fracasen o logren mínimas victorias, limitadas a una modesta esfera; por más hombres y mujeres ancianos que terminen sus días en la melancolía del fracaso; llegará otra nueva generación que volverá a fijarse un rumbo más justo, alumbrando proyectos y anhelos colectivos, liberada de yugos y fatalismos.

En esta época de principios devaluados, resulta imposible transmitir la convicción con que en aquel entonces se hablaba y se confiaba en el vecino, en el compañero, en el tendero. Frases entrelazadas, pronombres libres, adverbios oportunos y conjunciones expresivas, toda la fuerza con que las palabras acercan, germinaban en emociones y complicidades que se notaban desde la forma de saludarse por la mañana. Con las palabras de nuestro lado, al encuentro tranquilo de una charla amistosa, incluso sin propósito especial, las complicidades brotan y las ideas iluminan, descubren maravillas, convocan entendimientos. Sin las palabras, en cambio, las existencias se abisman en una oscuridad de sumisiones sordas, ambiguas, todo lo colman y saturan aturdimientos y agobios.

A medida que se envejece, los años transcurridos van precipitando en una cristalización narrativa, en una historia específica y única, la cual, a semejanza de la disciplina que estudia el devenir de los pueblos a partir de acontecimientos singulares, transforma el pasado en un mito cuyo héroe, antagonista y secundario resulta ser el mismo, uno mismo. Nos observamos, como por una linterna mágica, a nosotros mismos hace treinta o cuarenta años y, en la plasticidad que guardan los recuerdos y en los hitos de que se vale la memoria para archivarlos, asistimos al desenvolvimiento de una historia cuyos protagonistas hemos pasado a ser, en un sentido, nosotros mismos, y en otro, una persona diferente, distante de la que ahora se es.

La infancia, por el contrario, no se pierde jamás; el ansia instintiva, los impulsos puros, la porosidad al aprendizaje y el entusiasmo por el juego, fundamentan de forma permanente el sustrato de lo que somos y nos acompañan inamoviblemente. El joven que uno fue, en cambio, sí puede llegar a resultar un extraño, alguien que nos cae bien pero al que trastocan deseos

que ya no nos explicamos, y a cuyo carácter arrastraban de súbito necesidades de urgencia inexorable, que un día desapare-
cerían sin dejar rastro apenas. La juventud es el estado de la
perpetua mudanza, la edad del combate entre cada ansia irresistible y las limitaciones, entre la atracción por los sentimientos inesperados que indagar y el riesgo de que se nos derrumbe
el suelo que forma la costumbre de los afectos.

La dilución moral es, en definitiva, el peligro mayor en la
juventud, que es un estado en sí mismo ajeno a la ética, incluso
aunque cierta sensibilidad permanezca alerta a las desigualda-
des. El contraste entre infancia y juventud es claro en este punto. Así como, en el niño, las nociones de la buena y la mala conducta, lo justo y lo injusto, son innatas y por lo tanto no pueden suprimirse (aunque corren el riesgo de ser anuladas por un
entorno asfixiante y cerrado), en cambio, durante la juventud,
la llamada radical a hacerse una vida propia se hace dueña de la
existencia y aspira al mando sobre cualquier otra dimensión.

Fui por primera vez a África, como he dicho, a los veintiocho años. Acababa de doctorarme en ingeniería electromecánica en el Instituto Politécnico de Zúrich y no sabía qué hacer
de mi vida. En mi primer mes de trabajo en una empresa de
maquinaria especializada, me tocó incorporarme a una misión
comercial a la República Libre del Iris.

Cuanto más trabajaba en el país, menos lo conciliaba con
los relatos de aventuras del tío Herman; nada era idílico, ni digno, ni alentador. La pobreza, el atraso, la falta de herramientas
o abonos, tenían sumida a la República en el túnel del tiempo,
siglos atrás del año que se vivía en Europa; además, por desgracia, la violencia de grupos armados comenzaba entonces a aso-
lar otros países de la región, y la consciencia del frágil equilibrio
en que se apoyaban la política y la economía de la República
Libre se palpaba en el aire durante nuestras reuniones con funcionarios técnicos y cargos militares. A pesar de todo, permea-

ba también la seguridad de que no cabía la vuelta atrás y de que
la historia se había puesto en marcha en el sentido correcto;
esa confianza en hallarse en el lado de los luchadores contra
lo injusto serviría de cobertura a la primera generación de gobernantes para la consolidación de sus estructuras despóticas
de poder. Desde el mismo momento en que brotó la violencia,
pasó a considerarse endémica, y fue aumentando inexorablemente la frecuencia con que se producían las tempestades recu-
rrentes de asesinatos y secuestros que al modo de una gangrena
cercenaba la laboriosidad de los pueblos y las gentes corrientes. Hasta los ingenieros más jóvenes de las empresas europeas
fuimos en seguida conscientes de las debilidades del sistema,
y en particular de que la excusa de combatir la violencia con-
solidaría a determinados personajes indeseables durante déca-
das. Con todo, un camino se abría hacia delante, un camino
que además era el único posible; aunque nadie se planteara, o
desde luego no los más jóvenes entonces en nuestras primeras
misiones de campo, adónde conduciría. La doctrina de Fuerza
y Espíritu, con la que venía devaneando desde los años de mi
tesis doctoral, tenía principios más nítidos al respecto. En una
tierra no habrá libertad, mientras no se haya concentrado antes
la propiedad; esto es, solo tras la estructuración del derecho de
propiedad cabe extender el derecho a la libertad. Los jóvenes
absorbíamos aquellas bases de la acción ajenos a la capacidad
de cuestionarlos, aún más, fascinados por la seguridad con que
se cumplían los postulados de la organización.

Era otra característica de aquel tiempo la irradiante energía que da la entrega a un presente en el que se cree. Nuestros
referentes sobre el terreno en África no llegaban a los cuarenta años y una buena parte de los responsables políticos de los
países independizados andaban por los treinta y pocos. En las
reuniones operativas de Fuerza y Espíritu, a los jóvenes recién
incorporados que participábamos se nos concedía la misma

voz que a cualquiera de los veteranos, y las ideas para la acción se discutían con la mayor vehemencia, fuera de cualquier preferencia impuesta por provenir del mayor rango. La unión era profunda; la lealtad con la que acometíamos el objetivo que se nos asignara en la planificación, incondicional; nuestra convicción, espontánea y apasionada. Posiblemente sea por ello por lo que, al revisar el tiempo de mi juventud como si desentrañara la trama de una película, comprendo aún mejor el riesgo de pérdida de la dimensión moral que se tiene en esa etapa; por el simple y devastador motivo de que en la juventud uno se enfrenta por primera vez a ser el responsable de su propia supervivencia material; y a la necesidad inseparable de asociarse con otros para conseguirla.

También yo, querida Graciela, en mi juventud, subordiné mi ser moral a la construcción de un futuro fascinante, seducido por cantos de sirena que debía seguir irresistiblemente. Reflexionando sobre ello, creo haber dado con el porqué.

Si bien muchas clases de conocimiento se ponen en práctica gradualmente a partir de la adquisición de una base teórica, en el conocimiento moral el orden del aprendizaje es exactamente el contrario. Es después de sufrir los embates de la degradación moral cuando se empieza a buscar su base objetiva, una explicación. Aquellas vivencias en las que la bajeza moral se experimenta en toda su crudeza son las que nos hacen buscar los principios éticos de la trascendencia. Asomarse a los abismos de las conductas más execrables hace sentir la necesidad de una energía moral que nos mantenga en pie y, a partir de esa toma de conciencia, si encontramos el poso y los acompañantes adecuados, podemos ser una persona plena de sentido moral, de conocimiento moral. Entonces nos sabremos personas cumplidas.

Nuestra respuesta ante los abismos morales nos define como personas. Yo fallé. Puse en marcha un artefacto social y colectivo que nadie controlaría. Seguí instrucciones que no debería haber seguido. Nuestros fallos ante las encrucijadas nos definen como culpables.

En aquel entonces, creí que nunca recuperaría la paz interior y que el dolor amargo envenenaría mi vida hasta convertirla en invivible. Nada debe darse jamás por perdido, nunca debe arrojarse a la desesperanza lo vivido. Porque el comienzo del camino que sigue es comprender, intentar comprender hasta lo más incomprensible, esforzarse por aplicar la razón allá donde el corazón es una sombra de sí mismo, encomendar el mando a la indagación, las preguntas, los hechos, el diálogo, los encuentros. Comprender la verdad nunca es estéril. Y por eso ahora quiero compartirla contigo. Comprender la verdad lleva a la acción concreta, moviliza emociones valiosas; te explicará el origen de Raíces y Alas que acaso ansíes conocer.

Cualquier relato fijo de la realidad repetido hasta la saciedad adquiere una consistencia omnipresente y plúmbea, que sitúa al que ose discutirlo en el plano de la irrealidad, además de en el aislamiento de la discrepancia. El consenso sobre qué realidad compartimos y, dentro de esta, sobre qué es lo importante, constituye el acuerdo originario sobre el que una comunidad humana puede acometer empresas comunes; por eso la primera obsesión de los dirigentes de cualquier lugar y país es ocupar la definición de la realidad, pues favorece automáticamente el control de la población, dirigiendo a voluntad la necesidad general de expresión y comunicación.

La misión de Fuerza y Espíritu en la República del Iris tenía un horizonte y una causa nobles, orientaba unos principios de acción, se ejecutaba según unos métodos establecidos. Hacíamos informes sobre las trayectorias, opiniones y equilibrios de cada cargo nombrado en la nueva administración del país; se escrutaba exhaustivamente la asignación de los negocios de importación a los generales de la independencia y sus familiares; dedicábamos asimismo esfuerzos de inteligencia a combatir la violencia de grupos armados en el nordeste, la región minera sobre la que diferentes gobiernos vecinos convergían en intereses.

Los gobiernos de las nuevas naciones de África, tanto aquellos de mayor relación histórica con los europeos como los más visiblemente apoyados por los americanos, respondían a idénticos patrones de operación: elevados presupuestos de armamento, reparto de licencias entre prebostes y vínculos imposibles de rastrear con grupos paramilitares de países vecinos.

El despliegue de nuestro servicio de inteligencia sobre el territorio era una herramienta fascinante de cambio, que nos hacía partícipes y agentes de una gesta social. Nuestra red se extendía por todo el África negra desde el Sahara hasta Sudáfrica; atesorábamos información técnica y económica sobre centenares de empresas; disponíamos de exhaustivas terminales sensoras en los centros de poder militares, periodísticos, mineros. Conviene aclarar que la República Libre del Iris era un país independiente, en lo nominal y en su arquitectura legal, y no una farsa: es más, representaba un progreso indiscutible respecto a las herramientas pasadas de explotación, desde la trata de esclavos, impuesta y fomentada a sangre y fuego, hasta la colonización, implantada en campañas de terror y fusilamientos.

Nos sentíamos los dueños de la historia y del progreso social, y ni siquiera nos envanecíamos por ello; nuestro orgullo lo asumía Fuerza y Espíritu. Los individuos no existíamos, no en la manera en la que se entienden hoy el individualismo y el interés propio. La identificación forjada por nuestro objetivo común era indestructible y ninguno habríamos podido imaginar siquiera una misión más importante que la de Fuerza y Espíritu. Éramos, por añadidura, el único contrapeso del poder

político a los generales que se habían erigido en sujeto fundacional de la historia del país, y los cuales, amparados por la le-
gitimidad de haber arrostrado las guerras de independencia del
país, se otorgaban un derecho sin límites a su suelo.

Éramos los sensores que calibraban la conformación de la
realidad psicológica del nuevo país. Ningún pueblo escribe
su historia aislado, no es demasiado diferente de los vecinos,
a pesar de lo cual, la mayoría de las naciones creer ser un caso
único en sus miserias y odios; la fuerza que voltea las páginas
de la historia se sirve de las energías de las gentes normales y, no
obstante, no procede en absoluto de esos mismos a los que usa.
Se requiere un grado de organización superior capitalizado
durante generaciones en una infraestructura productiva eficaz
para, en verdad, escribir la historia de los pueblos.

Desearía tanto, Graciela, hacerte entrega, descifrado, del
mapa en el que se sigue nuestro camino común y, sin embargo, al mismo tiempo, me atemoriza tanto llegar al sumidero
de odio al que me aboca el transcurrir de estas líneas, que
evito aproximarme a ese punto sin retorno de la narración,
sentimiento de repulsa que vence no obstante la obligación
de transmitirte algunas lecciones sobre el camino que se abre
ante ti.

La autoría de la historia de otros pueblos ha de ser por definición anónima y por ende ingrata, si bien, debido a la evolución técnica y educativa de nuestra sociedad, no resulta factible
hurtar nuestra participación en esa tarea.

El progreso técnico superior es una potencia y una condena, una responsabilidad y una maldición, una misión de la que,
en definitiva, no cabe escapatoria. La afrontábamos con lucidez, sacrificio, entrega a la causa común y confianza ciega en su
sentido. A ninguno se nos pasaban por la mente las metas que
otros se fijan antes de cumplir los treinta años, esto es, tener un
trabajo, casa o novia; el destino colectivo y las convulsiones de

nuestro tiempo nos enfrentaban a una misión incomparablemente más alta.

Escritores, cineastas y pintores atrapan fragmentos de la experiencia humana en sus obras y de ese modo proporcionan entretenimiento y solaz a las gentes. Nuestra misión era infinitamente superior: sobre la hoja en blanco del futuro, trazábamos las rutas de personajes y los hitos que desencadenarían las tramas maestras, no de una ficción, sino de lo que para cada persona, cada grupo social, cada adulto y cada joven, constituiría el marco único de lo real, la historia del país al que pertenecían.

Éramos forjadores de una arquitectura política de pilares nuevos, que sería definitiva aunque inestable: nuestra materia prima, nuestra arcilla de la conciencia colectiva, la formaban las fronteras, las leyes, la información, las vías férreas, las grandes máquinas extractoras, las primeras planas de la prensa, nuestros oídos en los conciliábulos de generales, constructores y banqueros y nuestro conocimiento consuetudinario de cómo conducir la aspiración material de las masas en el marco de los ciclos de expansión y de compresión de la planificación industrial global. Las disposiciones organizativas de Fuerza y Espíritu tensionaban con tanta intensidad nuestros objetivos, día a día y hora a hora, que el relato nacional se constituía, también para nosotros mismos, en la única realidad. Como hacedores de la realidad, éramos, al mismo tiempo que artífices y creadores, ingenuas criaturas predilectas de un destino que comprenderíamos demasiado tarde cuánto ignorábamos.

A finales de los ochenta, bien entrado yo en la cuarentena, se pactó acelerar la velocidad de determinadas operaciones en el corazón geográfico de África, que transmutarían su faz por una sucesión de detonantes violentos. En ausencia de esa energía de activación externa, por su propio curso, los procesos históricos se demorarían siglos y siglos, a la manera en que se produjo la lenta maduración de la civilización occidental, esto es, mediante reacciones de fusión o de fisión en un sustrato de reinos y principados cristianos; una maduración que resulta tan morosa que las posibilidades materiales de extender alimentación, hogar y trabajo permanecen largamente inalteradas, pues las altera únicamente, de manera periódica, la guerra entre reyes, príncipes y altos nobles uncidos al enfrentamiento por la necesidad de regir a poblaciones crecientes de desposeídos. Así crecen las poblaciones, así los ejércitos; ha sucedido en todas las épocas y todos los países. Este principio no lo considerábamos, en absoluto, una consecuencia indeseable o una falla humana de las operaciones de Fuerza y Espíritu; constituía simplemente un hecho, un factor de la problemática que debíamos explotar en la consecución de los objetivos transformadores más ambiciosos. Nuestra formación sobre sociedades, progreso y fuerzas técnicas y militares era exhaustiva; en los trazos con que la historia dibuja sus grandes estampas desde los imperios antiguos a la caída de las Torres Gemelas, en la línea de caracterización elusiva que va desde las puertas de Babilonia hasta el coliseo de Roma, de la catedral de San Pedro a las tablas de Wurtemberg, de la revolución Industrial a las metrópolis de Londres y París, y de estas a la República de Weimar y, después, del Berlín dividido hasta Moscú, Washington o Pekín, la gestión y explotación de las masas se presentaba a nuestra reflexión estratégica en la forma de unos principios tan inmutables como las propiedades físicas de un latifundio cultivable del que deben obtenerse los frutos del progreso y la explotación.

En cualquier época y en las civilizaciones más dispares, los ejércitos han estado formados por recuas de desposeídos a los que se da una soldada por la que disparar el arco, enfilar la lanza, clavar la espada, hundir el alfanje, hendir el puñal o cargar el machete en la magra carne de otros desposeídos, por golpear sus huesos con la maza, por arrumbar cadáveres, por conjurar sensaciones de inferioridad y por ganar la mano, por descargar un M-16 sintiéndose dueño, al fin, de las vidas de otros, en selvas y en desiertos, en montes o favelas, alistado en un comando, desfilando en un regimiento.

Ahora que en la meditación retrospectiva puede examinarse objetivamente el pasado, con la misma disciplina y método con que se desentrañaría el mecanismo de un ingenio mecánico, lo que no puede resolverse es la duda de cuánto no pudimos y cuánto no quisimos saber. Participábamos en la puesta en marcha de un cambio geográfico de fuerzas de poder. Sí, eso lo sabíamos. Que pactábamos con un núcleo podrido, con un mal preexistente estructurado en torno a intereses materiales, eso también. No de otra manera puede acelerarse el curso del progreso; ni ha sido posible a ninguna civilización renunciar a hacerlo, a riesgo de perecer ante otras. Todavía hoy, la omnipotente aspiración a la totalidad de esa doctrina, esto es, que la depredación intelectual y el hundimiento moral han de preceder cronológicamente a la máxima explotación material de unos recursos, me impresiona, plasmada por escrito.

En el momento en que el Leviatán de un complejo industrial con ramificaciones militares ha sido creado y rinde un servicio a sus dueños y adláteres, esto es, la apropiación de rentas masivas que justifica el despliegue invasor, nada detiene la expansión, el afán de conquista. El más fuerte es quien elige la ley del más fuerte, hacer valer su capacidad de destrucción. Fuerza y Espíritu, a través de innumerables operaciones en África central, había encauzado la negociación entre antiguas potencias coloniales y americanos de forma gradual. Los avances conseguidos en la construcción de los países eran observables, incluso manifiestos, y los costes soportables. En la medida de lo posible, se beneficiaba a los gobernantes con cuadros tecnocráticos más preparados a través de la ayuda al desarrollo, en paralelo a las exportaciones de armamento y el entrenamiento militar.

A mediados de los 90, diseñé una operación especial centrada en alejar de los centros de poder de la República del Iris a la etnia Ngoo, mayoritaria en el sudeste del país y que había ostentado las mayores cuotas políticas desde la independencia de los franceses, con el visto bueno de estos. Los Ngoos eran la tercera etnia por población de la República, según la práctica habitual desde los albores del colonialismo de utilizar como muleta a pueblos medianos, dependientes de su patronazgo, temerosos de su desequilibrio poblacional y necesitados, por lo tanto, intrínsicamente de la fuerza bruta exterior. Los Ngaas de Kengawa, en el sudoeste, eran los aliados principales de los Ngoos; mientras que los Yanbées, del nordeste, eran sus enemigos ancestrales, las tribus ganaderas que en la noche de los tiempos invadieron los campos de cultivo del curso medio del río Iris, en sangrientas batallas remotas de la historia, que habían sido olvidadas hasta que, de pronto, a mediados de los noventa, reaparecieron de forma asfixiante en la conversación pública, sirviendo de abono inflamable para programas televisivos, portadas de revistas y, sobre todo, de noticieros radiofónicos, pues la televisión solo llegaba a los barrios pudientes de las grandes ciudades, mientras que hasta en la más perdida aldea de la República del Iris había un transistor de radio. No puede exagerarse el impacto de la radio y la televisión sobre el país desde la independencia; si en el mismo Occidente de hoy los avances de la ingeniería de las comunicaciones adquieren un halo de magia, cómo concebir lo que ha de suponer esa maravilla técnica en el dominio sobre pueblos anclados tres o cuatro siglos atrás, esto es, en los siglos de nuestras guerras de religión y piras de herejes.

Volviendo a la operación para desestabilizar a la etnia Ngoo, aliado tradicional de los franceses, conviene mencionar que a mitad de los noventa se había alcanzado un consenso claro de que la tutela económica y la explotación futura de los recursos iría virando de franceses y belgas a americanos, cuyo potencial financiero y militar era de una escala mayor incomparable.

Cualquier operación de Fuerza y Espíritu se ha planificado durante no menos de tres años, y cinco o hasta siete no es un periodo infrecuente. En innumerables sesiones de trabajo de prolijas agendas, se presentan evaluaciones y diagramas de escenarios y se consignan exhaustivamente los riesgos; con metodologías específicas se alumbran las posibilidades más inesperadas, se verifican las cadenas de transmisión que aseguran la comunicación a los nodos de ejecución y, por último, miserias y flaquezas de los protagonistas escogidos quedan blindados tras códigos reservados a los uno o dos máximos responsables que pondrán en marcha la operación. Cada miembro del gigantesco mecanismo de acción y comunicación de Fuerza y Espíritu accedía únicamente a unos rangos de información muy limitados. No obstante lo cual, en mi caso, el trato asiduo con mi mentor y la complicidad deferente con que me trataba me hacían percatarme de objetivos que alcanzaban más allá de mi implicación directa. Yo había asumido íntimamente la doctrina de Fuerza y Espíritu y era el más incondicional de los prosélitos. En el momento en que la historia alcanza hasta a lo más cotidiano de las gentes corrientes, lleva antes escrita sus trayectorias en los acuerdos de un reducido grupo de hombres, líderes de poderosas organizaciones seculares, con los que es un privilegio vital compartir horas y proyectos. Pues bien: el índice de esos hombres se había posado sobre el nombre de Geldnanm, el general perteneciente a la etnia Yanbée que estaba previsto que se hiciera con el control del ejército. Su victoria militar debía lograrse de forma prácticamente instantánea, sin un titubeo, aplastante. El marco explicativo de Fuerza y Espíritu sobre el devenir de los acontecimientos nos magnetizaba de tal modo que suspendía la capacidad de ponerlo en cuestión. Éramos conscientes de que cualquier error de cálculo que produjese un encadenamiento de represalias violentas entre etnias, cada una justificada por la anterior, pondría en marcha una guerra que arrasaría la República del Iris.

Desde antaño, los esquemas de explotación del colonialismo se habían fundamentado en el terror aniquilante ejercido sobre una minoría, el cual, amplificado mediante tácticas de comunicación convenientes, extendía el control de la población. Constituye una ley sin apenas excepción en las revoluciones de independencia: los combatientes que vieron derramada la sangre de sus hermanos y amigos en el campo de combate aprendieron pronto que la independencia de su país no extinguiría la violencia, antes bien, la maquinaria militar de la antigua potencia extranjera sería sucedida por un conflicto civil crónico y sangriento. La doctrina de Fuerza y Espíritu tenía por objetivo situar a los pueblos en el tren del progreso: las sucesiones de los dictadores debían forzarse en lapsos de tiempo reducidos, con un bando en disposición de una superioridad de efectivos y tecnología abrumadora. Murtz en persona desgranaba en las reuniones internas su ideario, por el que era inevitable experimentar fascinación: evitar una guerra, sostenía Murtz, sin verter una gota de sangre, era imposible, y por lo tanto un objetivo inútil. Nuestro trabajo había de centrarse en una lista más definida de metas: reducir el carácter estructural de la violencia; dar salida a los estamentos militares que hacían de su dependencia de armas extranjeras un medio de enriquecimiento individual; y organizar transiciones pacíficas hacia élites técnicas que explotaran los recursos del país y lo condujeran de forma gradual a un equilibrio de leyes que garantizaran la seguridad pública y la propiedad privada. Las fases del desarrollo estaban bien definidas: en la primera etapa, la meta había de fijarse en detener la sangría de conflictos; a continuación, en mantener la paz a través de la manifiesta ausencia de alternativas, mientras se acopiaban avales, suelo, servicios a empresas públicas y concesiones; finalmente, afirmada esa estructura económica de propiedad sólida, establecer una democracia formal en el país, que permitiera la alternancia de distintos árbitros y actores, su recambio periódico, el reparto de premios y castigos, acelerar o frenar aspiraciones.

¿Qué puede interesar esto a una mujer joven, de apenas treinta años, llena de energías y proyectos, dispuesta a entregar sus mejores fuerzas en el nombre del sueño de una vida distinta?

Sucede que hay una verdad de la que, debo dejar constancia escrita, sin que eso signifique traspasarla sobre tus hombros. Cuando tú sepas, tal vez yo comprenda por qué necesitaba que supieras.

Estábamos reunidos, en abril de 1996, en una ciudad que me resulta doloroso nombrar, seis personas. Un acuerdo era urgente e imprescindible. El reloj corría en contra de la mesura y las manecillas se deslizaban a la tragedia; la consuetudinaria aproximación a las negociaciones decisivas de la humanidad, esto es, la aproximación a un abismo en cuyas espirales de violencia desaparecería una sociedad entera, la exhibición del pánico y la capacidad de destrucción ante un pueblo impotente, los discursos amenazantes, las maniobras militares, todos los elementos se hallaban reunidos en la escena final del drama. Era la postrera oportunidad de confinar a los jinetes del apocalipsis, la última posibilidad de llegar a un acuerdo. Tres de los asistentes rondarían los sesenta años, mi mentor entre ellos; los segundos de abordo andábamos cerca de la cincuentena. No había, por supuesto, teléfonos, cuadernos, hojas de notas, micrófonos, o terceras personas a las que consultar. Tres hombres competentes con autoridad ejecutiva y las suficientes crisis, guerras y catástrofes a sus espaldas para encontrar y negociar el mal menor; dotados de mandato para detener la bomba de relojería y asentir a un acuerdo de mínimos, plasmado en una escueta lista de uno, dos, tres, nombres propios, el triunvirato acordado que se repartiría el poder en el país, arbitrando por consenso el reparto entre los suyos de subvenciones públicas, contratas militares, concesiones, comisiones, mediaciones, importaciones, cargos.

No hubo acuerdo.

Los más jóvenes advertíamos semblantes de una gravedad inusitada en la despedida. El truncamiento del acuerdo se había convertido en una realidad cuya sustancia física envenenaba el aire que respirábamos, sin que cupiera hacer nada material por evitarlo, pues lo habíamos intentado hasta constatar que no podía haber compatibilidad entre las demandas. Un gigante de niebla y humo se despertaba sobre selvas de ubérrimo tapiz arbolado, y ninguno de los negociadores estaba en disposición de retirar el maná demoniaco del odio, los elixires ponzoñosos del pánico, las venganzas rampantes de los instintos sin el ancla de la razón, las redes de distribución por las que circulaban, por miles de millares, armas blancas, revólveres, fusiles, noticias de masacres, rumores de holocaustos, instantáneas dramáticas, lemas engendradores de muerte que desata más muerte, muerte en respuesta a muerte y aún más muerte en argumento definitivo, extraviado, vaciado, ya no hay tiempo más que de defenderse, a tiro limpio, disparo seco o ráfaga, y en un segundo, ¡bang! extinción de latido cardiaco, sesos revueltos, amasijos a merced de los carroñeros. Mi mentor abandonó la mesa de reuniones el primero. Yo mantuve una suerte de conversación lánguida con mis pares, hueca. Fui el único de los seis que al día siguiente voló a Urquahrt. Los testigos sobre el terreno seríamos violentamente irrelevantes, carecíamos de función, éramos virtualmente invisibles. Y aun así mi mentor quiso que yo fuera, me hizo saber, quería que yo viera.

No hay nada más que deba contarte de aquellos días, Graciela.

A pesar de todo, mi corazón sigue latiendo porque tú existes y, justamente aquel verano de 1996, el 11 de agosto celebramos tu primer cumpleaños, Graciela, en la antigua casona familiar de Santiago de Chile donde habíamos decidido instalarnos tu madre y yo, que por aquellos mismos días cumplíamos nuestro segundo aniversario de boda. Decidimos dedicar el mes de agosto a acondicionar estancias, decidir decoraciones y adquirir muebles en anticuarios, a fin de dotar de calor de hogar al vetusto caserón de tres plantas, que alquilamos a la familia de tu madre, donde ella había querido que nos instaláramos, con el fin de estar cerca de su círculo de amistades más próximas. Tu madre y yo nos habíamos conocido en un encuentro social de parientes en Lausana, que se organizaba cada cinco años y congregaba a las más variadas ramas de nuestro apellido Kreutzer en los cinco continentes, pero tu madre entonces no quería de ninguna manera instalarse en Europa. Yo acepté Santiago de Chile bajo el aviso de que mis misiones profesionales conllevarían prolongadas ausencias que aún hoy me siguen pesando. Aquel verano en que cumplías un año, Graciela, estuve muy cerca de abandonar mi afiliación a Fuerza y Espíritu; no obstante, y aunque quizás no hubiera sido una alternativa realista, lo cierto es que ni siquiera lo intenté, pues llegué a la conclusión de que hubiera representado una huida y de que, con independencia de mis sentimientos personales, no encontraría un lugar más útil desde el que mitigar los efectos más dañinos del culto de Fuerza y Espíritu a la técnica y el poder que desde dentro de esta.

El rostro imperturbable y la discreción abnegada me acompañarían desde entonces como una segunda piel, constituidos en la única personalidad posible, pues cualquier disimulo externo habría sido descubierto por la red interna que controlaba Fuerza y Espíritu. Aquel verano en Santiago, en aquella casona destartalada que tantos desvelos le costaría a tu madre convertir en hogar, en cuya sala azul de brocados de terciopelo ajado se colaban los haces de una luz benigna y dulce al atardecer por un balcón de jambas carcomidas, aquel verano, en que tu madre tocaba el piano y tú te quedabas de pie escuchando, sosteniéndote apenas sobre el borde del sofá, fascinada por la música y a punto de echar a andar o a bailar, o las dos cosas, aquel verano, en suma, no representó el fin del tiempo de las esperanzas, sino el comienzo de su perduración insobornable, en tu alegría.

Durante los siguientes veinticinco años me mantuve fiel en la guardia de élite de Fuerza y Espíritu, y fui recompensado por mi sacrificio y mi silencio con la participación en misiones internas decisivas, si bien alejadas de la primera línea de fuego externa. Logré integrarme intelectualmente en las perspectivas de los máximos responsables hasta el grado de que se me transfirió responsabilidad de mando de la fase de concepción de las operaciones y su trazado teórico; yo por mi parte seguí conservando el gusto por pisar el terreno y mantener en primera persona una cartera de relaciones. Sopesé largamente quiénes podrían ser mis aliados, dentro y fuera de la organización, para los nuevos fines que me proponía, y tuve que luchar contra la circunstancia de que, cuanto mejor se comprenden los mecanismos que rigen aquello que se aspira a destruir, más estructurales e insustituibles se antojan. A la par que desplegaba mi paciente construcción de una rama organizativa secreta, la expansión geográfica de Fuerza y Espíritu adquiría proporciones inauditas, extendiendo sin límites su alcance a medida que los planes de operaciones a un año, dos años, tres años, se materializaban con una exactitud de ejecución asombrosa, y es que, en realidad, para el momento en que los planes entraban en ejecución, llevaban en las discusiones de su reducidísimo círculo de decisión y en su cabeza acaso diez o veinte años.

Para el día en que fundamos Raíces y Alas, yo había dedicado un empeño largo y tenaz a la observación del funcionamiento de Fuerza y Espíritu y a desplegar una capacidad organizativa contraria de una escala tal que lograse, no únicamente hacerse tambalear, sino sacar por completo del campo de batalla a nuestro fundador y a su limitado círculo de confianza; cualquier posibilidad de lograrlo pasaba porque no pudiera siquiera prever el golpe maestro. Consagré mis mayores esfuerzos invisibles y cada fracción de tiempo robada a cualquier otra afición que pudiera albergar a la creación de una némesis de Fuerza y Espíritu; pero cuanto más soñábamos en dominarla, más se extendía fuera de nuestro alcance. Fuerza y Espíritu se había constituido en un ejército de control de activos y administraciones públicas por los rincones más insospechados del globo, a través de engranajes financieros operados por individuos de los que tenían un absoluto dominio psicológico y monetario, y de quienes conocían todos sus puntos débiles y sus baldones, y las palancas para manejar su orgullo, vanidad y soberbia como si los tuvieran a su merced a través de una droga sintética.

La reflexión clarifica en retrospectiva lo que ya no cabe modificar, de manera antitética a la característica esencial de la acción, que consiste en que su propia ejecución exacta impide simultanearla a la reflexión. Cabe considerar pues, de qué sirve la reflexión, en una época en la que se han perdido fuerzas y se va saliendo del campo de la acción, y en la que el protagonismo de esta ha de transferirse a los que sí tienen fuerzas, deseo y necesidad de cambio. No obstante, en el desenvolverse de la vida, el entrelazamiento de pensamiento y sentimiento, razón y acción, es continuo, de modo que, si bien pueden transcurrir periodos en que el predominio de una de estas facultades sea manifiesto, incluso excesivo, antes o después el péndulo se desequilibrará y aquella ley tan fija que se había erigido en la única posible, fuera el apasionamiento o la racionalidad, admite la necesidad de la otra; esa dualidad permanente constituye la esencia del ser humano, que es en cada instante cuerpo y alma, fugacidad inasible entre pasado y futuro, deseo y realidad, intimidad y utilidad, ansiedades y tareas, sometida a los vaivenes del hastío y las glorias, de lo monótono y pasajero contra lo sublime y sensorial, pues cada persona contiene en sí esos extremos, todos somos un simple animal capaz de actos de fe sobrehumanos, un rumiante de disculpas, excusas y resignaciones, y también un ser noble dotado del sentido de la belleza y del bien común.

Pertenecemos a una especie capaz, asimismo, de eludir en rodeos inacabables la constatación de una certeza que huye de nosotros, y que solo podemos apresar junto a otros buscadores de lo incierto, en instantes fugitivos que colman de energía, como si la generasen por primera vez, el tiempo. De ese ascenso a las cimas de lo cierto, es nuestra condición regresar por el sendero de la humildad, atesorando lo que fue posible desvelar, para ayudar, en su momento, a quienes amamos, a conformar la búsqueda de su verdad.

Explicar el fenómeno que absorbió en su torbellino mis esfuerzos organizativos más denodados es el trabajo final que me resta. Hacerlo por escrito será la única manera de hacer nítido lo difuso y devanar en relato acabado mi eterno afán; siento una acuciante necesidad de dar forma definitiva a los vericuetos y entramados de mi existencia, en una manera similar a aquella en la que un ebanista no descansará hasta dejar cada arista pulida, lograr el barnizado más uniforme y natural o eliminar un chirrido en los goznes de un mueble. Así como los granados ofrecen su fruto a la naturaleza en el otoño, así ha de dar fruto el árbol de mi vida, antes de que llegue el invierno final: te ruego, en fin, querida Graciela, que no pretendas nunca saber más de lo que tu responsabilidad requiera conocer, pues de otro modo la maldición de comprender más de lo que podemos soportar se te revelaría, como a Edipo, condena fatal; si la incerteza te resulta alguna vez insoportable, ten presente que en tu madrina Magdalena Krámer, y en nadie más, es en quien puedes confiar para saber.

Ahora, al fin, esa verdad que tanto he perseguido me visita y se sienta a mi lado, algún rato, mientras te escribo. De joven acepté acríticamente que la violencia determina el curso de la gestación de los países y que el objetivo de nuestra organización había de ser reducir al mínimo su expresión, alentando la acción de las fuerzas sociales más positivas, imprescindibles en la puesta en explotación de los potenciales del país, tanto como en la reducción de la pobreza material. Pese a que continúe, aún hoy, concediendo a los estrategas de Fuerza y Espíritu indudables dosis de perspicacia en su realismo sobre la tendencia del ser humano a imponerse mediante la agresividad, la coacción y la violencia, lo que, sin ninguna duda, es distinto y jamás debería aceptarse es que un pacto fáustico con esta característica humana sea la única posibilidad viable.

A veces pienso que yo me explico, Graciela, como una semisuma que combina a mis dos abuelos, el paterno, militar que combatió en la Gran Guerra en el Bósforo, y el materno, un físico especialista en campos y ondas que hacía su tesis en esos años en Copenhague; haber tratado a ambos en mi temprana infancia, integrando afectivamente desde niño la relevancia de sus aproximaciones opuestas a los empeños duraderos, ha determinado quién soy y el curso de mis actos, hasta hoy, y la constante búsqueda de una verdad decisiva. Más de sesenta años después de la muerte de mis abuelos, tras cuarenta y cinco años de servicios en misiones, me sigo preguntando cuál pudo ser el motivo de que sociedades tan evolucionadas tecnológicamente mantuvieran ejércitos tan numerosos entonces y sigan recurriendo a la guerra en nuestros días, de forma tan abrumadoramente continua. Ya en 1914, según me explicaba mi abuelo Hans, el científico, numerosos sectores sociales consideraban los ejércitos una institución anacrónica, sujeta a códigos de honor desfasados y jerarquías escasamente profesionales, un elemento anacrónico y vetusto, apenas más que un símbolo procesional de estética añeja. Lo que tanto él como mi otro abuelo, Franz, de pensamiento opuesto, ignoraban, en aquel año desgraciado de 1914, era que la industria de armamentos no había dicho su última palabra al respecto y que estaba en el aire no solo su potencial productivo y de control de territorios, sino el del inabarcable complejo de la industria mundial que, dicho sea de paso, sigue satisfaciendo en nuestros días, de manera por demás eficaz, las necesidades, los caprichos, las adicciones y los anhelos de buena parte de la población mundial. El poder de crecimiento de las viejas compañías coloniales, adjudicatarias de monopolios y respaldadas por sus ejércitos nacionales y bancos, desde París o Londres, había llegado a sus límites en población, soldados y garantías; los obsoletos imperios que a duras penas habían sobrevivido a los nuevos equilibrios de interrelaciones financieras y posibilidades técnicas del siglo XIX agonizaban en una decadencia de tedio y condiciones rurales miserables. Era necesario, visto desde el presente, que el mundo viejo muriera para alumbrar el nuevo mundo que afrontaría los problemas sociales radicales de aquel tiempo; me pregunto en qué extensión, mientras la tragedia sucedía, lo asumían así mis abuelos.

Hoy, al menos, nos cabe examinar la tragedia de 1914, su dolorosa necesidad histórica, en los términos más directos posibles para que sirvan de lección. En realidad, el hecho detonante es bien simple: no existe ni puede existir un ejército mundial con la capacidad de ocupar y explotar todas las riquezas del globo. La nueva doctrina era que el imperio central de la técnica debía alimentar fuertes ejércitos nacionales en una miríada de nuevos países, a los que se suministraría desde el complejo industrial mundial, con el fin de que esos ejércitos locales aseguraran militarmente la explotación de los recursos de interés. Claro que en cualquiera de esos nuevos países podía surgir un gerifalte envanecido que se resistiera a los términos de intercambio; el control requería asegurar su dependencia y nada mejor para ello, según la doctrina Murtz, que encadenarlo a un conflicto en el que necesitara apoyo, protección, información, armas, medios, para sobrevivir. Buscábamos a lobos para el hombre, a los que exponer a una amenaza permanente, ofreciéndoles, al mismo tiempo, una alianza existencial. El conflicto crónico clave para el control sería desencadenado por el antagonismo con un bando opuesto, rebelde, revolucionario o como quiera que se lo denomine, patrocinado por el eje ideológico alternativo, promotor que tendría los mismos intereses de intercambio de armas por recursos naturales, en la misma dinámica de conflicto. Las guerras civiles reparten territorios en favor de sus patrocinadores externos y de las facciones locales victoriosas, y el odio que generan es su consecuencia, no su causa, como quieren hacer creer los voceros a sueldo de todas las épocas; el odio es, dicho de otro modo, la mercadotecnia de las armas, y lo más sencillo que puede hacer cada uno de los que creemos en la justicia y la fuerza de los derechos es no dejarnos llevar por el odio, el rechazo, la reacción, en cada segundo de la existencia, por más que se difundan provocaciones y bravuconadas alrededor hasta sumirnos en el aturdimiento y la náusea.

Nunca es fácil discernir entre los discursos dominantes, pero no necesariamente es imposible. Sí, también a mí la fuerza de la razón me abandona a menudo; se me fragmenta el presente en los reflejos de cristales rotos, y vivencias y anhelos se me quiebran en el instante en que necesitaría encontrar otras líneas, otro discurso más benigno o perdonable, para explicar la imagen de la historia que se tenía en Fuerza y Espíritu. Necesito que sepas que he luchado por cambiar aquello que, en el momento en que al fin lo comprendí, se me volvió instantáneamente inaceptable y vergonzoso, no sin notar que llevaría mi culpa de complicidad con las sombras hasta el final sobre mi conciencia; necesito que sepas que en el ámbito al que mis Raíces y Alas pueden alcanzar, lucharé por descabezar y anular la organización responsable de patrocinar, inducir y orquestar una cadena sin fin de episodios funestos, artífices del pánico que justifica la violencia, que desata la violencia, para explotar la violencia.

Posdata

Los domingos de primavera en que se anuncia sol, un grupo de jóvenes voluntarios nos lleva de excursión por los alrededores del Instituto Walser. Tras la rutina en que transcurre el resto de la semana, siguiendo con puntualidad escrupulosa horarios de comedor, actividades en grupo y el tiempo libre que yo consagro en exclusiva a la lectura, salvo que me ataree escribir alguna carta, la salida dominical nos sume a todos en un estado de alborozo festivo. Las excursiones ensanchan el aire dentro de los pulmones y exaltan las percepciones de los sentidos, y me transportan a un apaciguamiento que había llegado a dar por imposible; durante el paseo por el campo, me deleita observar las estampas de amistad entre los residentes, más allá del tiempo y de la edad, la riqueza sin par de la naturaleza en los bosques, montañas y lagos, el orden de las faenas del campo, la laboriosidad esmerada y justa que denotan los almiares y graneros, las casas en las colinas o el ondular del viento sobre las espigas.

Déjate ser, Graciela, sé la persona que de hecho eres. Si un genio de esos que surgen de las lámparas maravillosas en los cuentos de las mil y una noches me concediera un deseo, ese sería el que pediría para ti, Graciela, y escribe esto alguien que durante la mayor parte de su existencia dio por sentado que la paz es una quimera tan inalcanzable que toda estabilidad encierra un fingimiento, un trampantojo bajo el cual se ocultan tantos horrores que cualquier sensación de sosiego constituye una forma de autoengaño. Y es el temor a sentirnos vulnerables lo que nos hace desear una seguridad que nos aparta de quien somos en verdad, de nuestra verdad, de nuestro ser sencillo de pasiones y encuentros; queremos sentir una seguridad imposible porque nos sabemos vulnerables y, angustiados por no conseguir atraparla, buscamos falsos ídolos y signos de superioridad. Saberse vulnerable es saberse humano, en realidad, y por lo tanto es saberse hermano de los otros. Sabernos vulnerables hace sentir que nos necesitamos, a la par que sentir que todos nos necesitamos es la prueba incontestable de que todos somos valiosos.

Es inevitable dejar ideas en el aire, palabras que no alcanzaron la tinta y el papel; quedarán flecos sueltos, certezas que llegarán tarde y más indagaciones por hilar, pero en algún momento, pudiera o no continuarse, ha de ponerse el punto final, aunque solo sea para dejar espacio al surgimiento de lo nuevo y al camino de los que ahora han de emprenderlo. En qué momentos hablar y en cuáles callar..., nunca es fácil de discernir, a pesar de que sea una continua decisión hasta en las relaciones cotidianas; en el mismo plano se encuentra la dicotomía entre escribir o no hacerlo, para quien mantiene la afición de pergeñar frases sueltas y garabatear cuartillas.

Aunque el pudor me refrena, no quisiera dejar de consignar, y que jamás te quepa dudarlo, el desaforado amor que siento por Claudia, tu madre, y por ti, así como la felicidad infinita que trajiste a nuestras vidas y que esperamos haberte devuelto intacta entre las torpezas del cariño y la preocupación excesiva con que más de una vez te habremos incordiado.

Yo mismo, a pesar de mis años y del pasado, a menudo soy todavía inexpresablemente feliz. Tomando la merienda con tu madre en sus visitas, por ejemplo, cuando sin darnos cuenta nos queremos, o incluso paseando en soledad por senderos entre las praderas y los montes escarpados, o cantando canciones los domingos lluviosos en que alguno de los voluntarios toca el piano en la sala central del Instituto-Residencia Walser. Saber que estás tú, Graciela, el hecho de que estés, cerca o lejos, allá donde estés, donde quieras estar, me hará siempre impensable, ilimitadamente feliz y una persona colmada, cumplida. Tienes una sonrisa que arregla el mundo; la alegría la trae el encontrar caminos y con quien caminar.

Tu padre,

M.K.

III

La guerra

Regreso

La sombra de una ceiba dio cobijo a Graciela y sus acompañantes. Llevaban dos horas de viaje.

—Una coca-cola —pidió Graciela—, mi estómago lo necesita.

Kemi reprimió una carcajada ante su expresiva mueca de circunstancias.

En el descenso a Kengawa, el avión de Graciela procedente de Ginebra se había mecido frágil, como una mariposa en un vendaval, atravesando los nubarrones que envolvían Urquahrt.

Fue una suerte que después recibiera a Graciela en la terminal del aeropuerto el buen humor perenne de Kemi, orondo y alegre en su camisa de guacamayos y piñas, bombachos y sandalias con calcetines. Nada en su rostro hacía pensar en las noticias sobre la guerra en la República del Iris que trascendían en las noticias internacionales. Lo acompañaba su hijo Ben, que tenía unos quince años. Graciela, por su parte, traía la lección aprendida de su primera estancia y llegaba ligera de equipaje; tan solo cargaba a la espalda una mochila, llena de vaqueros cortos y camisetas y algún vestido.

Kemi condujo su viejo todoterreno abierto por los arrabales de Urquahrt sorteando los embotellamientos a través de callejuelas y senderos de tierra que ondulaban por cerros umbrosos, repletos de chabolas. El zigzagueo no ayudó a que a Graciela se le asentara el estómago tras el aterrizaje. En algún atajo, el todoterreno de segunda mano, marca Suzuki, se alejó de los enclaves paupérrimos por lomas y descampados y dio en salir a un extenso herbazal colindante con un largo muro, rematado por bolas de alambre. Sobre estos, borboteaba un humo blanco y regular, procedente de varias chimeneas alineadas; relucía el acero, junto a ellas, de unas naves cuadrangulares en las que seguirían su curso los procesos de refinamiento de minerales. De pronto, el Suzuki encalló en un socavón cerca de la tapia.

Graciela tuvo que ponerse al volante, para que entre Kemi y su hijo empujaran con todas sus fuerzas desde la parte de atrás, hasta lograr que las ruedas girasen sobre terreno firme. Después de recuperado el avance, Graciela siguió conduciendo un rato, con Kemi guiándola en el asiento de al lado y Ben sentado al aire húmedo de la mañana en la trasera, las piernas y los brazos de adolescente esbelto firmes en el traqueteo.

En el punto en que retornaron a la carretera principal de salida de Urquahrt, una trocha rojiza aplanada sin líneas ni arcén, el atasco empezaba a disolverse; aun así, algunos coches adelantaban por la maleza de los lados. Árboles de plumaje lánguido, como surtidores del frondoso maná de la tierra, cercaban la carretera, cuyo piso de asfalto, agrietado de baches y charcos, se deterioraba más y más según avanzaban. El bosque permitía condescendiente el paso de la pista de tierra rojiza, con el desdén de un paquidermo por la cicatriz de una vieja disputa.

Pararon a las afueras de un pueblo, en una terraza que se asomaba a un río de color chocolate, en la que eran los únicos clientes. Endiosado del cielo azul cobalto restallaba el sol, sobre los macizos de flores que poblaban de perfumes la espesura de árboles entremezclados en feliz y fértil confusión.

Los pueblos de aquella zona no habían sido batidos por las levas de las guerrillas del coronel Dulumba, ni habían sufrido los contrataques indiscriminados del ejército de Geldnanm.

Mientras Kemi bebía un té, Graciela y Ben iban dando cuenta de sus botellas de Coca-Cola, de tres cuartos de litro, un volumen en proporción a la escala arbórea de los alrededores.

Kemi explicó a Graciela la situación:

—Al sur y al oeste de Mumkawa hemos cerrado las escuelas. Todos los maestros jóvenes habrían sido reclutados. La escuela de Yembala, a donde nos dirigimos, está en una región tranquila. Lo peor está ocurriendo en Mumkawa ciudad, donde a diario hay atentados masivos, auténticas carnicerías, en cuarteles, en edificios institucionales, en las plazas. Pero el ejército de Geldnanm la tiene palmo a palmo bajo control. Mumkawa resistirá.

El aire de Graciela se engraveció:

—¿A cuánto estamos de Yembala?

—A unos cuatrocientos kilómetros, casi en línea recta desde donde nos encontramos. Solamente que no podemos seguir recta la carretera principal todo el rato, puede estar cortada. Haremos noche cerca de Mumkawa, en Kawale, en un colegio de la fundación.

Las conversaciones sobre el conflicto paramilitar que asolaba el suroeste de la República del Irie solían tener un aire característico: la posibilidad de una guerra abierta y la certeza de una violencia que causaba muertes por centenares a la semana podía aparecer con frecuencia en las preocupaciones y se la había de tener en cuenta a la hora de planear itinerarios y localidades en las que pernoctar, y sin embargo no parecía definir el estado de ánimo de la gente. En cierto modo, esta se había acostumbrado a que la guerra y la política fueran una misma cuestión de generales, soldados y hombres de poder que se enseñoreaban de vidas y cultivos, casas y animales, y ante las que lo único que cabía esperar era rezar por que no afectasen a los seres más cercanos.

Kemi siguió poniendo al día a Graciela cuando retomaron el viaje en coche:

—En Yembala hemos ofrecido refugio a los maestros de pueblos ocupados por las tropas del coronel Dulumba. Está en una zona poco poblada. Por ahí no va a pasar Dulumba. Allí solíamos organizar el campamento de voluntarios extranjeros. Este año los barracones se han quedado vacíos.

Kemi calibró de reojo el gesto de Graciela inalterado y añadió:

—Las embajadas desaconsejan a sus ciudadanos viajar al país.

Luego quedó aguardando la reacción de Graciela.

—Ojalá —dijo ella al fin— dejaran de preguntarme por qué he venido.

Los ojos de Kemi siguieron fijos en la trocha.

—No soy de esas personas —continuó ella al fin— a las que les preguntas sus motivos y tienen preparada una lista de puntos a favor y en contra. Si tuviera que estar convencida de cada cosa que hago, no haría nada. Al principio nunca sabía qué responder a la pregunta de por qué vine a la República del Iris.

—¿Y ahora lo sabes?

—He vuelto porque trabajo aquí. Simplemente. Estoy contratada por la Fundación. Así de simple.

—Y te gusta responder eso.

Graciela asintió mirando la pista de tierra:

—Además, es corto.

Reconocimiento

Murtz entró en los aseos de la planta 11 del hospital Anderson como una exhalación.

—Qué te trae por Boston —saludó con una inclinación de mentón al hombre que orinaba a su izquierda.

—El reconocimiento anual —respondió Malik. Ponerse en antecedentes estaba de más entre ellos. Ninguno pertenecía a la clase de hombres que se ponen al día sobre sus familias.

Tras lavarse las manos se quedaron hablando junto a los ascensores.

Por un gran ventanal se divisaba el mediodía. Sobre el meandro del río chisporroteaba el sol; la calima velaba los rascacielos, las barriadas residenciales, el mar.

—¿Qué sabes del coronel Dulumba?

Dentro de un acuario, peces fluorescentes surcaban el volumen prismático con aparente interés. No podían saber que existen las grutas submarinas.

—¿Te refieres al Halcón?

—El coronel Dulumba —repitió Murtz, remarcando el apellido con sorna—. Hemos decidido aumentarle el rango. Ese hervidero tiene que estallar. No es lo que nos hubiera gustado. Preferimos manejar la tensión política por los cauces de conflictos dilatados, con altibajos, endémicos. El próximo otoño va a ser difícil en Kengawa. Ahora bien, teníamos pendiente dar un aviso a los rusos desde hacía tiempo. Se ha presentado la oportunidad.

—Ira y Tempestad, cancelada.

—Hay que estar preparado para los acontecimientos imprevistos. Al fin y al cabo, nuestra función es regular el tráfico de intereses. Nosotros no desplazamos poblaciones ni mandamos batallones, nosotros elegimos entre trayectorias de sucesos, de forma indirecta. Las bolsas de odio masivo están ahí, como yacimientos. Los acontecimientos siguen su trayectoria independiente. Nosotros nunca habríamos fijado un objetivo de miles de muertos en un país perdido en África este otoño, ni nos convenía atención sobre nuestras operaciones en la zona. Lo han elegido otros. Nos compete que la respuesta sea la adecuada.

El rostro hierático de Murtz se concentraba en atrapar el hilo del discurso. Una cirugía reciente le tensionaba las arrugas de las sienes; apenas si despegaba los labios al hablar. Vestido de eterno gris y camisa almidonada, conservaba una apostura llamativa. Malik reparó en su reloj de oro.

—Necesitamos información sobre los suministradores de Dulumba. Espero no romper tus planes de vacaciones.

—No se me ocurre ninguno mejor.

—Septiembre en Kengawa es espectacular —Murtz dobló el sarcasmo de Malik, palmeándole la espalda. Aunque parecía disponerse a coger el siguiente ascensor, seguía mirando a Malik fijamente, con la seguridad de quien dicta sometimientos con parpadeos.

—¿Andas bien de salud, Malik? ¿Te trae aquí algún asunto serio?

—Chequeos rutinarios.

—Me han dicho que Kreutzer está mal.

—Es cierto. Yo lo sé por su mujer, Claudia. La última vez que hablamos me dijo que solo recuerda el nombre de ella y de su hija.

Murtz exhaló un suspiro de conmiseración.

—Llevaba un tiempo encontrando algo extraño en él.

—Nadie acepta lo mal que se encuentra. Empezó a perderse al salir a la calle. Hasta que su familia decidió ingresarlo.

—Cuesta imaginar fuera de combate a un personaje de su capacidad y su amplitud de intereses.

—Incluso en la residencia mantiene un día a día activo, me contó Claudia. Al parecer, les dicen que conserven objetos del pasado familiar y de su infancia, porque son los últimos recuerdos que se borran, y él conserva su colección de minerales del instituto. Todos los días la ordena.

—Cómo puede uno olvidar nombres de personas y recordar los de piedras.

—Y escucha música en un viejo tocadiscos familiar. Discos antediluvianos.

La melancolía frunció el gesto de Murtz, que observaba detenidamente los peces del acuario, como si encerrasen una clave sobre el pasado.

—Martin Kreutzer ha sido el mayor talento de nuestra generación —prosiguió Murtz—. Podría haber llegado más lejos que cualquiera. Cualquier organización debe primar la efectividad, los objetivos determinan las operaciones, y las operaciones los recursos. A pesar de cierta vena indómita, Martin me ha sido leal. Para la creación era el número uno. La destrucción le gustaba menos. No la asumía. Lo cierto es que en este oficio hay que enfrentarse a elecciones duras, que requieren de capacidad de análisis y de ciertas dosis de indiferencia. Las dos características han de poseerse hasta el extremo. Saber combinarlas es un arte.

Se abrieron las puertas del ascensor. Desde dentro, en voz casi inaudible, Murtz dejó un mensaje final:

—Haz llegar a Geldnanm que no puede fallarnos. O nos desharemos de él.

Las puertas se cerraron.

Viaje a Yembala

La carretera iba dejando atrás el bosque inaccesible de enredaderas y lianas, arbustos como apariciones y palmas de hojas anchas, a medida que las curvas remontaban la cadena de montes que separaban la selva de la llanura del río Iris.

Pasado el puerto, pararon a almorzar en la ciudad mediana que encontraron al descender las últimas estribaciones, Timimoun, allí donde los abetos y pinos de la vertiente se fundían en una llanura de hierbas altas. En Timimoun habían erigido, siglo y medio atrás, los franceses las instituciones usuales de sus colonias y todavía palpitaba la huella de su presencia en los frontispicios y columnas de algunos edificios, a pesar de los desconchones y el abandono, y también en las casonas con balcones y mansardas de la calle principal, cuya elegancia de aires parisinos transmutada a la piedra arenisca conservaba una belleza tímida, realzada por el mediodía.

Encontraron abierto el restaurante de un hotel antiguo que parecía no haber albergado un huésped en años, colindante con un vetusto edificio señorial medio en ruinas. Cuadros de un exotismo arcaico decoraban las paredes del comedor. Una docena de mesas vestidas con mantel y servilletas de lino aguardaban, bajo ventiladores de aspas quietas, la llegada de comensales eternamente retrasados; solamente dos hombres, vestidos con túnicas lisas y brillantes, almorzaban en una esquina, susurrándose apostillas, entre largos silencios.

Después de pedir, el maestro Kemi le enseñó la foto familiar que llevaba consigo en la cartera a Graciela que, atenta y curiosa, tenía el don de atraer la confianza de los demás.

—Este chico es Adama y vive en Dubái. Era muy bueno en los estudios y una fundación de Emiratos le patrocinó un doctorado al terminar la universidad en Kengawa. Los mejores hospitales están ahora en Dubái, iguales o mejores que los de Europa. Adama se casó con una mujer de la India que trabaja en el mismo hospital, en un laboratorio. Él es cardiólogo. Mi mujer y yo fuimos a verlos un verano. ¿Y sabes qué, Graciela? No los vimos. Estaban trabajando el día entero. Se iban de madrugada y volvían de noche. Nos veíamos tomando un café de desayuno. Luego ni podíamos salir a la calle del calor. Allí, por el día, o se mete uno a un centro comercial, o se queda viendo la televisión. Nadie hace nada. No hemos vuelto. Nuestra otra hija, Mpilenhe, estudia Economía en la universidad de Marsella. Se paga sus estudios trabajando, es muy independiente, nosotros intentamos ayudarla desde aquí. Cuando acabe el doctorado no sabemos si volverá.

—Aquí tenéis a Ben de hijo único con vosotros —dijo Graciela y dirigiéndose al chico bromeó—. El niño mimado de la casa.

—Oh, no, mis padres son muy duros —contestó Ben—. Todo el rato quieren que lea y que estudie.

—Porque tú todo el rato quieres jugar al fútbol, Ben —le reprochó su padre, burlón.

Pasearon sin rumbo después de comer. Un enjambre de campesinos con carros, pandillas de chavales y mujeres porteadoras llenaba de bullicio el llano verde, moteado de casitas de adobe y tenderetes de fruta, donde compraron mangos para el camino.

Luego, de vuelta a la carretera, varios controles del ejército nacional los demoraron en el viaje hacia Yembala. En uno de ellos Kemi aceptó pagar la mordida:

—Pasa poca gente por aquí —dijo al volver al coche—. Tienen que comer de lo que les damos.

La escena era similar con cada patrulla de control. Militares con uniformes desteñidos por el sol, quepis y gorras desparejos, botas agrietadas, ademán marcial. Tras la voz de alto amedrentadora, se embarcaban en una plática diabólicamente rápida con Kemi, que rebajaba su agresividad con tono paciente; por lo general, al saber que era maestro, los dejaban continuar. Algunos inquirían por la identidad de Graciela; «*Aide humanitaire...*», respondía Kemi unas veces, y otras veces: «*Coopérative..., profesor universitaire..., infirmiére*». Por algún motivo Kemi cambiaba la profesión de Graciela de un control a otro.

Llegaron al río Iris hacia el final de la tarde. Teselas de esmeralda se diluían en un canto de destellos sobre el lento cauce arenoso. Una vegetación abigarrada poblaba las orillas. Tras cruzar el puente, Kemi detuvo el coche y los invitó a estirar las piernas. Ben cortó en varios pedazos un mango de los que habían comprado al mediodía.

Contemplaron el río y cómo cortejaban su esplendor miríadas de mariposas, nubes de libélulas, bandadas de pájaros de estruendo irrefrenable.

No se percataron del camión militar que paraba a su espalda o lo oyeron en el último momento, cuando ya tres soldados descendían por el estribo. Las botas levantaron un polvo pardo del suelo.

El vertedero

Sobre la escombrera juegan unos niños, en cuanto se descuida el vigilante. Un tamiz de nubarrones filtra la llovizna perpetua. Cuando las ruedas de una camioneta se atrancan en el lodo, el conductor baja de marcha y pisa a fondo, indiferente al olor a goma quemada que se esparce por el aire.

El vigilante tiene el pelo muy corto, la tez color de café, unos ojos que aguza en derredor desconfiados; lleva camiseta de baloncesto, pantalón corto y zuecos de plástico. En el transistor que reposa sobre una mesa de tijera suena una música de percusión pegadiza. Un vehículo que llega llama su atención.

De la furgoneta blindada del hotel Meridian se apea Malik. Su chófer y un guardaespaldas aguardan dentro.

—Cuánto tiempo —le saluda el muchacho de la camiseta de baloncesto.

—Cómo estás, Bobi.

Tras un guiño amistoso, Malik y el muchacho se apostan junto a la valla de acceso de los camiones, como si debieran continuar vigilando la entrada. Bobi habla entrecortado, rápido, los ojos desviados de vez en cuando hacia lo que ocurre en el vertedero de escombros. Los restos de todas las obras públicas de Mumkawa acaban allí.

—Sabes que tu hermano ha armado un buen lío.

—Va a hacer algo grande, Malik. La gente habla de él.

—Tiene que calibrar sus movimientos. El campo no le bastará. El ejército nacional lo ha atraído a Mumkawa porque sabe que no puede tomarla. Va a ser su ratonera. No es lo mismo entrar a los pueblos que hacerse con una ciudad.

—El gobierno de Geldnanm no maneja la situación. Están nerviosos. Quieren que la gente hable mal de Dulumba. Van diciendo que era un contrabandista, un terrorista, un gánster. Y lo dicen porque ha levantado el LKA, contra el gobierno, él, de la nada. No busca un puesto político. Está en la lucha. Ahí tiene la cabeza fría. Al cien por cien. Su meta ahora es Mumkawa. La capital de una región militar. De ahí marcharán a por Kengawa.

—Te repito que no tiene recursos para tomar Mumkawa. Para tomar una ciudad hacen falta tanques, carros de asalto, ametralladoras, además de soldados. El LKA no tiene esos recursos. Lo sabemos. Urquhart va a dejar que se debilite y luego devolverá el golpe. El gobierno quiere un escarmiento.

Los niños jugaban a provocar derrumbes de cascotes. Bobi les dio una voz y desaparecieron de la vista.

—No se toma una ciudad con noticias de efecto. El obús sobre el aeropuerto fue un error, Bobi. Dio una coartada al gobierno.

—Sirvió para que el pueblo sepa quién es Dulumba. Demostró su fuerza. Golpeó al opresor. Los voceros del opresor decían de él que era un salteador de caminos y Dulumba les ha obligado a cerrar un aeropuerto. Tú lo conoces. Mi hermano no está en esto para irse con un maletín de dólares como otros, Malik.

—Bobi, yo respeto a tu hermano. Él lo sabe, tú lo sabes. Hemos hecho cosas juntos en el pasado. Sabe que puede contar conmigo.

—Pronto podrás darle la mano en Mumkawa.

Bobi parecía contento, cargado de expectativas, alentado por no se sabía qué. Un mohín reflejo le hacía guiñar un ojo.

Malik negó con la cabeza.

—Sigo pensando que bombardear el aeropuerto fue un error. El gobierno ha cerrado el espacio aéreo de un tercio del país y los americanos se han preocupado.

El muchacho se encogió de hombros.

—Dulumba tiene medios. Ve el futuro, sabe lo que va a pasar. Hablé con él hace un mes y todo aquello que me dijo que iba a pasar se ha ido cumpliendo. El viento del pueblo sopla detrás de él. Los chavales sueñan con alistarse. Él ha dicho a sus lugartenientes que no quiere niños en su ejército. No quiere ver ni uno. Él no es de esos. Eso se acabó. Más cosas van a acabar. En Urquhart no saben lo que pasa en el país. Tienen que estar pendientes de sus coches oficiales y sus cuentas en Suiza.

—Geldnanm os está tomando muy en serio. Te lo aseguro. Quiero advertir a tu hermano.

—Dime lo que sea y se lo haré llegar.

—No puede haber intermediarios. Quiero verle. Tendrá que negociar más pronto que tarde. Quiero que entienda a qué se enfrenta. No puede equivocarse con sus bazas y no puede dar a los americanos una excusa para intervenir más. Les da igual si la guerra se alarga. Los americanos van a seguir apoyando a Geldnanm.

El muchacho esbozó una mueca.

—Los americanos no han nacido aquí, Malik. Nosotros tenemos gente nuestra en cada aldea de Kengawa. Tú no has visto la cara de los soldados jóvenes. Es un momento que se da una vez en la historia. Vamos a retomar nuestro destino. Aunque tengamos que matar a nuestros hermanos, porque les paga el opresor para que nos mate. El derramamiento de sangre no se prolongará. Lograremos la paz de los que son dueños de su tierra. Tenemos una causa, Malik. No una cuenta bancaria como los ministros. De nuestra región salen los mejores soldados y saben que pelean por su futuro. Cuentan con M16 de repetición, fallan pocas balas, disparan a la cabeza. Luchan contra los que han vendido su futuro, contra los que han vendido el país. La toma de Mumkawa está cerca. Y te digo una cosa, a lo mejor no les hace falta ni un tiro. Acuérdate de esto.

Los chiquillos habían vuelto a jugar entre los escombros. Correteaban persiguiéndose por las laderas de cascotes medio enterrados entre grava y restos de obra, alegres de descubrir escondites, deslizándose desde los cerros de escombros. El conductor de una camioneta los espantó con el claxon y Bobi les gritó. Malik miró su reloj.

—Díselo a tu hermano, Bobi. Mañana vendrá alguien mío a esta misma hora a por la respuesta.

La furgoneta del Hotel Meridien se alejó. Seguía lloviendo igual.

Control militar

Trajes de camuflaje con los tonos de la vegetación, chalecos antibalas, pinganillos que parecen apagados. Lenta y pausadamente, cercan con su interrogatorio a Kemi. El ceño torvo. No buscan dinero.

Ben los observa. Se le nota el miedo. Aparentan un par de años más que él. Uno de los soldados hace las preguntas, el otro apunta en una libretilla. Han dejado sus ametralladoras apoyadas de pie sobre las ruedas del todoterreno. Llevan revólver y machete enganchados en la cartuchera.

Kemi evita que los soldados se dirijan directamente a Graciela, intenta adelantarse contestando a los soldados en untú, la lengua de Kengawa, pero estos saltan al francés y le repiten la pregunta a ella. Kemi sigue entrecortando el interrogatorio a Graciela y contesta él, hasta que el soldado que lleva el mando se irrita:

—Cuando queramos que hables tú, te lo diremos.

—No quiero que mi invitada piense que ha venido a un país de salvajes.

Los dos soldados cruzan un gesto agrio con Kemi, como a punto de darle una bofetada. El más alto levanta la mano amenazante, rasgando en un signo violento el aire húmedo.

Cuando responde, Graciela no cruza la mirada con Kemi buscando su seguridad. Pero sus respuestas van en consonancia con lo que ha dicho él antes: que es ingeniera agrícola, lo cual es cierto, aunque nunca haya ejercido; que va a trabajar durante dos meses en un proyecto de la universidad de Chile en Mumkawa sobre investigación de cultivos, lo cual es falso. Nubes de mosquitos perturban a Graciela y la distraen de las preguntas.

—¿Escalas de su vuelo...?

—Era directo.

—¿Es residente en Suiza?

—No, mi madre vive allí. Y mi padre.

—¿Dónde reside normalmente?

Graciela espacia las respuestas, amortiguando el eco inquisidor, evitando el papel de víctima acosada.

—¿Normalmente? Estoy en excedencia de un despacho legal en Londres. Tengo un contrato temporal con la Universidad Católica de Santiago de Chile. Mis padres residen en Suiza. Y trabajo para un proyecto de investigación agrícola en la República Libre del Iris. No vivo en un lugar fijo.

El soldado que escribía en la libretilla la cerró. Las preguntas se iban espaciando.

—La palabra «normalmente» se me hace extraña —completó Graciela—. Es curioso.

Y añadió con candidez:

—Creo que en este país tampoco se usa, casi.

Tras un silencio incierto, el soldado más alto preguntó a bocajarro:

—¿Tienen salvoconductos para entrar en Mumkawa?

—¿Cómo dice? Yo soy residente en Mumkawa —respondió Kemi—. No necesito ningún salvoconducto.

—Usted no. Ella sí —repuso impasible el soldado—. En cualquier caso, no van a poder continuar ninguno.

—Mañana la secretaría de la Universidad de Mumkawa expedirá el certificado para el salvoconducto. Será rápido. Mañana por la mañana, lo llevaremos a la delegación de gobierno. Lo solucionaremos rápido, amigo. La rectora tiene una relación de amistad con la familia de esta joven.

—¿Cómo se llama?

—La doctora Ruby Ngleba. Catedrática de pedagogía. En cuanto lleguemos a Mumkawa regularizaremos la situación. Hablaremos con la delegación del gobierno.

—Tienen que darse la vuelta.

El control devino en un galimatías estanco. Kemi, en un untú estruendoso, había adoptado un aire de condescendencia exasperada ante burócratas; los militares lo trataban a él como a un viejo demente.

Al final, tuvieron que resignarse y cruzar de vuelta al lado del río Iris del que venían. Las sombras envolvían el vasto cauce y los cañaverales en el mismo temblor de oscuridad.

Kemi condujo sin hablar, por un recto camino de tierra, un rato largo; el rostro crispado, las sienes tensas, lágrimas de rabia contenidas. Su hijo Ben miraba hacia la lejanía, mudo.

Algo así como una hora después, volvieron a cruzar el río Iris por unos pontones metálicos, que resonaron como las tripas de un gigante. El cielo prendía hogueras de nubes.

—Vamos a dar un largo rodeo a Yembala. Tenemos alimentos y bebidas —dijo Kemi—. No quiero que nos topemos con más patrullas de Dulumba.

La carretera se iba alejando del río. Cuando se hizo de noche, cogió el volante Ben. El traqueteo de las ruedas adquirió regularidad sobre el terreno llano; el camino viraba en curvas lentas. Cada dos por tres se perdía la ruta del navegador en el teléfono celular de Kemi, cuya pantalla, desde el soporte del salpicadero, les bañaba el rostro de una luz fría y mecánica.

Pararon a dormir unas horas. Graciela se acostó en la trasera del todoterreno, encima de una lona, Kemi en el asiento del conductor, reclinándose, y Ben sobre la hierba.

Geldnanm

Malik esperó de pie en la antesala de proporciones gigantescas, observando los mapas militares que colgaban de las paredes de color caoba, junto a diplomas y otros reconocimientos otorgados a Geldnanm por el ejército de Estados Unidos; entre la profusión de condecoraciones, un cuadro retrataba los fusilamientos de nativos rebeldes durante la época colonial.

Entró Geldnanm, en túnica y chanclas; imposible decir de dónde provenía. No había rastros en él de la urgencia con la que se había requerido a Malik, la tarde antes, por telegrama a su hotel en Mumkawa, a personarse para una audiencia privada en el palacio presidencial en Urquahrt. Tras invitar a sentarse a Malik en un sofá, escogió el sillón de al lado y entró en materia sin protocolos.

—Mi gobierno mantiene bajo control el foco de rebelión. Dulumba no ha ganado posiciones en semanas. Van a cocerse en su propia salsa. Tenemos Mumkawa palmo a palmo seguida por satélite. La guerra la han elegido ellos. El que dicen que lleva los galones de líder, ese Dulumba, es a quien le toca mover ficha. Nosotros le habríamos facilitado una salida, si nos hubiese querido escuchar. Ahora es tarde. Mi gobierno no se arredra ante ningún escenario. Cumpliremos con nuestra misión ante el pueblo.

Malik vio ocasión de intervenir.

—¿En qué puedo ayudaros?

Los ojos del general se agrandaron como globos hinchándose y sus gruesos labios titubearon. Parecía que nadie lo hubiera interrumpido en años. Retomó su sermón.

—En la guerra no cabe anticipar sucesos. Nos sorprendió la rapidez del avance de Dulumba en las primeras jornadas y, ahora, en cambio, nos extraña la paciencia con la que está preparando su siguiente ataque. Los suministros desde la ruta de Libia están cortados. Puede ser un motivo.

Geldnanm apoyó las manos sobre la barriga, en un signo de complacencia. Malik se removió en el sofá:

—Recibe cargamentos marítimos.

Geldnanm clavó alarmado sus ojos en los de Malik. Este se desprendió de la chaqueta de lino. Al volver a sentarse continuó:

—El coronel Dulumba no está solo en esta partida, presidente. Como no lo estaba en el ataque a la mina de manganeso. No es simplemente el cabecilla de un grupo armado más que busca fortuna en la frontera del desierto. Lo sabéis, ¿no?

—Eso es, exactamente, lo mismo que me dicen los americanos. ¿Y tú crees que es verdad? Yo creo que no, Malik. Los americanos me lo dicen para que les compremos carros de combate y helicópteros.

—Los americanos cobran caro su apoyo, presidente, pero no se han inventado al coronel Dulumba. Tampoco les interesa agrandar su figura. La realidad es que les preocupa lo que ocurre en Kengawa.

—¿Y qué opciones me dejan, Malik? ¿Alguien que conozca este miserable y desgraciado país puede concebir que tengamos presupuesto para comprar helicópteros Warrior y bombarderos F-16?

Malik permaneció mirando a Geldnanm fijamente.

—Lo que os están ofreciendo, presidente, son modelos que fabrican en serie desde los ochenta y que han modernizado. Muy competitivos. Marruecos y Angola los tienen. También Sudáfrica. Esos Apache Warrior son caviar. Ocho misiles antitanques con embocadura de calibre 4. Los necesitaréis en los llanos del Iris, no podéis dejar a Dulumba campando por allí a sus anchas. Se trata de una región demasiado extensa. Si Dulumba entrase en Mumkawa, nada frenaría su avance. Dominaría una región de trescientos mil kilómetros. Necesitaríais los Apache. El sistema de comunicación con las bases de tierra orienta la dirección de ataque, por señales de radio.

—No valen lo que me piden.

Pequeños derrames hacían sanguinolentos los globos oculares del presidente.

—Los americanos te los financiarán. Cuentan con que esto va para largo. Su objetivo es fijar la tensión de fuerzas en este trimestre. Les da igual lo que se prolongue luego. Dulumba está embriagado de éxito. Sería catastrófico no detenerlo a tiempo. Os jugáis el futuro de una generación.

—Esos son los eslóganes de los americanos, con todos mis respetos. Una vez que han decidido involucrarse más, buscan la vía de justificar su presencia. Quieren hacer a mi gobierno pagar el precio. Y que nuestro pueblo ponga la sangre. Siempre ha sido así, Malik.

—Los americanos han llegado a este punto arrastrados. No era su deseo, ni su objetivo. Puedes estar seguro. Se están ocupando de una crisis que no han provocado. ¿Ahora la explotarán? Evidentemente. Y si no os ven resueltos, tened cuidado. Yo te soy sincero, presidente. No todos los que te rodean lo son. Me equivoque o no, yo sí te digo lo que pienso.

—Seamos claros los dos, entonces, amigo, ¿alguien te ha encargado transmitirnos ese mensaje?

—Me habéis llamado vosotros, presidente.

—Porque confío en tu independencia y quiero seguir confiando. Sé perfectamente que, con mis responsabilidades, la mayor parte del tiempo se pierde asistiendo a discusiones entre hombres petulantes que no me cuentan lo que de verdad pasa y que solo piensan en qué los puedo nombrar. Yo me he curtido en la acción, Malik, odio estos sofás, estas salas, este palacio. No son el país real. Mi lugar está con el pueblo —el discurso de Geldnanm se iba enfervorizando—. Conozco el terreno de este país palmo a palmo, Malik, despacho con generales y con oficiales, superviso las operaciones de seguridad en las minas del este, yo apruebo, yo firmo, yo decido. Los americanos no van a encontrar a un aliado más leal que yo.

—No es suficiente con la lealtad pasada, presidente. Las circunstancias han cambiado. Los americanos están preparados para ocupar el noreste si hay guerra. Pueden hacerlo rápido y sin ruido. Te estoy dando mi opinión porque es para lo que me has llamado. Os conviene comprar los Warrior. Tienen los planes preparados y la lista de hombres hecha.

La voz del presidente tembló de rabia:

—Me gustaría ver esa lista —dijo—. A quiénes consideran más dóciles.

—O más inmisericordes.

—No, Malik. Más manejables.

Después Geldnanm dio por terminado el encuentro.

Llegada a Yembala

Un chasquido de ramas despierta a Graciela: es Ben, el hijo de Kemi, que anda recogiendo varillas de arbustos, con las que luego enciende una pequeña fogata. Calientan agua para una infusión, el padre y él. El cielo está cárdeno.

Graciela va al encuentro de ellos:

—¿Has descansado bien? —la saluda Kemi.

—Fenomenal. Sobre todo teniendo en cuenta que no me he cambiado desde que salí de Suiza.

El sol sale al encuentro de la mañana; desenreda las nubes, seca el rocío, despierta a sus criaturas, que aún se desperezan. Mientras moja un par de galletas en el té, Graciela mira en derredor, hacia el llano cubierto de matorral pardo, sobre el que se alzan aquí y allá cactus de largas agujas verdes y árboles de ramas entrelazadas en amasijos. Han pernoctado en una ceja de tierra despoblada, una región de paso entre el trópico de humedales y el dominio de la sabana. Del aire emana un hálito de transparencia revelada. Rompen la línea del horizonte macizos de rocas kársticas, que conforman desfiladeros recortados por riadas en eras remotas, testimonio de las fuerzas ciclópeas que crearon montañas y mares.

La pista por la que avanza el Suzuki discurre dejando los desfiladeros hacia el este, donde se alza el sol redondo y amarillo. Ben, desde la trasera del coche, roza en el brazo a Graciela y le señala hacia el reflejo de una laguna, a lo lejos:

—¿Ves las zancudas?

Graciela dijo que le era imposible distinguir aves a aquella distancia. Kemi, el padre, miró de reojo hacia su hijo, con complicidad, y sin inquirir más se apartó de la pista en dirección hacia las rocas:

—A Ben le han gustado los animales desde muy pequeño —explicó a Graciela.

En el primer momento de la mañana, los seres vivos se igualan. No existen aprensiones, acechanzas, necesidades acuciantes. Rumores de vida recorren el manto humilde del llano, del que emergen las delgadas murallas de rocas. Ben acaba de ver una gacela, que ha echado a correr y se ha escondido detrás de un pedregal.

—Tras ella saldrán más —anuncia Ben; y Graciela no tarda en observarlo. Trotan como si anduvieran de puntillas por temor a los ruidos, prestas a la carrera, con un porte de distinción en la cabecilla alta y alerta.

La tensión entre la vegetación pugnaz y las rocas filosas, entre insectos y lagartos, topos o comadrejas, el combate entre los delirios de la noche y la gravedad de los días, se resuelve por la llamada de la luz que besa en la frente a cada criatura, abriendo suavemente sus párpados. El cielo ha migrado de añil en rosáceo, hacia la claridad.

Sobre los filos altos donde se detienen las últimas raíces de la cubierta vegetal, vuelan dichosamente, como enloquecidas, bandadas de pájaros.

—Son las golondrinas que vuelven —explica Ben.

Descienden en picado sobre los vericuetos de las rocas, se elevan gráciles, continúan su vuelo aún más altas.

De vuelta al coche, Kemi conduce el Suzuki a través de matas y abrojos, en dirección a la carretera por la que venían. Graciela sigue mirando por el retrovisor central los desfiladeros, que van quedando atrás. Continúan kilómetros y kilómetros por la planicie despoblada; apenas interrumpe la monotonía del llano la prominencia basáltica de una montaña simétrica en el horizonte.

Esa mañana Kemi está hablador:

—Yembala tiene una de las escuelas más modernas de la Fundación. Allí hemos reagrupado a los profesores de aldeas que están en regiones ocupadas por la guerrilla y también a alumnos que no tienen familia y están acogidos. Estamos aprovechando las manos con que contamos para acometer obras de mantenimiento, al mismo tiempo que proseguimos con las actividades pedagógicas. Este verano ofrecemos seminarios de pedagogía sobre oficios de la construcción, de francés y de inglés, de confección y hasta de electromecánica. Reparamos aparatos que parecen chatarra en las lecciones prácticas. También estamos mejorando el camino hasta la carretera central. Es mucha la mies. No vas a aburrirte.

—Me gustaría seguir impartiendo clases de francés.

—Vendrá bien tu ayuda. Los profesores jóvenes no manejan el francés con la misma soltura que mi generación. Se está abandonando su uso oficial. Los militares jóvenes lo asocian con las élites francesas de la colonia y es un error. El hueco lo ocupa la chabacanería.

— Mi abuela chilena me hablaba en francés, no quería que se perdiera en la familia. Diría que es mi lengua favorita. Más que el español o el inglés.

—Harás buenas migas con Pascal, uno de los contados voluntarios que ha seguido viniendo este año. Para mí es como un hijo. Ben lo adora. Él está casado y tiene familia, y aun así sigue viniendo todos los veranos. ¿Sabes una cosa, Graciela? Hay mucha gente que viene una vez y no regresa nunca. Son la mayoría. Piensan que echar una mano ha de venir bien. Lo piensan seguramente con su mejor voluntad. Pero no, hacen daño. Cuando retornan a su país y nunca vuelven, dejan la sensación en las escuelas de que lo de aquí es menos, que estamos les hemos interesado a modo de espectáculo exótico. Que estamos condenados a nuestro atraso porque los inteligentes se van, están en otras partes. Por eso lo que hace Pascal o lo que haces tú es importante. Pascal es feliz aquí y lo transmite. Se le nota. Eso es muy importante. Su familia tiene una empresa constructora en Francia pero él nunca ha dejado de venir a trabajar en sus vacaciones a las escuelas. Él sí comprende que esta es una inversión en un futuro y para él es una misión que tiene que cumplir, no está de paso.

Asoman cabañas y cobertizos entre los cultivos ordenados de hojas de palma y árboles frutales. A la salida de un pueblo más grande, paran a repostar en una gasolinera; luego, tras cruzar sobre la presa de una central hidroeléctrica, la carretera vuelve a remontar por las estribaciones despobladas de una sierra interior.

—Al otro lado de los montes está Yembala.

Four Seasons

Malik y un ingeniero de obra civil *free-lance*, antiguo compañero de la universidad, se han citado a cenar en el cosmopolita restaurante del Four Seasons de Kengawa. El largo tiempo que llevan sin verse no es óbice para que la conversación fluyera desde el primer momento campechana, haciendo innecesaria una puesta al día formal, como si acabaran de despedirse la noche anterior. Ambos han llevado una existencia itinerante: el ingeniero, Ian Sherwood, en la construcción de infraestructuras portuarias en Sudáfrica, Vietnam, Senegal, Angola...; Malik entre el golfo Pérsico, África central y Europa.

—No imagino lo que es vivir sin saltar de continente cada semana. Mi agenda consiste siempre en el siguiente vuelo, el siguiente hotel, el siguiente encuentro. Últimamente sí he empezado a dar vueltas a qué haré el día en que se detenga el carrusel. ¿Tú no piensas en retirarte?

Ante la cuestión de Malik, Ian Sherwood achispa los ojos:

—Todavía no tengo suficiente dinero.

—¿Bromeas?

—Me casé con una mexicana que me arruina.

—¿Tus hijos no se marchan de casa?

—Los tengo estudiando en Estados Unidos. Por decir algo. Andan de fiesta en fiesta y estudian lo justo, supongo. Los chavales de ahora no saben lo que es tener que ganarse una vida como tú y yo, Malik.

—Hasta que tienes que ganarte la vida no aprendes nada de ella.

—Su madre los ha criado entre algodones. Hemos sido demasiado blandos. Y tú, ¿le estás dando vueltas a retirarte?

—Es una decisión que no está en mi mano —Malik titubea, como si le costara encontrar los términos acordes con un reglamento—. Puede que no me quede tanto en la causa, es cierto. De todos modos, yo no lo elegiré.

—Tú seguirás en tanto que lo desees, Malik. Has hecho grandes servicios. El Uno lo sabe.

—Nadie puede saber qué sabe el Uno. Es lo que lo define.

—Correcto —admite Sherwood—. Ni siquiera estamos seguros de hablar de la misma persona, ¿no es cierto?

Malik continúa orillando las preguntas directas:

—Está pasando una época difícil. La operación en la que hemos estado trabajando tres años ha sido saboteada y ni siquiera tenemos una pista definida de por quién. Su reputación está tocada.

—Él es un animal político, es adaptativo. Se pliega a los accidentes del terreno como una serpiente. Y se eleva con la visión de un águila. Ve las cosas que nadie ve.

—¿Mantienes tu confianza ciega en él, Ian? ¿Nunca dudas?

—La confianza no puede medirse, Malik. Es el dinero el factor clave a la hora de asegurar lealtades.

A la cerveza Asakhi y el vino chileno de la cena siguen dos rondas de gin-tonics en el bar del vestíbulo del hotel. Cuando el camarero trae la cuenta, es la una de la madrugada. Se apagan las luces del vestíbulo. Piden un taxi a la recepcionista. Ian musita una dirección a Malik, que asiente.

Un bulevar de plataneros divide la avenida central de Kengawa en dos sentidos de circulación, de dos carriles cada uno. Mendigan niños en los semáforos, junto a las fuentes iluminadas de las glorietas, coronadas por banderas de la República Libre. Una luz mortecina deja en sombra la acera. Por las ventanillas del taxi penetra un aire húmedo y sofocante, más cortante a medida que la velocidad aumenta por el camino en dirección hacia las afueras. Atraviesan una zona de descampados y baldíos, tras la que surge un barrio de chalés, una zona residencial alta para la escasa clase acomodada del país y los técnicos extranjeros. El taxi pasa una barrera electrónica de vigilancia. Algunas casas, mansiones de elementos coloniales, conservan la arquitectura de ornato clásico original, otras han sido demolidas y sustituidas por casas de frentes cúbicos, funcionales.

El taxi para. Ian le pide al conductor una tarjeta.

Las luces de los chalés están apagadas. Franquean la verja de una casa de fachada decrépita; tiene tres pisos de altura, balaustrada de piedra en la primera planta, desconchones en el revocado. Ante la puerta de entrada al edificio hay un hombre alto y delgado, vestido de una túnica de algodón claro, que sostiene una pipa en la mano.

El hombre los abraza, acompañándolos al interior:

—Debéis dejar los móviles —les señala unos cajetines metálicos con llave, a media altura, en la entrada.

Encuentran los salones de la casa más confortables de lo que la fachada hacía prever. Los invitados se hallan desperdigados por sillones de orejas y sofás anchos, en charla diletante y relajada, como a la espera del efecto de un elixir; pasan camareros con bandejas, las bebidas circulan de mano en mano; grupos más concurridos se reparten por salas anexas, algunas tenuemente iluminadas por velas. Un trajín de personas sube y baja por las escaleras que conducen a las plantas de arriba. Desde una *chaise-longue* apartada, un hombre recostado entre dos mujeres, despojado de la camisa pero extrañamente elegante, los saluda. Cerca de él hay otros hombres jóvenes, cuya actitud de camaradería sugiere un alineamiento castrense, a pesar de que vistan ropa de calle. Varios de ellos saludan a Malik calurosamente y uno lo invita a visitar el baño, donde frente al espejo, le anuncia:

—Han nombrado a Chiwa general de la sexta división. Kengawa entera está bajo su mando.

Malik termina de apurar la cocaína. Contesta de soslayo:

—¿Sois conscientes de lo que os estáis jugando? Si las cosas se ponen mal, os arrastrará el derrumbe de la cúpula de Geldnanm. Y pueden ponerse realmente mal.

A su espalda los sorprende la voz de Chiwa, que acaba de entrar:

—Somos conscientes de lo que está ocurriendo en nuestra tierra, Malik. Las milicias del LKA roban en nuestras casas y se apropian de lo que quieren en el campo. Alistan a nuestros hermanos más jóvenes, o les pegan dos tiros a los que se niegan y no tienen dinero para pagarles. Secuestran a mujeres, las violan y las abandonan. Su único fin es extender el odio. Yo he sido crítico con Geldnanm en el pasado, Malik. Tuvimos una conversación larga. En esta situación no podía negarme porque nuestro país está por encima de todos nosotros.

—Y yo celebro que hayas aceptado, Chiwa —Malik se abrazó con él—. Geldnanm ha nombrado al mejor, enhorabuena.

Chiwa guio del brazo a Malik de vuelta hacia el salón oscuro:

—Acompáñame. Vamos a celebrar que somos los mejores.

Yembala

Las nubes filtran una tristeza destilada y pura, que se deshace en humedad sobre Yembala. A media tarde aún no amaina el calor. Destella la tierra ocre de una calle larga, por la que no pasa nadie. Apenas se manifiestan en rumores o chasquidos los signos de vida en las colinas, donde pastan las cabras y alguna vaca por los vallados entre los chamizos. En las calles desiertas todo se arremolina hacia el vacío, y hasta el alma se agarra al cuerpo, como un gorrión que busca refugio. Los sentimientos se esparcen libres y sueltos en Yembala, una circunstancia que puede conducir al dolor, como el corazón teme. De pronto cae una lluvia, primero menuda y en seguida más fuerte; pero ni el repiqueteo atronador en los charcos tiene la capacidad de alterar la densidad del silencio, como si ni el menor sonido espontáneo pudiera poner en cuestión la inmovilidad de los días. Así que la tristeza erra en los remolinos de briznas de paja, erizando el vello de la piel, soberana en cada reducto que pliega a su desesperanza.

Poco a poco, los signos de una presencia humana que, pese a todo, nada ha logrado desarraigar, toman cuerpo pasada la media tarde, cuando el Suzuki atraviesa Yembala. Un anciano sentado en una silla ante una ristra de estatuillas de ébano sobre una tela, un hombre con un burro que lleva palas en las alforjas, niños que juguetean con el burro a su paso y luego huyen del hombre que los maldice, a esconderse detrás de unos cestos de esparto, una mujer que pasa como huyendo y entra a una casa a la que después pasan otras dos, jóvenes como ella, y niños, niños y más niños que pueblan Yembala de carreras y juegos, niñas y niños que suben a los volquetes abandonados, se cuelan por los huecos de los cobertizos, saltan por la tierra levantada a los lados del camino, se hunden en la hierba que los esconde en el juego, ríen, canturrean, se alcanzan, se persiguen, llueva o salga el sol, ocupando el pueblo. Los árboles han seguido creciendo entre las casas desperdigadas por los senderos que nacen de la calle recta donde el Suzuki aparca. Kemi saluda al anciano sentado.

Los sentimientos campan desatados en Yembala, el corazón es un músculo del cuerpo más que da y recibe, infunde y difunde emociones, las acoge y reparte sin pararse en cavilaciones; entonces, los rayos vespertinos que se adentran a través las nubes como una mano que descorriera una cortina, rasgan la tristeza; y huye el dolor como un fantasma ajeno, salen a las calles las gentes, emprenden las labores de la tarde, retomadas después de la primera tormenta tras la estación seca. Se percibe una alternancia, una diferencia elusiva, en las formas de moverse o en las expresiones. Hay rostros apagados que semejan caretas de un disfraz hecho trizas; otros portan su risa constante, victoriosa, a cara limpia, como una bandera que ondea.

Graciela y Ben aguardan en el coche apagado, al final de la calle ocre, cansados del viaje; ella, absorta, fijos los ojos en el vapor que asciende del lodo de los charcos, como si le trajeran recuerdos llegados al presente para abrir una brecha a un futuro distinto.

Kemi regresa al coche.

—¿Tenemos que seguir esperando? —le pregunta Ben.

—Están subiendo a la escuela el aviso de que somos nosotros.

—¿Puedo ir subiendo yo primero?

—Aunque todos en el pueblo sepan que somos nosotros, es mejor esperar a que nos recojan.

—¿Por qué tiene alguien que subir a avisar? —inquiere Graciela—. No entiendo nada.

—Temen a las bandas de Dulumba que obligan a marchar a muchachos y hombres jóvenes. Aquí la gente tiene animales o leche, pero no dinero para pagar. Y nuestro centro acoge a maestros que han desertado.

Desde el alto de la escuela, Graciela ve pequeña la cinta de la carretera sin asfaltar por la que han venido, entre las colinas pardas que la rodean y el brillo del agua de los regatos. Casas de adobe, cubículos sin revocar y chamizos de hojalata se desperdigan por las lomas.

Pascal Guichard, el francés del que Kemi le había hablado en el viaje, acudió a presentarse a Graciela en cuanto la vio y la acompañó mostrándole los módulos del edificio de la sala central, construida según los principios de la Fundación, en ladrillo de arenisca, los vanos pensados para la convección natural y la iluminación desde ventanucos altos; las cocinas, con sus perolos enormes y las bombonas de gas; las mesas, en el exterior, para comer bajo una veranda de madera; y más allá, tras un pequeño huerto con árboles, los barracones, concebidos para que se alojen los alumnos internos y que ahora ocupan también maestros y maestras refugiados.

Más allá, en la bajada de un talud, se han instalado unos bungalós prefabricados, de paredes lisas de calamina, donación, según explica Pascal, de una ciudad de Suecia hermanada con Yembala: el interior desnudo de cada bungaló lo ocupan seis literas, un lavabo, una cómoda de seis cajones y unas estanterías.

—En el último módulo están las duchas —explica Pascal—. No olvides llenar el cubo en la manguera del patio.

—Estoy acostumbrada.

Al atardecer bajan al pueblo. El fresco hace más llevaderas las labores: un corro de mujeres tiñe ropa en unas tinajas, en una alberca; unos hombres con mono y sombrero de paja amasan tierra y pajas en una artesa; mientras, los niños corren por las bocacalles ocres con más ganas aún que en la media tarde, incomparablemente ajenos a los relojes.

Suenan tambores que entrelazan ritmos. Las primeras estrellas brillan intensas, como si el latido de su luz alentase el de los corazones. La noche de Yembala cae y sus calles de tierra arcillosa se ensanchan como una plaza en la que ocurre todo y donde las tristezas y las ilusiones son ríos de una misma tierra.

El Halcón

Los dos hombres parecen igualmente cansados. Charlan evitando mirarse a los ojos, excepto en fogonazos, sentados cada uno a un lado de una mesa de tijera apoyada en la parte trasera de la garita de seguridad del vertedero. Las vistas dan a los desmontes verdes de denso matorral que rodean la escombrera y a una fila de torres de electricidad. Los cables se cruzan exangües como hilos de una telaraña rasgada.

Uno de los dos hombres, que lleva cubierta la cabeza con una sudadera blanca, y pantalón y botas militares, tiene una cicatriz en la ceja izquierda.

—De modo que ahora te llamas Dulumba —lo saludó Malik.

—Puedes dirigirte a mí como prefieras —contestó el Halcón. Luego avisó con una seña al chaval que vigilaba la entrada:

—¿Dónde tienes un par de cervezas, Bobi? — le gritó.

El ruido de la máquina que apilaba escombros les impidió escuchar la respuesta de Bobi. A un gesto expresivo del Halcón, el chico entró a por unas cervezas a la garita y se las acercó:

—No las abras, Bobi, no nos hace falta abrelatas. Nos las apañamos. Vuelve a lo tuyo.

El Halcón se sacó de una cartuchera oculta por la ropa una pistola negra y reluciente de carga múltiple, y la depositó sobre la mesa:

—Esto me lo enseñaste tú, Malik.

Soltando una risotada, apoyó la chapa de la botella en el hueco del gatillo, indiferente a que el cañón estuviera apuntando a Malik.

A continuación hizo la presión justa para abrir la cerveza.

—¿Quieres abrir tú la tuya? —dijo ofreciéndole la pistola a Malik.

—He perdido la práctica. Será más seguro que la abras tú también.

—Es un gran elogio.

El Halcón repitió el ritual, esta vez sin apuntar la boca de la pistola a Malik. Luego entrechocaron de buen humor las botellas de cerveza y dieron un trago largo. La mezcla de bochorno y humedad hacía sudar aunque se estuviera sentado.

—Como mantenemos la confianza —habló Malik—, iré al grano. Olvídate de que los americanos dejen caer a Geldnanm. No les ha gustado el obús en Kengawa. A veces una demostración de fuerza moviliza la atención del enemigo. A mí me gustan los que arriesgan, amigo..., en tanto que también sepan negociar.

—¿Ese es el mensaje de Urquahrt?

—Es el mensaje mío. Yo no represento a nadie.

El Halcón guardó un silencio largo. Luego habló despacio:

—El movimiento de insurgencia es incontrolable. Geldnanm no podría comprar a todos los grupos que están ganando terrenos desde el oeste y el sur, aunque me pudiera comprar a mí.

—Y Geldnanm lo sabe. Pero si no detenéis pronto la ofensiva, será peor. Daréis carta blanca a los americanos. Tienen cada milímetro del relieve procesado. El estado mayor ha hecho general de la sexta división a Chiwa, un tipo conocido por la gente que ahora tendrá que demostrar que no se arredra. Urquahrt maneja información precisa sobre vuestros suministros. Pueden aislaros en cualquier momento.

—Nada de lo que dices me preocupa. El ejército nacional no tiene dinero ni para botas y no van a aprender a usar el material americano en dos días.

—No minusvalores a tus compatriotas. En unas semanas la logística yanqui estará desplegada al máximo. Podrían recuperar Kengawa en un fin de semana, entonces.

—¿Es un consejo o una amenaza?

—La enunciación de una posibilidad. Ahora tenéis una buena posición para negociar. Puede ser una tregua caliente. Si algunos grupos armados se quedan fuera, a nadie va a importarle. El margen de tiempo es estrecho. Los americanos han comprendido que no eres un contrabandista más en la raya del desierto. Planificarán la operación despacio, pero a conciencia. Bombardearán el puerto por el que os están entrando los cargamentos de suministros y armas. El primer día. La región va a sufrir.

El Halcón frunció la boca, mesándose la barbilla. Luego se levantó de la mesa, exasperado, agarrándose la cabeza con las manos:

—Creí que estábamos al mismo lado, Malik. Hablas como un emisario del gobierno —y dando unos pasos, adusto, exasperado, el Halcón lanzó la botella vacía a la escombrera.

—Estoy del lado de buscar una solución —dijo Malik en la distancia—. Entenderos es el lado que os conviene a ti y a los tuyos. No vas a llegar a Urquahrt en diez días, vas a estar diez años sin tener un techo bajo el que dormir tranquilo. Pronto te darás cuenta de que uno de los tuyos no es de los tuyos. Empezarás a sospechar de todos. Es inevitable. Hay que saber cuándo la sangre vertida marca el territorio y cuándo no es más que un charco inútil. Nunca creer que se ha alcanzado el control y nunca embriagarse del éxito. Las victorias son malas consejeras. Es una complicación para todos, si no lo entiendes.

El Halcón permanecía al borde del terraplén, escuchando a Malik sin mirarlo. A sus pies se extendía una desolación de escombros y basura. Malik fue hacia él. Se quedó a un par de metros. De súbito, retumbó una explosión atronadora que invadió el cielo; un cataclismo de derrumbe, acompañado de un eco descomunal, que hizo temblar el suelo en el que estaban.

—¿Qué ha pasado? —la interrogación tuvo un tono severo, algo indiferente a la vez.

—Mira hacia la ciudad.

El borboteo de una humareda se alzaba sobre un área de bloques de viviendas. Varias azoteas habían saltado de cuajo.

El humo se ensanchó en meandros altos, y un plomo vaporoso se extendió pegado al suelo; hasta al cabo de unos minutos no empezó a disiparse en la calima gris. La humedad de la tierra y las volutas negras de la explosión se enredaban en una danza muda, de silencio apenas quebrado por chillidos lejanos, por gemidos y aullidos sincopados.

—Me gustaría que lo entendieras. Yo no sería nada sin ti, Malik. Te aprecio realmente.

—La oferta expira en veinticuatro horas.

El Halcón, señalando hacia la nube negra, impostó un semblante plácido:

—No sé cómo puedo contestar más claro.

Pascal y Graciela

Es de noche en Yembala. Sentado en una caja de pescado vacía, arrugada la túnica raída, un anciano llamado Amel narra la historia del niño-roca y la niña-ala. Le rodea el enjambre de la chiquillería, unos que escuchan, otros que van y vuelven; madres muy jóvenes y abuelas que en Europa podrían ser madres primerizas se van llevando a los más pequeños a dormir. A la puerta de un colmado de refrescos y té están Graciela y Pascal, ella con el semblante entre abatido y tranquilo, él de mejor humor en apariencia; los profesores de la escuela que esa noche han bajado a tomar té y fumar en los callejones de Yembala los saludan al pasar junto a ellos, pero no se sientan en la misma mesa.

—Hoy han faltado ocho profesores a mi seminario sobre enseñanza del francés —cuenta Graciela.

—Es su elección, no puedes cargar tú con el peso —repuso Pascal enfático:— no vas a cambiar su punto de vista.

—Es obligatoria su participación, según las normas de la Fundación.

—Estamos en una situación excepcional, Graciela. La dirección lo valorará. No lo cargues sobre tus hombros.

—Me siento responsable.

La pedagogía de la Fundación Dongala exigía buscar una enseñanza pegada a la realidad y que los propios alumnos escogieran asuntos de la actualidad del país para los ejercicios de escritura y debate; luego los ejercicios se revisaban en una puesta en común en la que la selección de las soluciones correctas fuera una decisión del grupo, no impuesta. La discusión era inherente al método.

En el caso del seminario de francés de Graciela, se trataba de un apoyo general a los maestros, algunos de los cuales pasaban a Graciela en edad. Desde el primer día, explicó a Pascal, había tenido que escuchar críticas sobre la utilidad del seminario. El francés era la lengua del opresor colonial, espetaban algunos; la barrera de defensa que usaba la minoría africana que continuaba manejando las riquezas locales en favor del colonizador. Otros se remontaban más atrás y achacaban al francés haber sido el señuelo con que los misioneros los habían embaucado en la creencia de que si adoptaban la religión de los europeos alcanzarían su misma comprensión del progreso, como si la ciencia fuera el secreto del portentoso avance de aquellos países lejanos, en vez del expolio de los recursos africanos. Para unos y otros, el francés constituía el vehículo del engaño.

Graciela —contó a Pascal— no había encontrado forma de frenar el discurso virulento de los maestros críticos. De tanto en tanto, había intentado sembrar alguna duda, o simplemente rebajar la tensión de las intervenciones. Para empeorar las cosas, el debate acabó llegando al terreno de la guerrilla de Dulumba, y los profesores se habían dividido en dos bandos, uno de los cuales, el de los que se oponían al francés, había dejado de asistir al seminario. Arriesgaban su expulsión.

—La situación obliga a tomar partido, Pascal. Parece que tiene que ser así. Quizás lo haya causado el movimiento de Dulumba, o la propaganda del gobierno, el caso es que hay un veneno en el aire que se filtra en las palabras. Estos días nada suena claro y sencillo. Cuando llegué hace un año, me gustaba lo inmediatas que resultaban las ilusiones y qué rápido me sentí parte del proyecto. Me gustaban los profesores de la Fundación, la claridad de la misión que teníamos, la vitalidad de los muchachos y su afán de aprender... Ahora no veo más que las señales de la guerra, las miradas bajas, la tristeza, por todas partes. Me resulta difícil mantenerme concentrada durante una clase entera. El día que pusieron la bomba en el palacio del gobernador en Mumkawa, vi que varios alumnos se guiñaban el ojo y lo celebraban por señas.

—No son la mayoría, Graciela.

—No sé cuántos serán, pero son más de uno y de dos, Pascal. Yo he venido aquí a trabajar, no a dar lecciones, lo sigo teniendo claro, aprendo más de lo que enseño y recibo más de lo que doy, pero no me acostumbro a la brutalidad. Me revuelve la indiferencia ante las bombas. El obús de Mumkawa mató a más de cuatrocientas personas. ¿Lo sabes, no? El edificio estaba protegido por patrullas del ejército, murieron cientos de militares, gente que pasaba, habitantes de edificios cercanos.

Pascal escruta el fondo de la taza de té.

—A lo mejor es mi mirada la que se ha enturbiado, Pascal, y soy yo la que he perdido lo que sentía al llegar. A lo mejor era ingenuidad y no me daba cuenta de lo que había a mi alrededor. Ahora me siento cuestionada por miradas, cada día.

—Los que no quieren aceptarte nunca lo van a hacer. Tienes que intentar que eso no te afecte cuando estás trabajando con los que sí entienden que hay un camino juntos. A veces no es malo distanciarse de quien no te acepta.

—No soporto la agresividad mezclada con reclamaciones morales, Pascal. Puedo usar un tono suave, templar ánimos, no entrar a las provocaciones, lo que sea…, pero no soporto la agresividad verbal. La violencia verbal siempre va antes de la física. Siempre hay un argumento que desencadena la violencia física. Siempre. Primero se insulta a la víctima, luego se la desprecia. Sentirse mal, insultar, despreciar, disparar, es todo uno. El que mata cree que lo hace para defenderse, es lo que dicen los que dan las órdenes. Me parece tan absurdo. Aunque lo pase peor, yo no quiero una piel de rinoceronte.

—Tienes que preservarte, Graciela. Eso no quiere decir que dejes de ser tú, porque la claridad con la que ves es importante. Pero debes tener en cuenta que todos nos movemos en medio de una atmósfera destructiva, hay pánico en la calle, y el pánico convierte a cualquiera en denunciante o en sospechoso. También en la Fundación la gente está atemorizada. Si las guerrillas de Dulumba entran en Mumkawa, cerraremos todos los centros.

—El otro día, un profesor joven decía que mucha gente piensa que la revolución de Dulumba abre una nueva época. Se sienten abandonados. No aguantan más. Y de pronto surge una expectativa real de cambio y es humano rebelarse. A veces yo misma dudo de qué otra cosa pueden hacer.

—La realidad, Graciela, es que esas expectativas los llevan a un callejón sin salida, como a un rebaño al matadero. Se ha visto muchas veces. No podemos olvidarlo por más que sea humano ponerse en su lugar. La deuda que Occidente tiene con estas tierras no va a disminuir con más sangre. La violencia lleva a la violencia.

—A quienes han cruzado a esa fe absoluta en que llega una nueva época no hay forma de recuperarlos. Y si los tenemos entre los profesores de la Fundación, Pascal, imagina fuera de aquí, en los entornos más pobres.

Pascal remueve el té con la cucharilla.

—Yo entiendo —sigue Graciela— a los que se sienten olvidados. Entiendo a los muchachos que se levantan cada día sin nada que hacer, porque nadie les da un trabajo. Me llega dentro el sufrimiento que hay, Pascal. Los que no me gustan son los charlatanes y algunos de los que más alzan la voz me parecen predicadores baratos. Al fin y al cabo, un charlatán demagogo es igual en África y en Europa, igual que un cínico es un cínico en todas partes, y un aprovechado, un aprovechado. ¿Sabes lo que dijo el otro día un profesor a otro en una discusión durante la comida? Que disparando los fusiles y los misiles de Dulumba nunca acabarían con los explotadores extranjeros que les roban los recursos de su país, porque esas pistolas y esos misiles están fabricados también por los explotadores extranjeros. Es por eso por lo que al final no cambiarán nada.

Pascal inclina los hombros hacia Graciela.

—Cada día tiene su afán, Graciela. Vamos a escuchar al viejo Amel, ven.

El enjambre de la chiquillería rodea al viejo Amel; unos escuchan, otros van y vienen. Una muchacha joven, a la que saluda Pascal, Samia, los invita a sentarse en el bordillo, y traduce en susurros para ellos.

Al principio solo existía el océano, luego llegó la diosa-Rama. Y la diosa-Rama creó las orillas y el dios-Río vertió las aguas. Había más cosecha que manos. La diosa-Rama hacía crecer cada espiga de trigo y dotaba de terquedad a los bueyes para arar los surcos y a las vacas de leche para amamantar a sus crías. En el dios-Río había unos peces azulados con los que se criaban fuertes y llenos de salud los niños. Con un pez viejo comía una familia entera una semana. Por las mañanas, los niños aprendían a leer, escribir y contar, y por las tardes hacían labores según sus aptitudes.

Después de la escuela, el niño-Roca aprendía a pescar y a cocer ladrillos en el horno.

Después de la escuela, la niña-Ala aprendía a tejer y a cocer vasijas en el horno.

—¿Y eran muy amigos, Amel?

—Eran muy buenos amigos desde su infancia.

Entonces unos hombres robaron el corazón de la diosa-Rama. Ellos creían que si robaban el corazón a la diosa-Rama tendrían el poder sobre la vida. Después el corazón de cada hombre y cada mujer se fue encerrando en el pecho. Se pusieron cerrojos y se cegaron ventanas. Solo los niños seguían jugando juntos.

En los hornos se forjaron cuchillos y hachas, flejes para los carros, punzones, machetes. Si la diosa-Rama no tenía corazón, era como si nadie pudiera sentir el suyo. Entonces el dios-Ríos estalló en cólera y arrasó las orillas y los hornos y las cosechas. Así arrastró el corazón que los hombres habían secuestrado a la diosa-Rama, hasta el mar. Los hombres maldecían por las armas perdidas y las mujeres lloraban. El niño-Roca y la niña-Ala salieron de la aldea en busca del corazón. Hicieron una barca de troncos de palmera. Como era un mar calmado, podían navegar ellos solos. Cada noche sentían la tristeza de no haberlo encontrado. Pernoctaban en islas, en refugios de cañas. Partían a un rumbo nuevo al salir el sol.

—¿Y cómo buscaban en el mar, Amel?

—¡El mar es muy grande, Amel!

—¡El mar nunca se acaba!

—Seguid escuchando y lo sabréis...

Una mañana la niña-Ala observó un banco de peces azules que le recordaron a los que llevaba el dios-Río al paso por su aldea. El más viejo de los peces mordió el anzuelo y en cuanto lo vio la niña-Ala supo que allí debajo, en la arena dorada, bajo el sol luciente, estaba el corazón de la diosa-Rama, y con cuidado para no asustarlo metió la mano en el agua y lo rescató. El corazón volvió con ellos durante el camino a casa y luego la niña-Ala lo soltó cuando llegaban ya cerca de la aldea. Sabía que encontraría su camino hasta dentro del pecho de cada uno.

—¿Cómo se llama el cuento, Amel?

—Como vosotros lo queráis llamar.

—Entonces, ¿los niños devolvieron el corazón a la diosa-Rama, Amel?

—Sí, exactamente así fue.

Cuando el viejo Amel acaba de contar la leyenda del niño-Roca y la niña-Ala, los chiquillos que lo rodean se alejan; unos se juntan, otros se van pensativos. También Samia se despide de Pascal y Graciela.

Redada

El silencio se adensa en las calles de Yembala. Cubre el cielo un telón fúnebre. No hay luna. Brilla un lucero, como un ansia inextinguible. Apenas los tejones husmean el olor a gasóleo que precede al convoy de furgonetas. No sopla el viento. No pasa nada. Nadie despierta. Si algún vecino lo ha escuchado desde la cama, aún no puede saber qué está ocurriendo.

Una coreografía de uniformes, cascos y linternas sube la cuesta hacia el teso donde se halla la escuela, aplastando los matorrales de los lados. El chasquido de sus botas espabila a un burro que rebufa a las sombras. Quien los dirige ha estudiado el terreno que pisan. Conocen la ubicación de los barracones y la disposición de bungalós junto al terraplén del arroyo. Se apostan esperando una señal.

Los últimos soldados en bajar de la furgoneta apuran la petaca que comparten, entre empujones de ánimo y palmadas. Un retén de vigilancia queda apostado a la entrada del pueblo. Los más de cien hombres que han subido a la escuela se preparan para el asalto; algunos se dirigen a vigilar las vías de escapatoria junto al arroyo y en la trasera del edificio de aulas, que da a un huerto con árboles. No ha de haber resquicio para la fuga. Un grupo de unos cincuenta se agrupan en el centro del patio, a la espera de una orden. Desde allí escuchan un ruido de patadas y golpes violentos, una furia de hachas contra metal, que cesa de repente, en seco. Retorna un grupo de tres de la zona de cocinas. Han liquidado el generador eléctrico. Entonces unas sombras con casco se agitan por la parte de los barracones.

Una granada estalla. La espera ha terminado.

Un soldado ha lanzado la granada al edificio de aulas. Ha temblado la escuela entera. Aunque la explosión se haya oído a decenas de kilómetros, en Yembala nadie sale de su casa. El pelotón de soldados toma al asalto los barracones, sacan a los hombres encañonados y a las mujeres a culatazos. Una chica joven hipa en sollozos encogiéndose contra una esquina. Un soldado la apunta con el rifle y la chica a duras penas contiene el ataque nervioso en sollozos hipados. Los soldados vociferan, amenazan, gritan consignas y órdenes, se contagian una excitación que crece y se derrama como un incendio a través de pavesas. Una fila desordenada de hombres encañonados se va formando junto al muro del patio, ante los soldados que los insultan en una mezcla de dialectos, que tal vez sean incomprensibles de unos para otros, salpicados de un francés macarrónico. En los bungalós se repiten las escenas de humillación, bravuconadas, amenazas. Encontrar allí a un hombre y una mujer blancos no parece sorprenderlos.

El hombre blanco, Pascal, se resiste al allanamiento y aguanta erguido a pesar de los empujones, les responde con desplantes, apartándose los manotazos; uno de los soldados le descubre pulsando un teléfono que escondía en una cartuchera de tela, por debajo del pantalón de pijama. Derriban a Pascal de un culatazo que lo deja inconsciente en el suelo. Los milicianos escrutan el móvil y se lo pasan extrañados, dubitativos, luego suben arrastrando hacia el patio a Pascal, que solo lleva la parte de abajo del pijama, y a Graciela, que viste una camiseta larga. Detrás de ellos dos, hacen avanzar a culatazos a Kemi y a los profesores de más edad arrodillados.

Se distingue al jefe del comando por la deferencia con que le entregan el teléfono móvil. Después de guardarlo en la guerrera, el jefe se agacha para examinar el rostro de Pascal, inconsciente, con el labio de arriba partido; acto seguido hace un gesto de desprecio y escupe al lado, como si eso entrañara un mensaje. Graciela solloza derrumbada en el suelo; el jefe pide a sus hombres que la incorporen. Él mismo la ayuda a ponerse de pie, en una muestra de cortesía con la que exhibe su dominio de la situación y, acariciándole el mentón con el pulgar, intenta detener el temblor del rostro de ella. Luego gira la vista hacia los rostros de la fila de hombres encañonados contra el muro; con una media sonrisa se pasea de un extremo a otro de la fila, y señala dónde han de poner a los últimos hombres que han sacado los milicianos a rastras hasta el patio. Soldados apostados en la puerta de los barracones se ocupan de que las mujeres no se asomen.

Comenzó una arenga del jefe. Días más tarde, alguien traducirá a Graciela lo que decía (ella quiso saberlo).

«No teman por sus vidas. Están a tiempo de comprometerse».

Las sílabas resonaban abiertas en el bembo del jefe, que alzaba el volumen de su alocución exaltándose. Delante tenía, a su merced, cincuenta hombres y mujeres contra un muro, y al lado un batallón de milicianos pendientes de cada una de sus palabras.

El jefe del comando lanza vivas a la causa de la rebelión de Dulumba y la respuesta de sus hombres retumba en las paredes de la escuela. Luego, exagerando la teatralidad, se pone una mano en la oreja y da a entender que espera de los reclutados más vivas a Dulumba. Algunos los profieren entre sollozos. Continúa la arenga.

«Ustedes estaban aquí escondidos como ratas. Quien vive como una rata muere como una rata. Ustedes van a tener una oportunidad de dejar de ser ratas. Es de sabios cambiar y ustedes son muy sabios. Ustedes, aunque sean ratas, son profesores. Tienen una dignidad que recuperar. Dulumba no quiere que mueran como ratas. Los quiere como profesores».

Se levanta una brisa desde los árboles del huerto. El jefe se regodea como una *rockstar* en un concierto. De pronto olfatea el aire: huele a orín. Los soldados revisan la fila, pero no, ninguno de los cuarenta y tantos hombres en la fila, la mayoría en calzoncillos o pantalones sueltos de deporte, a pesar de que se los vea encogidos y temblones, se ha hecho pis encima. Con un gesto, el jefe del comando envía a un grupo a la trasera de la casa.

Los milicianos han descubierto a Ben, el hijo de quince años de Kemi, escondido en la copa de un árbol del huerto. Lo traen engatillado y le hacen arrodillarse ante el jefe, apretado el revólver en la sien del muchacho. Su padre grita desde la fila y se abalanza instintivamente hacia Ben, pero una bala humea al instante y la sangre de Kemi mancha el patio de cemento; el llanto de Ben es un bramido sobrehumano y roto, Graciela se suelta de los soldados que la sujetan en un rapto de fuerza y corre a arrodillarse junto a él.

El líder detiene a sus hombres. Levanta a Graciela del suelo y la observa de hito en hito. Le toca partes del cuerpo como si palpara las carnes de un animal mientras se dirige hacia los milicianos pavoneándose. Hace un gesto obsceno de camaradería. Vuelve a mirar a Graciela a los ojos. Se diría que espera un asentimiento de ella, pero los ojos de ella no responden, están idos, sin voluntad. El jefe señala un cobertizo de herramientas, a la entrada del patio, y los soldados la conducen hacia allí. Suena un estruendo de aspas girando.

Todos, prisioneros y milicianos, levantan la vista al mismo tiempo hacia arriba. Dos helicópteros se ciernen sobre ellos, acercándose por momentos. Hay una dispersión instantánea, en todas las direcciones, se confunden los bandos. Desde uno de los helicópteros tabletean ráfagas de metralla infernales y los milicianos que han intentado huir hacia la entrada del pueblo, en dirección a sus furgonetas, se vencen al suelo como muñecos de trapo deslavazados. Se incendian los arbustos, grupos de milicianos se esparcen a toda velocidad por cada camuflaje posible entre la oscuridad que rompe el potente reflector de los helicópteros volando a apenas una veintena de metros del suelo. Del cauce del arroyo surgía una trocha, entre los herbazales crecidos con la lluvia. Fue por donde intentaron escapar los últimos soldados. Un tornado de polvo y metralla los liquidó en minutos con la eficiencia atronadora de una máquina que se les antojaría en su último aliento proveniente de una civilización superior, operada por enemigos abrumadoramente más poderosos. Cayeron y cayeron, tras una vida en tránsito de la miseria al miedo, de la desesperación al pánico, y quedó en el aire olor a carne quemada, heces y ceniza.

A la salida del sol, los vecinos ayudaron a recoger los cadáveres y fueron apilándolos en el camino de subida a la escuela.

Evacuación

Vecinas de la aldea atendieron a Kemi en una casa, donde le lavaron la herida y lo mantuvieron boca abajo a la espera de un médico. La bala había penetrado por el costado derecho de la espalda, a la altura del omóplato; no había orificio de salida.

Un batallón de doscientos soldados del ejército de Urquahrt llegó a Yembala a mitad de la mañana. Casi a la misma hora, tres helicópteros se posaron en el llano verde, de los que descendió una misión de altos mandos que examinó sobre el terreno los restos de lo sucedido durante la noche; tomaron disposiciones para el enterramiento de los cadáveres, arreglaron el traslado de Kemi a Kengawa en el primero de los helicópteros que regresó a la base militar y procuraron reconfortar a los profesores, de quienes escucharon en primera persona la narración de la noche. Una agitación asfixiante de botas y uniformes barrió los alrededores de Yembala, a la caza de cualquier miliciano de Dulumba que se hubiese ocultado entre la ubérrima floresta sin lindes. Se escucharon disparos sueltos hasta el mediodía.

La lluvia fue arreciando: el calabobos del principio de la mañana, indistinto de la humedad, se había ido tornando en un bochorno que rompió en lluvia por la tarde. La tormenta restallaba en la uralita de las casas precarias y anegaba los patios, atronando como un castigo furioso de la naturaleza a la violencia humana, como si fuera necesario encerrar tras los muros, tras ventanas clausuradas, a cualquier ser humano, inocente o culpable. Únicamente los animales en los cercados se mantenían impasibles, hozando entre la hierba y el lodo. La calle central de Yembala, la única asfaltada del pueblo, era un raudal de agua que rezumaba por los desniveles hacia arroyuelos. Los campos se inundaban. Solo al final del día vieron el sol dorando las nubes blancas que ascendían después de la tormenta.

Si bien la cocina y las aulas de la escuela habían quedado en un estado inservible, los barracones y los bungalós no se hallaban afectados. Pronto se recobró la actividad y entre todos comenzaron a retirar escombros, salvar componentes del generador eléctrico y rescatar pupitres y material de las aulas derrumbadas. El ejército repartió bidones de agua y boles de legumbres y patata al mediodía. También los vecinos subieron comida a los profesores.

Pascal, que había comenzado a recobrar el conocimiento en el momento en que llegaron los helicópteros, no presentaba mayores heridas, aparte de una ceja y un ojo hechos cisco. Buscó a Graciela y la encontró sentada en el suelo, sola, como una niña extraviada, en un bungaló.

—¿Cómo estás? —la saludó.

Ella no logró responder.

Sus ojos eran un monte de piedra recorrido por una falla, cruzado por torrenteras de vidrio, cuyo cristal hería mirar.

Pascal la observaba indeciso.

—No quiero hablar de nada —dijo ella al fin.

—Venía a pedirte un favor, Graciela, tu teléfono móvil. El dual que usas. Machacaron el mío.

Graciela se lo entregó sin mirarle. Pascal permaneció a su lado; le intentó acariciar las puntas de la media melena, pero ella le apartó la mano.

Al rato, llegó a verla un oficial del ejército de Geldnanm, que informó a Graciela del estado de la escuela y de los planes para reconstruir la parte afectada por la explosión de la granada. Tenía una inflexión paternal de aliento en la voz; le contó también que el maestro Kemi había sido trasladado al hospital de la base militar:

—Se pondrá bien.

En algún momento, Graciela prorrumpió en una letanía de sollozos, un murmullo de imprecaciones y plegarias sin sentido. Se ahogaba y le faltaba la respiración.

El oficial, sentado al otro extremo del módulo, también en el suelo, procuraba contestar a sus interrogantes, sin abandonar la formalidad inconmovible. Si ella tenía una necesidad de explicación, aun sabiendo que ninguna bastaría, él la intentó atender. Después de una media hora, salió del bungaló, dejando a Graciela otra vez sola allí, y debatió con Pascal cómo y cuándo se los transportaría a Kengawa. El militar quería trasladarlos ese mismo día, en helicóptero; con Mumkawa bajo control rebelde, ninguna zona rural era segura. Pascal se resistía:

—Preferimos estar unos días más aquí. No queremos dejar la sensación de que huimos. Queremos seguir trabajando con todos. Graciela es una mujer muy activa, lo mejor para ella es retomar las tareas que venía haciendo en la escuela de Yembala. Queremos quedarnos al menos el tiempo suficiente para ayudar a levantar los muros del edificio de aulas otra vez. Las tropas de Dulumba no van a volver tan pronto.

—Hay gente abandonando el pueblo desde esta mañana, Sr. Guichard. Deben entender lo que eso significa. La noche pasada tenían como objetivo la escuela y fallaron, otra noche entrarán en las casas de Yembala y no fallarán. Se llevarán a todos los jóvenes. Los helicópteros no siempre llegan a tiempo. Por desgracia.

—Le pido al menos unos días, oficial. Mientras siga un destacamento de sus tropas en Yembala. Después, le prometo que nos marcharemos.

—Las tropas se marcharán pronto. Nadie puede perder ni un día. El ejército de Geldnanm va a responder al avance de Dulumba, se lo aseguro. No hagan planes a una semana. Váyanse hoy.

—Dennos un día más, por favor, oficial.

—Mañana al amanecer saldrá el último helicóptero. Habrá una plaza para el médico y dos para la chica y usted. Ni se les ocurra no subirse.

Al mediodía, Pascal vio a Graciela saliendo de la casa, en dirección al arroyo. Al rato, observó que volvía y que llevaba un cubo lleno de agua, oscilante por el peso. Pascal se acercó a ella, le ayudó a llevar el cubo y Graciela le sonrió. Llovía fuerte otra vez.

Esa tarde, Pascal devolvió a Graciela su móvil; lo había estado usando él desde que en el ataque a la escuela le destrozaran el suyo.

Alguien quería hablar con ella, dijo Pascal al darle el dispositivo, que era del mismo tipo del que le habían requisado a él.

—¿Cómo está mi niña chilena?

Era Magdalena Krámer.

—¿Cómo estás, mi niña?

Graciela se fue a hablar a un lado del patio, para que Pascal no la oyera. Se sentó en el bordillo del zócalo y aunque durante un buen rato no soltó más que monosílabos, terminó hablando más animadamente con su madrina.

Al término de la conversación, Graciela anunció a Pascal su decisión de regresar a la sede de la fundación en Kengawa.

—Trabajaré desde allí en el proyecto de la Fundación. Recaudando fondos, preparando cursos, divulgando el proyecto...

—Es una noticia excelente, Graciela —la animó Pascal Guichard—. Creo que podremos conseguir una plaza en el helicóptero que retorna mañana.

—En la sede no paran nunca —se reafirmó Graciela, con el rostro encendido—: allí está Ruby.

En el chalet de Chiwa

Ni Malik ni Graciela son entonces conscientes del secreto del mundo, del que forman parte, siquiera como meros instrumentos; desconocen no menos la mano que empuña la lanza de la que son punta aguzada, que el origen de la voz que difunde la alarma por millones de terminales.

No, ninguno repara en el secreto del mundo del que forman parte, nadie lo haría en el remanso de un jardín de setos cuidados, árboles exóticos, macizos de flores turgentes, lucecitas que recorren senderos y alcorques. Y sin embargo hay una urgencia en el hálito de las orquídeas y en el olor a tormenta, una ansiedad subterránea porque todo o nada suceda de una vez o nunca, un exceso de afectación manifiesto en la cordialidad entre los invitados. Los embajadores blancos se mezclan con los hombres de negocios y altos cargos que asisten al encuentro social en el chalet del general Chiwa. La victoria y el fracaso se descifran en los agüeros que circulan por los corrillos sobre ascensos y caídas. Nadie prevé un cambio radical en los equilibrios establecidos. La guerra continuará de una manera u otra, en una región u otra, en las fronteras o contra el enemigo interior, más tiempo que la comidilla de rumores efímeros.

Malik se ha fijado en Graciela desde que llegara a la fiesta con Ruby y Kemi, acaso (los hombres nunca saben) igual que ella (las mujeres nunca están seguras). Con los sesenta años cumplidos, mantiene cierta apostura de seductor en retirada, o al menos con propósito de enmienda; el traje de lino resalta su estatura, lleva el pelo corto, el afeitado perfecto, huele a una colonia cara. Lo precede la fama de encantador de serpientes y, no obstante, cuando Graciela se acerca a él, Malik aparta la mirada. Ella viste sandalias, vaqueros, una camisola blanca.

En algún grupo se encuentran al lado uno del otro y empiezan a hablarse, fingiendo no recordar la tarde en que se conocieron en Ginebra. El hieratismo de Malik denota cierta incomodidad por la complicidad jovial con que ella se dirige a él. Nunca conviene atraer la atención, así que, en el momento en que ella lo sugiere, Malik acepta buscar un sitio más escondido, en el que conversar, que en medio del jardín.

El chalet de tres plantas de Chiwa está ubicado en un suburbio de Kengawa en el que todavía quedan descampados agrestes y viales por urbanizar. En la fuente de piedra del jardín tararea el agua. Saltan luciérnagas por los setos. Desde una larga mesa con mantel blanco, dos camareros reparten cuencos de sopa fría y ofrecen tartaletas y canapés preparados por la cocinera de la familia; un tercero lleva una bandeja de copas de vino tinto y blanco.

Graciela y Malik han entrado a un salón de decoración aséptica y uniforme: muebles de silueta rectilínea, una televisión ostentosa, lámparas cuya luz tenue parece envolver en una radiación separada a los invitados que charlan en los sofás. Se miran y deciden seguir buscando otro lugar. Graciela sigue a Malik por las escaleras. En la primera planta, se encuentran cerradas las puertas de cristal que dan a una terraza, y siguen subiendo. Por una puerta entreabierta en el segundo piso atisban a unos niños que están viendo la televisión. En la tercera planta les cierra el paso una puerta acorazada.

—¿Qué es esto? ¿Un búnker?

—¿Quieres verlo, Graciela?

Antes de que ella conteste, Malik ya está pulsando un código en un panel disimulado en la pared tras una planta exótica.

—En algunas cosas, Chiwa es un militar atípico. Ni siquiera ha cambiado el código de entrega de la instalación. La seguridad no le obsesiona.

La puerta se abre.

—Me pregunto qué estoy haciendo aquí —susurra Graciela

—Los dos tenemos ganas de saber más del otro, ¿no es cierto?

Malik repasará cada palabra de aquella conversación muchas veces, cuando llegue el tiempo de los recuerdos. Es un hecho constatable que, en las ocasiones en que se produce una alteración repentina de la normalidad, determinados elementos de las horas previas, que se habrían olvidado en un día corriente, quedan grabados vívidamente.

Tiempo después, al evocar sus impresiones, Malik escribirá que ella le resultó una mujer segura de más para su juventud, a la que la espontaneidad y la facilidad para conocer gente le servían, paradójicamente, de escudo interior; en la conversación más pausada, podía caer en notas sueltas de melancolía, pero no de derrotismo; tal vez aquel empeño por no mostrarse vulnerable delatase la niebla en su interior. "Nadie sigue siendo el mismo", recordará Malik haber dicho esa noche, "una vez que acepta saber".

Ellos dos saben, en esa noche, que ambos lo saben; que empeñaron su entrega vital incondicional a la misma organización, en un acto de confianza sin regreso. Su convicción en esa fuerza íntima de Raíces y Alas, que los une, los iguala: ese pertenecer a la clase de personas capaces de poner su vida entera detrás de un impulso de acción, cuando se encuentran la causa y las personas por las que hacerlo.

—Me siento bien hablando contigo —dijo Graciela.

Malik entornó los ojos escrutándola. Graciela hizo un guiño más:

—Llevo queriendo conocerte desde la tarde en el lago.

Son las leyes no escritas de Raíces y Alas. Nadie alberga seguridades sobre nadie, por más camaradería que se establezca. La pertenencia debe sobreentenderse y está prohibido confirmarla. Aun así, Malik intuye que Magdalena Krámer ha elegido a Graciela porque algo excepcional le está reservado a esa chica y sospecha, por tanto, que él debe abstenerse de intervenir en su vida. Hablan y hablan, a pesar de ello. Lo quieran o no, se entienden. Y no lo evitan. Su conversación en un ala bunkerizada de un chalet perteneciente a un militar de alto rango en una república pobre, transita hacia la confianza, como la de una pareja que sale por primera vez a cenar; o como si se hubieran quedado hablando en un banco, esa noche, sin prisa por volver a casa.

Su intuición, cuando observa de soslayo el rostro de Graciela, el peso de sus párpados, el velo opaco que rompe el brillo de la risa en ratos sueltos, hace adivinar a Malik que ha vivido cosas más intensas de lo que otra gente vivirá jamás.

—Las heridas de África nunca cicatrizan, Graciela —dice él.

—Y sin embargo la alegría que se ve alrededor es tan pura —responde ella— que casi da envidia.

Graciela no continúa, como si le extrañase a ella misma lo que acaba de decir.

—¿Ibas a decir algo más?

—No lo sé.

—Deberíamos regresar al jardín con los invitados.

Ella asintió:

—Luego seguimos hablando.

No fue así.

Bajando por las escaleras, a la altura de la primera planta, Malik se apoyó en la barandilla de madera. Se abrió un botón de la camisa. Estaba blanco y le costaba respirar.

Graciela lo ayudó a sostenerse. Salieron a la terraza. Entonces él se derrumbó como un alfeñique y ella se fue al suelo arrastrada por su peso. Apenas un segundo le duraría a ella la primera duda de si él quería abrazarla, porque cayó redondo. Graciela ahogó un grito y se acuclilló aterrada, acercó el oído a su pecho y percibió el olor de la colonia mezclado con un sudor tibio.

Chiwa se encargó de que los servicios de urgencias se hicieran cargo del cadáver. Para mayor discreción, subieron el cuerpo a la salita del búnker, en la tercera planta, hasta que el último de los invitados abandonó la fiesta. Solicitaron a Graciela su firma en el lacónico atestado.

La guerra de Kengawa

Los soldados del ejército nacional entraron a todas las casas de Yembala instándoles al abandono urgente del pueblo. Seguían órdenes de que no quedara ni un vecino. Los habitantes de Yembala partieron en distintas direcciones, algunos hacia la frontera, temerosos de la violencia de las guerrillas, y otros hacia la capital, donde, a algunos, los acogerían unos parientes, mientras la mayoría alzarían ellos mismos una choza de uralita y tablones en los suburbios de cerros, baldíos y torres eléctricas.

En esas semanas, la batalla más sangrienta entre el ejército nacional de Geldnanm y los rebeldes del coronel Dulumba tenía lugar en Mumkawa. Geldnanm había recuperado el aeropuerto y la aviación lanzaba bombardeos nocturnos sobre la ciudad, allanando el terreno para la ofensiva terrestre. El mapa de Mumkawa que los satélites estadounidenses trasladaban al mando central mostraba un vasto retal ajedrezado de solares y escombros, que recordaba vagamente a la maqueta de un plan urbanístico a medio cumplir. Instituciones de ayuda occidentales habilitaron carpas de refugio en la frontera sudeste.

Los ancianos lloraban, los padres apretaban los dientes, los niños seguían jugando a perseguirse y dispararse, las niñas con sus muñecas rotas y todos, unidos o dispersos, mantenían con vida la ciudad doliente regada con sufrimiento y vísceras por bombarderos, ametralladoras, blindados y comandos de acción militar.

Tras estabilizar el frente de defensa en las afueras de Mumkawa, las tropas de Dulumba dirigieron sus objetivos a las zonas rurales, donde tomaban posesión de pueblos medio abandonados y exigían a los escasos campesinos la entrega de sus herramientas y animales. Las tierras se quedaban sin dueños conocidos. Durante generaciones, habían sido los ancianos de cada aldea los que habían ejercido de testigos y notarios de los tratos entre familias para el reparto de sembrados y terruños y la memoria y la palabra de esos ancianos, a los que se acudiría para zanjar disputas llegado el caso, constituían el libro de registro en que se confiaba.

Por los caminos y las carreteras de la región de Kengawa, procesiones humanas transportaban, a hombros o sobre burros, en carromatos improvisados o en alguna que otra camioneta destartalada, los exiguos bienes salvados: cacerolas y palanganas, jarras, planchas, escobas, abalorios, palas, azadas, un aparato de radio, cestos de ropa, jaulas de alambre retorcido con gallinas. Las cabras triscaban por los caminos donde gruñían cerdos que no se sabía de quién eran. En las pailas de las furgonetas se agolpaban decenas de personas. A la desolación que invadía las almas le entreabría una puerta la determinación de continuar viviendo, allá donde pudiera olvidarse el horror de la guerra. El destino de los parientes emigrados y de los jóvenes reclutados, junto con la discusión de las propias posibilidades, ocupaban afanes y conversaciones, y aún se encontraban fuerzas para disimular ante los más pequeños. El desfile de la desdicha era también una lección de dignidad que nunca ostentarían, ni silenciarían, los que la habían perdido en la tragedia financiada a cuenta desde despachos lejanos, donde el país era un conflicto en un tablero, una estructura vertical de control, un hombre fuerte por el que apostar, un mercado de armas, un préstamo futuro, una cartera de garantías y recursos, un mapa mudo o sin otra leyenda que registros de enfrentamientos.

Lo sucedido y lo contado se confundían como en todas partes donde, pase lo que pase, los hombres y las mujeres no cesan de contárselo y narrarlo en historias, mediante las cuales entretejen sus vidas con raíces imposibles de arrancar. Recuerdos y ficciones se solaparían y el obsesivo empeño de los vencedores por justificar sus acciones y vigilar a sus antagonistas alargaría durante generaciones la sombra de la guerra. Una vez que algo ha sucedido, por más trascendental que ha sido para quienes lo vivieron, se torna recuerdo y, como tal, languidece o se magnifica en función del futuro que lo sucede, alejándose inexorablemente de su realidad original; aun si, algunos mantendrán la suficiente fuerza para prolongar una estela de rencores y anhelos enredados en los sueños de cada noche y desliados en las ilusiones de cada día; y mecen, esos recuerdos, en un lento oleaje, la memoria y las esperanzas de la barquilla del vivir, entre el temor y el deseo, por ayeres y horizontes.

Al día siguiente de volver a París, Pascal Guichard retomó con su profesionalidad habitual y su característico aire tranquilo las funciones de gerente en la empresa de construcción familiar, que se afanaba por hacer compatibles con planes y tareas familiares.

Graciela Kreutzer regresó ese otoño a Ginebra y se instaló en casa de doña Claudia Roche, su madre, por una temporada. Durante aquella estancia fue a visitar a su padre a diario a la residencia Walser, mientras daba vueltas a qué hacer con su vida.

Kemi y Ruby siguen dirigiendo todavía hoy la fundación Dongala. La guerra entre Geldnanm y Dulumba obligó a cerrar las escuelas del oeste y el sur de la República Libre del Iris; en las escuelas del este, en la extensa sabana entre la región de Kengawa, las minas del norte y la selva, se siguió dando clase.

Ben, el hijo pequeño de Kemi, tras terminar la enseñanza secundaria y el bachillerato en las escuelas de la Fundación, se negó a irse a estudiar al extranjero al cumplir dieciocho años, a pesar de la insistencia de sus padres, y se matriculó en la universidad de veterinaria en Kengawa.

Ese otoño, la guerra de Kengawa devino en uno más de los conflictos olvidados del planeta. La influencia de poderosas potencias extranjeras apenas se mencionaba, salvo en sesudas intervenciones de expertos geopolíticos a los que nadie entendía. Los cauces subterráneos confluyentes del rechazo y la agresividad, la necesidad de dominio, el ansia de control, el instinto de sobrevivir, continuaban siendo la materia prima local y, al parecer, inagotable allí donde la humanidad ha llegado a poner una bandera en su obstinado y tenaz viaje de exploración por las riquezas y los límites de la geografía física.

Nadie se preguntaba, en ningún sitio, por qué había una guerra en Kengawa. La había. Los nombres de los señores de los bandos repiqueteaban en un martilleo breve por los minutos de relleno de los telediarios; el hecho de que había dos frentes asociados a enrevesadas siglas era lo único que se atendía.

El secreto de la luz

Consciencia

Yo, yo he oído mi nombre en un susurro hueco y me despierto sudando. No era una voz conocida. Me pongo en pie con angustia en el mismo momento en que despierto saliendo de la pesadilla. Aguanto mal el equilibrio, noto las pantorrillas dormidas, las rodillas sueltas. Me paro. Apoyado en el respaldo de un sillón entreabro las cortinas. Un revestimiento de mármol recrudece la ajenidad del cielo. Veo avenidas, bloques y ventanas, veo balizas en las torres de antenas, veo un avión. Una serpiente cruza en medio del asfalto, de su aliento se elevan nubarrones, el muchacho que fui se ha quedado jugando al fútbol en la calle. Mi mente se arrodilla ante el daño causado, huyen murciélagos y cesan los fogonazos que me herían los ojos. Dejo corrida la cortina de la habitación.

Un martilleo marca en mi sien el pulso de las venas, bebo agua del grifo del baño. Al mirarme en el espejo, observo el pijama que llevo y la cara que tengo. Barba rala y las cuencas hundidas, pelo de estropajo. En el pijama se distinguen la raya de las mangas y la de las perneras. El golpeteo en la sien no baja. Ninguna prenda del armario me suena. Tampoco una maleta Samsonite en la banqueta. La caja fuerte está cerrada. Siento los pies helados. Ha parado el zumbido del aire acondicionado. Justo en ese momento advierto cuánto me molestaba. Vuelvo a asomarme entre las cortinas. Debo de estar en un séptimo piso o puede que un octavo.

He debido de acurrucarme entre las sábanas de nuevo. Tienen una falta de suavidad que desazona. No será más impersonal un sudario de una morgue. Me aterra entrecerrar los ojos y escuchar mi nombre. No podría decir el género o la edad de la voz. Mi mente estaba lejos de mi cuerpo. Un enredo de otras mentes se la disputaba y la cercaba, la ofendían, la menospreciaban, la vejaban, una red de otras mentes se repartía algo como mi alma y la tensaban en una red sin dimensiones, poniéndola en almoneda, subastando sus componentes, despiezándola, como los soldados las ropas de Jesucristo.

Mis fuerzas se concentran en seguir despierto. Debo evitar que vuelva esa voz a llamarme. Mi mente ha luchado por volver a mi cuerpo y no quiero que se separen más. La misma idea me desasosiega y está a punto de volverme loco. Cómo saber qué hora es.

Un tic-tac trepida en mi cráneo y me separa de lo que ocurre. Busco mi teléfono en las chaquetas del armario y no lo encuentro. Regueros de arena salen por los bolsillos. Toco el mando del televisor y otra vez se deshace en granos de arena deslizando hacia el suelo. El grifo de la bañera es de arena y por la rendija de la puerta de la habitación entra más. Los fluorescentes del baño me hieren, los fogonazos vuelven, las pestañas queman y cierro los ojos suplicando un final. El que sea. Respiro y no puedo atrapar el aire.

El borboteo del pulso se ha desplazado de mi sien a la frente. Despierto y todavía ignoro si es que he vuelto a la realidad o sueño que despierto. Querría beber un río de agua. Esa hoguera que me inflama las meninges. Siento las neuronas como nubes de polillas que se deshacen entrechocando. No acostumbro a arredrarme. Toda mi vida he evitado la deshonra del miedo. Tampoco ahora lo tengo. Fue en el momento en que escuché esa voz. La voz segura de la inexorabilidad de la que se enseñoreaba y de la obligatoriedad física de la que emanaba.

He oído pasos que entraban. Luego un fruncir de manos que descorrían las cortinas. Yo no podía hacer más que esperar inmóvil. Estaba tranquilo porque sabía que antes o después comprendería el porqué de aquello. Forma parte de las pesquisas de mi profesión, aceptar esa disincronía entre el tiempo propio y el de los acontecimientos orquestados por la premisa de un fin colectivo que determinará el curso de la vida de millones de personas, en un giro que se consumará en un solo día. Habrían de llegar signos más claros. El camino hasta el alba sería largo y sombrío. Restallaba la pesadilla en mis lóbulos cerebrales como el embate de las olas contra un acantilado. Mantuve la calma. No volví a oír sonar esa voz sin timbre propio pronunciando mi nombre. Los restos de las polillas y los montones de arena fue barriéndolos alguien y por un cierto lapso caí en un sueño profundo.

La certeza de un vaso de agua se manifiesta en la mesilla, como si el sueño la hubiera servido desde una jarra, o estuviera esperándome como un rapsoda al borde del camino. Se me nebuliza la visión cuando miro la oscuridad y en cambio el brillo de la lámpara me hiere, al asomarme de nuevo a la ventana las luces rojas y blancas de los coches que se adueñan de las calles con sus rugidos y premuras se vuelcan en vórtices, van danzando en la oscuridad, destellan, emiten halos que se deshacen como volutas.

Se trata del fin. Esta es la sentencia que espera a quien acepta ofrecer su destino en pos de un fin, sea el que sea. Antes o después llega el momento de abandonar. Llega la prueba decisiva de la fe en el instante en que toda escapatoria por demás está cortada. Ignoro qué brazos me han traído hasta aquí. Hoy desapareceré tras cumplir mi papel. Intuyo el juego, casi podría decir que lo conozco. He participado de forma indirecta en operaciones de eliminación, si bien nunca en términos que me fueran confirmados. Y es que al final la gente habla. No hay ley que pueda acallar eso. Pueden imponer las operaciones, asignar los papeles, escoger el elenco, cambiar al protagonista a su capricho, todo lo pueden, excepto una sola cosa: parar el habla, detener el entendimiento, tajar la indagación. Esa capacidad pertenece a todos. Rebrota como un arroyo en primavera. Me sonrío de mis propios pensamientos errantes ante el espejo en el que me despido de mí hoy. Conozco los mecanismos que están operando. Mi paciencia se pondrá a prueba. Llegará una señal. Entonces comprenderé si continúo al servicio de Martin Kreutzer o he sido recapturado por Fuerza y Espíritu en la órbita de Murtz. Si se trata de lo segundo no albergo esperanzas. El castigo será insoportable. Si se trata de lo primero, otra parte de mi existencia está a punto de comenzar. Es igual. No puedo hacer nada por alterar mi destino. En unas horas esto habrá terminado. Mi papel, sea el que sea, será corto, y acto seguido desapareceré sin dejar rastro. Supongo que aún he de esperar. La ventana no aísla de los ruidos del tráfico que crece. Qué lejos de esas vidas me sitúo. Saboreo esa sensación de diferencia. Es el premio a la entrega en cierto modo. He tenido una vida más allá de cuanto pude imaginar de joven. Es justo que hoy ignore el final en contrapartida. Sigo creyendo que mi instinto no me ha engañado. Que Raíces y Alas ha sellado un destino para mí con el que firmaré la paz el día de la marcha. Pienso en todos los que se fueron ya. Uno nunca sabe nada más de ellos. De pronto se difunde la noticia de que no están. Ahora yo soy uno de ellos. Nadie es el responsable unívoco de sus actos. Confío en que mi lealtad y mis errores de calibración sean pesados en una balanza justa.

Al fin clarea. Las antenas de televisión me recuerdan a cigüeñas de alambre dormidas sobre una pata. Siento algo de hambre. Dentro del minibar encuentro latas de refresco, botellines de agua, chocolatinas, lo usual. Hay encima un teléfono móvil encendido. No tiene iconos. Ha caído un papel doblado al suelo. Es posible que estuviera allí antes y no lo hubiera visto. Empiezo a dudar del tiempo, busco mi reloj y lo encuentro en la mesilla de noche, junto al lado de la cama que he deshecho. También está la cruz de esmalte a fuego que me entregó Graciela en el lago Lemán. Mi memoria da saltos como un canguro, no distingo mi decisión sobre lo que voy a hacer de lo que acabo de hacer hace un instante. Cojo el papel del suelo del pasillo. Miro el reloj tras cada acto simple en un intento de atrapar de nuevo una secuencia de orden que no revierta. Algo vuelve a alterar mis nervios, he perdido la sensación de bienestar que tuve en algún momento del sueño. En el papel doblado reconozco la grafología de Kreutzer, el trazo que deja sueltas muchas letras, el acabado redondo, la irregularidad de la presión. Supongo que es el código de la caja fuerte y ahora sé lo que tengo que hacer. Mi asignación final carece de estelaridad. Una salida con discreción es marca de la casa. Se me pide cumplir hasta el final y así lo haré, conozco las reglas porque yo mismo las he hecho cumplir. Es bueno marcharse a edades en las que se siente decrecer el peso de los escrúpulos. Calculo que no he de salir de la habitación hasta pasadas las once de la mañana, lo que significa más de tres horas de espera. Estoy llenando la bañera. Oigo música en mi cabeza. El contacto del agua en los muslos, el frío de la pared alicatada, el rozar de las manos cuando toco mi cuerpo como si tuviera que reconocerlo, la nostalgia de que alguien lo haga por mí, los reflejos de un fluorescente de tanatorio en el vaho del espejo se mezclan en un vuelco sin sentido ya. Apenas me corresponde ejecutar unos pasos. Salir del hotel. Caminar quince minutos en dirección Oeste. Ocupar una mesa en una cafetería, apagar el teléfono móvil a las doce, esperar a que llegue la una, desparecer. Al menos me iré comido.

La mañana consiste en esperar. Estoy indultado de obligaciones. Oigo el ruido de entrecerrar, maletas que se arrastran, carritos de la limpieza, las puertas del ascensor. El baño no ha conseguido relajarme y no creo que nada lo haga. Tampoco considero la desazón una mala compañía. Evita que impongamos expectativas a los acontecimientos. Pone en guardia, mantiene las palpitaciones. Atesora las lecciones de la derrota. Abre la puerta a lo que llegue tras la aceptación. Pasa página. Es importante no evitarla. Sirve de atalaya. Al contrario que la vanidad, no engaña, y no sirve de excusa, al contrario que la indignación. Examina las fuerzas en juego, las corrientes, los impulsos. No suele estar exenta de humor y el humor ofrece en sí un estado de ánimo desde el que partir. Comporta frialdad, la exige, con objeto de que no nos inunde la morbidez. El manejo de las emociones es clave en el aprovechamiento de las circunstancias. Todo cuanto aprendí con Arno Murtz cambió de sentido con Martin Kreutzer, la persona que más ha influido en mi existencia. Puedo decir que Martin me hizo quien soy, sin exageración. Me enseñó a encontrar mi camino desde la lealtad a un fin más alto. No tengo más que un agradecimiento que es muy tarde para expresar. Splash, splash. Oigo el sonido del agua que rebosa y salpica cuando me pongo en pie y agarro el albornoz.

No puedo evitar la indiferencia por lo que me rodea. He salido en la dirección oeste que indicaba el papel de la caja. Ando porque sé que tengo que hacerlo y que en caso de no cumplir con escrupulosidad de notario las instrucciones mi fin se adelantaría. No sería conveniente. Todavía está abierto. Todavía confío. La revancha agita a las masas, el saber estar, la serenidad, son actitudes que se imbrican a la forma de ser. Es la huella de mi trato con Kreutzer, del acuerdo que los dos sellamos sin palabras y sin testigos hace más de veinte años. Ha llegado el final del pacto. Hoy cobraré la sentencia de mi destino tras franquear el umbral de salida. Libertad o condena. No puede haber trampas. O creo que puedo dejar de pensar en ellas. La avenida

termina en una glorieta atestada de viandantes y coches. El cielo
no tiene luz. Abro la puerta de la cafetería. Cesa el frío. Busco
una mesa junto al ventanal. Es el final del tiempo para mí. El
final de una larga era. Estudiantes, señoras con bolsas, hombres sin rumbo, ancianos, mendigos, policías o repartidores se
arraciman en las aceras y cruzan con apresuramiento en cuanto
se abre el disco del semáforo. Es el final de las suposiciones y
el final de las cábalas, el final de las intranquilidades que también en mí han habitado como malas hierbas que ha llegado la
estación de arrancar. Una sensación de purificación me separa
del pasado y de esta ciudad ajena de la que mañana estaré muy
lejos, tras rendir una contribución que ignoro. Un orden invisible se cierne sobre mis espaldas, desde la cafetería sigo observando por el cristal, observo los postes y semáforos, los cables
que cuelgan, la coreografía de urgencia que dispone a los coches
ante el disco rojo, el mercado de abastos que se distingue por
una techumbre de hormigón plana, el vapor que emana por las
rejillas subterráneas, de los tubos de escape, en las chimeneas de
los puestos callejeros, en el aliento de los que pasan.

El sobre de rublos que encontré en la caja fuerte da para un
desayuno de la casa. Suficiente. Habría sido arduo escoger una
selección de mi agrado a partir de una carta en alfabeto cirílico.
Emito un guiño de humor que nadie recibe. En algún momento he experimentado temor, debilidad. Ganas de huir. Ya no.
Habría sido un error. Cada posibilidad y cada variante de mi
comportamiento han sido previstas con anterioridad. Mi única
posibilidad de salvación reside en cumplir a rajatabla, sin vacilación, los pasos que se me han indicado. A las doce en punto
apago el teléfono móvil según las indicaciones. La pantalla me
pide un código de desactivación. Al teclear los ocho dígitos escritos en el papel caigo en la cuenta de que no puede ser así de
sencillo. Hay una fecha escrita de manera inversa, hay, no, es
una fecha, el código, son ocho dígitos, desplazados por pares,

es fácil recomponerlos en año, mes y día. Mis ojos saltan entre los ocho números, estoy convencido de que con una traslación directa debe encontrarse una fecha. En realidad no importa, por supuesto. He tecleado el código tras memorizarlo y acto seguido guardo el papel doblado en el bolsillo. Lo tiraré en el baño. Quizás me haya vuelto loco y no haya ninguna fecha inscrita en el código. He introducido la secuencia en su orden originario. Sigo cavilando ante los ocho números en la pantalla. Estaban escritos por la letra de Kreutzer. Sigo seguro. El suelo del aseo está encharcado. Puede que mi intuición me haya confundido. Voy a romper el papel en pedazos y tirar de la cadena, entonces lo diviso. Es un día de junio de este año. Me sonrío. No entiendo. Descifrar hace que las cosas sucedan. Los códigos cifrados son el mecanismo por el que el azar se condiciona en las misiones o, mejor sería decir, se utiliza. ¿Puede condicionarse al azar y usarlo para nuestros fines? Nunca hay un verbo justo que corresponda al azar, puesto que se lo desconoce. Mi lucidez se escabulle. Los ocho dígitos han de conformar una fecha y no una cifra. Sigue habiendo demasiadas posibilidades. No hay una clave que sea inherente. O tal vez sí. Recorro mentalmente el calendario. En cada mes localizo uno o dos sucesos de los que recuerdo la fecha en que ocurrieron, salto entre compromisos y acontecimientos. Suena la cisterna. Lo tengo algo más claro. Vuelvo a la mesa. Ahora estoy seguro de que el plan que hoy ha de cumplirse ha sido concebido en Raíces y Alas. Siento la presencia de la mente de Martin Kreutzer, como si estuviera pensando a través de mí. Me molesta tener el móvil encendido en el bolsillo de la chaqueta. Lo dejo sobre el velador de mármol, junto a la cristalera por la que observo la calle. ¿Debo tomarlo como una ironía? Compruebo que si desplazo tres posiciones los ocho dígitos originales del código este muestra el día en que se me entregó la cruz en el lago en Ginebra, la cruz que todavía llevo al cuello, por parte de una joven entonces desconocida.

Apuro los sorbos. El café se ha quedado templado. Una camarera de pelo rojo y ojos claros retira el plato con migas de cruasán. Es atractiva. Tiene un aire de tristeza en la mirada, pecas en los pómulos, dulzura en los rasgos. Se la podría utilizar para dar un giro a una trama de suspense. Si los boludos que escriben libros y guiones supieran que tienen el secreto del mundo delante de sus narices en cada noticia y son incapaces de darse cuenta de ello..., entonces no recurrirían a trucos manidos. La realidad está predeterminada con una gran antelación al instante en que los acontecimientos afloran a la superficie. Todo aquel que ha de desempeñar un papel en la trama está persuadido de ser el actor de sus decisiones. Está imbricado a su vida, el papel. A veces, hay fallos. Se corrigen. Hasta que llega el final no se negocia el desenlace. La trama ha sido pensada mil y una noches para cuando estalla. Yo mismo estoy aquí para desencadenar un acto cuya trascendencia no puedo calibrar, si es que llego a apreciarla.

Miro la calle, pienso en gente que he conocido, me quedo en blanco. El teléfono móvil no se ha apagado. Solicita que vuelva a introducir el código. De que se transmita y replique esta señal depende lo que sea que haya de ocurrir entre las doce y la una. Soy impotente para alterar este hecho, acelerarlo o anularlo. Estoy familiarizado. Aunque no pueda hablarse, historias se cuentan, fluyen relatos, hay avidez de hechos, se habla. Cualquiera cree que ha de ocurrirle algo especial. Ahora estoy fuera de eso. Yo sí. Estoy empezando a ser un yo y no un ellos. La división está establecida. Yo. Ellos. Qué cansancio de la palidez del cielo. Para qué es mediodía. Patios y calles de Orán, vosotros lo sabíais. Qué espera tan carente de sustancia, mirando la pantalla de un teléfono móvil que no termina de apagarse y que así me mantiene ligado a la base del plan.

Nada me sorprende en exceso y al mismo tiempo algo sí me sorprende. Estar viviendo me sorprende. No ser dueño del curso de las circunstancias, no; además me libera. Se me mezclan la vida y el pensamiento, vivir y pensar, pensar y sentir, sentir y saber, saber y temer, temer y esperar, esperar y vivir, y vuelta a empezar. Este día final nunca estuvo previsto. Mi final es el objetivo de otros. Otros han planeado la misión. Yo soy instrumento. Me gustaría marcharme con cierta clase, eso sí. Nada de resquemores y nostalgias. Me siento a gusto en un estado de indiferencia. Contribuye a ello el embotamiento que me ha producido la sustancia o lo que sea que les permitió trasladarme hasta una cama de hotel a los enviados de Martin Kreutzer, quienes sin lugar a duda ignoraban tanto como yo el papel que me estaba reservado. Agentes muy jóvenes, probablemente. Yo también fui uno de ellos, por eso sé que la juventud no impide estar alerta a las coincidencias. Más bien al contrario. Nunca puedes verificar tus cábalas, es cierto. Y eso puede conducir a la paranoia y a sesgos en la interpretación de la realidad. Lo decisivo es implicarse sin perder el control. Pertenecer a una organización con el grado de entrega que me exigió en mi juventud Fuerza y Espíritu, y abandonarla a la mitad de la vida, en mi fuero interno, pero sin mostrar la menor señal de vacilación externa que me hubiera costado la cabeza, por el proyecto de Martin Kreutzer son cosas que han hecho mi vida distinta. Desde hoy el panorama cambia. Soy consciente de mi papel en el juego. No voy a marcharme como un jubilado de banca que se apresta a disfrutar de sus *hobbies*. Se marcará en mi alma el hierro al fuego de un acto del que seré cooperador y que nunca podré relacionar unívocamente con nadie. Esa es la ley suprema de las operaciones de Kreutzer. No son asignaturas para escolares. Asomarse al abismo da vértigo. Pero también es adictivo. Unas decenas de muertes violentas pueden desencadenar una guerra. Un atentado puede descabezar a un gobierno. Intuyo mi papel aquí, por supuesto. Ejecutor sin conciencia, verdugo sin entendimiento. Unos cientos de miles de muertos habilitan

el control para aumentar la producción planetaria en beneficio de cientos de millones de personas. Mis dedos tamborilean
sobre la pantalla. Fuera el vaho precede a los viandantes y se
condensa en los tubos de escape. Mana de las chimeneas que se
alzan sobre la cubierta de hormigón del mercado. La pantalla
no acepta el código de confirmación, no tengo manera de apagar el teléfono. Miro el reloj. Casi las doce y media. A la 13:01
me esperará un coche junto a la marquesina de autobuses. No
hay gran cosa que pueda hacer hasta entonces. Se quedará encendido el móvil. Es más, no debo hacer nada. En Raíces y Alas
como en Fuerza y Espíritu he sido un buen soldado. Un buen
soldado que se cambió a un ejército distinto. Ignoro lo ocurrido entre las últimas horas en Kengawa y esta mañana en que
desperté y aun así los signos de Kreutzer se han manifestado
con la fuerza de la evidencia. Las líneas manuscritas. Kreutzer
da sus instrucciones exclusivamente en persona o de su puño y
letra. La fecha en que recibí la cruz en el lago Lemán. Martin
Kreutzer nunca defraudará mi entrega a Raíces y Alas. Esperando entre la tensión y la indiferencia tan propias de este oficio,
saberlo es una fuente de calma. Estando como estoy convencido de que esta operación viene directamente de la factoría de
Kreutzer, empiezo a pensar que la confirmación del código de
desactivación debe de proceder de alguien cercano a él y de su
máxima confianza con acceso a un centro de datos potente desde el que capte la petición de código de confirmación y lance
la simulación de códigos de respuesta. La simulación aleatoria
de códigos es la marca más evidente del proceder de Kreutzer,
su forma matemática de convocar al azar para que determine el
resultado de la contraoperación con la que logramos detener
Ira y Tempestad. Nadie tendrá el peso de una decisión o una
acción que desencadene un mecanismo unívoco. El resultado
lo determina el azar y ese es el juego maestro que asegura la
imposibilidad de rastrear una causalidad, una planificación, un

centro de poder. Mi mente es ahora espejo de la mente de Martin Kreutzer. Entrenar a las mentes en la sincronización asegura la transmisión de la información. Kreutzer es un consumado maestro en ello. Por eso sé que él previó que yo comprendería durante la espera que el centro de datos al que he enviado el código de desactivación está ubicado cerca de la Residencia Walser. Mi instinto entonces me conduce a los nombres de Marc Roth y Pietro Varsky, investigadores que disponen del centro de cálculo de un laboratorio industrial a los que Kreutzer utiliza en ocasiones de enlace. Marc es su sobrino carnal. Desde hace tiempo tenía mis sospechas de que había sido captado por Raíces y Alas. Varsky fue un misterio en cambio desde que lo conocí. Me pregunto una y otra vez qué cierra el elemento de azar que Kreutzer ha introducido a través de la verificación externa del código. El engranaje que depende de unas gotas de aceite cuya dispersión no puede proyectarse. El vendaval que hace oscilar una teja suelta. Sobre las consecuencias no puedo engañarme. He participado otras veces secundariamente en este tipo de operaciones. La gente que pasa por la plaza son los extras de una historia que ha de golpear a las masas. Observo la marquesina en la que ha de detenerse el coche que me sacará de aquí a las 13:02 y luego del país en unas horas. Me separan unos cien metros de la marquesina. Me llevará menos de un minuto recorrer la distancia a pie. No queda nada en lo que pensar. Solo seguir las instrucciones. Y lo que determine un intercambio de bits en la frecuencia asignada a este teléfono móvil que tengo sobre la mesa junto a la cucharilla del café. Esperar. Eso es todo. Y en unos veinticinco minutos todo habrá terminado. Preferiría que se desactivara. Es humano. Haría lo que fuese por apagarlo en realidad. Pero me estaría condenando a la inmolación en el instante en que me apartara del plan de Kreutzer. Dejarían de protegerme ante Arno Kurtz. Ellos saben que no voy a fallarles. Yo no juego con dobles barajas. Nunca lo he hecho. He mantenido una lealtad interna extrema sin perjuicio de adoptar los comportamientos convenientes. Hoy es la última vez. Ha terminado el juego doble. Nunca he apretado el gatillo en la cabeza de alguien. Ni siquiera he disparado un arma en una situación real de enfrentamiento. Las he facilitado o hecho llegar a hombres de acción que carecían de conciencia y a los que teníamos bien identificados. Cualquier operación en la que he tomado parte se habría completado de una manera muy similar sin mí. Simplemente he movido algunos hilos para la dirección de una trama que promovía una organización en cuyo fin creía. El peso de la responsabilidad descansa en Martin Kreutzer. A las 13:01 yo, ocurra lo que ocurra, me dirigiré hacia el coche que estará esperando en la marquesina y me iré. Estoy a unos minutos y cien metros de ese momento. Me pregunto si el reloj digital de la pared marca la hora correcta. Y si sería una simple casualidad que no la marcase o si, por el contrario, podría entrañar un significado. Sigo meditando en la clave del componente del azar. A priori, no es propio de Kreutzer añadir un rasgo de humor en este terreno. Una televisión encendida en la que pasan las noticias me confirma que el reloj de la pared está en hora.

El tiempo transcurrirá y nuestra contraoperación terminará antes de que me dé cuenta de nada. Mañana o dentro de unas semanas o de no sé cuánto tiempo comprenderé. Lo que quiero es volver a ser dueño de cada segundo de mi tiempo. Esta espera de pantomima me incomoda. Pienso en si Kreutzer puede haber previsto ese cabo suelto de mi carácter, mi adicción a convertir lo desconocido en reto. Al fin y al cabo, a quién no le divierte batirse contra el azar. El azar acepta los embates. El azar iguala. El azar reta. Es Marc Roth. Lo estoy viendo. Es Marc Roth en el centro de cálculo. Lo pienso y lo pierdo. Tengo la idea y se me va. Entro muy dentro de mi mente a buscarla. Marc Roth. Es Marc Roth. Pasa la clave de desconexión ante mis ojos. En seguida se difumina como en un truco de feriante. Roth comparte el centro de cálculo del laboratorio con los proyectos de Varsky. Son las nueve y media pasadas en Ginebra. Marc está lanzando simulaciones en el centro de cálculo para capturar códigos en internet. Hay proyectos que solo Marc conoce. Está su cercanía familiar a los Kreutzer. Al mismo Martin Kreutzer. Marc. Es Marc. Que pertenezca a Raíces y Alas es perfectamente posible. Entonces lo comprendo. Es Marc quien debe activar el código de desactivación desde el centro de cálculo a través de sus simulaciones. Y es Varsky quien puede impedirlo. En la interacción casual de los horarios del laboratorio y las clases en el instituto técnico reside el detonante aleatorio de la operación. Nadie sabrá que al mover una clase en un horario determinó que se quedara libre o no el ordenador central y que el código de una operación de impacto se activase o se cancelase. Nadie puede seguir el rastro. Pero yo con mi mente lo he encontrado. Aunque mi instinto o mis destrezas no me sirvan de nada, siguen siendo parte de mí.

Miro los titulares deslizantes en el televisor. No entiendo una jota del alfabeto cirílico. Imágenes de desfiles militares, hombres de traje gris, un policía en el recibidor de una vivienda. Me estoy yendo. Vuelvo a atrapar a ese que huye en mi mente. Varsky. Solía considerarlo un subordinado sin capacidad de decisión no obstante muy inteligente. Su papel es pasivo. Dar rutinariamente su clase de matemáticas de primer curso con ese estilo tan indirecto con el que se expresa. O eventualmente no tan pasivo. Puede que sea una res no marcada. Como lo he sido yo en mi fuero interno y no obstante he logrado hurtarle mi rastro, al menos hasta la fecha de hoy, a un maestro legendario en este oficio de tinieblas. También es cierto que ni un segundo más de las 13:01 con toda probabilidad. Algo va a ocurrir aquí ante mis ojos entre este instante y la una. Ahora lo sé. Imagino el momento en que Marc está entrando en el aula de Varsky a pedirle la llave del centro de cálculo. O tal vez a requerirle por la clave de seguridad que él cambia a menudo. Lo estoy rozando. Estoy a punto de partirme de risa. Martin Kreutzer no puede desplazarse. Ha tenido que usar a un familiar para poner en marcha la fase final. La caída del telón de la operación en la que hemos trabajado durante cuatro años y que ha sacado a Murtz de sus ensoñaciones de una guerra mundial con epicentro en Asia. Hemos dejado a Murtz tocado en África y no recuperará su estructura en Asia. El viejo lobo hizo por subirse al carro de nuestras operaciones en la República Libre. Qué extraño. Sin saberlo nos ayudó al enviarme a Kengawa con el objetivo de lograr el nombramiento de Chiwa como general. Qué extraño haber estado metido hasta el cuello en los hilos y camuflajes de operaciones de armamento de miles de millones de dólares y ahora encontrarme tan lejos de la acción. Tan cerca durante unos minutos más y tan lejos después para siempre, espero, al borde del abismo donde reside mi destino. Fuera y lejos. Quién sabe cuánto.

Si Varsky está ahora mismo dando clase lleva ya más de tres cuartos de hora. Luego habrá entrado en un demarraje de conexiones que los alumnos seguirán fascinados. El poder de persuasión de la inteligencia de Varsky no conoce límites. Ahora bien, hay un riesgo en el cierre de operaciones que ha planeado Kreutzer. Confiar en Varsky puede que sea el cabo suelto para que prenda la causalidad. Porque nadie pondría la mano en el fuego por Varsky. O no yo. Esta fase final de la operación proporcionará una evidencia valiosa en ese sentido. Eso sí, a costa de un accidente de alcance imprevisible en una gran ciudad de la estepa oriental europea, cuyo nombre aún ignoro. Imagino a Varsky recorriendo de un lado a otro el estrado. Y a Marc urgido por la necesidad de desbloquear la clave del centro de cálculo desde el que lanza las simulaciones masivas de códigos. El hallazgo del código que confirma la desactivación de este aparato puede que resulte un desciframiento rápido en tanto que Marc sigue las pautas de simulación que le habrá trasladado cotidianamente Martin Kreutzer. A la sazón su tío carnal y gran aficionado a las matemáticas. Qué natural habrá encontrado Marc que al viejo tío le gustara charlar con él sobre técnicas de encriptación y verificación de códigos. Sigo confiando a muerte en Martin Kreutzer. Aun así hay una cosa que no me gusta. Una persona como él no puede ser como los otros y ahora sin más jugar a los dados con las vidas de los viandantes que cruzan apresurados la glorieta ante la cristalera desde la que les he observado durante largos minutos en que nada se me ocurría y no podía adivinar ni una pista de mi papel. Ni siquiera por cumplir el principio sagrado de que no queden trazas. Estoy cerca de comprender algo más. Algo que está ocurriendo ahora mismo en un instituto técnico de Ginebra y el laboratorio de una industria cercana. Varsky no admite interrupciones en sus clases. Tras tres cuartos de hora estará acometiendo el crescendo. Habrá dejado el hilo de la lección del día y se estará saliendo de sus casillas defendiendo la solemnidad de la contribución de la ciencia rusa al bienestar de la humanidad. Marc suplica al bedel que le permita interrumpir la clase. Varsky no atiende a peticiones. Está explicando a los alumnos cómo los científicos rusos han sido sistemáticamente menospreciados por Occidente. Los más grandes físicos experimentales han sido rusos. La masa del electrón fue descubierta y medida por un ruso. La interpretación decisiva de la teoría de la relatividad fue hecha asimismo por un ruso, les estará diciendo. Estará subiendo el volumen o acaso vociferando. Y a esos gigantes de la ciencia rusa Occidente los ha querido llevar una y otra vez a un pie de página de la galería de la fama que corresponde a científicos ingleses, franceses, alemanes, norteamericanos. No había encuentro en el que no saliera su alegato. El menosprecio a la ciencia rusa no se explicaba por una cuestión de egocentrismos o de apropiación para la historia nacional de unos éxitos. Fue por otro motivo. Porque la ciencia rusa se desarrolló al servicio de la verdad pura y alta, y los científicos la sirvieron con una abnegación que en Occidente está fuera del alcance de las comodidades que el bienestar induce en forma de repliegue de una inteligencia que se conforma con la producción material. Occidente ha prostituido la ciencia poniéndola al servicio de su imperialismo, clamaba Varsky, la ha hecho su doncella. Su ama de llaves. Su espía a sueldo que a traición comercia envolviéndose en mentiras que la han velado en sombras para que solo el imperio mundial de producción con centro en Occidente se sirva de sus progresos. Han creado una religión para que se venere la técnica de Occidente en todas partes secuestrando las esperanzas que la humanidad había depositado en el conocimiento de las leyes de la ciencia. Escuché esa diatriba furibunda una sobremesa y no la he olvidado. Occidente se ha apropiado de descubrimientos científicos de todos los países amoldando el relato de su surgimiento a una épica que diera cobertura a su falta de escrúpulos. Solo en Rusia la ciencia siguió resplandeciendo en su misión altísima y por eso los más grandes científicos del siglo XX fueron rusos. Ellos preservaron el espíritu de la investigación cuando todos los países occidentales habían transformado la ciencia en un arma de apropiación y negociación de intereses. Occidente había hecho de la ciencia el demiurgo que podía alterar el curso de una guerra o el valor de una región entera transformando el uso de cultivos o explotando el subsuelo o arrasando ciudades para reconstruirlas a cuenta de garantías estatales o sobornando a los generales que firman los contratos de armamento. Ah, qué tipo aquel Varsky, qué trémolos de irascibilidad le estarán saliendo de la garganta en este mismo instante en que Marc sigue suplicando al bedel que le permita interrumpir la clase un momento, que le deje pasar, salvo que...

Ha de haber tres niveles de seguridad. Pensar en ello hace volverse loco, y ahí residen la inmunidad y el olvido perpetuo que absuelve a los responsables. He comprendido tarde las reglas de juego que asumí ciegamente. Tres niveles. El primero y el segundo provienen de la casación de dos sucesos en un lapso determinado y son la causa que detona la operación. Conducen a la disyuntiva crucial, donde las combinaciones de redundancia y azar se parametrizan. Tan sólo la mente que ha trazado la programación conoce la respuesta a la bifurcación que se abre en el caso de que un solo código se active, o de que se produzca una coincidencia parcial; cuando esa mente programadora desaparezca, se borrará el rastro. Como en los pelotones de ejecución a un desertor, en los que se deja sin munición algún fusil, para que ningún soldado cargue con la certeza de haber matado a un amigo, la lógica suprime la traza al fijar exógenamente el grado de simultaneidad. Así, jamás existirá una causa única del curso de los acontecimientos, ni un solo agente suficiente. Por más terribles que las consecuencias sean y evidente resulte que no surgen del caos. En ausencia de un responsable que identificar, será igualmente imposible vislumbrar una organización coordinada. Basta una lógica y tres niveles de seguridad. Y nadie habrá sido el responsable. El mundo ha de estar velado. O es que ya he enloquecido. Desolado de alertas que me excusan por adelantado, rodeado por abstracciones hirientes que me vacían de responsabilidad. ¿Cuál es?

Tierra

...No puedo más. He salido de mí, y volver duele. Duele el retorno a este desvalimiento. Son las 12:41. Las personas siguen pasando con sus bolsas cargadas del mercado. Los autobuses pasan, los coches giran, los semáforos cambian de color. Ahora queda esperar. Lo que sea, se ha decidido que yo lo ignoraría. La fecha de la entrega de la cruz esmaltada en el papel del hotel es el sello de autor de Martin Kreutzer y lo agradezco. Tal vez ni siquiera deba considerarlo una muestra de deferencia. Asegura que no me plantearía otra cosa que mi lealtad. Que suceda de una vez lo que Kreutzer lleva planeando años. Acepto que no me corresponde saber. Hacer hipótesis no conduce a nada.

No ignoro de qué son capaces quienes me han puesto aquí. En ese aspecto no resultan tan distintos los unos de los otros en su obsesión por el funcionamiento. No ignoro los medios de que disponen, su capacidad de organizar la información que recogen continuamente está fuera del alcance de las posibilidades de mi entendimiento. Uno lo intuye apenas. Aprecian a quien cumple misiones. La menor deslealtad se paga cara. Y sin embargo yo, que he traicionado a Murtz, estoy vivo. He perdido mis conexiones con Raíces y Alas pero vivo. En los registros de la República Libre del Iris he fallecido, pero vivo. Un orgullo me cabe. Supe encontrar a las personas con las que plantear la lucha de otro modo. Nunca me resigné. Ni rehuí decisiones ni me achanté ante una acción. Tampoco hoy será así. Una raíz enterrada en mi ser dirige su crecimiento más allá de mi voluntad. También hoy será así. Cumpliré como he cumplido hasta ahora y me marcharé. Debo ignorar adónde. Eso será la cuestión de mañana. Una mariposa me revolotea en el estómago. Qué impropio. Como una polilla en una lámpara. No me importa su presencia. Es el signo de la edad. En el momento en que eso sucede se ha dejado de valer para este oficio. Es justo que en el día de la despedida pasen tus actos ante ti. En este oficio debes empezar por conocerte a ti mismo bien. Hay mucha gente que tapa su oquedad de hojalata con redobles de tambor. Es un recurso que resulta práctico. En tanto en cuanto no se acabe convertido en uno de ellos. Igual alguien pensará eso mismo de mí, claro. Eso es lo malo. De pronto no me importa que el tiempo transcurra despacio. Restan catorce minutos. Un tiempo exiguo en otras circunstancias. Si se me permitiera distraerme pasarían rápido. No ha entrado el código de desactivación del teléfono en remoto. Hecho número uno. No tengo ni idea de las consecuencias de ello porque no atañe a mi función. Hecho número dos. Si estás en esto puedes aceptar cualquier combinación de hechos sin que te estallen. La observación de las propias reacciones es parte del trabajo. Te conviertes en una máquina y todas las señales son importantes para ajustar el resultado a la misión. El sentido jamás se pone en duda. La palabra sentido no existe en realidad. Preferiría que el reloj estuviera marcando una hora después o que en el calendario fuera el día de mañana. Lo preferiría, sí; lo elegiría, no. Salir de Raíces y Alas no se elige y el día en que uno se marcha sabe que se irá solo. Me queda el orgullo de no haber fallado y de haberme entregado a una causa en la que creía y en la que seguiré creyendo. El mundo tiene que enterarse de una vez del secreto de la sangre. Si hace falta que sea a puñetazos, así sea. Que algunos miren cara a cara a la verdad un rato. Tampoco es pedir tanto.

Me pregunto qué figuraría en mi biografía en el caso de que personajes como yo la tuvieran. Evidentemente no es el caso. Miembro fundador de Raíces y Alas. Se unió en esta organización a un puñado de idealistas armados de inteligencia y relaciones. Tuvo distintas parejas estables a pesar de una vida a salto de aeropuertos y hoteles. Fue más un adicto a la seducción que un seductor en el significado usual del término. Nunca se planteó el futuro. Comprendió pronto que no le estaba destinada una existencia ordinaria y nunca la ha echado de menos. En los años que le queden aspira a descansar y llevar una vida ordinaria, ahora sí. Tiene algunas aficiones pendientes. Comprar algunas tierras, reparar trastos viejos, comprar coches antiguos, tener un par de perros, quién sabe. Ha necesitado hacer muchas cosas para seguir vivo, incluso regresar del dominio de los muertos. Reconoce sus carencias. Nunca se ha esmerado en cuidar a nadie ni ha solicitado que lo hiciesen. Admira a la gente que sabe cuidar y tiene unos arranques de sinceridad que ni él mismo prevé. Vuelvo a reírme de mis ironías en esta cafetería de parroquianos abrigados hasta el cuello. Apenas se desabrochan un par de botones del anorak al entrar y algunos ni siquiera se quitan el gorro. Mis botas de piel gruesa y varios centímetros de suela se han secado. La nieve en la avenida estaba barrida en montones. Agradezco la calidad en la ropa. El traje es de una lana de calidez que aprecio. Probablemente el mismo Martin Kreutzer dejó dispuestos esta clase de especificaciones en alguna cadena de instrucción antes de enclaustrarse en la residencia Walser. Lo imagino dando un paseo esta mañana desafiando el frío. Sabiendo que en el día en que la realidad ha de quedar alterada por lo que su mente ha trazado no le queda nada que hacer. No creo que haya necesitado ponerse en contacto con Marc o Varsky. Habrá tomado en consideración sus horarios y rutinas. Jamás dejaría un fleco suelto para el día final. O eso o no le conoceré tan bien como creo. Puede ocurrir. De modo que Varsky estará dando su clase y despotricando contra los que menosprecian a los científicos rusos y contra los que se apropiaron de la teoría de la relatividad. Estará haciendo rechiflas sobre la terminología cuántica en la que se define una partícula sin masa. Los alumnos se lo estarán pasando bomba puesto que a esa edad fascina cualquier personaje diferente. Varsky qué duda cabe de que lo es. También a él es difícil conocerlo. El arte de un maestro como Martin Kreutzer reside en la capacidad de conocer a las personas más de lo que ellas mismas se conocen. Y de esa manera asignarles una función cuyo último efecto les está intrínsecamente vedado entender porque responde a reflejos que se apartan por entero del comportamiento propio con el que hubieran contado. Algo entra en mi campo visual y el azote de una maldición me da un vuelco. Ahí.

Se ha iluminado.

Al lado de la cucharilla, se ha iluminado.

Junto al vaso de café en el que se han quedado gotas a mitad del cristal. No es la respuesta al código. La vibración. La gente. La cristalera. Tomo en mis manos el teléfono. Y si alguien quiere hablarme.

Malik, Malik. ¿Estás ahí?

Es Magdalena Krámer.

¿Quién es?

Ya sabes que soy yo.

Lo que no sé es por qué me llamas ahora.

No refunfuñes.

Pensé que no sabría de ti nunca más.

Dónde esa voz que tintineaba hace un momento. Me molesta el murmullo. No escucho nada más. No puede ser. Era Magdalena. Ahora ruido en la señal. Miro la pantalla. La cucharilla y el vaso vacío. El reloj en la televisión. 12:46. Noticias de deportes. Vuelvo a pegarme el teléfono a la oreja. Querría levantarme y arrasar con la cristalería de la cafetería. No van a convertirme en un títere. Raíces y Alas no es esto. Entonces Magdalena otra vez.

Sé lo que estás pensando.

Y lo sabía. No se lo dije.

Tienes derecho a comprender.

Nunca he pensado que sea alguien con derecho a nada, Magdalena. Me suena a lujo.

Has alcanzado otros.

Ese nunca.

Pues yo quiero que entiendas, Malik, y soy yo la que tiene que contarte lo que ha pasado. Hay poco tiempo.

No necesito explicaciones tuyas, Magdalena. Te las puedes

ahorrar si vas tan justa de tiempo. En apenas quince minutos me habré ido. Tampoco te escucho muy bien.

¿Ahora mejor?

Sí.

Cuando ella habla su voz se me cuela por los entresijos de una manera que no puedo explicarme y que siento retornar desde un pasado indefinido.

Lo primero que quiero es confirmarte que Martin ha estado al mando de la operación. La medicación le permite mantener sus facultades y no delegar la decisión final. Esta mañana he estado en contacto con él. Quiere que sepas cuánto te aprecia, Malik. La estima en que te tiene. Considera que ha contraído una deuda de agradecimiento contigo. No son palabras que Martin conceda baratas, Malik. Nosotros no nos envolvemos en lemas. Es la verdad. Así que puedes estar tranquilo. Todo lo que te ha ocurrido ha estado bajo la decisión directa de Martin. Sin delegación. No ha habido ni malentendidos ni equívocos. Yo he colaborado cuando y como Martin me lo ha pedido, y es lo mismo que estoy haciendo ahora. Es Martin el que quiere que sepas. Y que decidas tú si actúas o no. Tú.

Entendido.

Era necesario que desaparecieras de Kengawa. Allí eras demasiado conocido. Demasiada gente había tenido contacto contigo. Había que preservarte a la vez que borrarte. Que nadie buscara en nosotros o en Murtz el hilo del que tú y solo tú podías tirar. Ejecutar tu desaparición física nos ha provocado considerables desvelos.

Me estás poniendo la piel de gallina, Magdalena. No sé quién eres.

Soy yo, la que conoces, déjame seguir. Detuvimos tu corazón unas horas. Llevas una placa de metacromato en el pericardio implantada como si fuera un marcapasos. Permite activar una descarga que te pare el corazón a través de una señal de baja frecuencia. Posteriormente la carga polar puede recuperarse mediante una acumulación de radiación hasta ponerlo en marcha de nuevo.

Sois como el médico que creó a Frankenstein, Magdalena.

No hables de un vosotros como si estuvieras fuera, Malik. Eres parte de Raíces y Alas. Nos debe unir la misma confianza. El plan ahora está siendo puesto en tu conocimiento para que lleves a cabo la acción final. Tú vas a elegir.

De modo que ese era el postrero azar encriptado, ¿no es cierto?

Ni siquiera yo puedo contestarte a eso, Malik. Hay algo excepcional en este plan de Kreutzer. No es únicamente tu despedida, es también la suya, quizás la mía, la de todos. Graciela me contó que habías muerto. Ella firmó como testigo. No pude contarle nada hasta muy recientemente. La técnica que has recibido no se había aplicado jamás.

¿Cuándo me colocaron la placa metálica? No pudo ser en Boston. Allí me encontré a Murtz.

Estamos en todas partes, Malik. Raíces y Alas ha infiltrado la organización de Murtz. Era la única forma de vencerlos. Hace más de veinte años que empezamos a hacerlo. Hacer validar y retroceder a Fuerza y Espíritu ha sido el sueño de la vida de Martin, la razón de existir de Raíces y Alas. Lo que puede ocurrir esta mañana no está dirigido solamente a Fuerza y Espíritu. A Murtz todavía le llevará un tiempo comprender lo que ha pasado y su pérdida de prestigio y de fuerzas. El golpe de hoy tiene otro objetivo más. Vamos a detener la guerra de Dulumba en la República. Los rusos se lo van a ordenar esta tarde. Si tú quieres. El teléfono móvil que tienes ha sido programado para detonar en unos minutos una carga explosiva que hará derrumbarse la cúpula del mercado que estás viendo. Nadie ha golpeado a los rusos jamás así. Siempre se han respetado los territorios centrales. Nunca han sufrido en el mismo centro de su poder un ataque que les hunda a los ojos de su pueblo. Tener ese control les obsesiona. En cuanto revisen la cadena de fallos que determinan el atentado entenderán el mensaje y actuarán para preservarse. Llamarán al Halcón y le ordenarán que cierre en veinticuatro horas un pacto con el gobierno de Geldnanm o es hombre muerto. Ese es el objetivo, Malik. Tienes que saberlo.

Jamás ha sido así el procedimiento, Magdalena. Si de algo estoy seguro es de eso. Por desgracia no puedo estar seguro de nada más. De nada de lo que me has contado tengo la menor prueba. Suponía que Kreutzer estaba al mando. A mí no me corresponde decidir nada. Estoy seguro. No hay otra cosa que pueda hacer.

Sí tienes una alternativa, Malik. Puedes echar a correr y arrojar el teléfono móvil al río. El agua impediría la detonación. Por donde ves salir los autobuses de la marquesina se llega al puente.

De modo que es eso. Entendido. Pues no me estás planteando ningún dilema, Magdalena. No me interesan ni siquiera los dilemas en general. Son una delicatessen para gente como tú, si me permites que te lo diga crudamente. Un lujo de tu lado de la civilización.

Adiós, Malik.

¿Magdalena?

Lo creas o no, te aprecio mucho.

Ha colgado. Con esa frase de despedida de un amor episódico, ha colgado. Sigo escuchando un rato. No suena nada. Me pregunto si me ha mentido desde la primera a la última palabra. O nada más al final. Despego el teléfono. Otra vez el murmullo. Una agitación me nubla la consciencia. Ella me transportó lejos de aquí a un lugar y un tiempo que para mí no existen. Contemplo el reloj con indiferencia. Sería absurdo que pusieran la responsabilidad sobre mí. No entiendo los juegos de Magdalena. Es imposible que sea tan ingenua como para creer que voy a incumplir los principios a los que los dos prometimos lealtad. Menos en aras de una historia que ni siquiera sé si es cierta. Sea o no una historia verdadera seguiría siendo falso que yo pueda tomar ninguna decisión. No me agrada permanecer aquí. Es una lección final que podría ahorrarme. He visto suficientes muertos y sangre y explosiones en mi vida. Algunas menos que un reportero de guerra o que un oficial sanguinario probablemente. Suficientes, en cualquier caso. A mi edad podrían haberme ahorrado el espectáculo. Para las masacres están los soldados. Sigo sin entender la llamada de Magdalena. Tampoco tendría sentido que me mintiese. La intuición nunca me ha fallado. Puedo equivocarme con generales y con ministros y con mercachifles. Ese es el motivo de que desconfíe de todos. En cambio noto cuándo una mujer miente. La intuición nunca me ha fallado en ese terreno. Si Magdalena no estaba mintiendo entonces solo queda el daño. El daño en mi interior. Un dolor que no se puede cancelar. Cada vez me aturde más el embotamiento de la gente que sale y entra. Ni los veo ni me ven. Estrépito de ambulancia en la glorieta. Está a punto de provocar un accidente. Los autobuses tardan en apartarse. Los peatones dudan ante el semáforo abierto. Hay sirenas que vienen de dos lados. A nadie le interesa. Nadie muestra un gran interés por nada. Es una hora del día en que la actividad decae, a lo que no dio tiempo se tendrá que hacer por la tarde, hay que pensar en almorzar. En la pantalla del teléfono brilla la solicitud de código. Han trufado de pistas falsas mi acción seguramente. Me pregunto si el día en que me despedí de Martin Kreutzer él tenía ya urdido mi papel hasta mi intervención de hoy. Su modo de proceder es fascinante. La atención a cada aspecto deja al borde del agotamiento a cualquiera. Exhaustivamente se repiten los análisis de posibilidades y mapas de escenarios, desvíos de sucesos y trayectorias de individuos monitorizados. En el final ha de dejarse un cabo suelto. Hay sucesos que solo pueden ocurrir en el día de la intervención cuya detonación puede alterarlo todo. No se trata de contar con un talento de ajedrecista para la estrategia. Lo que marca la diferencia es la exactitud en la proyección de las motivaciones que arrastran a cada persona de un grupo y las atraen, las magnetizan y las dirigen de un modo que se pueda prever y emplear al servicio de otros propósitos. Uno comprende tarde. Cuando no puede cambiarse lo que se ha comprendido. O ni siquiera querría. Mi salida va a desencadenar la salida de Murtz por su fracaso en prever el curso de los acontecimientos o incluso de mantenerlo bajo control en términos de explicaciones. Hace tiempo que desapareció el sonido de sirenas. Cruzan los peatones y el humo de los tubos de escape se disipa en vapor de color negro. Los automóviles son una marabunta de chapas y aceites que se apresta a recuperar su territorio de asfalto contemplando con impaciencia cómo los viandantes usan su derecho a interrumpirles. Los recuerdos se me hacen sueños en seguida. Vuelvo a preguntarme qué me han podido dar para que no recuerde. Es como si se me cayeran en los pliegues del cerebro. No es exactamente que no recuerde, sino que no distingo los recuerdos reales de lo imaginado, y la memoria se asemeja a un fluido inestable con el que experimento sin distinguir qué es cierto y qué invento yo. La condición humana convertida en una caricatura por el poder la ciencia, clamaría Varsky. Yo sé que debo estar anulado. Que este recuerdo se volverá en seguida lejano. También habría debido contar con ello Magdalena. Lo ha tenido que considerar. Su llamada no puede no significar nada. Y si es así lo que me ha dicho es cierto. Tengo dudas de que fuera el plan principal. Sigo pensando en el papel de Varsky. Es posible que algo haya fallado con el centro de cálculo. Tienen que darse tres casualidades para que algo imposible suceda. La pantalla sigue encendida. Ella ha hecho una mención a la codificación del teléfono. Probablemente dependía de terceros y un bloque en la cadena de transmisión ha fallado. Nadie debe ser el único responsable. Una definición que nunca se especifica, como así ha de ser. Los sentimientos se dejan a un lado o no se vale para este oficio y aún tendrían menos cabida los sentimientos dignos en nuestro mundo. Este sería entonces una selva de afectos y odios sin mesura y una ley del más fuerte. Hay a quien le cuesta entenderlo y a quien no. El orden han de ponerlo aquellos que tienen al alcance establecerlo por su superioridad en la ingeniería de producción de armas de coacción. Es la doctrina Murtz que asumimos todos y nadie era capaz de confrontar. Nadie cambia nada en realidad. La mayoría de las operaciones acaban en escaramuzas. Rayones en una nota al pie de las cosas que pasan. Pero unas pocas, muy pocas, marcan el curso de la memoria de las gentes. Esas nadie puede preverlas. Así ha de ser. Uno llega a admirar a los que controlan los factores de producción. Con el cariño del público es más difícil que cuenten. Nunca me hice ilusiones de estabilidad o perduración. Quería estar ahí. He vivido cada día de una manera que en otra vida equivaldría a meses de rutina. Y aquí estoy. No me gusta esta forma de marcharme. No es la que esperaba de mi lealtad y mis éxitos. Es ley de vida que las cosas no salgan como uno las espera. Con todo sorprende la incapacidad para extinguir esa tendencia humana a esperar como si se pudiera prever. Es sorprendente que no se atrofie esa función de la mente de anticipar el futuro dada su falta de utilidad. Hay tantas cosas que uno debe aceptar rápidamente si quiere sacarle ratos de diversión a su paso por esta tierra. Al menos puedo decirme que he aprovechado el tiempo. Los años que me queden o los segundos que me resten serán para descansar. No caerán decisiones sobre mis hombros o errores que pongan en riesgo a la organización, ni me veré obligado a nada. Ha empezado mi descanso. Desde esta mañana en que he despertado en el hotel habito en la neutralidad. Cuándo recuperaré un estado de la mente en que termine esta saturación de ruido. Ni siquiera distingo los colores. Es posible que ahí fuera el exterior sea así de gris. Pues también aquí dentro está oscuro. Dos fluorescentes en el techo y otro detrás de la barra. Los abrigos y ropa sin color. Las caras sin color, las vidas sin color. Lo que no les importa, ellos asumen que el paso del tiempo destiñe las cosas y no se resisten. Yo sí. Hasta hoy al menos. Hasta hoy yo no he dudado. Sigo sin dudar a pesar del cansancio. En cuanto pueda tomaré registro de lo que me ha sucedido esta mañana. Hay tanta lucidez que no se aprovecha. En aplicación de las doctrinas de Kreutzer, la pulsión de registrar los acontecimientos por escrito es uno de los pilares de Raíces y Alas. La transcripción de reuniones en tercera persona es obligatoria. Impide identificar papeles. Neutralidad hasta el extremo en el reflejo de los hechos. Aun así, dado que es imposible que en años de acción no se incurra en descuidos o errores de confianza, en cualquier nota, en cualquier hoja suelta que pueda ser interceptada, ha de ser imposible distinguir realidad y ficción excepto para el jefe de operaciones. Son prácticas que tanto Fuerza y Espíritu como Raíces y Alas han llevado al límite de la perfección. Mi presencia aquí carece de sentido para mí y es así como debe ocurrir. Lo que voy a provocar habrá sido ajeno a mi voluntad. El teléfono está vibrando. Parece una burla. La frontera entre gravedad y burla tiene estas zonas grises. Un cansancio me embota los sentidos como si me rodeara de una armadura de un plástico. Está vibrando. Magdalena otra vez. Vibra y está sonando. Magdalena, maldita sea, déjame... El cansancio se me pega a los párpados y a los oídos.

Hola.

Graciela. Qué haces tú metida en esto.

Creí que habías muerto.

Sal de esto mientras todavía puedas.

He llorado un montón por ti, ¿sabes?

No puedes acabar como yo. Todos acabamos mal. Nadie en su sano juicio lleva a cabo estas operaciones. Estamos todos alienados.

Hablas extraño, Malik. No pareces tú.

Es posible que sufra los efectos de alguna droga. Quizás sea eso lo que notas. Esta mañana me he despertado en la habitación de un hotel que no conocía. Durante las primeras horas sentía percepciones borrosas mezcladas con ráfagas de lucidez. Recuerdo algunas cosas. También tengo vacíos. Aún no sé cuánto tiempo ha pasado desde Kengawa. Luego tomé un taxi en la puerta del hotel, ahora llevo un rato en la cafetería. Graciela, ¿estás con Magdalena Krámer?

No debo decirte dónde estoy.

Dime por favor si te ha pedido ella que me llames.

No puedo responderte.

Me estoy volviendo loco. Desearía levantarme y gritar hasta que me detenga un policía. Y volver a dormir. Raíces y Alas tiene aún más poder del que imaginas. Ojalá te hubiera conocido de cualquier otra manera. Siento tal impotencia, de tenerte a miles de kilómetros, de no poder tocarte ni verte.

Pues yo creo que todavía le haces falta a Raíces y Alas.

No puedo hacer nada más. Sumirme en las sombras acatando las órdenes. A ti no quiero engañarte. No sé si voy a vivir un día, un mes, cinco años... Estaré fuera de todo desde las 13:01. Mi destino lo dictará un rector supremo para el que ignoro qué papel desempeño.

Es mi padre quien me ha pedido que hablara contigo, Malik. Mi padre Martin Kreutzer, no Magdalena. Tienes que entender bien lo que voy a decirte ahora. Quedan dos minutos para que suene una alarma en tu móvil que activaría por radiofrecuencia un explosivo camuflado en el mercado.

No sigas, Graciela, por favor. Vas a cargar con un peso sobre tu conciencia que a tu edad no se debería siquiera saber que existe. Las decisiones son para los que pueden elegir entre alternativas, Graciela, y yo no tengo la alternativa de creerte. Estoy aquí por una instrucción manuscrita de Martin Kreutzer. Nada puede anularla.

Eres terco como una mula. Te llamo porque me lo ha pedido mi padre. Y mi padre quiere que salgas ahora y que andes lo más deprisa que puedas hasta el puente que empieza detrás de la parada de autobuses y que arrojes tu móvil al agua. Me lo ha pedido mi padre, Malik, tienes que hacerlo ya, tienes que creer que me lo ha dicho mi padre y hacerlo ahora mismo...

No entiendo por qué te han pedido que hagas esta llamada. O es que ellos mismos han perdido el norte. Esa es la única explicación. Te han enviado a una misión carente de sentido. Yo no puedo seguir instrucciones indirectas. Que Martin Kreutzer ejecute de esa manera un plan iría contra las reglas más básicas de la organización. Ni siquiera sé por qué te estoy intentando convencer... No puedo seguir una orden tuya incluso por más que yo también quisiera correr y tirar el móvil al río. Y créeme que lo deseo tanto como tú. No llores, por favor.

Hazlo por mí, Malik, hazlo por mí. Sal ahora mismo del café y corre.

No cargues con esto sobre tu conciencia, Graciela. Quien quiera que se divierta jugando con nosotros de esta manera no es digno de tus lágrimas. No puedo hacer nada más que permanecer aquí. Allá los hombres que dirimen destinos. Hoy voy a comprender el precio de mi ambición de emularles. Pago cara mi vanidad. Con esta despedida en la que me obligan a ensangrentar una ciudad.

¿De quiénes hablas? Nadie ha escrito lo que tienes que hacer.

De los cerebros de la operación. Te aseguro que sí lo han previsto y registrado todo. He sido una pieza en un mecanismo de relojería que han diseñado ellos y que a las 13:01 terminará.

Y yo me iré. No los aguanto más, Graciela. Y para de llorar. No voy a hacer nada. Puedes colgar si quieres, es lo mejor.

¿Por qué has hablado antes de unas sombras, Malik?

Me cuesta recordar de que hablábamos hace un momento. No lo sé. El tiempo se me escapa como un conejo que se burla delante de mí.

Deja de decir que no a todo.

Tú estás en el lado de la luz y yo en el de las sombras, Graciela. No puedes entender a la humanidad. Puedes querer a la humanidad pero no puedes entenderla.

Deja de decir estupideces sobre la humanidad y escúchame. Tienes que salir por la puerta del café. Ahora mismo. Corre, sal, por favor, ya... No sé cuánto tiempo llevamos hablando, debe de quedar menos de un minuto para... Por favor. Has hablado de que estoy en el lado de la luz, Malik. Como si solo tú hablaras desde las sombras. Yo conozco las sombras tan bien como tú. Más de cerca que tú, no lo olvides. En mi propio cuerpo. Me acuerdo de cada cosa de la que hablamos aquella noche en Kengawa y tú habrás olvidado.

Claro que lo recuerdo, Graciela. Niña chilena, te decía Magdalena.

La luz hay que ir a rescatarla entre las sombras, Malik. Quién puede vivir sin pasar por la oscuridad. Hasta la luz siente la atracción de lo oscuro... Y sin embargo hay hadas de las sombras, Malik, piensa que soy tu hada de las sombras... Corre hasta el río y arroja tu móvil. Tu móvil es ahora mismo un arma a punto de destruir en un segundo la vida de cientos de personas, corre, Malik, tienes que salir ya. Sé que lo harás. ¿Lo estás haciendo? Vamos, estás saliendo, oigo el bullicio, corre, hasta la baranda del puente de piedra..., yo soy tu hada de...

Adiós, niña chilena.

Miré el reloj de un cartel luminoso. Quizás fuera un termómetro. En segundos mostró las 13:01. Salían riadas de gente

del mercado. Me recogió un coche. Nos cruzamos con sirenas de policía que venían en sentido contrario. La cubierta de
hormigón del mercado seguía en pie. Volví a cruzar en el taxi
el puente sobre el río desde el que lancé el teléfono móvil que
había encontrado en el hotel aquella mañana. El conductor
del taxi era un hombre de mediana edad posiblemente ajeno
a Raíces y Alas. La verdad es que no lo sé. Junto a mi asiento
encontré un maletín. Me habría gustado llorar. Las manos me
temblaban. Sentí los ojos secos.

Sigo sin saber en qué ciudad estuve y no recuerdo en qué
idioma pensaba. Era mediodía y parecía de noche. En las afueras bloques como colmenas se sucedían, la carretera salió al
campo. Un manto de nieve cubría un llano de árboles sin hojas.
Las ramas me saludaban con trazos que la niebla difuminaba.
Todo era calma y vacío. No tenía noción de mi propia vida, en
el sentido en que la propia vida se describe en actos y obligaciones. Veo la tapicería del taxi resquebrajada. Por las costuras del
reposacabezas del asiento del copiloto asoma un pellón de gomaespuma. Bajo la ventanilla y aspiro el aire. Me da una bofetada de dolor que resisto. Quiero respirar este aire. No sé dónde
me llevan pero no quiero pensar en nada malo. El taxista entra
en una carretera estrecha. Mis pensamientos son participantes
en un maratón de baile. Me gusta la nieve. Los bosques de hayas sobre el llano blanco son bonitos. Puede que me durmiera
y lo soñara, en realidad. La soledad es así. Únicamente tenemos
seguridad de existir en otras vidas. Ha sido mi última misión.
Llegamos a una instalación rodeada por una alambrada en un
claro del bosque.

Despegamos en una avioneta. El piloto era muy joven. Yo
llevaba el maletín que había encontrado en el taxi a mi lado.
Un segundo muchacho iba sentado delante de mí. Nuestras
rodillas se tocaban. Suponiendo que no compartíamos ningún
idioma nos ignoramos. Descendimos en una pista de un aero-

puerto más grande. No tengo ni idea de cuánto duró el vuelo. Uno sigue acostumbrado a medir las cosas, el espacio, las horas, aun cuando ya no importa. Necesitamos coordenadas. Gradualmente las fui recuperando. La ejecución de mi salida llevaba la marca de la casa Kreutzer. La avioneta siguió varios kilómetros por la pista de aterrizaje. El muchacho que había ido enfrente de mí me entregó una pelliza gruesa, un gorro de piel, una maleta con ruedas y un portafolios. Había tres billetes de avión y tres pasaportes. Uno en árabe, otro en español, el tercero, canadiense. Opté por el español. Tomé un vuelo para Sao Paolo vía Frankfurt. El pasaje era en primera clase. Rompiendo mis hábitos acepté el champán que me ofrecieron antes del despegue. Había encontrado una nota manuscrita de Martin Kreutzer en un compartimento del portafolios que contenía unas palabras de agradecimiento y despedida.

Saboreé el champán pensando que nunca más tendría que preocuparme de sus designios. Estaba fuera de Raíces y Alas. Descansé un día en un hotel de Sao Paolo y de allí tomé un vuelo a Montevideo. Crucé a Argentina una mañana en la que el río de la Plata hacía honor a su nombre y seguí por carretera en dirección a los viñedos de Mendoza. En seguida me agradó parar en los pueblos, oír el castellano que me hacía recordar a mi madre, la sencillez de las ocupaciones constantes de la gente de campo, una especie de bonhomía en la forma de trato, la pureza del aire, el sol radiante, la tierra inmensa.

La flecha en el corazón

Ser

Llevo casi tres años en Mendoza. Vivo en el campo, disfruto del sucederse del día y de la noche, hallo en los ritmos de la naturaleza un consuelo a la nostalgia de mis años de acción. Por lo demás, no me queda tanto que comprender. El pasado se ha convertido en una película que contemplo y cuyo final me sé de memoria, simplemente. Sigue sin gustarme mirar atrás. He encontrado ciertas comodidades en vivir en la cercanía de una ciudad mediana, en la que he ido forjando pequeños lazos de amistad con dueños de comercios durante mis visitas. La última nochevieja fue la primera que he celebrado en años, cuando el dueño de un tabanco de discos y películas, que milagrosamente no ha cerrado todavía, tuvo la deferencia de invitarme a una fiesta de amigos. Voy relajando las precauciones extremas con las que me he conducido desde que llegué. Vivir en el campo aislado, sin apenas más visitas que el matrimonio de una finca vecina que viene a tomar mate, facilita el control de las situaciones. Mis ámbitos de relación en Mendoza se reducen a una asociación de promoción de la exportación de los vinos, un club de bailes de salón que se reúne los sábados por la tarde y en el que he aprendido a defenderme en el tango (una vieja aspiración, que, al contrario que tantas otras, sí he podido cumplir) o el café que me suelo tomar con mi peluquero, un hombre que aplica su fina habilidad dialéctica a diseccionar la globalización o las personalidades psicológicas de los políticos de la capital con un verbo irrefrenable y caudaloso, y que a veces me invita a los partidos de fútbol del equipo local. Ante ellos soy un extranjero que se ha aclimatado al lugar y al que, suelo decir, una herencia y viejos vínculos familiares trajeron aquí. Como los habitantes de este país se cuentan continuamente historias extrañas, nadie espera que sea cierto lo que cuentes, les basta que sea ameno, para salvar el día y degustar matices de los hechos mínimos. Como paso días enteros en el campo sin pronunciar una sola palabra al aire, el día en que me acerco a la ciudad me gusta dejar pasar el tiempo escuchando lo que me cuentan. Y cuando escuchas, la gente habla y habla. Con cierta frecuencia rompe mis hábitos de aislamiento el encuentro, apenas empezada la mañana, con Uma, la mujer que pasea su pastor alemán. Uma es una mujer luminosa de tez morena, ojos grandes, alegría innata que recuerda a la de la infancia (ignoro su edad), un tintineo en la voz que me despierta fibras que llevaban lustros mineralizadas (su marido, Matías, que es también un buen amigo mío, me presta a menudo valiosos consejos sobre el arrendamiento de los viñedos; nunca he llegado a interesarme demasiado por las cuestiones agrícolas y solo el momento anual de negociar la venta de la producción me divierte, así como las iniciativas eventualmente originales de mercadotecnia de la asociación de pequeños propietarios, por ejemplo, un concurso de vehículos caseros impulsados con biocombustible, o también los eternos debates sobre la fundación de una cooperativa bodeguera en un futuro que se resiste, aquí igual que en todas partes, a ser alcanzado, y quizás esa sea su definición: tiempo que se resiste a ser alcanzado).

Se acerca el momento de que termine estas notas, que Magdalena Krámer me pidió como último favor remitirle a un apartado postal de Lausana. Entiendo que las reunirá con otras fuentes. He de consignar, por cierto, que estuvo muy amable en su inesperada visita de hace un año. Me había localizado, dijo, por los envíos de discos que de tarde en tarde hago a la residencia Walser impulsado, no tanto por hacer un favor a un hombre excepcional que ha determinado mi vida, referente y amigo, como por tener la certeza de que el hecho de que no reciba el paquete certificado de vuelta significa que Martin Kreutzer sigue vivo.

Una impresora y varias resmas de cien folios me han servido para releer y subrayar los numerosos documentos en borrador que guardaba en la computadora. Fotografías, notas de reuniones, calendarios, registros de conversaciones, resúmenes de cifras. Con infinito tiempo, y las orientaciones que me dio Magdalena, el conjunto ha cobrado algo más de sentido. Por otra parte, ha llegado un momento en que, lo que no he logrado comprender, ha empezado a resultarme indiferente. Me sorprende haber encontrado entre acontecimientos calculados por planificadores casi-omnipotentes modos personales de saltarme reglas, probar mi suerte, subir la apuesta. Hoy, cuando los acontecimientos ciertamente están cerrados y la trama en la que se sucedieron clausurada y ajada, bien poco me interesan los detalles menores del juego en el que desempeñé, he de decirlo con una pizca de vanidad, un papel que no fue nunca de secundario.

He terminado por acostumbrarme a este pasar el tiempo entre viñas y nubes. En la inmovilidad absoluta, surge otra percepción de la realidad. Salir del ojo de un huracán ha de resultar necesariamente abrupto. Tiene que ser así. Hasta esta etapa final en Mendoza, toda mi vida fue una huida de la necesidad de permanecer en algún sitio. A mis mejores amigos los he dejado dispersos por la superficie de este loco planeta en el que con una ingenuidad lacerante nos obstinamos en creernos alguien provisto de un destino. Es fundamental que esa obstinación en el erigirse una personalidad no impida apreciar los verdaderos placeres de la existencia. Si he procurado mantener la serenidad en los más distintos escenarios (algo menos en aquella cafetería de una ciudad rusa cuyo nombre no llegué a descubrir), también en estas circunstancias de mi sobrevenido destierro he podido entrenarme en ejercitarla. Al llegar, me dejé caer en alguna ocasión por los lugares del sexo de ocasión, más por curiosidad sobre el perfil de sus visitantes, que a menudo da ciertas claves sobre la idiosincrasia del poder local, que por interés carnal. Sin el aliciente de los pactos de clan que se afianzan en las penumbras de estos ambientes, tejiendo vínculos que se imponen incluso a los de sangre, la materialidad de su sordidez sobrecoge. En Estados Unidos, o en determinados niveles en general, la prostitución se trata como un negocio, y engrosa y engrasa (se me está pegando la afición por el calambur de los argentinos: qué sentido de la voluptuosidad verbal tan asfixiante, a la par que saturante y, no obstante, genuino), engrasa y engrosa, decía, la operativa de otros negocios, como un artículo de estatus y lujo más del que se alardea o que se regala. Los flirteos menores que sostengo aquí y allá en Mendoza de tanto en cuando apenas han servido para hacerme notar el paso de los años y la inoperancia de las ilusiones, llegada cierta edad.

Sigo siendo, en esencia, después de lo vivido, el chaval que soñaba con salir de Orán, con la decisión y las servidumbres que genera sentir irresistible la llamada del mar. Sigo siendo aquel niño (aunque me haya convertido, para qué engañarse, en alguien peor) que miraba los barcos desde la plaza de la iglesia y soñaba desmesuradamente con seguir el rumbo de lo desconocido, surcando océanos sin límites para la aventura. En Orán dejé a mi madre y dejé a mi hermano, con quien pasé las horas de la infancia en juegos de pelota sin tasa de duración, haciendo de las paredes frontera y de las bocacalles porterías. Mi hermano Toufik aprovechó las oportunidades que el ser hijo de un mártir de la revolución le facilitaba en la administración y el partido gubernamental. Yo las aproveché para marcharme al extranjero a la menor posibilidad que surgió. Y todo lo que me ha ocurrido desde entonces: los estudios en la universidad de Toronto; los bandazos y vaivenes de la juventud, las ansias de triunfos en pos de una vida única; el encuentro con Murtz que cambió mi modo de ver la existencia y me entregó a una causa que me dio a probar la exaltación del poder y de la acción, de los placeres, de una consciencia de misión y grandeza, a la que me entregué sin medida hasta que algunas contradicciones me hicieron hundirme en una ciénaga de la que me sacaría otro encuentro providencial, la presencia sanadora de Martin Kreutzer y Raíces y Alas, una organización cuya visión consideré desde el principio tan insensata como fascinante, y que hoy en día sigo considerando justa y posible. Martin Kreutzer de algún modo me devolvió a mi ser. El cinismo, por más que resulte útil como herramienta de análisis, nunca ha de ser un fin; porque cuando lo es, te vacía y se apodera de ti al modo de una droga devastadora. De Martin Kreutzer aprendí que un principio sencillo y verdadero puede mudar el terreno que se antojaba más baldío en fértil y provechoso. Raíces y Alas se fundaba en un número limitado de códigos compartidos, ninguno, en cierto modo, de por sí original (sí lo era su combinación hacia unos fines impredecibles, que solo Kreutzer podía descodificar). La obligación permanente que Raíces y Alas imponía de reseñar por escrito acontecimientos y encuentros era la clave de la complejidad y la efectividad de sus operaciones: notas de reunión, resúmenes de entrevistas, relatos pormenorizados de actuaciones formaban un acervo fluido que seguían una circulación intrincada por los canales establecidos hacia Kreutzer, como las maletas en las cintas de aeropuertos, circulación que era precisamente la clave que cifraba el arcano de la información, el sentido de las misiones, la definición de su objetivo, pues en manos de Kreutzer estaría juntar los fragmentos y determinar la historia real de lo sucedido y lo por suceder. Por primera vez en mi vida, tuve la certeza de estar al servicio de una causa que escribía páginas de la historia y las hacía avanzar hacia un fin noble, libre de peajes, más alto que las transacciones en las que me había especializado, y al que yo podía ser útil, precisamente, desde una red pegada al terreno en la que me redimiría. Pues redimirnos de lo que causa muerte durante la vida era, como le escuché a Martin Kreutzer en la entrevista en la que franqueé el umbral de Raíces y Alas, el fin fundacional de nuestra casa común. La vida cambia cuando crees en algo, y quien constata esto es un escéptico radical sobre una mayoría de las cosas. Y más cuando se suma un método colectivo, basado en unas pocas pautas: el camino crítico de una operación se duplica y bifurca hasta resultar indescifrable, puro fruto del azar; las ideas decisivas que calan en una sociedad son sencillas, puesto que el tejido de temores y expectativas en que se propaga es de la misma masilla en todos los pechos; todo ha de haberse escrito antes de suceder, salvo el momento y el detonante precisos, que han de dejarse en manos de un azar sin responsables últimos.

Magdalena me hizo llegar la petición de que, en mi considerable tiempo libre en Mendoza, pusiera en orden y recopilara mis anotaciones y documentos de la operación Esperanza Rebelde, muy en particular de los episodios finales, ocurridos después de mi salida de Kengawa, de los que, precisamente por el motivo de mi desaparición (doble y en cierto modo redundante: primero, una muerte ficcional; tiempo después, el exilio con una identidad fabricada), no había quedado registro completo. Yo, adiestrado durante años en la memoria y el registro escrito por Raíces y Alas, disponía de abundante material en efecto, incluida una reconstrucción escrita apresurada que realicé de mis últimas horas en la ciudad rusa y la cafetería ante el mercado de abastos, nada más tomar tierra y encontrar un primer hotel de paso en Montevideo. Cuánto soñé y cuánto sucedió realmente, cuánto de cierto rescaté de mi consciencia nebulosa de los hechos y cuánto fue producto de mi necesidad de llenar cabos sueltos, confieso que no me importa. Pronto se me borró cualquier recuerdo de aquellas horas; no obstante ahora, al leer las notas que escribí en los días inmediatos siguientes, puedo creer que las recuerdo. A pesar de ello, estoy convencido, con una intuición que supera toda lógica, de que lo que está escrito fue lo que pasó. Le resta a Magdalena Krámer ensamblar mis notas con otros reportes, fijar los hechos, tomar decisiones, saber qué hacer. Es probable que Magdalena haya sustituido a Martin Kreutzer en la cúspide de Raíces y Alas. Algo me comentó a ese respecto en su inesperada visita a Mendoza, con esa facilidad para no decir y decir tan propia de las mujeres. Sin duda Magdalena es la persona adecuada para darle otro aire a la organización, más acorde con la época que se está abriendo. En esa etapa que no será la mía, el que ella esté ahora en el puente de mando me reconforta, pues dota de un sentido a mi propia trayectoria. Supongo que porque ella sabía eso, entre otros motivos, vino a verme y contarme algunas cosas.

En su visita a Mendoza Magdalena me preguntó, como de pasada y a la vez de un modo próximo, dispuesta a comprender, si me habría sentido responsable de la explosión en el mercado de abastos que estuvo a punto de ocurrir. No me gustó que me lo preguntase. O más bien me sorprendió. No son términos usuales en nuestra organización. Tuve la duda de hasta qué punto era ella consciente de la base moral diluida sobre la que Martin Kreutzer había fundado Raíces y Alas, aún en aras de una misión definida en los términos más nobles y necesarios. «Nunca se me pasa por la cabeza sentirme culpable», le contesté, y es cierto. Al fin y al cabo, en estos tiempos nadie se siente responsable de nada. Tampoco habría sido la primera vez en que me hubiese visto involucrado en acciones de este tipo, si bien es cierto que la distancia física nunca había sido tan corta. Envidié a Magdalena, a la que su talento, su creatividad, su rigurosidad, su entrega incondicional, lo que fuese, le había permitido no enfangarse la mente en el lodazal de violencia, agresividad y dominio del hombre por el hombre que dirige con puño de hierro países enteros.

Durante nuestra conversación aquí, Magdalena y yo nos extendimos en evocar momentos, no sin nostalgia, de nuestra última operación juntos. Mi sentimiento de agravio porque el diseño de la operación hubiese incluido mi muerte sin avisarme se habían remansado con el transcurso de los años. El precio personal que paguemos los individuos en la ejecución de un plan mayor constituye un asunto irrelevante, un coste irrisorio. Eso no es difícil de entender. De otro modo ninguna organización asumiría el establecimiento del orden que necesita el progreso para avanzar. Así se lo escuché a Martin Kreutzer en muchas ocasiones y en ello sigo creyendo con la misma firmeza, igual que en otras cosas algo menos. Desprenderme de la coraza antibalas del cinismo ha sido uno de los alivios de pasar al retiro. Escribir permite reflexionar y dar nitidez a lo que se barrunta, y por tanto enfrentarse a su verdad o su fatuidad. Formar parte de Raíces y Alas me ha dado una causa y me arrancó de cuajo de los manejos equívocos de Arno Murtz, quien, embriagado de poder, no tenía límites a su desmesura en la justificación del sacrificio de miles, decenas de miles, cientos de miles de hombres y mujeres, por una supuesta ordenación de recursos y explotación que beneficiaba a un orden de magnitud más de la población. Lo creí incondicionalmente de joven, pero a mitad de mi vida lo encontré hueco y desde ese momento nunca dejó de resonarme a hojalata.

Durante su visita, Magdalena Krámer elogió sin reservas mi desempeño en la operación, de esa forma algo falsa en que elogian los jefes. La sentí distante, raramente satisfecha. Me asaltó la sospecha de que en realidad desde antiguo había sido

más ambiciosa de lo que daba a entender, un rasgo legítimo
por lo demás. Repasar los detalles de la ejecución de la operación Rebelde Esperanza le entusiasmaba y recapitulaba con
una admiración ilimitada los objetivos que el plan final de
Martin Kreutzer había logrado: el sabotaje a la escalada bélica
en el Pacífico asiático, el aviso crucial a los americanos sobre la
debilidad defensiva de su posición sobre recursos críticos en el
centro de África, la alianza coyuntural que yo manejé con el
Halcón, convertido en el caudillo providencial, la manera en
que lo regamos de dólares y armas a través de los rusos, todos
y cada uno de los pasos cuya secuencia respondía a un desig-
nio inextricable en la mente de un anciano enfermo y retirado en una residencia, encajaban en el relato de Magdalena de
una forma fluida y precisa. Como colofón habíamos logrado
desacreditar a Arno Murtz por el fracaso de no haber antici-
pado nuestro golpe en Kengawa, que desarboló su presencia
militar en el Pacífico, con la que aspiraba a detonar una guerra para una generación, y por lo tanto habíamos conseguido
demostrar a las claras que Fuerza y Espíritu se encontraba ya
tan infiltrada por agentes extraños que no cabía otra vía que su
liquidación inmediata. Escuchando a Magdalena, me di cuenta
de qué cerca había estado ella de Martin Kreutzer en el trazado
de la operación; probablemente buena parte de las acciones y
giros venían de su sello personal. Sentí, he de confesarlo, cierta
envidia de su nuevo papel de número uno, y por un momento
estuve tentado de preguntarle si no nos habíamos convertido
en aquello mismo contra lo que queríamos luchar: sé que me
hubiera contestado que no hay otra forma de luchar contra lo
que queremos cambiar que con sus mismas armas y supongo
que sigue siendo la doctrina correcta. Tampoco me apetecía
debatir con Magdalena. Saborear una botella de vino con ella
me parecía más importante. Durante nuestra conversación,
por cierto, logré despejar un par de interrogantes que no había

logrado desentrañar en mis trabajos de revisión de documentos y evidencias. Magdalena me desveló que, en aquella revisión médica que pasé en Boston en agosto, durante una prueba de sedación supuestamente rutinaria, se me instaló una placa electrónica de espesor indetectable que a través de una activación remota puede detener temporalmente el momento dipolar del corazón, que es el diferencial de voltaje que provoca el latido en las células musculares. «Se necesitan individuos fuertes y sanos para que funcione, enhorabuena», me dijo Magdalena, y una vez más me maravilló su capacidad para conducirse con humor en los momentos de tensión. «El mérito es de la tecnología, no del cobaya», repuse y me di cuenta entonces (tras notar que ya no estaba a la altura de Magdalena; vivir en el campo había terminado de atrofiar mis gastadas dotes para la seducción) de que algo se había roto entre los dos. Seguíamos siendo brillantes, pero no jóvenes; nos habíamos hecho experimentados, pero no mejores. Y nuestra entrega a Raíces y Alas nos había pasado a ambos una factura que lamenté: nos había hecho previsibles el uno para el otro. Nuestra conversación tenía un aire de convención, de un revolver en un cuarto de trastos viejos. De pronto, eso sí, quedó resuelta una incógnita que se me había quedado clavada durante años: el papel de Varsky en el cruce de códigos de mi teléfono móvil, la mañana final de la operación ante el mercado de abastos. Yo mantenía la corazonada de que Varsky había desempeñado un papel clave, fuera activo o pasivo, en el desenlace de la operación, y Magdalena me confirmó por fin que no estaba equivocado. Una llamada de Varsky desde Ginebra, al terminar su primera clase de la mañana, había advertido a las autoridades locales de los explosivos en el mercado de abastos. La evacuación había comenzado de inmediato. La llamada de Varsky, que ahora estoy seguro (aunque ni siquiera se lo pregunté a Magdalena, que no me habría podido responder en cualquier caso) de que le fue ordenada en

una llamada directa por Kreutzer ante el curso de los acontecimientos, logró un efecto similar al que habría tenido el estalli-
do real de los explosivos en el mercado: advertir a los rusos a las
claras, en las noticias del telediario que recogieron el desalojo
del mercado, de que un hombre suyo era un agente doble que
no controlaban y que por lo tanto podrían ser golpeados de
nuevo en el corazón del país, en el centro de cualquier gran
ciudad, incluso en Moscú, en cualquier momento. El mensaje
llegó y fue recibido. Se puso en marcha, tal y como había previsto Martin Kreutzer, una negociación al máximo nivel entre
americanos y rusos que condujo a una tregua efectiva de distensión en el pulso sobre los recursos del África central (los americanos, que tienen el mayor ejército del planeta, son también
los negociadores más pragmáticos) y en días el Halcón recibió,
digamos, una oferta que no pudo rechazar, y su salida se arregló
como se arreglan estas cosas. Los lugartenientes del Halcón re-
cibieron grandes extensiones de tierra, aptas para explotación
de materias primas agrícolas a gran escala. Al él mismo, imagino (no quise preguntarle a Magdalena más de lo que me quiso
ella contar), se le entregaría una participación opaca en un fondo internacional, desde el cual asesorar a inversores extranjeros
en la región, en negocios en los que él aportaría sus relaciones
sobre el terreno, fundamentales en la ejecución a pie de campo
y la explotación política de los grandes proyectos; de manera
que, veinte o treinta años después, pocos recuerden quién fue
un día el Halcón en su juventud, ni a nadie se le ocurra hurgar
en ello.

Verdor y azul

Entre las cosas que echo de menos en mi vida en el campo, fi-
guran de manera prominente las largas noches de ciudad y, en

un plano más respetable, las conversaciones con amigos locales. Mantener amistades dispersas por países y continentes ha sido uno de mis limitados logros humanos, y el haber participado, sobre todo en la época de Raíces y Alas, de una unión de empeños, mentes, ideas, tiempo, perseverancias, oficios, lo que ha hecho extraordinaria mi vida, más aún que el compartir mantel de tanto en cuando con jefes de gobierno, cabecillas militares o banqueros (tan similarmente dotados para la acidez cruel). Las asociaciones de gente con talento me fascinan, y ese fue sin duda el mayor mérito de Martin Kreutzer, su capacidad para encontrar la inteligencia y la capacidad de sacrificio entre gente de lo más distinto entre sí, y aunarlos disfrutando del ejercicio de sus facultades organizativas. En un lugar prominente del santoral de los amigos añorados, figura Varsky. Como mucha gente originaria de las periferias marginales del sistema, tenía una visión de la mecánica de la política mundial más profunda que los formados en el centro del sistema, consagrados a su perpetuación, incapaces de indagar fuera de lo establecido. Escuchar a Varsky disertar sobre los campos científicos más diversos era un espectáculo para la inteligencia y había una indignación genuina y seguramente justa en las eternas diatribas que profería sobre la traición al espíritu de la ciencia que el avasallamiento de la producción y el culto al dinero habían consumado, tomando los frutos del trabajo de generaciones de investigadores cuya mente han uncido a los carros del beneficio empresarial, apresando el conocimiento de la verdad que debería pertenecer a la humanidad y haberse puesto al servicio del bien común.

Tengo algunas conversaciones en la veranda frente a los viñedos con Matías, el marido de Uma, que me recuerdan a las que sostenía con Varsky. También Matías exhibe una altura conceptual notable, no exenta de chispazos incendiarios. Es, podría decirse, uno de los nuestros. Sus reflexiones sobre la Argentina podrían aplicarse a cualquier país. Su teoría central es

que en todo país debe existir una tragedia fundacional y que es
más decisiva que su historia posterior, su cultura o sus recursos naturales característicos para la existencia de una unidad
nacional. Yo me animo a seguirle la corriente y teorizar (cosas
de la edad). Qué pensaría Matías de Raíces y Alas. Podría haber compartido perfectamente mantel con tipos como Arno
Murtz o Martin Kreutzer: casi todas sus tesis me parecen correctas, en realidad, más aún de lo que él sospecha. Un relato
fundacional frente a un enemigo exterior o interior es esencial
en la configuración de una identidad que quede impresa en las
meninges. Toda guerra se erige antes o después en eje de un relato épico, de tintes homéricos, que imprime una pertenencia.
Se olvida lo absurdas y tristes que son las guerras, sin más. Se
olvida que la gran mayoría de soldados que entran al ejército
buscan fundamentalmente saber que van a tener qué comer
cada día, poco más, y sobre algunos hechos simples como esos
se sobrepone la gran invención, que es en cierto modo una obra
mixta de militares y cronistas. La guerra es, me dijo el otro día
Matías, y yo le di la razón, un invento de la literatura tanto o
más que el amor. Y es un invento de la literatura en el sentido
de que se consagran como gran relato de la historia una serie
de acontecimientos que podrían describirse más precisamente
como una toma masiva de riqueza. Para eso sirve la literatura, para evitar los términos apropiación o crimen, algo visible
también en los albores del arte, como en esos grabados del imperio asirio (Matías *dixit*) que servían para ensalzar, a la vez,
las hazañas de los ejércitos del gerifalte y el pago de los tributos
correspondientes. Matías es de esa clase de personas capaz de
llegar a conclusiones imprevisibles a partir de un don esencial,
el de formularse preguntas originales. Una tarde discutíamos
sobre los motivos de que sociedades tecnológicamente tan
avanzadas como Europa y los Estados Unidos mantengan ejércitos tan dimensionados y presentes. Matías pasea por los siglos

como un duende por un jardín, y no deja pasar una cuestión sin un planteamiento teórico que poner a prueba. A veces me da pudor exponerle mis pensamientos. Incluso cambio de conversación cuando se aproxima demasiado a lo que yo creo que es la realidad. Supongo que es un vicio de mi antiguo trabajo, ese captar opiniones y datos sin abordar los temas de forma directa. Y la realidad, desde mi perspectiva, es que a una escala de explotación mundial de recursos que va desde Tierra de Fuego hasta Alaska y desde el estrecho de Ormuz hasta el de Malacas (me estoy poniendo verboso: el mal argentino), es un hecho evidente que no puedes ocupar y explotar las riquezas de los países con un ejército exterior. Hace falta un ejército local, al que suministres, que te las dé. Y para ello han de existir las guerras que encadenen a los bandos a intercambiar el fruto de la riqueza natural del territorio por armas. Luego la propia guerra, a su finalización, dejará un sedimento de estratos de propiedad del territorio, el cual, en el momento en que se alcance el orden y la escala adecuados, eventualmente será explotado en asociación con máquinas, técnicas y dólares extranjeros, de un modo más decente en conjunto. Por supuesto, no llego a explayarme así en mis conversaciones con Matías, y no porque tenga nada que temer de compartir unas teorías caseras sobre geopolítica, sino porque en mi caso es al transcribir notas (y cuántas notas de acciones y reuniones no habré escrito) cuando este tipo de precisión notarial condensa. Matías, por cierto, disintió rotundamente de que el amor fuera también, en algún modo, un invento de la literatura. Admitió que la guerra probablemente sí, dijo, pero el amor no. «Es más», opinaba Matías, «el poeta no puede eludir su misión de hacer perdurar las hazañas del héroe y lo hace, en primer término, revistiendo los crímenes de hazaña y la necesidad de supervivencia de misión, y esa es la parte falsa, y sin embargo, luego, y sobre todo, el poeta ensalza lo más humano del héroe, la amistad de los suyos, el amor con los hijos o la esposa, lo más noble de lo humano, eso es lo que de verdad vemos ensalzado en el héroe y nos lo hace emulable y resonante. Eso, no la expansión de un territorio, es lo que une al pueblo». Y ahora caigo en la cuenta de que, si ocurriese que Matías está en lo cierto (y admito que no es imposible que lo esté) entonces las cosas serían exactamente al contrario de lo que yo venía pensando. Carajo de argentinos. En ese caso, mientras que yo he pensado siempre que la guerra constituía la realidad primaria, esto es, un reflejo de la lucha por la supervivencia a la que estamos abocados desde que nacemos, y que el amor era un invento piadoso de la biología para conducir a la crianza familiar, resultaría que puede que sea exactamente al revés, que el invento no sea el amor sino la guerra. Carajo de argentinos, repito.

Escribiendo estas líneas, caigo en la cuenta de que en algunos rasgos de carácter, Matías (un agricultor) me recuerda a Varsky (un científico) a pesar de la distancia entre sus ocupaciones, y también reparo en qué poco tengo yo que ver con los dos; aunque a la vez seguramente compartamos un cierto sustrato común, una especie de indefinición como signo de identidad, la tendencia a las múltiples perspectivas simultáneas, que posiblemente nos incapaciten para el alineamiento sistemático, aunque no para la dedicación intensa a una tarea (puesto en Varsky al servicio de la ciencia; en Matías, al trabajo de la tierra).

En aquella visita de Magdalena a Mendoza, al llegar el momento de la despedida, le pregunté por Graciela.

Los ojos esmeralda de Magdalena se irisaron, expresando algo que ella comprendía o sabía y que yo no podía comprender ni saber. Se limitó a ponerme al corriente de que Graciela acababa de comprometerse y de que volvía a residir en Suiza, cerca de Lausana. Su futuro marido era un abogado de alto caché que se pasaba la semana laboral o en París o viajando de un continente a otro. Graciela trabajaba para una agencia de traductores e intérpretes, en asignaciones a proyectos, sin un horario fijo de oficina; además, colaboraba como voluntaria en una asociación que enseñaba francés a inmigrantes y les prestaba ayuda con papeleos administrativos y en la obtención de los permisos de residencia; seguía en contacto con Ruby y con la Fundación Dongala, según mencionó también Magdalena. Me pregunto si Graciela seguirá llevando África dentro. Han pasado los años y me cuesta cada vez más recordar el timbre de su voz, o incluso los rasgos de su rostro, pero nunca olvidaré su carácter abierto, su interés por conocer a cada persona que se cruzaba, la bondad en aquella manera suya de mirar a los demás, quizás cándida pero nunca ingenua, dispuesta a lo que fuese para ayudar.

Al recordar ahora a Graciela, me pregunto por qué me sentí tan próximo a ella ya desde nuestro primer encuentro onírico en el lago y, de forma redoblada, cuando volvimos a vernos, meses después, en Kengawa, más aún en la última noche en el chalet de Chiwa, en la que conversamos tanto. Graciela hablaba con tal admiración y devoción de la directora Ruby, del maestro Kemi, de los chavales de las escuelas... (ojalá alguien hubiera hablado así alguna vez de mí pero, en fin, la verdad es que he estado a otras cosas).

Cae la noche en la pampa. Bajo este firmamento en el que se diría que acaban de espolvorear las estrellas unas ninfas ociosas, evocar a Graciela me conduce de pronto al recuerdo de la directora Ruby y algo me sobrecoge de pronto. La traté sobre todo en eventos de recaudación de fondos y encuentros diplomáticos puntuales; aun así pude percibir en toda su medida la fuerza humana de su persona en su capacidad de unir a alumnos, profesores y familias en torno a cada escuela.

Es extraño: quiero creer que, a pesar de mi edad, no es tarde para darle un giro a mi existencia. Aunque el arrepentimiento o la nostalgia sigan sin ser para mí, no obstante, siento una necesidad de que el sufrimiento que sucedía ante mis narices, disperso como un légamo que penetraba la red de mis maniobras, especulaciones y contactos, fundido con el paisaje y las misiones, no haya sido completamente estéril; siento la necesidad, casi inesperada, de que la conciencia de lo pasado por lo menos pueda hacerme mejor persona hoy.

Tampoco me engaño respecto a lo que nunca estará en mi mano cambiar. Una vez que se ha traspasado la frontera de las sombras, no puede regresarse. Cabe, tal vez, elegir entre extremos lo más decente, asociarse a quien busca la justicia en el horizonte y no a quien niega su existencia. Pero ya nunca habrá camino de vuelta. Y sin embargo...

«Dale un beso a Graciela de mi parte», susurré a Magdalena al despedirnos.

«Así lo haré».

Ella añadió algo sobre Graciela y el teléfono móvil que arrojé al río, una frase que posiblemente quería resultar elogiosa y que no recuerdo.

Nos quedamos mirando unos instantes, en silencio.

«Pensaba que no te volvería a ver nunca», dije.

Ninguno apartaba los ojos. El viento le revolvía rizos de pelo por la cara. Vestía una falda oscura, una blusa clara, llevaba un bolso de cuero. Más allá estaban los viñedos, las lomas ocres, el cielo. Nos abrazamos como amantes rendidos por las cuentas pendientes. Al fondo, verdor y azul.